王度庐作品大系 武侠卷 拾贰

紫凤镖

王度庐·著／王芹·点校

山西出版传媒集团

北岳文艺出版社

王度庐著

图书在版编目（CIP）数据

紫凤镖 / 王度庐著 . — 太原：北岳文艺出版社，2017.3
（王度庐作品大系）
ISBN 978-7-5378-5085-8

Ⅰ．①紫… Ⅱ．①王… Ⅲ．①侠义小说－中国－当代 Ⅳ．① I247.5

中国版本图书馆 CIP 数据核字（2017）第 031253 号

书名：紫凤镖　　　　点校：王　芹　　　　责任编辑：刘文飞
著者：王度庐　　　　策划：续小强　刘文飞　书籍设计：张永文
　　　　　　　　　　　　　　　　　　　　　印装监制：巩　璠

出版发行：山西出版传媒集团·北岳文艺出版社
地址：山西省太原市并州南路 57 号
邮编：030012
电话：0351-5628696（发行部）　0351-5628688（总编办）
传真：0351-5628680
网址：http://www.bywy.com　E-mail：bywycbs@163.com
经销商：新华书店　印刷装订：山西人民印刷有限责任公司

开本：890mm×1240mm　1/32　总字数：246 千字　印数：1-5000
总印张：8.5　版次：2017 年 3 月第 1 版　印次：2017 年 3 月山西第 1 次印刷
书号：ISBN　978-7-5378-5085-8
总定价：36.00 元

出版前言

　　王度庐（1909—1977），原名葆祥（后改葆翔），字霄羽，出生于北京下层旗人家庭。"度庐"是1938年启用的笔名。他是中国现代文学史上著名的武侠言情小说家，独创"悲剧侠情"一派，成为民国北方武侠巨擘之一，与还珠楼主、白羽（宫竹心）、郑证因、朱贞木并称为"北派五大家"。

　　20世纪20年代，王度庐开始在北京小报上发表连载小说，包括侦探、实事、惨情、社会、武侠等各种类型，并发表杂文多篇。20世纪30年代后期，因在青岛报纸上连载长篇武侠小说《宝剑金钗》《剑气珠光》《鹤惊昆仑》《卧虎藏龙》《铁骑银瓶》（合称"鹤-铁五部"）而蜚声全国；至1948年，他还创作了《风雨双龙剑》《洛阳豪客》《绣带银镖》《雍正与年羹尧》等十几部中篇武侠小说和《落絮飘香》《古城新月》《虞美人》等社会言情小说。

　　王度庐熟悉新文学和西方现代文化思潮，他的侠情小说多以性格、心理为重心，并在叙述时投入主观情绪，着重于"情""义""理"的演绎。"鹤-铁五部"既互有联系又相对独立，达到了通俗武侠文学抒写悲情的现代水平和相当的人性深度，具有"社会悲剧、命运悲剧、性格心理悲剧的综合美感"。他的社会言情小说的艺术感染力也很强，注重营造诗意的氛围，写婚姻恋爱问题，将金钱、地位与爱情构成冲突模式，表现普通人对个性解放、爱情自由和婚姻平等的追求与呼唤。这些作品注重写人，写人性，与"五四"以来"人的文学"思潮是互相呼应的。因此，王度庐也成为通俗文学史乃至整个中国现代文学史研究中绕不过去的作家，被写入不同类型的文学史。许多学者和专家将他及其作品列为重点研究对象。

王度庐所创造的"悲剧侠情"美学风格影响了港台"新派"武侠小说的创作，台湾著名学者叶洪生批校出版的《近代中国武侠小说名著大系》即收录了王度庐的七部作品，并称"他打破了既往'江湖传奇'（如不肖生）、'奇幻仙侠'（如还珠楼主）乃至'武打综艺'（如白羽）各派武侠外在茧衣，而潜入英雄儿女的灵魂深处活动；以近乎白描的'新文艺'笔法来描写侠骨、柔肠、英雄泪，乃自成'悲剧侠情'一大家数。爱恨交织，扣人心弦！"台湾著名武侠小说作家古龙曾说，"到了我生命中某一个阶段中，我忽然发现我最喜爱的武侠小说作家竟然是王度庐"。大陆学者张赣生、徐斯年对王度庐的作品进行了大量的整理、发掘和研究工作，并给予了很高的评价。徐斯年称其为"言情圣手，武侠大家"，张赣生则在《王度庐武侠言情小说集》的序言中说："从中国文学史的全局来看，他的武侠言情小说大大超过了前人所达到的水平"，"他创造了武侠言情小说的完善形态，在这方面，他是开山立派的一代宗师。"

此次出版的《王度庐作品大系》收录了王度庐在不同时期的代表作和有影响力的作品，还收录了至今尚未出版过的新发掘出的作品，包括他早期创作的杂文和小说。此外，为了满足不同领域的读者的需求，此版还附有张赣生先生的序言、已知王度庐小说目录和王度庐年表，以供研究者参考。这次出版得到了王度庐子女的大力支持和密切配合，王度庐之女王芹女士亲自对作品进行了点校。可以说，他们的支持使得《王度庐作品大系》成为王度庐作品最完善、最全面的一次呈现。在此，我们表达最诚挚的谢意。

在编辑过程中，我们依据上海励力出版社，参考报纸连载文本及其他出版社的原始版本，对作品中出现的语病和标点进行了订正；遵循《第一批异形词整理表》（GF1001-2001），对文中的字、词进行了统一校对；并参照《现代汉语大词典》《汉语方言大词典》《北京方言词典》《北京土语辞典》等工具书小心求证，力求保持作品语言的原汁原味。由于编辑水平和时间有限，难免有疏漏之处，敬请广大读者批评指正！

北岳文艺出版社

二〇一五年六月三十日

总　序

　　王度庐是位曾被遗忘的作家。许多人重新想起他或刚知道他的名字，都可归因于影片《卧虎藏龙》荣获奥斯卡奖的影响。但是，观赏影片替代不了阅读原著，不读小说《卧虎藏龙》（而且必须先看《宝剑金钗》），你就不会知道王度庐与李安的差别。而你若想了解王度庐的"全人"，那又必须尽可能多地阅读他的其他著作。北岳文艺出版社继《宫白羽武侠小说全集》《还珠楼主小说全集》之后推出这套《王度庐作品大系》（以下简称《大系》），对于通俗文学史的研究，可谓功德无量！

　　王度庐，原名王葆祥，字霄羽，1909年生于北京一个下层旗人家庭。幼年丧父，旧制高小毕业即步入社会，一边谋生，一边自学。十七岁始向《小小日报》投寄侦探小说，随即扩及社会小说、武侠小说。1930年在该报开辟个人专栏《谈天》，日发散文一篇；次年就任该报编辑。八年间，已知发表小说近三十部（篇）。1934年往西安与李丹荃结婚，曾任陕西省教育厅编审室办事员和西安《民意报》编辑。1936年返回北平，继续以卖稿为生，次年赴青岛。青岛沦陷后始用笔名"度庐"，在《青岛新民报》及南京《京报》发表武侠言情小说（同时继续撰写社会小说，署名则用"霄羽"）。十余年间，发表的武侠小说、社会小说达三十余部。1949年赴大连，任大连师范专科学校教员。1953年调到沈阳，任东北实验中学语文教员。"文革"时期，以退休人员身份随夫人"下放"昌图县农村。1977年卒于辽宁铁岭。

早在青年时代，王度庐就接受并阐释过"平民文学"的主张。他的文学思想虽与周作人不尽相同，但在"为人生"这一要点上，二者的观念是基本一致的。

从撰写《红绫枕》（1926年）开始，王度庐的社会小说（当时或又标为"惨情小说""社会言情小说"）就把笔力集中于揭示社会的不公、人生的惨淡，以及受侮辱、受损害者命运的悲苦。

恋爱和婚姻是"五四"新文学的一大主题。那时新小说里追求婚恋自由的男女主人公面对的阻力主要来自封建家庭和封建礼教，作品多反映"父与子"的冲突——包括对男权的反抗，所以，易卜生笔下的娜拉尤被觉醒的女青年们视为楷模。到了王度庐的笔下，上述冲突转化成了"金钱与爱情"的矛盾。

正如鲁迅所说：娜拉冲出家庭之后，倘若不能自立，摆在面前的出路只有两条——或者堕落，或者"回家"。王度庐则在《虞美人》中写道："人生""青春"和"金钱"，"三者之间是相互联系着的"，而在当时的中国社会里，金钱又对一切起着主导性的作用。他所撰写的社会言情小说，深刻淋漓地描绘了"金钱"如何成为社会流行的最高价值观念和唯一价值标准，如何与传统的父权、男权结合而使它们更加无耻，如何导致社会的险恶和人性的异化。

王度庐特别关注女性的命运。他笔下的女主人公多曾追求自立，但是这条道路充满凶险。范菊英（《落絮飘香》）和田二玉（《晚香玉》）付出了生命的代价；虞婉兰（《虞美人》）终于发疯，生不如死。唯有白月梅（《古城新月》）初步实现了自立，但她的前途仍难预料；至于最具"娜拉性格"，而且也更加具备自立条件的祁丽雪，最终选择的出路却是"回家"。

这些故事，可用王度庐自己的两句话加以概括："财色相欺，优柔自误"（《〈宝剑金钗〉序》）。金钱腐蚀、摧毁了爱情，也使人性发生扭曲。人是"社会关系的总和"，他的社会小说正是通过写人，而使社会的弊端暴露无遗。

在社会小说里，王度庐经常写及具有侠义精神的人物，他们扶弱抗强，甚至不惜舍生以取义。这些人物有的写得很好，如《风尘四杰》里的天桥四杰和《粉墨婵娟》里的方梦渔；有些粗豪角色则写得并不成功，流于概念化，如《红绫枕》里的熊屠户和《虞美人》里的秃头小三。

上述侠义角色与爱情故事里的男女主人公一样，也是现代社会中的弱者。作者不止一次地提示读者，这些侠义人物"应该"生活于古代。这种提示背后隐含着一个问题：现代爱情悲剧里的那些痴男怨女，如果变成身负绝顶武功的侠士和侠女，生活在快意恩仇的古代江湖，他们的故事和命运将会怎样？这个问题化为创作动机，便催生出了王度庐的侠情小说，这里也昭示着它们与作者所撰社会小说的内在联系。

《宝剑金钗》标志着王度庐开始自觉地把撰写社会言情小说的经验融入侠情小说的写作之中，也标志着他自觉创造"现代武侠悲情小说"这一全新样式的开端。此书属于厚积薄发的精品，所以一鸣惊人，奠定了作者成为中国现代武侠悲情小说开山宗师的地位。继而推出的《剑气珠光》《鹤惊昆仑》《卧虎藏龙》《铁骑银瓶》[①]（与《宝剑金钗》合称"鹤—铁五部"）以及《风雨双龙剑》《彩凤银蛇传》《洛阳豪客》《燕市侠伶》等，都可视为王氏现代武侠悲情小说的代表作或佳作。

作为这些爱情故事主人公的侠士、侠女，他们虽然武艺超群，却都是"人"，而不是"超人"。作者没有赋予他们保国救民那样的大任，只让他们为捍卫"爱的权利"而战；但是，"爱的责任"又令他们惶恐、纠结。他们驰骋江湖，所向无敌，必要时也敢以武犯禁，但是面对"庙堂"法制，他们又不得不有所顾忌；他们最终发现，最难战胜的"敌人"竟是"自己"。如果说王度庐的社会小说属于弱者的社会悲剧，那么他的武侠悲情小说则是强者的心灵悲剧。

王度庐是位悲剧意识极为强烈的作家。他说："美与缺陷原是一个东西。""向来'大团圆'的玩意儿总没有'缺陷美'令人留恋，而且人生本来是一杯苦酒，哪里来的那么些'完美'的事情？"（《关于鲁海娥之

---

①这里叙述的是发表次序。按故事时序，则《鹤惊昆仑》为第一部，以下依次为《宝剑金钗》《剑气珠光》《卧虎藏龙》《铁骑银瓶》。

死》)《鹤惊昆仑》和《彩凤银蛇传》里的"缺陷"是女主人公的死亡和男主人公的悲凉;《宝剑金钗》《卧虎藏龙》《铁骑银瓶》里的"缺陷"都不是男女主角的死亡,而是他们内心深处永难平复的创伤;《风雨双龙剑》和《洛阳豪客》则用一抹喜剧性的亮色,来反衬这种悲怆和内心伤痕。

王度庐把侠情小说提升到心理悲剧的境界,为中国武侠小说史做出了一大贡献。正如弗洛伊德所说:"这里,造成痛苦的斗争是在主角的心灵中进行着,这是一个不同冲动之间的斗争,这个斗争的结束绝不是主角的消逝,而是他的一个冲动的消逝。"①这个"冲动"虽因主角的"自我克制"而消逝了,但他(她)内心深处的波涛却在继续涌动,以致成为终身遗恨。

李慕白,是王度庐写得最为成功的一个男人。

有人说,李慕白是位集儒、释、道三家人格于一身的大侠;这是该评论者观赏电影《卧虎藏龙》的个人感受。至于小说《宝剑金钗》里的李慕白,他的头上绝无如此"高大上"的绚丽光环——古龙说得好:王度庐笔下的李慕白,无非是个"失意的男人"。

在《宝剑金钗》里,李慕白始终纠结于"情"和"义"的矛盾冲突之中,他最终选择了舍情取义,但所选的"义"中却又渗透着难以言说的"情"。手刃巨奸如囊中取物,李慕白做得非常轻易;但是他却主动伏法,付出的代价极其沉重。他做这些都是自愿的,又都是不自愿的。出发除奸之前,作者让他在安定门城墙下的草地上做了一番内心自剖,这段自剖深刻地展示着他的"失意",这种心态可以概括为三个字——"不甘心"。

在本《大系》所收"早期小说与杂文"卷中,读者可以见到王度庐用笔名"柳今"所写的一篇杂文《憔悴》,其中有段文字,所写心态与上述李慕白的自剖如出一辙。读者还可见到,《红绫枕》里男主角戚雪桥为爱

---

① 弗洛伊德:《戏剧中的精神变态人物》,张唤民译,载《二十世纪西方美学名著选》(上),复旦大学出版社,1987,第410页。

人营墓、祭扫时的一段内心独白，其心态又与柳今极其相似。于是，我们看到了王度庐、柳今、戚雪桥（还有一些其他角色，因相关作品残缺而未收入《大系》）与李慕白之间的联系——李慕白的故事，是戚雪桥们的白日梦；戚雪桥、李慕白们的故事，则是柳今、王度庐的白日梦。

不把李慕白这个大侠写成一位"高大上"的"完人"，而把他写成一个"失意的男人"，这是王度庐颠覆传统"侠义叙事"，为中国武侠小说史做出的又一贡献。

玉娇龙，是王度庐写得最为成功的一个女人。

玉娇龙的性格与《古城新月》里的祁丽雪有相似之处，但是她的叛逆精神更加决绝、更加彻底。为了自由的爱情，她舍弃了骨肉的亲情。同时，她也舍弃了贵胄生活，选择了荆棘江湖；舍弃了城市文明，选择了草莽蛮荒。

对玉娇龙来说，最难割舍的是亲情；最难获得的，是理想的婚姻。她发现自己选择罗小虎未免有点莽撞，所以又离开了他。她获得了自由的爱情，却在事实上拒绝了自由的婚姻。这与其说反映着"礼教观念残余""贵族阶级局限"，不如说是对文化差异的正视。尽管如此，这位"古代娜拉"并未"回家"，而是毅然决然地踏上一条不归路。这条路是悲凉的，同时又是壮美的。

玉娇龙和李慕白都是"跨卷人物"。《剑气珠光》里的李慕白写得不好，因为背离了《宝剑金钗》中业已形成的性格逻辑。《铁骑银瓶》里的玉娇龙则写得很好，她青年时代的浪漫爱情，此时已经升华为伟大的、无私的母爱。她青年时代的梦想，终于在爱子和养女的身上得以成真，但是他们携手归隐时的心态，也与母亲一样充满遗憾。

王度庐的上述成就，都是源于对传统武侠叙事的扬弃，这也使他的武侠悲情小说拥有了现代精神。

王度庐又是一位京旗作家。

清朝定都北京之后，即将内城所居汉人一律迁出，由八旗分驻内城八区。王度庐家住地安门内的"后门里"，属于镶黄旗驻区，其父供职于内务府的上驷院。内务府是一个由满洲上三旗（镶黄、正黄、正白旗）内"从龙包衣"①组成的机构，专门管理皇家事务。由此可知，王氏当属编入满洲镶黄旗的"汉姓人"，这一族群不同于"汉人""汉军"，满人把他们视为同族②。

满人崛起于白山黑水之间，性格刚毅尚武，自立自强，粗犷豪放。入关定鼎之后，宴安日久，八旗制度的内在弊端开始呈现，"八旗生计"问题日益突出，以致最终导致严重的存亡危机。王度庐出生时，恰逢取消"铁杆庄稼"（即旗人原本享受的"俸禄"），父亲又早逝，全家陷于接近赤贫的境地。他的早期杂文经常写到"经济的压迫"，"身世的漂泊，学业的荒芜"，疾病的"缠身"，始终无法摆脱"整天奔窝头"的境况。他的许多社会小说及其主人公的经历、心境，也都寄托着同样的身世之感和颓丧情绪。这种刻骨铭心的痛楚，蕴含着当时旗人不可避免的噩运，汉族读者是难以体会这种特殊的苦痛的。

同时，王度庐又十分景仰旗族优秀的民族精神。他的作品，明确书写旗人生活的有十多部；他所塑造的许多旗籍人物身上，都寄托着他对民族精神的追忆和期许。

从这个角度考察玉娇龙，首先令人想到满族的"尊女"传统。满族文史专家关纪新认为，这一传统的形成，至少有四点原因：一、对母系氏族社会的清晰记忆；二、以采集、渔猎为主的传统经济，决定了男女社会分工趋于平等；三、入关之前未经历很多封建化过程；四、旗族少女在理论上都有"选秀入宫"机会，所以家族内部皆以"小姑为大"。③玉娇龙那昂扬的生命力，正是满族少女普遍性格的文学升华。《宝刀飞》可能是第一部把入宫前的慈禧，作为一位纯真、浪漫而又不无"野心"的旗族姑娘加以描绘的小说。作者以"正笔"书写入宫前的她，用"侧笔"续写成为"西宫娘娘"之后的她，沉重的历史

---

① "包衣"，满语，意为"家里人"，在一定语境下也指"世仆""仆役"；"从龙"，指从其祖先开始就归皇帝亲领。王度庐在一份手写的简历里说：父亲在清宫一个"管理车马的机构"任小职员，这个机构当即内务府所属之上驷院。

② 按："满人"专指满族；"旗人"这一概念则涵括满洲、蒙古、汉军三个八旗的所有成员，其内涵大于"满人"。

③ 参阅关纪新：《多元背景下的一种阅读——满族文学与文化论稿》，辽宁民族出版社，2013，第219页。

感里蕴含几分惋惜,情感上极具"旗族特色"。

在《宝剑金钗》和《卧虎藏龙》里,德啸峰虽非主人公,却可视为旗籍"贵胄之侠"的典型。他沉稳、老练,善于谋划,善于掌控全局,比李慕白更加"拿得起、放得下"。他的身上比较完整地体现着金启孮所说京城旗人游侠的三个特征:一、凌强而不欺下,一般人对他们没有什么恶感。二、多在八旗人居住的内城活动,没什么民族矛盾的辫子可抓。三、偶或触犯权势,但不具备"大逆不道"的证据,故多默默无闻。①铁贝勒、邱广超和《彩凤银蛇传》里的谢慰臣都属此类人物。

进入民国之后,由于政治、经济原因,京中旗人的精神状态呈现更趋萎靡甚至堕落之势(《晚香玉》里的田迁子即为典型),但是王度庐从闾巷之中找到了民族精神的正面传承。《风尘四杰》实际写了五个"闾巷之侠"——那位"有学有品而穷光蛋"②的"我",也算一个"不武之侠"。作者清楚地认识到:虽然早非"侠的时代",但是天桥"四杰"③身上那种捍卫正义,向善疾恶,刚健、豁达、坚韧、仗义、乐观的民族精神,却是值得弘扬光大的。这已不仅仅是对旗族的期许,更是对重振中华民族传统美德的期许。

凡是旗人,都无法回避对于清王朝的评价。王度庐在杂文里认为,"大清国歇业,溥掌柜回老家"④乃是历史的必然,人民期盼的是真正实现"五族共和"。他更在两部算不上杰作的小说中,以传奇笔法描绘了两位清朝"盛世圣君"的形象。《雍正与年羹尧》里的胤禛既胸怀雄才大略,又善施阴谋诡计。他利用"江南八侠"的"复明"活动实现自己夺嫡、登基的计划,又在目的达到之后断然剪除"八侠"势力。但是,他对汉族的"复明"意志及其能量日夜心怀惕惧,以至"留下密旨,劝他的儿子登基以后,要相机行事,而使全国

---

① 参阅关纪新:《老舍与满族文化》,辽宁民族出版社,2008,第80页。

② 语见王度庐早期杂文《中等人》,原载于北平《小小日报》1930年4月5日"谈天"栏,署名"柳今"。

③ 民国初年,"天坛附近的天桥大多数的女艺人、说书人、算命打卦者都是满人"。转引自关纪新:《老舍与满族文化》,辽宁民族出版社,2008,第122页。

④ 语见王度庐早期杂文《小算盘》,原载于《小小日报》1930年5月20日"谈天"栏,署名"柳今"。

恢复汉家的衣冠"。书中还有一位不起眼的小角色——跟着胤禛闯荡江湖的"小常随"，他与八侠相交甚密，又很忠于胤禛。"两边都要报恩"的尖锐矛盾，导致他最终撞墙而殉。作者展示的绝不限于"义气"，这里更加突出表现的是对汉族的负疚感和对民族杀伐史的深沉痛楚。王度庐对历史的反思已经出离于本民族的"兴亡得失"，上升为一种"超民族"的普世人文关怀。《金刚玉宝剑》中的乾隆，则被写成一个孤独落寞的衰朽老人，这一形象同样透露着作者的上述历史观。

满族入关后吸收汉族文化，"尚武"精神转向"重文"，涌现出了纳兰性德、曹雪芹、文康等杰出满族作家，其中对王度庐影响最大的是纳兰性德。"摇落后，清吹那堪听。淅沥暗飘金井叶，乍闻风定又钟声。"①纳兰词的凄美色调，融入北京城的扑面柳絮和戈壁滩的漫天风沙，形成了王度庐小说特有的悲怆风格。

旗人的生活文化是"雅""俗"相融的，王度庐继承着旗族的两大爱好：鼓词（又称"子弟书""落子"）和京剧。他十七岁时写的小说《红绫枕》，叙述的就是鼓姬命运，其中还插有自创的几首凄美鼓词。至于京剧，据不完全统计，仅在《落絮飘香》《古城新月》《晚香玉》《虞美人》《粉墨婵娟》《风尘四杰》《寒梅曲》七部小说中，写及的剧目已达九十六折②之多！作为小说叙事的有机内涵，王度庐写及昆曲、秦腔、梆子与京剧的关系，"京朝派"（即京派）与"外江派"（即海派）的异同，"京、海之争"和"京、海互补"，票社活动及其排场，非科班出身的伶人、票友如何学戏，戏班师傅和剧评家如何为新演员策划"打炮戏"，各色人等观剧时的移情心理和审美思维……他笔下的伶人、票友对京剧的热爱是超功利的，而她（他）们的社会角色和物质生活则是极功利的——唯美的精神追求与惨淡的现实生活构成鲜明反差，映射着

---

①纳兰性德：《忆江南》——当年王度庐与李丹荃相爱，曾赠以《纳兰词》一册，李丹荃女士七十余岁时犹能背诵这首词。
②由于现存《虞美人》和《寒梅曲》文本均不完整，所以这一数字是不完整的。而未列入统计对象的《宝剑金钗》《燕市侠伶》等作品中，也常含有京剧演出、观赏等情节，涉及剧目亦复不少。

人性的本真、复杂和异化。他又善于利用剧情渲染故事情节和人物情感,例如《粉墨婵娟》中,凭借《薛礼叹月》和《太真外传》两段唱词,抒发女主人公不同情境下的不同心绪,展示着"戏如人生、人生如戏"的微妙契合,极大地增强了小说的诗意。

入关以后,旗人皆认"京师"为故乡,京旗文学自以"京味儿"为特色。王度庐的小说描绘北京地理风貌极其准确,所述地名——包括城门、街衢、胡同、集市、苑囿、交通路线等等,几乎均可在相应时期的地图上得到印证。《宝剑金钗》《卧虎藏龙》主人公的活动空间广阔,书中展示清代中期北京的地理风貌相当宏观,又非常精细。玉娇龙之父为九门提督,府邸位置有据可查,作者由此设计出铁贝勒、德啸峰、邱广超府第位置,决定了以内城正黄旗、镶黄旗(兼及正红旗、正白旗)驻区为"贵胄之侠"的主要活动区域。李慕白等为江湖人,则决定了以"外城"即南城为其主要活动区域。两类侠者的行动则把上述区域连接起来,并且扩及全城和郊县。《落絮飘香》《古城新月》《晚香玉》《虞美人》等社会小说中,主人公的活动空间相对狭小,所以每部作品侧重展示的是民国时期北平城的某一局部区域:或以海淀—东单—宣内为主,或以西城丰盛地区—东单王府井地区为主,等等。拼合起来,也是一幅接近完整的"北平地图"。上述小说之间所写地域又常出现重合,而以鼓楼大街、地安门一带的重合率为最高。作者故居所在地"后门里"恰在这一区域,在不同的作品里,它被分别设置为丐头、暗娟等的住地。这里反映着作者内心深处存在一个"后门里情结",他把此地写成天子脚下、富贵乡边的一个小小"贫困点",既体现着平民主义的观念,又是一种带有幽默意味的自嘲。

王度庐小说里的"北京文化地图",是"地景"与"时景"的融合,所以是立体的、动态的。这里的"时景",指一定地域中人们的生活形态,包括节俗、风习。无论是妙峰山的香市、白云观的庙会、旗族的婚礼仪伏、富贵人家的大出丧、"残灯末庙"时的祭祖和年夜饭、北海中元节的"烧法船",乃至京旗人家的衣食住行,王度庐都描写得有声有色,细致生动。这些"时景"与故事情节融为一体,成为展示人物性格、心理的重要手段;同时也颇具独立的民俗学价值。王度庐在小说里常将富贵繁华区的灯红酒绿与平民集市里的杂乱喧闹加以对比,而对后者的描绘和评论尤具特色。例如,《风尘四杰》里是这样介绍天桥的："天桥，的确景物很多，让你百看不厌。人乱而事杂，技艺丛集，藏龙卧虎，新旧并列。是时代的渣滓与生计的艰辛交织成了这个地方，在无情的大风里，秽土的弥漫中，令你啼笑皆非。"他笔下的天桥图景，喷发着故都世俗社会沸沸扬扬的活力和生机，嘈杂喧嚣而又暗藏同一的内在律动；它与内城里的"皇气""官气"保持着疏离，却又沾染着前者的几分闲散和慵懒。这又是一种十分浓厚、相当典型的"京味儿"！

"京味儿"当然离不开"京腔"。王度庐的语言大致是由两部分组成的：叙事以及文化程度较高角色的口语，用的是"标准变体"，即经过"标准化处理"的北京话，近似如今的"普通话"；底层人物的语言，则多用地道的北京土语，词汇、语法都有浓厚的地域特色，比一般的"京片儿"还要"土"。故在"拙""朴"方面，他比一些京派作家显得更加突出。

由于众所周知的原因，王度庐的作品散佚严重，这部《大系》编入了至今保存完整或相对完整的小说二十余种，另有一卷专收早期小说和杂文。

笔者认为，1949年前促使王度庐奋力写作的动力当有三种：一曰"舒愤懑"；二曰"为人生"；三曰"奔窝头"。三者结合得好，或前二者起主要作用时，写出来的作品质量都高或较高；而当"第三动力"起主要作用时，写出来的作品往往难免粗糙、随意。当然，写熟悉的题材时，质量一般也高或较高，否则，虽欲"舒愤懑""为人生"，也难以得到理想的效果。是否如此，还请读者评判、指正。

徐斯年
二〇一四年十一月于姑苏香滨水岸

凡 例

1.《风雨双龙剑》

本书初稿共十七回,连载于 1940 年 8 月 16 日至 1941 年 5 月 9 日南京《京报》。载毕即由报社刊行单行本,列为"京报丛书"之一。1948 年又由上海育才书局印行单行本,改为十八回;回目与《京报》本略有差异,内文稍有删改。本版采用十八回,内文据连载本印行。

2.《彩凤银蛇传》

本书最初连载于 1941 年 5 月 10 日至 1942 年 3 月 1 日南京《京报》。未见单行本。本版即据连载本印行。

3.《纤纤剑》

本书初载于 1942 年 3 月 1 日至 10 月 31 日南京《京报》。未见单行本。本版即据连载本印行。

4.《洛阳豪客》

本书初稿连载于 1943 年 1 月 23 日至 1944 年 1 月 8 日南京《京报》,原题《舞剑飞花录》。1949 年 2 月上海励力出版社印行单行本,改题《洛阳豪客》,章次、章题均与连载本不同,内文差异亦大。

本版以连载本为底本,书名仍用励力版名,附励力版目录如下:

第一章　江水滔滔少年侠士　隐凤村中少女动相思
第二章　绛窗外试剑对名花　洛阳东关娇娥战五虎
第三章　苏小琴闺中戏女伴　为防腾云虎夜夜虚惊
第四章　巨案惊人轰动洛城　酒楼掷花轻薄遭鞭
第五章　镜后捉贼小姐施威　月夜鏖战见少年 洞穿底细
第六章　绸巾绣鞋惹起狮子吼　楚江涯追踪看把戏
第七章　云媚儿酒店发雌威　于铁雕率众为师兄报仇
第八章　苏老太爷客舍忏从前　楚江涯仗义救衰翁
第九章　家中女子太可疑 夜深,村外,惨变
第十章　"竟被爸爸识破了吗?"青蛟剑找不到仇人
第十一章　斜阳惨黯晚风徐起山中逢"女鬼"清晨吊祭探
　　　　询李姑娘
第十二章　楚江涯力战群雄 李国良老迈发忿语
第十三章　素幔低垂,怪贫妇半夜击棺 美剑侠扬剑捉凶
第十四章　夜战高岗宝剑斗金鞭 人言可畏名闺蒙羞
第十五章　雨天,老英雄跌死街头 河边柳畔会情人,心
　　　　碎美剑侠
第十六章　闻说有人刎颈死 古都三访,洛阳豪客尽余情

5.《大漠双鸳谱》

本书最初连载于 1943 年 1 月 23 日至 1944 年 7 月 3 日南京《京报》(1944 年 2 月 1 日改名《京报晚刊》)。未见单行本。本版即据连载本印行。

6.《紫电青霜》

本书初稿 1944 年至 1945 年连载于《青岛大新民报》,原题《紫电青霜录》。1948 年 7 月由上海励力出版社印行单行本,改题《紫电青

霜》。本版以励力版为底本。

7.《紫凤镖》

本书初稿连载于 1946 年 12 月至 1947 年 7 月《青岛时报》，署名鲁云。1949 年由重庆千秋书局印行单行本。本版以千秋书局版为底本。

8.《绣带银镖》

本书初稿连载于 1947 年 5 月至 1948 年 9 月青岛《大中报》，原题《清末侠客传》，署名鲁云。1948 年上海励力出版社印行单行本时分为二册，书名分别改题《绣带银镖》《冷剑凄芳》。本版以励力版为底本，合为一册印行。

9.《雍正与年羹尧》

本书初稿连载于 1947 年 7 月至 1948 年 4 月《青岛时报》，署名鲁云。1949 年上海励力出版社印行单行本，更名《新血滴子》。本版以励力版为底本，书名恢复原名。

10.《宝刀飞》

本书初稿连载于 1948 年 4 月至 1948 年 9 月《青岛时报》，署名鲁云。同年 11 月由上海励力出版社印行单行本。本版以励力版为底本。

11.《金刚玉宝剑》

本书初稿始载于 1948 年 9 月《青岛公报》，1949 年 2 月改载《联青晚报》。1949 年由上海励力出版社印行单行本。本版以励力版为底本。

按"金刚玉"当作"金刚王"。参见丁福保主编之《佛学大辞典》：

【金刚王宝剑】（譬喻）临济四喝之一，谓临济有时一喝，为切断一切情解葛藤之利剑也。《临济录》曰："师问僧：有时一喝如金刚王宝剑，有时一喝如踞地金毛狮子，有时一喝如探竿影草，有时一喝不作一喝用，汝作么生会？僧拟议，师便喝。"《人天眼目》曰:"金刚王宝剑者,一刀挥断一切情解。"

又:【金刚】(术语)Vajra 梵语曰缚罗。……译言金刚,金中之精者,世所言之金刚石是也。……又(天名)持金刚杵之力士,谓之金刚。……

【金刚王】(杂语)金刚中之最胜者,犹言牛中之最胜者为牛王也。……

目录

第一回　岁暮天寒保镖出无奈
刀飞剑起比武识英雄

在清代光绪年间，那时保镖的行当儿还很兴旺，在北方江湖上赫赫有名的就是"紫凤镖"。别家的保镖，车上插的都是白布做的旗子，上面用墨笔写着镖店的字号。他这个镖则不然，却永远招展着素缎子的地，绣着十分精细的紫凤一只，连一个字也没有。然而，凡是插有这种旗帜的镖车，无论是多少辆，装着多少价值万金的货物，或是官眷、珠宝、金条等等足以使一般绿林歹人垂涎的东西，准保万无一失，就是没有一个镖师跟着，半夜黑天的在野地上走，也绝没有一点错。不但财物不会被劫，还能够逢山有人开路，遇水有人搭桥，跟车的人一路投宿吃饭，甚至于骡子马匹的草料等等，都可以不花一个钱，只凭着一只紫凤镖旗，到处有人对之谦恭、客气，因为崇拜的就是这镖旗的主人。

紫凤镖旗在江湖上行走了有二十多年的历史，留下的侠义、壮烈、慷慨激昂的事迹很多，但很少有人能够晓得他——镖旗的主人，采用这紫凤作为招牌的原因，这却是包含着一段哀艳的故事。

话要从头说起。当年，保镖最有名的要算河北冀州"金刀徐老"，徐老是少林派有名的英雄，自幼在嵩山上跟着智德禅师学过艺，开设"四海通镖店"已有多年。买卖虽然不大强，却是因为徐老为人忠厚，好闲散，喜饮酒，不善理财，其实他的名声可称得起是远近皆知、武艺更是压倒侪辈。

徐老镖头闯出了名声之后，就与杯中物结了不解之缘，整天是半斤多白干，喝了酒，就迷迷糊糊的，除了睡觉，就是揉着手里的一对铁核桃。柜上的事，他全都不过问，只交给两个伙计经营办理。这两个伙计一个是他远房的族侄，名叫"小长虫"徐顺；还有一个是他的徒弟，人还能干一些，江湖的路数也熟，名字叫"赛张辽"，姓秦行九。这两个人都不是江湖上头路的角色，而且是只知守成无意发展，因此买卖便不发达，年底结账，虽然不致赔钱，可也没什么盈利。徐老镖头光是女儿就有五个，还有老娘和整年瘫在炕上的妻，一大家的人口，开销甚大，所以渐渐的这位老镖头就现出生活穷迫之状。镖店要关门，伙计们也都要另寻饭碗，这才使得徐老镖头有点着急。他眼望着壁间悬挂多年、久而不用的那口金刀，说："要怎么着？难道我这把年纪了，还得叫我出门去奔吗？跟那些江湖后生去争长论短吗？不然就要挨饿！丢人！"说着，他又喝了一大口白干，并不住地连声叹息。

正当天寒岁暮、钱少债多之时，忽然又有个陌生的人投奔他。这个人拿着一封信，上写：

今有柳梦龙往投，务请收容是荷！

悦禅合十

介绍人悦禅是一位嵩山上会武艺的和尚，与徐老头有旧交，然而已有十多年未通音信，如今，猛然间给荐来了这么一个人。这人倒还年轻，相貌也好，只是在这风雪酷寒的天气，他还穿着夹衣，窘得不成像，分明是落拓无聊来此找饭无疑。

徐老镖头把这个人打量一番，就开口说："学过功夫没有？"柳梦龙回答说："学过一年多。"老镖头又问："拿得起来一两样儿家伙吗？"柳梦龙点头说："差不多的还都会点儿。"

徐老镖头又问："保过镖没有？"柳梦龙摇头说："没有！对保镖这行的事，我实在是一窍也不通，因此悦禅师傅才把我荐来，我愿跟着老前辈学习学习。"

徐老镖头叹道："我的这个买卖也实在不行了，因为没有靠得住的人，我自己又不愿跟一些江湖晚辈争强斗胜。不瞒你说，这个年底我就过不去，明年这镖店能开门不能，还不敢说。可是你既来了，则安之；在这儿没有别的，很受苦，可是只要我有吃的饭，就有你吃的饭。你不必外道，尽管安心在这里住着，四海之内皆兄弟也。几时你有了好事，几时你再走！"柳梦龙也没有说别的。

当时老镖头把小长虫徐顺叫来，给他们介绍了一番，就叫柳梦龙到前面柜房去住。

柜房里冷冷清清，壁上挂着的武财神像全都沾了尘土，生着一个小炭炉子，一点也不旺。柳梦龙身穿的衣服更是单寒，他也没带着什么行李，幸亏徐老镖头拿出来一件大皮袄给他穿，并且给他预备了一床被褥。

小长虫徐顺是个很好聊天的人，赛张辽因为在城里有家眷，柜上又没有买卖，所以不常来，徐顺很是寂寞。如今来了这个姓柳的，他正好谈谈天，于是他就东拉西扯，又问柳梦龙的来历，又述说他自己的经验。可是这柳梦龙虽然是新上跳板，来到这儿做镖客，但他完全没有点豪杰气，简直是个书呆子，一来到这儿他就从怀里掏出来一本书看，入了迷似的，看上就没完。

小长虫心里说："好！这可行了，来个新镖客，却是个老夫子！这也不错，明年要是镖店关了门，索性就把这儿改个学房吧！"

镖店的景况实在凄凉。外边，人家别的镖店里，管账的早啪啦啪啦打算盘，把账给结好了。今年，哪一家镖店不是大赚钱？哪一个保镖的不能赚个百八十两的银子？只有他们这儿，今年的大年初一，真怕连顿饺子也吃不成。小长虫想着想着就不禁有点发愁，同时又对柳梦龙加以轻视，心说你也是个倒霉鬼、没人要的货，不然为什么大年底的你别处都不去，偏到这儿来呀？

到了傍晚的时候，忽然赛张辽秦九来了，他却是精神兴奋，满面红光，一进门就说："现在有一件好买卖！长虫，你快去问问掌柜的，咱们做不做？"

小长虫还迟疑着说:"有什么好买卖?真要是有好买卖,还不早叫别家给抢了去,能够送到咱们门上来?"

秦九却说:"因为这号买卖别家都不肯做!这是京里的户部主事刘大人,因为卸职回家,病在源兴店里有一个多月了,前天忽然死了。他的家眷,一妻二妾,还带着几个孩子、几名男女用人,都要赶在大年三十以前还灵回河南汝南府,车都已雇好了,只是还想请两位镖头保护着,肯出大钱,七八百两银子都不在乎。"

小长虫听了,不由有点眼馋,说:"主事也不是什么大官儿,就能够这么阔?"

秦九却说:"户部的主事是管钱的,可与别的部不同,大概留下的好东西不少。听说大皮箱就有二十多只,所以非得雇人保镖不可,可是别的镖头全都不肯去。"

此时柳梦龙忽在那边发问说:"这是为什么?"

赛张辽喘着气说:"这得赶紧去问问掌柜的!要想答应这号买卖,我赶紧就到源兴店把它抢到手,迟一些,买卖也许就飞了!虽然别的家都因为快到年底,账也结了,懒得再出门。我还听说这位刘大人早先曾做过磁州的知州,在任上的时候为官清廉,嫉恶如仇,与磁州的'三霸天'全都仇深如海。现在因为快到年底了,路上的行人本来就少,磁州又不是个好走的地,三霸天的耳风又都很快,为钱,为人,为报当年之仇,他们就许要拦路打劫!"

小长虫听到这里就赶紧摆手,说:"趁早!认穷认命,过咱们这个倒霉年吧!这个镖可真不容易保的,这笔钱也不容易挣的。三霸天是干什么的?这时恐怕他们早就预备好了,到了时候,恐怕连给这刘大人保镖的都得跟着没命。'三霸天'那还了得!'上霸天','青毛龙'段成恭;'中霸天','镇山豹'陈兖;'下霸天','白眉老魔'薛大朋。这三位,慢说咱们,就是把咱们冀州所有的镖头全都请了去,也保不了这支镖呀!也惹不起他们呀!"

这时,那柳梦龙听了这些话,忽然显出很兴奋的样子,说:"咱们开的既是镖店,为什么现在有了买卖不做呀?谁管他什么三霸天?你们要都不敢去，我一个人去！"说着，收起来他正在看着的那本书，就跳下炕来。

赛张辽又说："其实磁州的三霸天，跟咱们也都有点交情。请掌柜的写两张帖子，我带着，走过磁州的时候，先去拜望他们，难道他们还真一点面子也不讲，一定要打劫吗？"

小长虫却仍然摇头摆手地说："你们去吧！这份差事可没有我！我甘愿到大年下吃不着煮饽饽，我可真不敢去发这笔财！"

当下柳梦龙跟着赛张辽到里院去见掌柜的，徐老镖头听了却先犹豫了一番。

徐老大概也是看出来了，这件买卖不是什么好做的。可是，禁不住柳梦龙自告奋勇，赛张辽又是发财心急。再说，做了这号买卖，别的不说，先可以借着它支支账，年就可以度过去了。万一没有什么事，三霸天都很讲面子，使得这号买卖平平稳稳地做成了，七八百两银子确实也可以挡不少的饥荒，亏空弥补了，整个春天的吃喝不用发愁了。五月间，大女儿出阁，多少也可以预备点妆奁。想来想去，徐老也点头说："好！我舍个老面子吧！走的时候，你们带上我的两张帖子！"于是，赛张辽就赶紧去讲这件买卖。

原来，那刘家的人正在发愁呢！因为慢说是在年底，就是平时，谁也不愿意给他们保镖，不然刘主事就是病，也不至于在这地方一延迟就有两个月。刘主事就是十年之前磁州的州太爷刘铁面，他为官真是铁面无私，把磁州曾治得路不拾遗、夜不闭户，捕杀的强盗无数，因此也就得罪了不少的绿林人。那三霸天几乎没有一个没吃过他的亏的，所以把他恨入骨髓。何况他虽有清官之称，而身后留下的宦囊却如此之多；并且他那第二个姨太太今年才二十来岁，貌美如花，能说还会唱大鼓。既有金银，又有美人，谁敢给他们一路保险呀？所以，本地的各镖店一听说这号买卖叫四海通给应了，就不但不嫉妒，反倒哈哈大笑，说："徐老真是想自走死路，叫他去得罪江湖吧！叫他们去栽这个大跟头吧！管保他结果是一个钱也挣不着，还许赔上人命。金刀徐老半辈子的名声可是完了，以后他也别再向咱们夸他的当年之勇了，碰巧还许弄得老命呜呼！"

赛张辽跟刘家是以八百两银子讲妥了的，准备明日就要起程。

翌日清晨，北风吹着残雪，天色阴霾而酷寒。刘家雇来的是十多辆车，多一半拉着行李、包裹、大皮箱，少一半车倒是坐着人。店门外很多的人等着看那位二姨太太小寡妇。

少时，二姨太太就出来了，披麻戴孝，泪眼颦眉，真是一位绝世的美人。其他的各位小姐少爷，以至于仆妇长随，虽也都是穿着孝衣，里面衬着的衣裳确实全都很阔，只是那位主事大老爷，横卧在"杉木十三圆"的大棺材里了，没法子看见。两头骡子驮着他的那付"桢"，桢上放着棺材，棺材上披着火红绣花的缎帔。临行时焚过了纸，家属们齐声号啕大哭。

随着哭声，车辆和灵柩就离开了冀州的市街，许多人都伫足，拥挤着看热闹。只见车上稀稀地插着三五支四海通老镖店的镖旗，旗子都很破旧了，上面写的字也俱已模糊不清，一点也没有气派。保镖的只有两个人，还是临时租来的马。后面的那柳梦龙谁认识他呀？无名的小辈，看那穷样子倒像是个叫花子。

赛张辽可还不愧是个略略有名的镖头，打扮得很整齐，人也够个样儿，身佩着一口带着铁鞘的扑刀，摇鞭策马在前面走，并跟街上熟识的人抱拳含笑打招呼，说："过几天见！年前我们一定能够交了镖回来！"他走过去了后，可就有人向着他的背影撇嘴，说："你还能够回来？你要能平平稳稳地交了这趟镖，那才怪！"

冀州城里的人就像是送丧似的，怀着一种幸灾乐祸的心理，送走了"四海通"的镖车。

这时，赛张辽与柳梦龙已保护着镖车走上了南去的大道。赛张辽的心里本来颇有几分把握，因为自己带着金刀徐老的名帖呢，三霸天不能不给点面子，也许就平安无事。他愁的倒是现在，路上行人稀稀。

本来现在快到过年的时候了，久客他乡的游子都已回到家中去度岁，谁还出来在外面奔波？因此，路上不但车马很少，行人也稀稀零零的。天又寒，风又大，天色永远也不晴，雪花一阵一阵地往脖颈子里飞。

莽莽的大地，脉脉的远山，可真叫人看着有点害怕。赛张辽心里说："三霸天我倒不怕！可是在这路旷人稀的时候，要蓦地跳出几位活阎王、猛太岁，再不懂得江湖话，那我们可真就完了。凭我一个人总是孤掌难鸣，就是武艺好也不中用。看柳梦龙那个样子，简直是个废物，并且他还大爷似的，一点也不勤俭，什么忙他也不帮，带着这么个伙计出来，才真叫倒了霉呢！

柳梦龙确实是很懒的。找到店房，他只知道骗腿下马，马交小二去喂，他只是掏出那本旧书，找个热炕头儿去坐着看，等着茶来了伸手，饭来了张口，什么事情他全都不操心。

赛张辽是真忙，不但他所找的都是熟店房，一进店门就得先跟店掌柜聊一阵，跟店小二打几句哈哈——据他说这些全都不可轻视，因为他们跟镖行人、绿林人全都很熟，那些全都是他们的熟主顾，有他们在当中串气儿，瞎着眼睛也可以保镖。若没有他们，尤其是得罪了他们，那纵使保镖的人是八臂哪吒，有降龙伏虎之能，路上也准得出事儿。再说哪个地方没有一两家镖店？没有几个镖头？无论是有名的无名的，识与不识，赛张辽每逢来到一个地方，纵使已经人困马乏了，可也得立时就去拜访，以便打听前面路上有没有什么障碍，或是近几日有无事情发生——这些都是保镖的门路。

其他像对于雇主儿的照应、联络、帮忙，也全是他分内的事儿。除了那位二姨太太小寡妇，赛张辽实在不敢多看她一眼，别的人，如刘太太、刘大姨太太、小姐少爷，以及管家仆妇，没有一个不跟他弄得熟，并称他是个好镖头。

因为跟着一口灵柩，所以在路上不能快走，第四天才到了磁州。这时刘家的那些家人虽然都穿着孝，可是因为早先他们跟着刘主事在这里做知州的时候，都住过很多年，都有几个熟朋友，都想顺便去看一看，有的还要带点这里的土物儿，回汝南府去食用或是送人。赛张辽却把他们全都拦阻住了，说是不大相宜，他说："你们既是请我保镖，在路上就得听我的话，不然出了事我可不管！"

现在已能望见远远之处的磁州城池了，天色已将近午，正应赶到

那城里去打尖,用午饭,可是赛张辽却不住地在心里打主意,他暗想:
是偷偷地就越过去呢? 趁着三霸天不知道,就闯过去这一关,还是这就
去投帖拜访呢?

他原想着是多一事不如少一事,最好能够鸦雀无声地走过去;但
是又一细想,却觉得不行。赛张辽也总是保镖多年,他还能够不知道?
磁州周围二百里之内全都是三霸天的势力范围,就是有个稍微岔点眼
的游僧贫道从这儿走过去,他们也立时就能够知道,何况这大队的镖
车,又有灵柩,他岂能没耳报神? 如果他是想打劫,恐怕早已布置好了,
绝逃不出他的圈去。若是不想打劫,那是他故意闭眼睛,绝不是不知
道,你若不去拜访他,求他们给个面子,他倒许恼羞成怒。总而言之,这
关想逃过是不行,还是得去办事,去凭面子请求才行。

于是赛张辽索性大胆起来,吩咐镖车的行列就往城那边去走。他
们一直到了城的西关,找了一个很大的店房,就停下了,赛张辽说:"看
现在这天气,说不定待一会儿就要下雪,下了雪能往下走不能,还不一
定。咱们先在这儿打尖,吃完饭多歇一会儿,大家可不要满处乱去,不
过我得出去一趟,拜访拜访这里的几位有名的人。"说着,他就打扮得
整整齐齐,拿着金刀徐老的名帖去看那三霸天。

原来三霸天虽然都是在磁州出的名,他们可不全是本地的人,并
且也不全在这地方住。只有中霸天镇山豹陈兖在这里是根生土长,年
幼的时候就是街头的一个小泼皮,用刀伤过人,后来做赌徒,当地痞,
拐人家闺女,抢人家的钱,无所不为,结果是沦于绿林,越发地横行无
忌。他曾有四次被磁州的知州,即是被现在躺在棺材里由这里经过的
那位刘主事所捕,虽然没有把他正法砍头,可是双腿也几乎被"夹棍"
夹断。后来,上霸天设法把他救出,他的两条腿养了三年才好。

刘大人在这里做官的时候,他连偷着进城也不敢。及至刘大人卸
了任,换了个新知州软弱无能,他才又明目张胆地在磁州闹起来;可是
他一改年轻时的浮躁与鲁莽,心里虽是险若蝎蛇,行为虽是狠若虎狼,
但表面上却做出一些君子之风,居然也有人说他是好人了。

他的财产与他的恶行日渐增加,现在他盖有很大的庄院,有了五

房老婆,儿女也有了。他还开设着一个"镇山镖店",雇用着几十名镖头和伙计。这些镖头和伙计是行动无常,今天走了一个姓张的,明天又来了一个姓赵的,也不知是怎么投了他来的?他为什么收下?那些人到底是帮他做些什么买卖?也无人晓得。可是中霸天的势力越来越大了,他简直是一个杀人不眨眼、睚眦必报的魔王。

赛张辽已有一年多没来拜望他,今天来到他的门前一看,喝,更阔了!宅子又圈进去了不少,房屋更多了,而且连砖带瓦都十分新,好像是重新翻盖了的。门前绿柳系肥马,出入仆从亦绫罗,比什么总督巡抚的宅子还要显赫。可就是一样美中不足,他家是一个黑漆的大门,还不敢刷红漆,也没有那些"文元""进士及第"等等的表现功名爵禄的牌匾。

赛张辽还没有来到门前,就先把名帖掏出来了。一共是三张,两张大红色的分写着四海通镖店的字号和金刀徐老的姓名,另有一张淡红色的是他本人的名字。不过上面加了一个"晚"字,这是他学来的一点官派,表示自己的客气,谦卑。

拿到门前,正好有个人站在那里。那人头上盘着小辫子,鼻子上抹着鼻烟,凶眉恶眼,披着一件绿缎面的"二毛皮袄",掩着怀。赛张辽走到他的跟前,递上帖子,他连看也不看,更连接也不接。赛张辽就一抱拳,说:"烦老哥!替我去回一声,我是特意前来拜望中霸天陈大太爷的。"这人才问:"你叫什么?"赛张辽又抱拳说:"你只说出赛张辽,他就知道了,早先我常来。"这个人斜着眼睛把他打量了一番,仍是不说一句话,一步儿挪不了三寸地懒懒地往里面走去,里面就是门房,那人就进去了。

又待了好大半天,赛张辽站在门外等着,两脚都冻得发僵了,门房里才出来一个小厮。这人更是一点礼貌没有,抢过他手里拿着的三张红帖就往里走。里面是屏门、垂花门,还有许多的门,院落很深。赛张辽他曾来过,所以也都知道。他就耐着性儿等着,心里盘算着见了中霸天应当怎样说话。

如此又待了多时,才见里面另出来两个强悍的小伙子,腰带上都插着小刀子,齐声喝着说:"喂!进来吧!"这就算是让客。赛张辽答应了一声,遂就唯恭唯谨地跟着他们往里院走去。

他被引至这大概是新布置的客厅里,很讲究呀!红木的桌上摆着的也不知是真古玩还是假古玩,四壁也挂有名人字画,中霸天镇山豹居然也风雅了。屋里很暖,炭盆就烧着两个。还有一只"金鞭打绣球"的小狸猫儿,眼馋馋的,一会儿望望高悬着的笼中鹦鹉,一会儿又想去捞捞缸里的金鱼。两个强盗似的人就瞪眼看着他,这两个人可真跟这么雅致的客厅太不相称。

赛张辽坐在个瓷绣墩上,屁股觉得很凉,赶紧又换了把有棉垫儿的红木椅子去坐,也没有茶。他含笑对这两个人搭讪着话,这两人却沉着死脸,斜着贼眼,并不理他。他渐渐觉出有点不妙了,然而还得耐着性子等着。

中霸天也许是抽上了大烟,足足地又等了一个半钟头,那身材巨大、黄脸浓眉,露着一颗大牙的中霸天才走进了屋。他也老了,快五十岁了,披着缎面的狐裘,手里拿着一把往背后抓痒痒的挠子,可能是钢打的。赛张辽赶紧站起身来,先口称"大叔",随即一躬到地,又问:"您好啊!我少来望看您!"中霸天只略略点点头,说:"坐!坐!"

赛张辽哪里敢坐下,他办事的心急,开口就带笑说:"大叔!我是无事不来三宝地,这一年多我是因为穷奔忙,少来见您,可是不但我,就是我们掌柜的也无时不惦念着您。现在是我们应了一号买卖……"

才说到这里,中霸天就瞪了他一眼,问说:"是保着那刘老小子的棺材跟他那小寡妇不是?"

赛张辽吃了一惊,赶紧又带笑说:"我还敢瞒您吗?这号买卖本来我不想应,可是'四海通'柜上的生意大概您也知道,若不应这买卖,账主子就没法儿挡,我跟我们掌柜的这个年就全都过不去,因此,才就应了。可是我们掌柜的嘱咐我,务必先来磁州,拜望大叔、大太爷,跟大太爷借路。"

中霸天淡淡地说:"我管得着吗?我又不是这儿的城隍爷!"

赛张辽又笑了笑,说:"大叔圣明,我们掌柜的也知道,刘主事在这里做知州的时候,曾得罪过您。可是他如今已死,仰巴脚儿从您的眼前过也就是报应。人死不再为仇,大叔您又是宽宏大量,宰相的肚子能撑船,大概您也能高高抬抬手。"说出了这些恳求的话,他赶紧就观察中霸天的神色。

中霸天听了这话,却连一点表情也没有,只说:"用不着问我,我还能够拦住你们走路?"

赛张辽勉强地笑着说:"不是这样说。慢说那刘主事生前还跟大叔有点仇儿,就是没有,我们也得先来请示请示大叔;大叔要是不点头,我们就在这儿待着,一步儿也不敢走!"

中霸天哈哈大笑,说:"你们真把我看成一个恶霸了!其实我既不认得什么刘知州、刘主事,更不认得金刀徐老!"赛张辽听到这里,当时就吓得一打哆嗦。中霸天把脸一沉,但旋又露出一种阴险的笑,说:"我只记得有一个刘老小子,无论他是死是活,只要由这里过,得叫他亲身来见我!"

赛张辽道:"他已经死了。"

中霸天说:"死了也得打开棺材,抬出死尸来,叫我砍他几刀!"

赛张辽赶紧央求着说:"大叔!你老人家不是饶不得人的人,何必还要跟一个死人如此……"

中霸天怒目圆睁,说:"你别说这些废话!你既是知道,为什么还胆敢给他保镖?"

赛张辽苦着脸央求说:"实在,实在……是没有法子呀!只为挣下这笔钱,好还账过年。大叔,您高抬一抬手,就算帮了我们掌柜的忙,也算是可怜了我!"

中霸天说:"我要是不可怜你,现在就不能叫你走!你更不要提你的掌柜的,那金刀徐老,穷死活该!向来他扳着臭架子不理我,如今忽又来跟我套近?我不认识他!"

赛张辽为难着说:"这真是……大叔!别的话也都不用说了,您既是可怜我,就要可怜到底,抬抬手儿让我们过去吧!"

中霸天说:"我把话都跟你说明白了,你一定要走,我也不拦阻你,只是,斟酌着办!"

赛张辽说:"我……"他此时真要下跪了,却见中霸天抖手走出屋去。那两个恶仆一齐按刀,向他怒声呵斥,说:"你还不快滚蛋!"

此时,赛张辽不但弄得下不了台,还落一个没脸,被两个恶仆硬给架了出去,算是还好,倒没有踢没有踹。赛张辽才定了定神,缓了缓气,忽见有个人走过来问说:"怎么样了?中霸天他肯讲理不讲?"

赛张辽一看,原来柳梦龙也来了,当时不由羞得满面通红。可是他还不肯说实话,只惨笑着摇摇头,说:"没什么的,他能够一点面子也不给吗?他不给掌柜的面子,也不好意思不给我个面子呀!好办,好办,他并没有说什么,可是我想索性在这儿歇半天,明天再说。"

柳梦龙却说:"天还这么早,就停在这儿不走了,这样的走法,两个月也到不了汝南,咱们还能够指着这赶回去过年、还账吗?"

赛张辽发急地说:"你不用管!你懂得什么?我保镖多年,现在这个买卖也是我揽来的,我担着沉重;我说走就走,我说住下就得住下,用不着你多说话!"

柳梦龙却微微一笑,说:"本来今天停在这儿,你还非得见中霸天不可,这就是多此一举!什么中霸天?连上霸天、下霸天,连他们的老子、祖宗全都算上,谁要敢拦咱们的镖车,我就叫他们……"柳梦龙的这句话吓得赛张辽脸色都白了,急得不住跺脚。他赶紧扭头去看,见那两个恶仆还在那门旁站着,向这里怒目而视,赛张辽赶紧拉着柳梦龙就走。

回到了店房,柳梦龙就吩咐车夫们赶紧套车。那些车夫骡夫们大概是都恨不得当时就到汝南府,事情办完了,领了钱好赶回家去过年。刘家的女眷和仆人们,更是都愿意赶快回家,所以就一齐纷忙着套车,拿行李,准备离开这里再往下走。赛张辽直急,张着手嚷嚷了半天,想拦这些人,但他也是拦阻不住。于是,不多时,人马车骡就又离开店房,登程南去。风刮得越发的寒,天也更阴,大地茫茫,前面真不知道伏有多少灾难。

赛张辽只好也跟着走,他还不能显出太畏缩的样子,可是转又一想:中霸天实在是太不讲面子,太不懂人情!求他是白求,怕也是白怕,也许就这么闯过去了,他也未必真就打劫。干脆,快点走吧,叫他们追也追不上。于是他反倒催促起众人,说:"快!快点走!下一栈的大栈是泥洼镇,离这里还有五十里,咱们顶好是别等到天黑就赶到了才好!"当时车声辚辚,马蹄嘚嘚,那骡子架着的灵柩也紧紧地走,就如同疾风暴雨似的直往前进。

此时是柳梦龙一马当先,精神十分抖擞,赛张辽渐渐对这个穷小子有点惊诧了,心说:莫非这个小子还真有点本事?就是没有什么本事,他也算有点硬气,我可也别叫他看出太脓包了呀!于是赛张辽也就把心一横,精神振起,他在后面催得愈急,恨不得当时就跳出中霸天的手心去。他还时时地回过头去望,可是也没有看见后面有什么人追来,他的心就更觉得轻松了。

往下一直走了约三十里,骡子跟马就全都累了,不能够再快走了。天越发地觉着黑,这倒不是天更阴沉,而是四周的暮色渐渐拢合了起来。赛张辽暗暗地埋怨:都快立春了,天怎么还这么短?走了才不大会儿,天就要黑了。现在离着泥洼镇还有差不多二十里地,恐怕今天赶到那里也得三更天了……

幸亏这条路上虽然没有什么行人,村落却时时发现。远处的村落隐在云雾中,近处的人家却炊烟袅袅,犬吠之声可闻。赛张辽不由得心里又另外打了个主意,暗想:别傻往下走了!这些个人家,也可以前去投宿呀!于是,赛张辽就摇着鞭子,大声喊嚷着:"喂!喂!站住吧!先站住一会儿吧!"

他嚷了好几声,车马和骡子方才都停止住,有人就问他说:"秦镖头,有什么事呀?"

赛张辽说:"你们看这天色,不早啦!赶到泥洼镇,顶早也得二更天,可是看这样路静人稀的,等不到咱们赶到泥洼镇就许出事儿!"

柳梦龙却愤愤地说:"出什么事?咱们这些个人,怕他什么?还是快些走吧!"

赛张辽摇着头说:"你别以为人多就行了,人多才不中用呢!强盗不来便罢,只要一来,就不止十个八个。到了那时候,除了你我会些武艺,还可以抵挡一阵,其余别的人都不行,尤其是咱们现在还保护着女眷,能够叫她们瞪着眼儿吃亏?"

赶车的和赶骡子的人就都说:"对啦!不能再往下走啦,骡子跟马也都受不了。附近有人家,咱们为什么不去说几句好话,寻个休息,这样穷赶命干吗?再说,泥洼镇坏人多,店房十家有九家是黑店,那地方儿更靠不住!"

刘家的一个管家说:"可是咱们是带着灵柩,灵柩能往哪儿停呀?一大群戴孝的男男女女,到谁家谁能收留呀?"

有个赶的说:"这可没有法子!出门走路就得随机应变,穿着孝就得暂时脱下来,棺材也可以停在人家的门口外,那还怕什么的?再说住上一夜,第二天多送他们两个钱,他们倒只有喜欢的,我看可应当这么办。要是怕人家嫌着不吉祥,怔往下走,那好,一会儿天就黑,走得上不着村、下不着店,那时咱们不吉祥的事情,可就快出来了!我常走这条路,还能不知道?这地方常出事,前面有一座桥,别名儿就叫作'断命桥'!"

柳梦龙听赶车的这样一说,却更主张不可在此停留,他怒声喊嚷着,叫大家再往下赶路,说:"你们别听他的话!听了他的话,你们可就都要断命了!"那赶车的却冷笑着说:"我不管!爱走不走随你们,反正出了事与我不相干。我赶车的怕什么?从没听说强盗连赶车的都劫。"柳梦龙恨不得抽他几鞭子,但是也无用。

这时大家全都不走了,尤其是刘家的女眷,她们实在是被前面那"断命桥"的名字给吓得哆嗦了。天又这样的酷寒,手脚冻得都像被刀割着一般,谁不想赶快找一个地方温暖温暖去?所以刘主事的正太太就先发了话,说:"就找个地方去投宿吧!住在人家里总比走在路上强,咱们这么些人,强盗就是看见了,也必不敢怎么样。"

赛张辽是刚才还有一点犹豫,现在,尤其是柳梦龙主张走,赛张辽就更得主张"偏不走",因为不如此就不能维持他"大镖头"的面子,他心想:买卖是我应的,掌柜的是把镖托付给了我,你姓柳的才进了镖行几天？什么都不懂，还敢自称行家，我能听你的？我索性不走了，大概也不至于就有什么事。而且这个着儿中霸天绝想不到，他要是派人追劫，那就一定追到泥洼镇，把这儿就掠过去了，我们这儿倒许平安无事。于是他就吩咐众人，赶紧到村子里去找人家，村子还是越离着大道远才越好。

柳梦龙现在是一人难拂众人意，他只好就不说话了。于是，车马和灵柩就都改变了方向，前去找村子。

找了好几个村子，不是因为没有地方，就是人家干脆不肯收留。天已经黑了，寒风吹得更猛，搅得各村子里的狗都乱叫不止。结果总算是得到了一家人的允许，这家人一共兄弟七个，个个都身强力大，他们出来帮着抬卸行李。有个人还举着一个大灯笼，喊着说："快点！先叫娘儿们下车，先抬那大箱子！"。

寒夜，荒村，四面的犬吠声和一阵卸车喂马的杂乱声刚安静下来，那些车夫骡夫就立刻凑在一起赌起钱来了。人多屋子小，炕席都是破的，幸亏有带来的行李——都是锦缎的，此时可以打开，拥着取暖。刘太太、大姨太太、二姨太太和小姐少爷，都挤在这个屋里，他们取出带来的小暖炉，燃起炭来，屋里倒是暖和多了。

仆妇们帮着去下厨房，其实这儿哪有厨房呀！厨房就是外屋烧草的锅台，一燃烧，浓烟都扑进了里屋，刺激得太太小姐都直咳嗽。一个破沙碗里添点儿油，烧着个棉花捻儿就算是灯，官眷们哪里受过这委屈。赶紧叫人点上蜡烛。这蜡烛原是为在灵前点的，上面还用金粉写着"西方极乐"等字样，光线很强，照得小屋通明，可是浓烟也更大了。

忽然在这跳跃着烛光的浓厚烟雾中，那个刚才打着大灯笼的人又出现了。这人简直像是半截塔，头也很大，年纪已五六十了，满脸丛生的胡子像是挂着霜雪，又像是个大刺猬。他的眼睛是一只凸一只凹，凹的那只是瞎了，像是个深洞，非常难看；凸的那只却瞪得很大，灼灼逼人。这人迈着大步就硬走进里屋，仆妇们赶紧来拦他，说："你别怔进来呀！你有什么事？"这个人一只眼东看看，西看看，脸色沉得就像这时外面的天色一样。半晌之后，就听这人莽问道："你们都是干什么的？"

刘太太倒是不怪他,想着:乡下人哪懂得规矩和礼节呀? 自己这些人现在是寄宿在人家的家里,不应当再拿出官太太的身份。于是她就很客气地亲自把来历说了一遍,并问他贵姓,家里都有什么人。

这人仍然无笑容,说:"我姓焦呀,我有七个儿子,两房儿媳……你们就住着吧,棺材可不能进来。"又向各处看了看,才转身走了。这人家的媳妇却始终也没有露面。

看样子这家人并不太贫穷,因为还有碾得很细的白面和谷子,鸡子也有。刘家的仆妇们给太太和小姐少爷们做了很好的鸡子汤面和小米稀饭,她们也都吃得不错,把一天所受的寒冷全都驱除开了,觉得很舒服。男仆们也是自己下手做的饭,跟赛张辽和柳梦龙在一起吃了。至于车夫骡夫们,他们都随身带着干粮,有点儿热水就可以吃饭。他们的赌比吃更要紧,一直赌到深夜,有的输得连破棉袄都给了人。要不是因为他们身体都太疲倦了,明天还要赶路,他们还得赌呢。

夜已过了三更,北风呼呼地吹着,大地如死,连犬吠的声音都没有了。这土墙柴扉之内的几间小土房,一点光亮也不见,只有沉重的鼾声呼噜呼噜地传到户外,与风声相应和,连柳梦龙也睡着了。

"他倒好,保镖的要都这么享福,那他娘的,人人都干这行买卖了!"赛张辽心里骂着,只有他此时没睡。他连气地打着呵欠,可是也不敢合眼。他一次次地到户外巡查,连房上、墙角都看过了,倒没有什么可疑的情形。他暗暗地念了声"阿弥陀佛",心说:今夜也算是平平安安地度过了! 明天天亮就赶路,还能走不出中霸天的手心吗?

回到了屋里,他悄悄地抽出扑刀,把刀紧挨着身畔,手不离开刀柄,这才闭目躺下。他心里一迷糊,就飘进了梦里,只是有点睡不大稳当。时时的惊醒,可是才惊醒,紧接着又睡了。

就这样,也不知过了多少时,忽听得有人喊叫:"哎哟……"这声音极大,极为凄厉,而且不是一个人喊出来的。赛张辽不禁"啊"的一声,翻身而起,提刀向屋外就走。然而他还没有开屋门,就先止住了脚步。他不敢贸然出门,因为院中此时脚步杂沓,扒着门隙一看,见有两三个人,手里都持着明晃晃的钢刀。

喊声是自刘家仆人们住的那屋发出来的,就听有人央求着说:"老爷们,要什么都行!我这儿还有二十两银子……""老爷……"又听有吧吧的打人声,哎哟哎哟的惨叫声,还有人在央求着:"饶了我的命吧……"紧接着就听到女眷们不住地骂着,尖声地喊叫着。刘太太骂道:"强盗!强盗!你们这一家人原来都是强盗!你们敢……敢动我的东西?上有朝廷王法……"二姨太太和小姐、少爷也都哭了,更听有男人狠恶的笑声,沙哑着嗓子的骂声、威吓声。大概这焦家的父子们此时全都出马了。

赛张辽心说:他们原来是黑道儿上的人呀!这可,这可怎么办……

在此危机之际,与赛张辽同屋睡觉的柳梦龙仿佛是才醒。赛张辽虽然心慌腿软,可是也不肯在自己的伙计眼前显出来太无能,于是他就把心一横,走出了屋,高声说:"诸位,别这样呀!现在是有保镖的跟着啦!'四海通'金刀徐老总还没得罪过人,兄弟赛张辽吃这碗饭也不是一天半天了。这条路上算来都是好朋友,多少请给留点面子。要借盘缠,要是年过不去,我都能给想法子,咱们好说好办。再说我才在磁州见过了中霸天陈大太爷,你们不看僧面也得看佛面……"

他才说到这里,当时院中的三个人就一齐持刀扑奔过来,一个吧地就打了他一个嘴巴,另一个吧的一脚,几乎把他踹趴下,有人骂道:"你小子别昏着心啦!中霸天?就是他叫我们要你们命!你们就是不自己送上门来,也跑不了!"这里边就有那独眼的老头子焦某,他呵斥着说:"没工夫跟他废话!……你是保镖的,快躲开!别管闲事就能饶你的命!"

此时,屋里的柳梦龙早已跃出,如飞鹰一般的快,如豹子一般的猛,吧地一下就先夺过焦家儿子的一口刀,但他并不立即顺手伤人,却先奔往官眷们住的那屋中,前去援救。平常像个书呆子似的柳梦龙,此时竟如此悍勇绝伦。他扑进了这屋,见屋中的灯已经点上了,焦家的那几个儿子,还有别的人,一共有四个。他们把刀都放在桌上、炕上,手腾空了,正在开箱子、解包袱,乱抖乱翻。

刘太太揪住了一个强盗的胳膊,她面色惨白,急得全身乱抖,说:

"你要什么我给你们,你可不能乱动……"仆妇们哆哆嗦嗦地用被褥护住了小姐、少爷,一点声儿也不敢作。那大姨太太跑到了炕的最里首,张着双手还在哎呀惊叫。年轻的二姨太太却已被一个贼揪住了头发,她挣扎着,哭得已经涕泪交流。另一个贼说:"把她捆起来!陈大爷说是要她,待会儿人来了,就把她带走。"

此际,柳梦龙就进屋来了,只见钢刀落下,那揪着二姨太太的贼惨叫了一声,立时躺倒在地。其余的贼一齐去抄家伙,但柳梦龙刀快手疾,喀喀又砍倒了两个贼,剩下的那个贼就脱兔似的逃出屋去了。

这时外面的那焦老头又凶狠地闯入,说:"保镖的!你敢在这地方卖弄吗?"一口宝剑就向着柳梦龙的前胸猛刺。柳梦龙应合得极为巧妙,铛的一声就把他的宝剑磕开。

焦老头只觉得手腕一阵发痛,赶紧向后退了半步。在这个当儿,他的那只独眼看见了躺在地下血泊里的儿子,他立时凶焰倍增,暴躁如雷,怒喊道:"你敢伤我的人!"但还未容他来以剑拼命,柳梦龙就又一刀劈去。他退到了外屋,柳梦龙追出去又唰唰两刀;他一面急忙抵挡,一面就退身又到了院中。"哈哈……"焦老头发出一阵比枭鸟的叫声更为森厉的恶笑,他大喊道:"保镖的!你出屋来吧,我独眼狼今天要跟你拼命了!"

柳梦龙毫不畏惧,持刀自屋中走出,并立即护住了官眷们住的这间屋的门,向强盗们说:"你们,今天算是瞎了眼!"

独眼狼这老头子又怒声道:"你也不打听打听!三霸天都得叫我老大哥,这条道上谁不知道我?"

柳梦龙说:"我就知道你是我的刀下之鬼!"

独眼狼扑上来,用剑又刺,他的三四个儿子也一齐上来。但柳梦龙不退脚步,他只用刀抵挡,只见刀光闪烁,那前面的家伙全都近不得他的身。他一寻着了空隙就探身向前,或是跃进一步,砍倒了一个人,又急忙地跳回来,紧守住这屋门。一霎时,他又砍伤了焦家的两个儿子。

那焦老头子就更暴躁了,他奋不顾命地上前来与柳梦龙厮杀。这老头子相当的厉害,剑法狠毒,力气颇大,但他究竟攻破不开柳梦龙的刀法。宝剑劈来，刀才迎住，双锋才进，必被拦开，柳梦龙并未把他放在眼里，但似乎是有点不愿伤他的老命。

此际，那赛张辽原来还在院子里，他拿着刀，可不帮助，只是说："柳兄弟，快点儿! 该怎么样就怎么样，别耽误工夫。他们可是跟中霸天勾着呢，说不定中霸天待会儿就来了，人还就不能少了，那可就麻烦了! "这时他又把柳梦龙叫作兄弟了，因为他如今才知道柳梦龙原来是一个英雄，这份本事，恐怕连金刀徐老年轻时也比不过。然而他可不上前，无论今天杀多少人，那都是姓柳的干的事，他只要不帮助，那就得罪不了中霸天。

他在旁边叽咕着，意思是叫柳梦龙别净守着那屋门，再努点儿力，索性把这独眼狼也叫他呜呼了。柳梦龙也不理他，刀法仍不放松，身躯却也前进，他龙骧虎跃，辗转腾挪，展开了少林秘传的三义刀。

独眼狼虽凶猛，但渐渐的招架不住了，他忽然回身跑了几步，一跃上了房，赛张辽忙说："追! "柳梦龙却收了刀，嘿地笑了一声，并不去追赶，眼看那独眼狼竟由房上逃走了。

第二回　前遮后护大战黄土沟
　　　美意柔情惊逢泥洼镇

　　独眼狼焦老头子这么一逃走,赛张辽反倒慌了,他说:"了不得! 这老家伙一跑,中霸天就是不想来,也得来了! 柳兄弟你应当一不做,二不休,不该就把他放走。现在,这个地方咱们可不能待了,不管他半夜黑天,总是快走为妙。"又说:"咱们倒不要紧,只是官眷一大群,咱们两人就是武艺高强,到时也得寡不敌众!"

　　柳梦龙也似乎颇为考虑这一点,于是就说:"你催着他们快套车,咱们这时就走也成。"他又隔着窗向屋中嘱咐刘太太等女眷,说是:"贼人们已经都跑了! 你们不必再害怕,快一些收束行李,现在就走,因为恐怕有大帮的贼人再来,又得叫你们受惊。"屋中的女眷们含着哽咽之声答应了,就都忙着收拾东西。

　　屋里和院中横倒竖卧的几个贼人,死的是不言语了,伤的却还在呻吟,独眼狼的七个儿子并没有全都死伤,有的却比他爹先逃跑了。独眼狼家中确实有儿媳妇,大概还有小孩,可是都躲在屋里,压根儿就没出头,柳梦龙嘱咐人不准乱翻乱搜,赶快预备走就是了。

　　那几个刘家的男仆,刚才睡觉的时候就被绑起来了,有的嘴里还被塞上了东西,现在才算被柳梦龙救了。赛张辽又精神十足了,大声催着众人:"快……快! 快!"男仆们一着手,那些行李、箱子等等,当时就又都捆系好了。

骡夫倒没有什么,车夫之中,昨天那个逞能干,最主张在这儿住的车夫,此时却连影儿也没有了。别的车夫也都是那么懒洋洋的,一点儿也不着急,套车套得很慢。赛张辽就夺过鞭子来抽他们,骂着说:"孙子们!你们还不快一点儿吗?还要等着中霸天吗?什么话也不用说了,咱们心里都明白,你们要是还这么故意地磨,那我赛张辽可是翻脸无情!"

于是,这十几个车夫就被逼着又离开了这荒凉的小村,登上了黑夜茫茫的原野。虽然他们对路径都熟,可是这么黑的天,也实在无法找得着路。有的车夫就把灯笼点上,刚要往车轴之间去挂,却被赛张辽一鞭子给打灭了,他骂着说:"你们还怕中霸天追不上咱们,点着灯儿要给他引路是怎么着?"

车夫们都低声骂着赛张辽,瞧不起他,因为知道他明虽气壮,心里实在是发怯,他怕被人追上,恨不得一下子就飞远了才好。柳梦龙却是一句话也不多说,只按马在后面压着。这一大群刚才险遭危难的车骡灵柩、男女和小孩,就冒寒前行,但行得极慢;车轮声与马蹄声,也被呼呼的北风吼声淹没了。

路走得不算错,前面不远就是"断命桥"。这个地方,不在它的地名凶,而是在它的地形险恶。此时,星光渐稀,大地上的所有景物渐由夜色之中显露出来,但都蒙着一层浓雾。地下嘎吱嘎吱的,轮碾马踏的尽是积冰残雪。前面两边都是十几丈高的土原,当中是一条坎坷不平、极为狭窄、只能容一辆车行走的夹沟。两辆车要是从对面都走进那沟里,那就谁也退不出去,可就麻烦了。所以这里的几个车夫,因恐对面再有车来,就齐声大喊:"哦……唔……哦……唔!"喊声震动着这条土沟,同时车马人等排成直行向内紧走。

赛张辽更催着说:"快走!这个地方可不是玩的,只要从两旁的高原上扔下来几块大石头,咱们就得车碎马死,人也得完蛋,快走吧!"

当下车马就紧急而迅速地走着,夹沟中的风吹得更猛,行走很是吃力。他们才走到沟的当中,忽然就看见背后有一群人马追赶来了,前面同时发现了十多个人将路拦住。赛张辽这时大惊失色,他说:"啊呀!

这可怎么办呀？不如……"他就向柳梦龙说："我过去跟他们说一说吧，追咱们来的必是中霸天，我们也相识多年了，大概他还不能不给咱们点儿面子……"

柳梦龙却说："还跟他说什么？往前走！都不要怕！"

赛张辽说："前面？你看吧，人可也一定不少，光咱们两个哪行？好汉不吃眼前亏，事到如今，这个镖咱们可保不住了，刘家的银钱财物受点损失，那可就没法子了！"

柳梦龙怒说："你这叫保镖的说的话吗？拼着命也得闯过去！不用怕，中霸天现在要是找死，十分的容易！他抢着鞭子督促着众人。

这时，刘家的女眷和那些男女仆人又都吓掉了魂。赶车的赶骡子的，他们倒并不太显慌张，向来干他们这一行的，路上要是遇着强盗，他们只要躲在一旁不管，强盗是绝不会伤害他们的，况且他们大半跟强盗本来就认识。如今在这前后夹攻的情势之下，他们恨不得就停下来，来个袖手旁观。

可是柳梦龙抢着鞭子不住地向他们抽，谁不往前快走就推谁。吧！吧！吧！鞭声如雨点一般。亮出刀来，他的眼睛也迸出了凶焰，这时谁还敢惹他呀？不得已，他们只得都拼命地往前赶。车轮咕噜噜地发出滚雷似的声音，地上又不平，几次都险些翻了车，驮棺材的骡子累得也要跪下了。

赛张辽也只得贴着沟帮子，催着马往前行，并时时地张皇回首，说："不得了啦……"

这时后面的十余匹快马眼看就要追到，前面七八个人个个手执刀枪，也进了沟来截。沟上面真有人用石头土块咚咚地往下扔。二姨太太坐的那车的车棚，就被一块由高处落下的巨石砸塌了，车里立时发出尖锐的喊声。柳梦龙也无暇顾得去问，依然逼着赶车的往前去赶。

此时，身后的追骑已呼啦一声全都赶到了。柳梦龙拨马向后，将刀一扬，嘿嘿一笑，说道："你们是干什么的？难道还想自讨苦吃吗？"

这十几个骑着马的盗贼，为首的就是中霸天镇山豹陈宪，后面跟着一些凶眉恶眼的人，其中就有昨夜逃走的那个独眼狼。这老家伙瞪着一只怒火暴裂的眼睛，用剑指着柳梦龙，说："就是他！就是他！"

赛张辽远远地直摆手，喊着说："陈大叔！你先别生气，有话咱们好好讲！"

沟上面仍然往下扔着石头，幸亏扔得还不算猛烈，可也把赛张辽吓得好几次都险些掉下马来。柳梦龙却防得严，躲得疾，休想能伤得了他。他一面用刀比着中霸天，作迎杀之势，一面还斜催着马向前去走，喝令那些车辆也依旧前进，不允停止。

中霸天步步地往前追，同时傲然地冷冷地问道："小子，你叫什么？"他已直逼到柳梦龙的身后。梦龙大喊一声："我就叫柳梦龙！"喊声既出，刀随身进，他向着中霸天就砍，中霸天以剑相迎。喀喀！铛铛！刀击剑响，两匹马几乎纠缠在一块。

中霸天连迎了两剑，就显出力量有些不敌，后面一个抢着斧子的贼赶上前来刚一帮忙，当时就被柳梦龙一刀劈下马去。中霸天剑又翻起，嗖嗖地砍来，柳梦龙稍变刀式，只四五回合，就杀得中霸天不得不向后退。

柳梦龙是且杀且走，精神十分抖擞，同时还催着那些车辆跟骡夫。后面的十几个强盗因为不敢太向前来，反倒越来越离得远了；一霎之间，将要来到前面的沟口了，却又被面前的强盗截住了。这几个却是虚张声势，乱舞刀枪乱嚷嚷，中霸天等人也在后面齐声大喊："别放他过去呀！"

这时上面的石块、土块，还有许多沙土，落得更多而且更猛烈，咕咚咕咚地乱响，并腾起了烟雾；打了人的头，迷了人的眼。柳梦龙却催马向前，钢刀翻飞，杀得那几个贼一齐招架都招架不住；当时有的被砍倒下，有的却回身便逃。柳梦龙又催着车夫说："快走！……"

这时后面的中霸天等人却又追上，竟把车辆围住了。这一次扑上来，群盗首先把车截住，逼着要叫车上的人下来，他们好抢东西。但是柳梦龙已与中霸天相拼在一起了，中霸天就喊着说："你们急着干那事干吗？不先把这小子结果了，你们抢了东西也走不了啊！"于是群盗就又都过来抢刀舞棍地向柳梦龙厮杀。

那独眼狼尤其凶狠,他下了马,抢着剑,就要趁着柳梦龙正在马上与众人拼斗之时,先把马腿砍折了,使柳梦龙由马上掉下来,那就可以让大家一阵乱刀齐下,就不愁柳梦龙不变为肉泥。但是他哪里晓得柳梦龙的武艺超群,真有"眼观六路,耳听八方"之能,未容独眼狼的剑砍在马腿上,他的刀早剁在独眼狼的头上了。这老家伙立时就是一声惨叫,真比狼嚎还难听,扔下剑倒在血泊里了。

中霸天与群贼趁空刀剑齐上,但柳梦龙钢刀如飞,招架自若,丝毫也不令他人得逞。

此时,那些在土原上的傻强盗,还不住地往沟里扔石头、洒土,可是连他们自己人的头也打破了,把中霸天的眼也迷了,他也成了独眼狼;闭着一只眼,瞪着一只眼,还抢着剑喊说:"姓柳的,倒看看今天咱们谁生谁死?"柳梦龙的刀嗖嗖地又向他砍,同时催着车辆再往前进。

这时众赶车的因为恐怕受误伤,就也急着拼命地要逃出这道沟,车轮咕隆隆,骡子嘚嘚嘚嘚,就往前紧行。那些已经被逼下车的刘家男仆,又跟着骡子的屁股紧跑,虽有强盗还要截,说:"别走!谁走要谁的命!"

这时赛张辽也抖起威风来了,他是看出中霸天已然不行了,没什么可怕的了,他得显几手了,这也没什么关系了,于是他也上手与盗贼来厮杀。

柳梦龙与中霸天等贼且杀且走,冲开了刀剑重围和满沟的飞石乱土,呼啦一声,他们全部的车马人等就都闯出了这黄土沟。天地顿然开豁,车马散开,人都缓了口气。可是前面不到百步就是一道河,河里满结着冰,也不知冰薄冰厚,车马不敢骤然向上去走。河上只有一座已经塌了半边的砖桥,这不用说,必是那名字非常险恶的所谓"断命桥"了,人马还是非经此桥不可。

此时,人马才到了桥头,中霸天便又赶上。中霸天气喘吁吁的,满脸是汗,还沾着许多沙土,左臂上已负了伤,血水往下滴答着。他身旁还有几个伙计,可也都累得不像样子,仿佛连家伙也举不起来了,都用惊讶恐惧的目光向着柳梦龙来望。

柳梦龙从容不迫,手横着染血的钢刀,微笑着问说:"你们还不服气吗?"

中霸天喘了半天,才说:"姓柳的!算你行!你再把你的名字说一遍,我好记住。"

柳梦龙说:"柳下惠的柳,梦就是做梦的梦,龙,你知道吧?龙争虎斗,可惜你连狗也不如。"

中霸天说:"别骂人,今天我算认识你了。可是,你跟金刀徐老做买卖有多少年了?"

柳梦龙说:"我与他无关,早先并不相识,这次我不过是暂时给他帮个忙。中霸天,你也明白,刚才我若要你的狗命,此时你就不能再跟我说话。"

中霸天发出狞笑,说:"再见吧!反正这条路够你走的,你要小心,咱们后会有期!"说毕,拨转了马头,就带领着他那几个残余的盗贼,又往那土沟里走去。

柳梦龙也不去追赶。车马就过了这座"断命桥",现在可以算是平安无事了。赛张辽却极为忧虑,他现在不但不称赞柳梦龙几句,反倒不住地抱怨着,说:"兄弟!你可真是个念书的人,仁人君子,为什么能够结果中霸天的性命,却不斩草除根,还放他走呢?他这一走,可就没完了!你不晓得,这条道上共有三个霸天,他们有如兄弟,虽不在一处住,却简直就像是一个人;你得罪了一个,就算把三个都得罪了,何况你又放虎归山。等着吧!热闹的还在后头呢!我真后悔,这趟镖就是保好了,我得的银子也有限,可是我这一辈子算完了,一辈子休想再在这条路上走了!咳……"

柳梦龙由着他说,连理也不理。这时,不但刘家的女眷、仆人对他益加钦佩,无话不从,那些车夫骡夫们更是把他看成了神人,他叫往哪边去走,就赶紧往哪边走,一点也不敢违拗。

查看了一番,这次在黄土沟里遇盗,并没受多大损失;只有几个仆人叫石块打得伤了一点皮肉,都不能算重。比较不幸的就是那二姨太太,因为她坐的那辆车刚才被石头砸坏了,伤了她的脸。

这位二姨太太，一路上就最为人所注意。因为她年纪很轻，貌又美丽，跟死者刘主事的感情尤重，在车里，在店中，她时常地悲戚。她那哭泣的声音和唠唠叨叨的诉说声，早为跟着她的这些人听惯了；每一听到她哭，无论谁，心里也都得陪着她难过。

尤其是赛张辽，心里的感觉只有他自己知道。如今"黄鼠狼单咬病鸭子"，偏偏把二姨太太坐的那辆车的车棚打断了，又恰巧伤着了她的脸，现在她的脸上还直流血呢！血和上泪，都在脸上结成了冰，她哭得更厉害了，呻吟得更叫人心痛。赛张辽实在懊恼，他越发的着急，又拿鞭子催着那几个车夫和骡夫，说："孙子们！还磨烦呢？还想再来一场是怎么着？快点走吧！人都伤了，快赶到泥洼镇去歇一歇吧！"于是车马骡子就又向前紧行，又走了多时，方才到了泥洼镇。

这个镇市虽然不算大，可是买卖店房还不算少，如今却也因为年残腊尾，蒙上了一片萧寥的景象。他们找了一家店，这店里除了还有一两个害着病的和大概是无家可归的人住着，其余的房子全都空着；他们来了正好，就把这些房子全都占满了。

店里的伙计们，本来都悠闲自在地专等着过年了，现在又来了这么多的客人，他们实在不大欢迎。可是掌柜的却喜欢财运兴旺，账都结了，又来了个这么兴旺的买卖，岂不是财神爷保佑？哪有拒而不纳之理？再说，赛张辽虽然这两年没大出来保镖，可是，本来也是熟人呀！

骡夫们、车夫们乱哄哄地占据了这家店，刘家的众仆们又催着给烧热炕，打洗脸水。灵柩停放在院里，刘太太先命人烧纸，带着两个姨太太和小姐、少爷又祭奠了一场，都挥了一些眼泪。尤其是二姨太太那满面血泪、憔悴可怜的样子，不能不令人生疑。其实这倒不用店家来打听，车夫们和刘家的男仆一进店门就都喘着气说了：他们原来是刚在断命桥那边遇着了强人！强人并非别个，就是那中……陈大太爷；又幸亏有这位保镖的柳梦龙武艺高强，才算挣出了虎口……

这些事大家七言八语地乱嘈嘈地一说，弄得店中的人全都知道了，并且惊动了在这里住着的两位客人。这两位客人在这儿住了好儿天了，都是女客，是母女二人。母亲是有"肝气病"，因为天寒，来到这儿就犯了病,女儿天天服侍着。本来是雇着骡车来的,前两天把车也打发走了,看样子,她们是要住到过年,才能起身。

如今院中乱嘈嘈的,忽又来了这么些住店的,肝气病才略微见好了一点的老太太就很觉得诧异。叫来了店伙,问明白了一切事因,她就很是生气,说:"这还了得!这条路上的强盗得有多少呀?真是太无法无天了!连人家做官的灵柩跟家眷都劫,也太胆大了!"

那店伙就说:"老太太你还没看见呢!一个年轻的太太,满脸都是血,听说是叫强盗打的,伤得真不轻!"

老太太当时就动了慈心,呻吟着说:"咳!走路真不容易……凤儿!"她唤着她女儿的名字,说:"咱们不是还存着半包刀创药了吗?你快拿点给人家送去,告诉她怎么上那药,顺便看看人家。都是出门的人,应当彼此照应着,再说又都是妇道人家,若不是万分无奈,谁能不好好在家待着?何必大年底的出门上路,受这个苦!"

她的女儿,名叫凤儿的这位姑娘,赶紧答应了一声。她跟她母亲是一样的热心,立时就从她们的行李箱里取出来那半包刀创药。这药外面是红布包着,里面还有三四层纸,可见是很宝贵的。她撕下一块纸来,取出约莫一小调羹的药面,好好地包上,然后将那半包药又重新收在箱里。她就拿着这点药,说:"那么,妈!我这就给人家送去?"

老太太说:"你给送去吧!看看人家,再细问问她们老爷是做什么买卖的?由哪儿来的?"

凤儿姑娘走出房屋,这时柳梦龙正在院中看着店伙给他的那匹马喂草料。旁边站着两个刘家的仆人,正在对他恭维着说:"今天的事,要不多亏了柳镖头,我们都不定怎样啦……"忽然屋里面走出这么一位姑娘,引得柳梦龙不禁扭头来看。

凤儿姑娘年在二十上下,梳着长辫子,这就说明她还是一个处女,没有婆家。她长的是一个圆圆的脸儿,并不算十分的美,然而她的眉毛、鼻子、小嘴儿、眼睛安置得都十分恰当;尤其是她的一双眼睛,很小,如同一道缝儿,不笑也像带着笑。她也向柳梦龙看了一眼。

柳梦龙蓦然感到很惊讶,刚才在黄土沟遇见中霸天之时,他都一点也没惊讶，现在竟深深地惊讶着。他把目光盯在这姑娘的身上，只见她穿的是一件玫瑰紫色的半长不短的棉袄，又肥又大，不甚好看，下面露着一点青色的夹裤脚；青鞋上也没扎着花儿，很小。使柳梦龙惊讶的原因就是，普通女子走路，必然是一扭一扭的，然而这个姑娘走路时，不但不扭，而且显得十分的轻快敏捷，跟大脚的男子走路无别，腰也挺直。

这凤儿姑娘问店伙说："那位受了伤的太太住在哪屋？"正在喂马的店伙说："就在那间，北屋！"凤儿姑娘又说："我们老太太叫我去看看人家，给她点儿药。"刘家的仆人赶紧说："我带着您去。"

柳梦龙直用眼盯着，见那男仆隔着窗向北屋里先回禀了，屋里就走出来了个仆妇，客气地将那姑娘让进了屋。柳梦龙心里纳着闷，转首问说："这人是干什么的？"

店伙笑着说："这也是在这儿住的客，只是娘儿俩，她……"又低声说："她小名叫作凤儿，长得很好看吧？"说着又笑着。但是柳梦龙再往下究问："她们是干什么的？以什么为生呀？"店伙却摇头说："那谁能知道？反正人家不欠店钱，也不欠饭钱，总是有办法吧。"

柳梦龙的眼就此发直了，他吸着气，不住地寻思。进了他跟赛张辽同住的那间屋里，坐在炕头不住地发怔，也不再掏出那本书看了。

赛张辽洗脸洗脖子，收拾得干干净净的，并且换上了一件棉袍。他笑着说："柳兄弟！你真有两下子，我一见你面时，就看出来你是一位高人。要没有你这么个帮手，我也不能放心出来保这个镖，现在果然不出我之所料！"柳梦龙并没有理他。

他又悄声说："可是，咱们还得商量商量。现在既然得罪了中霸天，咱们就算是把三霸天全给得罪了！因为他们三个人，就同是一个人，这个扣儿，就是想解也不行了。再往下走，不定还得有多少事情要发生，怕也没法子怕了，咱们顶好再想个主意。"柳梦龙依旧坐在那里发着怔。

赛张辽就又努努嘴，说："泥洼镇这个地方，可也不是什么妥当地方。这里有两家店，还有一家镖店，都是他们开的，咱们现在仍算是处在龙潭虎穴之中。"

柳梦龙说:"大概他们也不敢再怎么样。"

赛张辽说:"咱们已经住在这儿啦,难道他们还能够闯进店里乱杀一气?不能,这儿也有个官厅,再说他还得留着这个地方,将来还做买卖。在这儿住一天,倒还可以安心一天,可就是别再走了,一走准得出事。"

柳梦龙说:"那么就在这儿多住几天也不碍事,我现在倒不打算走了。"

赛张辽一听这话,觉得很是奇怪:从冀州起身的那一天起,柳梦龙无一刻不是催着走路;要不是他这样催,自己也许能够跟中霸天再央求央求,就过去了,何至于如今结这么大的仇儿?现在,他可又不打算走啦!好,就在这儿过年吧!他没有家眷怕什么的,我家里可还有一大群老小都等我挣钱回去过年团聚呢!我在外面跟他们漂流着,算是怎么回事呀?因此他又不禁皱起了眉。再看看柳梦龙,似有点改变了,书是绝不看了,只坐在炕头上,揣着双袖口儿发呆,有时又发出微微的笑声。不好!他好像得了痰迷症了,大概是跟中霸天拼斗了一场,把他气的。

刘家的管家也传来了刘太太的话,说是刘太太的主意,因为二姨太太伤得这么重,少爷受了惊吓,也有点发烧,路上又这么难走,索性多住几天吧!

赛张辽也没有法子,好在先跟刘太太借了些钱,花用倒还够。只是赶车的和赶骡子的却又不大乐意了,他们说:"我们跟着他这儿住一天,就得多赔一天的开销,难道将来送到了汝南府,还能够给我们双份钱吗?"

刘家的女眷在这儿住着,一切倒还觉得安心,尤其是同店里还住着这么一位凤儿姑娘!这姑娘说她姓陶,人是温柔和蔼极了。她的药也很有效验,她亲自用温水将药面子和了,拿一块绒布,慢慢地给二姨太脸上的伤处敷上;待了一会儿,那伤处就止住了疼痛,真是"仙丹妙药"。听凤儿姑娘说:"这种药,是我们祖传下来的,现在那方儿也丢了。

因为我妈想着,出门走路,难免有些车马闪失,所以随身老带着这种药;可是也没用过一回,现在恰巧真用着了。出门儿的人,谁能够不帮谁点忙儿呢?"

陶凤儿是这么温柔可爱,刘太太真喜欢她。听说她的父亲已故去了,只抛下母女二人,现在是由北京到信阳州去投奔她的舅父,所以她说:"可惜我妈病着,不知什么时候才能好,要不然,咱们可以在路上做伴儿走。"不过刘太太对于她也有一点疑惑,她说她是自北京来,曾在北京住了多年,可是她说的话又没有一点"京腔",倒好像带着点南方的口音。

柳梦龙一整天都在发呆纳闷,到了晚饭后,他就在院子里来回地走着。渐渐天又黑了,他就看见那个穿紫棉袄的凤儿姑娘,又往官太太的屋里去了。那屋里已点上了灯烛,纸窗上可以看见幢幢的人影,分得清楚哪一个是刘太太,哪一个是大姨太太,哪一个是凤儿。她们在屋里所说的话,站在窗外也可以略略地听得出。

娘儿们是真爱说话,也不知哪有这么些个说的。尤其这凤儿姑娘,她倒好,跟人家一见面就熟,一口一声地叫人家"大婶子""二婶子""三婶子",简直的,画眉、百灵、八哥也没有她这么能说会叫;唧唧喳喳的,只听她说上了没完。就听她说什么路上的强人多,常出事,又细问了黄土沟、断命桥出事时的情形,因此就谈到了那姓柳的保镖的。

"柳梦龙,多亏他……人真能干……"

"是吗?哪个是柳梦龙呀?就是那个披着破皮袄的吗?"

柳梦龙听了,不禁有一点异样的感觉,心说:怎么着?这个鬼丫头还很注意我吗?此时天很冷,院中没有别人。刘太太住的是官眷的房间,分着里外屋,里屋一定是有火炉子的,所以人都拥挤在一块儿;外屋却不但没有人,连点儿灯光也没有。柳梦龙就慢慢地开了屋门,迈步走入,轻得可以说是没有一点儿声音。

就听里屋的陶凤儿正在说:"保镖的确实有本领大的,可是我看那姓柳的,年岁并不算是怎么大呀?人也不大有精神,他怎么会就……"说到这儿,她把话突然截止。此后,便只听到刘太太和二姨太太说话,陶凤儿就再没有声音。

柳梦龙与里间只隔着一层单布的软帘,里屋炉火的暖气儿都能扑到外屋。他本想再细听听,多听陶凤儿说几句话,不料,倒好像是人家故意不说给他听了。

又待了一会儿,才听陶凤儿带着笑声说:"我该走啦! 在这儿真待的工夫太大了! 三婶子还得养神呢,明儿见! 大婶子、二婶子明天见! 您可全别送! "刘太太吩咐仆妇说:"拿灯送送! 陶姑娘你可慢点走,小心院子里有冰,滑倒了! "陶凤儿连声笑应着,她的声音总带着笑,真甘甜,可以想象得出,她那一对小眼睛,这时一定笑得更好看了。

屋里的灯光移动,软帘儿掀起,柳梦龙便赶紧推开屋门,到了外面,并将屋门随手带上;他动作轻捷,毫无声音,相信才由那里间走出来的人也绝没有看见他的影子。

他到了院中只将身子一闪,并不往别处去走,等到屋门一开,陶凤儿头一个出来,他就猛往前用胳膊一撞。却不料并没有把这姑娘撞倒,而且这姑娘连哎哟一声也没有,只跟没有事儿一样,柳梦龙却不得不闪开两步了。屋里射出来一片灯光,一个仆妇执着灯在门槛里说:"陶姑娘你可慢着点走! "凤儿姑娘笑声说:"不要紧,你回去吧! "说着,轻轻地跑着跳着,就回转到自己屋里去了。

这里门也掩,灯也隐,柳梦龙反觉着自己撞人的这只胳膊有点麻,心中不但是纳闷,简直是有点要发疯了。他站在院当中又呆了半晌,一点精神也没有了。回到屋里,他依旧一句话也不说,掏出那本书来,就着微弱的灯光看着,可是也看不下去。赛张辽在旁又悄声说:"虽说咱们住在这儿,算是稳妥了,可是今夜也得小心一些! "柳梦龙只是微微冷笑。

今夜,柳梦龙也不像以往那样故意地做出粗心大意、满不在乎的样子,他把屋门闭得很严,睡觉的时候也把刀放在身畔。他又仿佛中了魔似的,一会儿就要坐起来一次,并且自言自语地说:"怪呀……"赛张辽更着慌了,说:"兄弟,你是怎么啦? 事情既走到了这步,咱们就只好拿命换吧! 我看上霸天、下霸天知道了你的武艺,也不能不先斟酌一点就再下二次手,你还是沉着点气儿好!"他不知道柳梦龙的心事,柳梦龙也不对他说。

在这店里连住了两天,天已晴,天气也仿佛是有点暖和了。二姨太太脸上的伤,被那药治得简直就算是好了。车夫骡夫们全都说:"我们不能在这儿白耽搁着,再耽搁着就连裤子都输没了!你们要是再不走,就把应当给我们的钱,先开发给我们,叫我们先走,你们再去另雇。"确实,现在已没有什么再在此处停留的理由。刘太太也愿意动身,因为小姐、少爷也没有什么病。赛张辽虽是对于前面的道路还担着心,可是也不能说不走,他只一个一个地嘱咐着:"从此走路更得小心,什么都得听我的话!"

柳梦龙虽然也在备马,可是他的眼睛却不住地向陶凤儿住的那间屋子去望。

待了不大的工夫,那凤儿姑娘就出来了,身上仍然穿的是那件紫棉袄。柳梦龙就想:这么年轻的姑娘,穿着这件衣裳,可是太叫人笑话,简直像是个乡下丫头。不过,陶凤儿今天还算是特别打扮了打扮,在鬓边插着一支绒花,是一只紫色的凤凰;花已有些旧了,手工也做得不大精细,绝不是京中著名的"花庄"出品的,然而她戴上,还自觉得怪美似的,眯缝着两只小眼睛不住地笑着。她腰儿挺直,脚儿很快,一阵风儿似的就进了刘太太住的那屋。

又待了一会儿,刘太太等人往外走的时候,她就笑着相送。她跟那二姨太太虽然才仅仅交往了两日,可是感情已经深极了,如今分别,彼此都十分的舍不得。二姨太太直流眼泪,陶凤儿却仍是那样似笑不笑的,她一直送出了店门口,说:"再见吧,你们一路平安!少伤心,往开里想。等我妈的病再好一点,我们也就要走了,路过汝南府的时候,我一定去看你们,再见吧!"

她等着二姨太太上车之后,就将鬓边插着的那支紫凤摘了下来,插在了这辆车的车围子上一个很显眼之处,也不知是什么意思,因此更令柳梦龙生疑。

最可疑的是这个姑娘,这么个态度,又能说会道,不避生人,可是店家、车夫,甚至于赶骡子的都一点也不注意她,好像都认识她似的。她的这支绒凤插在车上,那赶车的还用一条细绳儿给绑牢固了,似乎宝贵万分。

待了一会儿,车、马,连同灵柩,就又蠕蠕地往前行了。陶凤儿站在那店门前,将手儿高高地摇动着一条紫色的绢帕,这里二姨太太也隔着车上的玻璃,向那边招手。

现在这二姨太太坐的车,已不是被砸坏的那辆了,赶车的也换了人。这个赶车的是个老头子,一副死脸子,仿佛谁也瞧不起似的,可是他就宝贵他车边插着的那支绒凤,时时地扭着头去看,唯恐掉下来。柳梦龙一生气,又回头看了看,那陶凤儿还站在那店门首了,他就抢起鞭子一抽,说:"要这东西干吗?"当时就把那支绒凤抽落在地下,急得那老赶车的叫了声"哎呀",仿佛就要跟柳梦龙翻脸;赶紧停住了车,下来弯着腰,小心仔细地将绒凤拾起来,又宝贝似的插在了车上,并用细绳儿绑得更牢。他又瞪了瞪柳梦龙,可是一句话也没有说。旁边的人也看见这种情形了,可是全都似是很理解,各个都默然不加一词。"真怪!"柳梦龙向那些车夫骡夫们冷笑着,又回首看了看,那陶凤儿已回店门里去了,他就又用鼻子哼了一声,说:"弄的什么把戏!"

赛张辽是根本对这些小事不加注意,尤其是二姨太太坐的那辆车,他虽是时时地想着,可是他总不愿意用眼去瞧。因为他是个正经的镖头嘛,就得有个"君子"的样儿,要是净惦记着人家的女眷,那还成什么人?这种名声若是传出去,以后更没有人请他保镖了,因此,他根本就没有注意到这辆车上的绒凤。小小的一支绒凤,在寒风里颤抖着,就随着车马向南行去。

才行了不到十多里地,忽然就见前面有一群黑压压的怪兽似的东西扑来,荡起来了数丈高的尘土,滚滚的,越来越近。这里的赛张辽首先嚷嚷说:"不得了,来啦!来啦!一定又是三霸天他们!快!柳兄弟快准备着,到时候我先跟他们讲江湖话,等到话讲不成的时候你再上手……哎呀……"

他瞪圆了两只眼睛向前去望,于尘土滚荡之中,就看出了来的是一伙骑着马的人，足有廿多个，他不由得吐着舌说："我的爷！来的还真不少呀！"来的是二十多匹马，哗的一声，就如同是潮水扑来；马上个个都是强悍的小伙子，刀、剑、钩、斧，全都带着，不用说，当然都是中霸天的伙计，是这一带的强盗了。

骡子跟车马，此时全都停住了，车上坐的人莫不浑身乱抖。赛张辽此时竟连一句"江湖话"也说不出来了，并且躲到了那灵柩的后边。柳梦龙却丝毫不显得发怯，他一马当先，向前面的这些人说："喂！你们要怎么样？难道是中霸天还不死心，还叫你们也来会会我姓柳的吗？"说话时，他就亮出来钢刀，准备再来一场比黄土沟、断命桥更为凶狠的厮杀。

对面的群盗也都亮出家伙来了，双方正要交手，忽然他们像是看见了什么东西，使他们感到非常的诧异，而且有些畏惧。他们之中有几个人就彼此交谈了几句，仿佛是商量着办法似的。

柳梦龙在这里还高傲地抡着刀，说："小辈们！上前来吧！人来得越多越好！我非得打平了这条路，叫你们上霸天、中霸天、下霸天，以及一些什么小霸天，都认清楚了我姓柳的，来……"对面的二十多个人却忽然一齐拨转了马头，一句话也没说，只听蹄声嗒嗒嗒嗒，杂乱得有如暴雨，烟尘滚滚有如一片云雾，又向南边飞滚去了。

这群强盗真是突然而来，倏然而去，他们到底是为什么来了又走呢？这连赛张辽都有些莫明其妙，心里更钦佩柳梦龙了；可是柳梦龙也显得十分的惊讶。却见那个给二姨太太赶车的老车夫，又用条细绳儿把绑在车上的那支紫凤绒花又紧了紧，脸上平淡极了，没有一点儿表情。柳梦龙又冷笑了一声，说："什么鬼把戏？"他收起来钢刀，又挥动着鞭子，说："走！快走！走！"于是车马、骡子、灵柩等，就追着前边群盗踏出的烟尘，又向南去。

柳梦龙越发地意态高昂，赶车的可都有些越趄不前了，说："还往前去撞，那不是成心找麻烦吗？"

英俊的柳梦龙，披着大皮袄，头上扣着一顶破毡帽，钢刀插在马鞍旁，傲笑如旧，毫无畏缩；并且不时地回首，看那支颤颤在车旁的渺小的紫凤绒花。他就像跟谁赌着气似的，拼着命地向前走，逼着车辆骡子等不许稍停。走，走，咕噜咕噜，嘚嘚嘚嘚，紧紧地走，渐渐眼前不见了那些烟尘，他还不歇，仍喊着："快走……"

赛张辽已经累得有些骑不动马了，他这时也拿定主意了：反正这次保镖，自己虽没栽跟头，可是脸儿确实是一点也没露；风头都叫柳梦龙一个人给出了，说不定连那二姨太太的心里都佩服他。这也没有什么，不如我就趁早拱手让位，再遇见事儿，我也给他来个袖手旁观。只要我不太得罪三霸天，那就不但性命可保，以后还能够有饭吃。柳梦龙要真是武艺无敌，将三霸天个个打败，拿过来江山，那也不错，可以叫四海通镖店的买卖鼎盛兴隆，我和徐老掌柜的，连小长虫，也能沾光……于是，柳梦龙是奋勇当前，他就故意在后。

强盗的影儿此时倒是没了，路途却更显险恶。凄凉的大道上，连个人影儿都没有；莽荒荒的田野里，几乎连狗也不见一只，村落更都为远山、高原给遮蔽了。风儿呼呼地吹着，天色渐渐地沉着，路又越走越回曲、窄狭，而且坑坎不平。若不是信任这几个赶车的都是这股路上的老手，几乎就不明方向。

车上的刘太太令仆人传着话，说："天大概快晌午了吧？先找个地方吃饭吧？"赛张辽说："眼前没有市镇，只好走一走再说。"心里却在长叹，暗想：我不但希望吃饭，而且还盼着睡觉，盼着交镖了！

说话之间，仍然不住地前行。又向南走了一会儿，忽然就见眼前的路已经被一群盗贼横马持刀严严地挡住。那群盗贼齐齐地向着这边怒喝着，说："站住！站住！别的我们什么全都不要，只叫那个姓柳的，柳梦龙，跟我们走！"

柳梦龙此时面不更色，大声地说："行！虎穴龙潭，刀山油锅，我也跟你们走一走！要怕的，就不是好汉！"众贼说："走！走！"说着一齐抢着家伙，向他扑奔而来。

柳梦龙却横刀怒目地说："叫我跟着你们走倒可以；你们若是敢上前来侵犯我，那可是自找死路！"说着将钢刀唰地一抢，众贼一齐退后，都不敢上手。柳梦龙又问说："往哪里去？先把地方说出来！"一个贼就向西面指着,说:"那边,段家堡!"

柳梦龙又问说:"什么人想要见我?也先得说出他的名字,我看值得不值得我去。要是你们这些人,那还不如就在这儿厮杀一场呢!省得累着了我的马。"

对面的贼人,有个就说:"呵!姓柳的,你这小子还怪有架子的!告诉你吧,就是西边段家堡的青毛豹段大老爷,他要会会你!"

柳梦龙微笑着,似乎有点纳闷,说:"青毛豹?这又是怎样的一个毛贼?"

这时赛张辽已来到了旁边,他说:"青毛豹就是上霸天的外号。"言下带有恐惧之意。

柳梦龙笑着说:"这还罢了!我这次跟着镖出来,就为的是要打服三霸天。前天我已将中霸天打了,但打得还不带劲儿,因为他还是个中常之辈。现在上霸天既来请我,这很好,我倒要去看一看,他究竟是个什么上流之才?可是……"他指着这些车骡人马,说:"我跟你们去,我这里的人可不许你们欺负!"

众贼说:"那还用说?现在我们头一个对付的就是你这小子,把你对付了,别的都好办。"

柳梦龙哼了一声,说:"好!我这就凭你们去对付!"遂向赛张辽说:"你先保着镖往前走,不到晚饭的时候,我一定能赶上你们。"赛张辽听了他这话,不由得暗暗地吐舌头,连点声儿也没答应出来。

当下,这里的赶车的、赶骡子的、连坐在车里的人,齐都心神紧张,瞪着大眼,看着柳梦龙骑着马,大大方方的,就跟着那二三十名强盗去了,如一窝蜜蜂似的,越飞越远,渐渐地就成了一些小黑点儿,霎时便为远处的松林所掩没。这里,赛张辽却又打起精神来了,他就吆喝着,催动着车马前行。

第三回　独打上霸天鸡群显鹤
重逢紫凤女爱里添仇

此时,柳梦龙已经被那些贼人拥着到了段家堡。

段家堡这里的地形十分的险恶。前面是块平旷的土地,田亩却很少,人家住户更是绝无,大概也是没有人敢和上霸天做邻居;在这旷地上若有二三百人刀兵相拼,也不至于觉着地方窄狭。后面是一座山坡,高高的,好像一座城,上面乱杂杂的生着无数的松柏树和许多已经落了叶的树木,枝杈都隐在薄雾之中;上面还像是有些房屋院落,并且住的不是小户人家。

上霸天在这个地方建筑宅子,可谓是"适得其所",他在这里做什么坏事,也不易为外人知道,而且三五十个外人也未必就敢来,更不用说是单人匹马。这地方是豹子窟、毒龙穴,甚至连地下的石头、土坑,都有点萌露着杀气。

柳梦龙随众贼来到这里,那坡上更有十多名手持刀枪棍棒的人跑了下来,齐声大喊着问说:"来了吗? 那姓柳的小子来了吗? "

柳梦龙催马向前,一手抡刀,一手拍着胸脯,高声说:"柳梦龙就是我! 上霸天,姓段的,什么青毛豹、青毛狗的,快出来见你的柳大爷! "

有个人就过来说:"你先下马! 你先下马! 段大老爷在家里等着你呢,你骑马可不能上去! "

柳梦龙一看,这个土坡果然是很陡,并且向上去只能一蹬儿一蹬儿的就着土坡挖成的“台阶”，既狭且弯，骑着马确实是不大容易上去。于是柳梦龙一纵身就跳下马来，马嗒嗒地往旁边跑去了，他便手挺钢刀向坡上就跑。

那些个人反倒得在后面追，便大声嚷着说：“喂！姓柳的！你慢着走！我们带你上去。妈的，你倒是慢着点儿，怔闯什么？”柳梦龙却不听这一套，也不管上面有什么，他的腿快脚健，身子如飞，一跳就是四五级，猿猴一般，豹子似的，独自就上了山坡，反把那些人落在下面了。

山坡上，树木环绕之中，就是上霸天青毛豹新盖的房屋；房屋高大，一层一层的不下百余间，高墙尽用虎皮石垒成。大栅栏门是铁的，上面竟敢涂着朱砂色的桐油，还钉着个大牌子，上写“侠义堂段”。柳梦龙暗笑道：哈哈，这些为霸一方的强盗，竟然也自称为侠义！

门前站着的也有七八个都是相貌狞恶、手执利刃的强壮汉子，齐喊着：“先扔下你的家伙，才许你进门！”

柳梦龙含着笑，把手中的刀当啷啷一扔。这刀飞起了很高才落在地，有个小子赶紧缩头，恐怕刀掉在他的脖子上；及至刀落于地，他才去拾了起来。柳梦龙便笑着说：“我出来时，原就是什么也没带，这口刀还是从独眼狼的儿子手中抢过来的。好男子，真本事，不必非得手里有家伙；今天我空着手，也要按着上霸天脖子，叫他给我磕头！”说时嗖地一跃，他就跳上了那半开着的铁栅，然后就跳到院里。

这里又有五六个小子刀枪齐递，向着他打来，柳梦龙却徒手相迎。只见他身躯疾速地跳跃，敏捷地躲闪，那些家伙都休想近得他的身。他拳飞脚起，乒乒乒打倒了三个人，又踹翻了两个，然后将大皮袄一甩，扔在地下，一跳就进了二门。

二门以里是三门，这里有四个人，全都使着长枪，一齐向他猛刺。他疾忙闪身，四杆枪却分前后左右将他围住。他双手疾快地去夺枪，吧地就被他夺过来了一杆，他却不用枪尖去刺人，只将枪杆舞起，吧吧吧地向几个人的头上乱敲一气。

这时又由里院出来了几个人，斧钺钩叉，一切的兵刃全都拿着，也都蜂拥而上。柳梦龙却用单枪招架，七八个回合，就将这几个人又打得落花流水。但他也觉得有些累了，头上的汗涔涔流，他就将头上的破毡帽也摘下，向着那些人蓦然一扔。那些人本来就已经打得眼花了，忽见飞来一物，也不晓得是什么暗器，吓得一齐后退；有个人被人一撞，竟啪嚓一声坐下了，摔得屁股生疼。及至察觉出飞来的乃是破毡帽一顶，柳梦龙此时早已闯进了三门。

三门之内，院中相当宽广，而地形稍为坡陡，所以显得北边的房屋盖得特别高大。那屋里已有五六个人走出，并有七八个人全都持着大刀、长枪、快斧、利剑，森森密密地保护着。

柳梦龙跃到院中，先缓了一口气，将枪扔下，又将双袖挽起，然后就昂然地站立着。他扬目一瞧，却见这几个人之中，就有那个曾在黄土沟、断命桥与他大战过的中霸天，便笑道："原来你又来到这儿了！好！大概那一天较量的结果，你还不大服气，今天无妨再来！先得说明白了，你们现在是要一齐上前，还是一个一个地来动手？是比拳脚，还是动家伙？都随你们挑，柳某无不奉陪。"

中霸天镇山豹陈兖的一只左膀子那天本来伤得不轻，今天他是不能动手了。对于柳梦龙能单身奋勇来此，连闯进了防守森严的三道重门，他是更加的惊讶，而且更为愤恨。他的两眼都瞪红了，把柳梦龙看了又看，露出的那几个大牙也都紧紧地咬着，仿佛恨不得将柳梦龙一口咬死才甘心。

在中霸天的身旁，有一个人的衣着特别的阔绰，全身都像是发着光；穿的是一身浅灰色的缎子衣裤，上面绣着鱼鳞，靴子上还嵌着面小玻璃镜，左臂上戴着一只粗笨的金镯。他腆着胸脯站在正中，不用问，这就是上霸天青毛豹段志成了。他的身材虽略低，但精神却比中霸天更为矍铄，体格也健强。他的年纪虽未到五十，胡子可长了满脸；两只眼圆瞪着，态度傲然，仿佛并没有把柳梦龙看在眼里。他就说："姓柳的，你先别吹！你既然敢来到这儿，总还算是个好小子。可是我们兄弟在这条道上二十多年了，就没听说过还有你这个姓柳的，现在你先道出来你的真名实姓吧！"

柳梦龙拍着胸脯说："大爷就叫柳梦龙，难道为你们，我还改名字吗？"

上霸天段成恭又问："你是在何处学艺？你的老师是谁？早先你是干什么样的？哪里人氏？"

柳梦龙冷笑道："这些你问不着！因为我这次来，就是要教训你们三霸天。你们做的恶太大了，不义之财发的也太多了，多少善良的人受了你们的欺凌、损害、霸占、抢劫，都无处申冤。我现在也并非专为'四海通'保镖，并非专为保护刘主事的灵柩和家眷，我只是要铲除了你们。先给你们一条路，叫你们改悔前非，莫再欺人，并将你们的不义之财去施散给那些孤独鳏寡、残废贫病之人，做些好事，籍赎前愆；如若不然，待到我交了镖回来，必定一个一个地要你们的性命！"

上霸天段成恭听了这些话，不禁狂笑得前仰后合，说："哈哈哈，想不到你还酸溜溜的会撰这一大套文！你不用说了，小子，你大概也不知道我们弟兄都是干什么的吧？三霸天这些个名号得来不容易，财也不是偷来的、抢来的，都是各处的朋友奉送的，你看着眼红吗？"

此时前后院的人都拥挤在这里，只见四面是凶徒似虎，刀剑如林。柳梦龙此刻如陷身在狼群虎窝里，自己却什么也没有了，两手空空。头上只有不光整的辫发，皮袄也脱去了，穿的是短夹裤夹袄，袖子全都破了，露出来胳膊肘。然而别看他这个穷样子，却是一点也无畏惧，他擦拳磨掌的，立刻就要与这么多的手执利刃的凶徒恶汉来相拼。

上霸天青毛豹段成恭，毕竟是个"老江湖"，他看得出，这姓柳的绝不是个平凡之辈，来历一定不小。他既敢来，就必定有把握，如果喝令一声，一齐上前，那也无用——不是这些人都得被他一个人打了，就是眼看着他飞跃而逃，抓住他都不容易。——对于这样的人，不得不另想办法。

于是上霸天青毛豹就点点头，掀着他的大胡子，又哈哈大笑两声，说："有你的！这么几年，我还真没有见过你这好样儿的！既然如此，我们更不能倚众凌人，把名声传出去，还说我们不讲理。你须知我姓段的也是一条堂堂正正的好汉，不然混不到现在这样，可是咱们也得认识认识。"

柳梦龙说:"怎么个认识法? 你就说吧!"

上霸天青毛豹说:"当然是比武喽! 你看看我的手下……"他指着旁边的几个恶汉,说:"他们也都投过名师,受过几年的传授,在江湖上都闯荡过,阅历过,本领绝不比你低。我可以先叫他们一个一个地跟你比比武,你如果不行,那就不客气了,应当乖乖地听我们处置;若是你真有本事,把他们一个个地全都打输了,那时我就亲身跟你领教。告诉你,我姓段的自闯出了名声,立下了这份基业,十多年没跟人挽袖子比武了,今天也许真要跟你再走几个圈子。话还得先说明白了,如果你败在我手里,那你可也别后悔,我有方法教训轻视我的人;若是我不行,只要你姓柳的能跟我打个平手,那我就算佩服你了;不但'四海通'的镖以后永远叫你保,我们永远不劫,还随你的便,我家里的金银家私,衣服绸缎,你无论要多少,我也一概奉送!"

柳梦龙冷笑着说:"谁要你那些抢来的东西? 你们要比武,就来吧!"心里却也明白,上霸天的用心狠毒,他是要一个一个地上手,叫我先疲倦了,然后他再亲自比武,他好占便宜。

当时,就有那上霸天身旁的一个熊一般的矮胖汉子,年有二十来岁,把一对板斧插在腰带子上,向手心先吐了一口唾沫,将双掌磨了几下,便大喊一声:"我来! 叫你先认识认识我铁头罗汉!"

这家伙猛扑前来,伸手就要抓柳梦龙的脖领,仿佛是要跟他摔跤似的。柳梦龙却不容他揪住,就吧的一声将他的右手打开,同时自己的右拳,就咚地一下搌在了这家伙的前胸上。这一拳搌得并不轻,但这家伙的胸脯好像是铁打的,他一点也没觉得怎样,身子并不稍退,双手又以"苍鹰抓兔"之势,向柳梦龙扑来。柳梦龙疾忙闪身,避到这家伙的身右,双手向前招架着这家伙的拳头,一脚抬起踢去。喝! 正踢在这家伙的右胯骨上,这家伙就向旁倾斜,同时低身翻转,并以掠月之势,反退为进,双拳就向柳梦龙击来。柳梦龙却趁势托住了他的右腕,抬脚又向他的肚腹踹去。

这家伙还想抄柳梦龙的脚呢,可惜他的手太笨,没有抄着,肚子上却吃了一脚,他可真站不住了,扑通一声就坐在了地下。这家伙虽名为铁头罗汉,屁股却娇嫩无比,摔得他不住地皱眉咧嘴。他真急了,双腿一挺,又站起了身,拔出了一对板斧,抡动着向柳梦龙就砍。柳梦龙身躯疾闪,又转在一边,将他的右臂又按住了,他就将左手的斧子向着柳梦龙狠劈。

这时候上霸天那边又跃过来了两个人,柳梦龙却先闪身避斧,同时就将铁头罗汉右手里的那只斧子夺到手里,以斧敌斧,喀的一声,铁头罗汉就觉得手腕发麻。那跃来的二人,都是手执单刀,飞如雪片,分左右来取。柳梦龙以短斧相应,三四个照面,就将其中的一个连手指头带刀全都砍落,痛得那个人乱叫,直甩手,手上的血都甩在柳梦龙的身上了。

柳梦龙仍然舞动着短斧,抵住二人。那边就又有一个使长枪的人喊了一声,也跑过来;"梨花乱点头",枪尖向着柳梦龙的咽喉就刺。柳梦龙急忙撤身避开,让过了枪,身子匍匐着,以斧反向这人进取。这时,可是使长家伙的人要吃亏了。这个使长枪的人,竟抵不住柳梦龙的短斧,他疾忙退身撤枪,而柳梦龙却又向前逼近。此时旁边的那个铁头罗汉和那使刀的人仍在左右夹攻,柳梦龙是一个人顶住了三面。

这时,上霸天就抄起了一口"青龙偃月刀",用手一晃摇,刀上的环子嘟嘟地发响,他就说:"先住手!先住手!三个人打他一个,他就是输了,也绝不服气,还得叫他说咱段家堡欺负人。来!让我独自斗一斗他,你们都不准帮助!"

柳梦龙心里不住地发笑,暗想:已经叫人跟我乱打了半天,况且我使的只是这一把斧子,你却抄起大刀来!这分明是想找便宜,好维持住你青毛豹上霸天的名气,好!来吧!

在上霸天尚未走近之时,柳梦龙却先抢起斧子奔向那个使单刀的人。那人急得把刀乱抢,说:"怎么?你不敢跟段大老爷去打,却又找我来?"柳梦龙一面以斧子压住他的刀,一面就去抄他的手腕,其势极快,当时就把这个人的刀夺到手中。

有单刀在手,这是他最合适的家伙,那只笨重的斧子就用不着了,他遂就高高地扔起,就仿佛飞起来一件法宝似的,那只斧子正向那中霸天飞去。中霸天镇山豹本身因为一只胳臂受了伤,他不能上前帮忙,眼看着柳梦龙如此的悍勇,旁人都斗不过他,正在着急;不料这柄斧子又从半空飞来了,吓得他疾忙向后去退,几乎喊叫出来。幸亏那斧子落下来时,离着他的脑门子还有二寸,好危险哪!他不禁出了一身冷汗。

这时只听镗镗,上霸天青毛豹舞起了大刀,已与柳梦龙的单刀斗了起来。大刀的把子长,分量又沉重,但是上霸天本来就颇有力气,所以舞动如飞,一刀紧一刀地劈去。他很容易占取上风,但是柳梦龙使的刀虽短,然而却运转伶俐,身躯敏捷,所以上霸天的大刀竟有些尾大不掉了。中霸天在旁不但自己已吓出了一身汗,还时时为他的老大哥上霸天捏着一把汗,他越看越觉得不行了。柳梦龙的刀法已经展开,真是神出鬼没,变化百出;上霸天的大刀简直是乱抖胡来,他也累得连胡子上都沾着汗珠。

中霸天镇山豹陈兖一看要糟,他就大声喊嚷着说:“你们还不快些去帮助,还讲什么单打单斗?先下手为强,把这小子结果了再说别的!”

那些围着看的人一听了他的吩咐,当时就乱舞刀枪斧棍,从四面八方同时上前,将柳梦龙团团地围住。那上霸天的威风陡起,大刀疾抡,说:“不必要活的,把这柳小子砍成烂酱就行了!小子们使点力,别怕他!”

四面的家伙一齐上前,柳梦龙单身孤掌,实在就有些顾不过来了。但他毫不气馁,刀法较前更为急快;一口寒光闪闪的刀,化成了一道白气,回飞宛转,紧紧地护住了身,使身形与刀光已分不出来,而且疾快地前进。只听哎哟、咕咚,旁边的贼人当时就又受伤摔倒了三四个,上霸天拖着大刀也赶紧跑到了一边喘气。

这时柳梦龙就蓦然往前一蹿,他的身子就有如白鹤,那口刀如同是鹤翅羽,飘然的,也不知是怎样的一扭身,竟跳到距地约有二丈的北房上了。下面的贼人一齐喊叫:“他上房去了!”上霸天与中霸天便齐声喝喊:“追他!别放他走了!”柳梦龙却站在房檐上,横刀微微一笑,然后一转身,步履着屋瓦就走。他在房上如履平地,由房上跳到墙上,由墙上又越过了屋脊,行走如飞,竟向前院去了。

这里上霸天青毛豹依然不肯罢休，他们虽都是干了江湖多年，上房的本领不是没有，然而如今看了柳梦龙人家这"飞檐走壁"的身手，他们就觉出不行；要是追到房上去，一定也是吃亏，所以没有一个敢上房的，只是在下面随着追赶。

柳梦龙踏着房瓦出了三门二门，他们就在下面摇枪舞斧，乱吵乱嚷地跟着出去。霎时，柳梦龙已经到了大栅栏门外，就由墙上飞身跳下，手抡着刀说："再来！再来！"上霸天怒喊道："你既然来到这里，我焉能还放你走？"他手抡大刀，率领众人，赶过来又相厮杀。

柳梦龙一面用刀招架，一面退身便走。眼看来到了那通着坡下的土蹬儿之上，他就将身站住了，翻刀再与上霸天生死相拼。此时他与上霸天拼斗，刀法益为紧密。两三回合之后，上霸天就手慌脚乱了，他便寻找了个破绽，刀就向上霸天的右臂斩去，脚又抬起来一端；当时上霸天的臂就受了伤，把他的大刀当啷一声撒了手，身子同时也趴在了地上。柳梦龙趁势儿又一脚，就将个青毛豹踢得像一个圆球一样咕噜噜地由斜坡的土道滚了下去。众贼大惊，刀枪齐向柳梦龙杀来，柳梦龙却也将身向下去跳；这股土道上的蹬儿不下三十余级，但他只消两三跳就跳下去了。

此时上霸天青毛豹已经跌得不成样子，坡下原也还有他的几个人，赶忙上前搀扶。才把他扶起来，柳梦龙就飞下了土坡，以刀挥退了这几个人，他就将上霸天一把抓住。上面的群贼这时也纷纷地齐追下来，还没有再动手，上霸天就先怪喊着说："别！别……忘八蛋们你们都退后！这是成心想要我的命吗？"喊毕就不住地呻吟。

柳梦龙又用刀向上霸天的脖子喀地撅了一下，把个上霸天青毛豹吓得浑身乱抖，连说："朋友！咱们远日无冤，近日无仇，你何必……非要我的命不可？你要怎么样，请说就是了！"

这时土坡上的那些人几乎全都下来了，只是没再见中霸天陈兖。柳梦龙就说："先把我的帽子、皮袄、刀和马匹都还给我！"于是上霸天就赶紧吩咐他的那些人，赶快把那些东西找着送来。顷刻之间，就把柳梦龙刚才抛下的那毡帽、破皮袄和在焦家夺的那口刀、在冀州租的那匹马,全都送来了。柳梦龙这才将上霸天撒手,他一面戴着帽子,披上皮袄,接过来单刀,一面就向上霸天说:"我柳梦龙只愿在江湖间行侠仗义,从来不愿伤人。你跟中霸天本来都死有余辜,但我仍然饶恕你们,望你们趁早改悔前非,连你手下的这些人都算上,从今以后必须做个好人。若是不然,等我到河南交了镖之后,还要到这里来;那时如再看见你们的行为不改悔,可没有别的说了,我必定将你们这些强盗个个剪除!听明白了没有?"

上霸天只是气喘吁吁地卧在地下,连连点头,并且连声叹气。旁边的一些人虽还各执着刀刃,却莫不呆若木鸡,就眼望着柳梦龙上了马,飞也似的驰去。

如今将上霸天也打服了!所谓横行江湖的"三霸天"原也不过如此,这条路上就可以永远无忧无虑了。柳梦龙现在唯一的想法,就是快些追上他们的镖车。原想这时赛张辽等人往南至多就走了十里地,不难追上,却不知道他在段家堡的那场厮杀已经耽误了不少的时光。而且无论他是怎样的精力充足,现在也不免感觉着有点累了,不能够再催马速行;又加上天气转为阴霾,一片一片地飘起了雪花,北风吹着后脑勺,大皮袄都御不住这寒冷。冰雪的大地之上,一望无边,崎岖的小路上连个车影也没有,柳梦龙就不禁心慌:怪呀!他们可往哪儿去了?

他心急,依然往南紧追,追了有十多里地,还是没有追上,马却累得跑不动了。他也不住地气喘,心里越发的焦急,暗想:莫非他们是又出了什么事?或是又投了村落,歇下不走了?赛张辽那个人是既胆怯又无主张,他可能够这么办!

柳梦龙是既狐疑又生气,没法子,只好拨回了马头,再向北面慢慢地走。此时雪更大了,风把雪花吹进他的脖子里,脸被冻得也几乎失去了知觉。他看路旁的村落实在很小,而且零零散散的,至多不过是三家两家,绝不像能容得下他们那大队的车马、骡子和灵柩,他就想:不必去瞎找了,他们必然不会到这些人家去投宿的,那么,他们到底是往哪里去了呢?

于是柳梦龙就将马骑到了一个较高的地方,在乱雪中,纵目向下望去。望了好半天,蓦然间他看见偏北的大道上,有一辆骡车停在那里,一点也不动。他就吃了一惊,猜着必是他们又遇着劫了,只剩了这一辆车,不知怎么就逃到了这里;或者是别的车都已逃走了,只有这一辆被打毁,在这里停住了⋯⋯

当时他就疾忙飞也似的策马向前驰去。少时来到了临近,就见拉这辆车的骡子跪在地下,赶车的在旁边用鞭子狠抽,并喊着:"哦!哦!唔!唔!"但无论怎么使力,骡子可也是站不起来,雪落满了车棚、骡背和赶车人的皮帽子。

这辆车是很新的,新木头的车轮子,新蓝布做的车棚子、车围和车帘;车帘垂得很严密,四边都有纽扣扣着,坐在里边真可能都觉不出外面的寒风。也不知这车里坐的是什么人,因为车里的人根本就没下来,也没有说话。车帘上虽嵌着一块玻璃,从车里若往外看或许还有用,但从外面要是看车里,真是很难。

柳梦龙这时也失望了,这辆车根本不是他们的镖车,赶车的更是一点也不认识;问他这辆车是由哪儿来的,这赶车的答复了一句,含含糊糊的,也没有说清。柳梦龙又问他:"你看见有十几辆镖车没有?是冀州'四海通'家的,还有一口灵柩,是用骡子驮着。"这个赶车的不住摇头,他简直是什么话也顾不得说了。

地面的雪愈落愈厚,天色也快晚了。骡子是因为打了前失,跪着两条前蹄儿,再也不能站起,车轮子也陷在深辙之中。任凭这个赶车的人脸上流着汗,喊得嗓子也哑了,鞭子也快要抽断了,骡子也还是不能够站起,车轮更是无法滚动。这真是一件着急的事,四面没个帮手,只这赶车的一人,他实在是束手无策。车上坐的人也太怕冷了,这半天也不露头,只隐隐听见车帘子内仿佛有人说了两句话,语声儿十分的清细;可见车里坐的是女人家,也难怪她们不下来帮助。

柳梦龙遇见了此事不能不管,虽然是与自己无关的车,也应当帮忙,纵使这是贼车,或是仇家的车也不能坐视不管;这是江湖人和一切行路的人所应有的互助,也是义不容辞。于是柳梦龙就下了马,他先用双手去搀扶骡子的腿,然后托着骡子的肚子猛一用力,大喊了一声,当时就把这骡子给扶起来了。随后他又到后面去推车轮子,同时叫车夫猛抽骡子;前后这样一用力,立刻骡子就能走了,车也活了。赶车的人笑着向他道谢,柳梦龙却双手都是冰和泥,皮袄上也沾满了雪,摇摇头说:"不必客气,你们走吧!我还得去寻我们的车!"

当时,这辆车向前走了,柳梦龙却四顾茫然。他此时是真真的疲倦了,一副钢筋铁骨,现在已经融化了一般。雪下得更大了,那辆车也去远了,他想只在这里站着也是不行,于是就又上了马,仍向南去。

此时雪满大地,风撼动着长天,他慢慢地走着,也不知走了多时,四周渐渐地黑了;又往前走,却蓦见雪花飘舞之中,隐约地闪动着一点灯光。他就有些欣喜,再走,再细看,原来是已走入了一个小镇。

这镇市比那泥洼镇更小,几乎没有一个像样的房屋,都是歪歪斜斜的小房子,似乎都要被雪压塌的样子。大概人家里也都养不起狗,不然为什么连一点吠声也听不见?只有他的马喳喳地踏着地上的雪和冰。在灰暗的夜色中四下观望,也没看见有什么铺户,只有眼前的一盏灯,是玻璃的,就挂在一个小铺户的门前,旁边还挂着一把笊篱和一个木头葫芦;可见这个小店不但收容旅客,还卖酒。

柳梦龙下了马,就觉着双腿有些发酸,他就一手拉着马缰,一手推开了这小店的门。向里面一看,只见里面的墙上倒是挂着一盏油灯,可是冷冷清清的,不见一个人,他就大声地喊道:"有人没有?"立刻有人答应了,原来这屋子是用木板分为里外间。板门一开,由里面走出来一个酒保,同时散出来一片杂乱的说话声,柳梦龙就问说:"你们这儿还有住的地方吗?"

酒保把他细看了看,说:"地方倒是有,可就是得挤着点儿。"

柳梦龙说:"那倒不要紧,只是我这里有一匹马,可以牵进去吗?"

酒保笑着说:"马怎能往屋里来牵?我们这儿又没有后院。你就把马系在门口那块石头上就得了,草料我们这儿倒有。"柳梦龙还有一些犹疑,酒保就说:"你放心吧!马在外边绝不能丢。我们这余家小店开了好几十年了,车、马向来就在门口儿放,没丢过一回;因为有面子,没有人好意思硬给牵了走,你放心吧!丢了我们赔你!"

柳梦龙一听,这酒保说话倒真爽快,别看不起这家店小,招牌倒仿佛很硬,于是他点了点头。就着雪光一看,门前的地下确实摆着一块石头,可是已快被雪埋没了;他遂就将那雪踢了一踢,将马拴在石头上,这才走进了店,酒保又向着他浑身上下不住地瞧。

柳梦龙拍着身上的雪,这时就听见里屋忽然有人嚷着说:"你妈的!倒是把门关上呀!往屋里直灌凉风,要把爷爷冻死呀!"酒保赶紧关上那板门。柳梦龙却又给拉开了,他向里面看了一眼,只见这屋儿的人可真不少,炕上、地下都坐得满满的,倒是很暖和,可就是臭气难闻。里屋的人说:"喂!喂!把门关上呀!妈的,看什么?"

柳梦龙却拱拱手说:"我先打听打听!请问你们今天可看见'四海通'的镖车没有?"里面却有人说:"'四海通'?'六海通'爷爷也没看见呀!"柳梦龙又问说:"难道今天就没有一辆镖车从这儿过?还跟着一口棺材。"他这样的一问,更有人大骂起来,说:"妈的!大雪的天,什么棺材棺材!"

柳梦龙也不由得生了气,这时幸亏有一个好说话的人,说:"真没有看见有什么车从这儿过!可是你问这个干吗呀?都快到年底了,除了我们这些在附近住的人,因为要采办点年货,好到集上去买卖,这才出来,才被雪截在这儿;别的人,谁还出门呀?路上要想看见镖车,至早也得过正月十五。"另外有个人又讥笑着说:"你大概是做梦了吧?哪儿来的镖车呀?你没睡醒?"柳梦龙受着这样的抢白,心里本来很是生气,但是,这时也实在没有精神再跟人较长计短了。

这儿可以说里屋是旅店,外屋就是酒馆。里屋虽然暖,他却不愿意进去;外屋虽然冷些,可是还清静。于是他就在一张桌旁,一个三条腿长一条腿短的破凳子上坐下了,叫酒保给来一壶酒。

这酒保对他倒还不怠慢,给他把酒热了,还摆上了两样酒菜:是一碟肉皮冻儿和一碟煮青豆,不过都是凉的,都已结成了冰凌;还有锅饼,也给他称了半斤。柳梦龙就一边休息着,一边就算是用饭。这凉的酒菜热的酒,他吃起来觉得十分的惬意;周身血脉渐渐地活动了,解除了身上的寒冷和疲倦。

他本来是不常喝酒的，今天却喝尽了一壶，又叫酒保给他沽来了一壶。两壶酒差不多都喝完了，心里觉得飘飘然的，他仿佛把什么镖车、灵柩、赛张辽、三霸天一切全都忘了，只影影绰绰地还惦记着两件事：一是在店门外的马，一是不知现在何处的那朵紫凤绒花。

外面的雪，此时也不知落得有多么大，冷倒是不大觉得了，只是有些困乏；他手拿着酒杯，坐着就打起盹儿来了。打了几个盹儿，也不知过了多少时间，忽然觉得头一沉，凳子一摇动，困倦得差点要栽倒。当时他就惊醒了；同时，觉出户外的寒风由门隙吹进屋内，非常的冷，不知是谁把屋门开开了？他不由有些生气，蓦然地睁眼一看，"啊！"斜对面竟坐着一个人；这人不是酒保，是个刚进来的酒客，旁边也放着一壶酒。

油灯的光此时更暗了，模模糊糊地照着这个人，只见他身躯不大高，很瘦的，穿着一件狐皮领子的袍子；帽子也是狐皮的，压着他的脸。虽相隔仅三四尺之远，但模样却不能看清，因为此人是低着头，趴在桌上，仿佛是才喝了几口就醉了似的。

柳梦龙心说：这可糟了！里屋的人那么多，我真不愿跟他们挤在一块去睡。本想把这两张小长桌拼在一起，今夜这就算是我的床铺了，现在那张桌子却已为这个人占据了。看他这样子，大概也是要在这里寻宿儿；除非是把他撵到里屋去，不然我就得拿酒缸当板凳，而将屋门摘下来做床铺了。这屋里的大小酒缸倒还能凑足四只，而且看那样子，缸里多半没有酒。

此时酒保也没在这里，只有柳梦龙跟这个酒客，相对无语。里屋却发出杂乱而沉重的鼾声，大概有不少人已经睡着了。忽然之间，见那个酒客站起了身，在这时柳梦龙可就借着昏暗的灯光，向他脸上注意盯了一眼。只见此人年纪已是不小了，瘦脸，两道眉毛都是白的，好像沾着雪花；嘴边倒没有胡子，可是有不少的胡子楂儿。他也向柳梦龙看了一眼，但一句话也没说，就开了门走出去了，门也没有给带好。柳梦龙赶紧追出去看，就见这个人踏着满地的皑皑白雪，连头也不回，转过了一个土墙角就没有影儿了，雪却还在密密地飘摇。

柳梦龙因为见这个人的行为古怪，还以为他是要来偷盗马匹，如今才知道不是这么一回事。这个人喝完了酒，也不招呼酒保一声就走了，可见他是这个店的老主顾。这样大的雪，深夜，他喝完了酒就走，想必是这个镇上的人，家离着不远，也没什么可疑的。

当下柳梦龙见马匹仍在，而且雪地上面还放着草料簸箩和水桶，店家都不怕丢，他更是放心了，便掩上了门，叫了两声伙计。那个酒保大概也睡着了，总没有答应；柳梦龙打了个呵欠，心说：睡吧！明天再找赛张辽他们去，可还不知道他们出了事没有？其实即使出了事，也没多大了不得，只剩了一个下霸天，他还有何能为？

当下他把门插好，搬了两只空酒缸将门顶住，回身又把桌上的东西收拾了一下，就把两张长条的桌子并在了一起。他还想把壁上挂着的油灯吹灭了，因为在这个不妥当的地方，点着一盏灯，他实在不能安心睡觉。他刚要吹，忽然又想起了一件事情，不由得又呆住了。这时他就觉得在自己的眼前，幻出了一只小凤凰，那毛羽都发着光，是紫色的，十分的灵活，在那灯前飞来飞去，令他眼花缭乱……良久，他方才明白过来，却仍然有点神不守舍，又呆呆地站立了半天，才噗的一声把灯吹灭了。

门外虽因为雪光的反映，明亮得跟白昼差不多，但这家店因为没有临街的窗户，所以灯一灭，立时就昏黑极了，而且由门隙吹进来的风，异常寒冷。柳梦龙穿着皮袄就往桌上一躺，只听嘎嘣一声，几乎给压塌了架，倒不是他的身子太沉，而是桌子太不结实了。接着又听吧嗒一声，一只锡酒壶掉在了地上，咕噜咕噜地在地上直滚，把刚出来走动的耗子吓得也不敢再啃东西了。原来是刚才收拾桌子的时候，把那酒壶忘下了，现在也幸亏掉在地下了，不然，还许正垫着他的头呢！

现在柳梦龙躺在这晃晃摇摇、好像船似的桌子上，身子底下倒还平坦，没有什么东西，可就是没个枕头，真不得劲儿；好在他是疲倦极了，一倒下就迷糊起来，就睡了。他沉沉地睡着，外面还在飘着大雪，这荒凉的小镇上好像是无事发生。

又过了约有两个钟头，忽然听到那匹马在外面直跳，地下是深雪，当然不会发出很大的声音,但马蹄若是砸在那块石头上,却也喀喀作响;同时又吹进来一阵特别猛烈的寒风。柳梦龙早就醒了,并且知道门又开了,有人进来;那里间虽然还有人在呼噜呼噜地酣睡,可是也有嚓啦嚓啦的脚步声,倒好像是在闹耗子。这时柳梦龙有些后悔,因为他在才进到这店里时,就把自己的刀放在墙角里,忘了应该预备在手边;又不该碰掉了那只锡酒壶,否则那也可以作为一件武器。

现在他一点也不敢动弹,因为不知前来暗算他的人手里有没有家伙,如若是有,恐怕他一动弹,人家必定就是一刀,那时可真是无法抵御,所以他只能装睡,手跟脚可都蕴蓄着力量,准备着一触即发。他的两条腿现在是直挺挺地伸着,这时就觉着又有人由里屋走出来,大概是两个,竟拿着绳子,悄悄地要来绑他的两只脚,柳梦龙不禁暗自发笑,心说:"好笨的贼!"

他翻翻眼皮看了看,就见屋门半开,外面的雪光映在屋里,倒还略略地可以看出,外面进来的人离着他有两三步,正在那里闲着,专等着那两个人捆起他来再说。柳梦龙就趁此时蓦然向桌下一翻身,两张桌子同时都倒了,把贼人们吓了一大跳。但柳梦龙并没有倒下,他疾快地抄起来一张桌子,向着贼人就打,并说:"好小辈!你们竟敢……"

里外来的贼人一共是四个,他们真没有料到有这么一着,当时就都向旁边躲避这桌子;柳梦龙就顺势将桌子整个儿撞在墙上,只听吧的一声巨响,接着哗啦一声,这张桌子就散了架。柳梦龙的手中只拿着一只桌腿,他就抢起这只桌腿向一个贼的头上就是一下,打得那人哎呀哎呀直叫。他又抄起来一只刚才顶门用的小酒缸,向另一个贼撞去;那个贼疾忙往屋外逃走,柳梦龙就势把酒缸也扔出去了,把那贼撞了一个大马趴,酒缸就在雪地上直滚。

柳梦龙此时已弯身拾起来自己的那口刀,立时寒光舞起;贼人的手中也有刀,只慌张地迎了一下,然后就都拼命地向外奔逃。柳梦龙道:"你们竟敢来暗算我?好愚笨的贼!"紧跟着他就追出屋去。

这时,那里间原来打呼睡觉的那些人之中,有六七个都是贼人,也全都出来了,个个手中都有家伙。那由外面来的贼,共合是四个,为首的就是那个瘦小的戴皮帽子的白眉毛的人。他手擎着一对护手钩，扑上来就将柳梦龙手中的刀钩住了，并狞笑着说："柳梦龙你不用逞能！今天我就送你回姥姥家！"柳梦龙听了不由得有点惊讶，心说：啊？他们原来认识我！他就冷笑着说："你是谁？莫非还是上霸天打发你们来的吗？"

这白眉毛的瘦子说："我们本来就是兄弟！我的名字就叫白眉老魔薛大朋，你听的时候可要站稳了，别把你吓个跟头！"

柳梦龙哈哈大笑，说："原来你就是下霸天呀？我打了一个中霸天，又打了个上霸天，正愁下边还有一个小辈没碰着，恨不能当时就抓住他打一顿，不料你倒自己来了。昨晚你在我的旁边喝酒时，我就看出你了。不过，你们休以为三霸天的名字就了不得，我没保这趟镖的时候，就没听说过你们三个人的名字！"

下霸天白眉老魔却哼哼地冷笑，说："姓柳的，你也不必夸口，现在有个地方，你敢去吗？"

柳梦龙冷笑着说："连上霸天的段家堡，我都已去过了，你那里还能摆着刀山火海？不过，柳大爷现在没那么大的工夫，你既然来了，我就不能够叫你侥幸地逃了性命！"说时抽回刀来，将身前跃，唰地一下抢刀就砍。

白眉老魔急忙以双钩相迎，他的双钩着数狠毒，总想要用一只钩将柳梦龙的刀钩住，趁势再用另一只钩去钩柳梦龙的头颈，可是柳梦龙的刀法巧妙，哪容他得手？他双钩配合，步步紧凑；而柳梦龙单力削砍，也毫不放松，两个人就对杀了十余回合，将地下的雪都踢得乱飞乱扬。

柳梦龙就觉出，白眉老魔别看样子不济，别看他只是个"下霸天"，他的武艺却比那上、中两霸天还都高强些。他手下的人也不像那些贼人那样，只是帮助乱打，一点也没有用；他们却趁着柳梦龙与白眉老魔厮杀之际，把柳梦龙的那匹马给抢走了。

柳梦龙一看贼人将他的马匹骑走了，他就十分生气，想要三刀两刀的先将下霸天砍倒，然后赶紧去追那匹马。却不料这白眉老魔也非常的狡猾，他也不跟柳梦龙死拼了，将钩晃了两下，回身就逃，其余的几个贼人也跟着跑了。他们都似是生长在本地，路径极熟，而且好像是久惯在雪天出来"做买卖"，所以在这积雪没胫的地上，居然跑得很快，一霎时便都没有影儿了。

这里，那家酒店的门也关上了，柳梦龙去推了两下，没有推动；踢了几脚，也没有踢开，里边好像是把什么酒缸等等全都搬了来，把门顶住了。这个门的木头还很结实，砍了两刀，也没有给砍裂。柳梦龙不由得怒气填胸，又要拿起那滚在雪地上的酒缸，或抬起那块拴马石向门上去砸；可是他忽然又想到，那开店的从里面关上门，也许是怕惹事，他们自然认识下霸天，可未必就是贼人一伙的。

柳梦龙又觉得下霸天这几个贼人很可疑：他们并不死拼硬干，却只是激恼着我，挑逗着我，叫我去追他们，莫非他们那里真埋伏着什么陷阱？或是另有高人在哪儿等着我了？心里这样一生疑，柳梦龙就觉出下霸天在此的势力一定不小，而且他跟那上霸天、中霸天，都是连串儿地勾结着了。赛张辽所保着的镖车和灵柩，为什么没地方找去了？肯定是已经陷入了这群贼人之手！不入虎穴，焉得虎子？我若是不往他们的巢里去追，那还行？

这时远远之处又有人喊着："姓柳的小子，你敢来吗？来者是英雄，不来者是小辈！"柳梦龙就忿然地挺刀踏雪追去。

转过了墙角，见是一条小巷，深深的，却仍看不见对面的人，只听见那边又喊着："柳梦龙！忘八蛋！你敢来吗？"柳梦龙就又往前追。

走出了这条巷，却见那几个贼人的身影又跑远了；他们一面跑，一面还不时回着头，讥笑地嚷着："来呀！来呀！姓柳的，有胆子就快点来呀！我们这儿请客，请你吃饱了拳头棍子、刀子斧子，就送你到鬼门关听戏去！"柳梦龙再向前追，他们却又跑远了。

这时也不知是什么时候了，雪虽渐止，不过四周的旷野却越发呈显着一种灰白色，远处的树林也模模糊糊地如在雾里。除了身后边那个小镇市的一堆破烂房子之外，前面几乎没有一间房屋，更谈不到村落，只有无数蒙着雪的坟堆，就好像是在那里埋伏着蹲着的贼人。

柳梦龙很谨慎地顺着贼人在雪上踏出的脚印向前去追赶,贼人还在前面一边跑,一边叫着他。他现在倒不生气了,只觉得这其中必有奥妙:下霸天一定是有一点手段,要等着我追到他的窝里,他才施展。柳梦龙此时已有破釜沉舟之心,决定要去看看,索性不顾一切向前去追。

追出了约有二里地,原来在那片树林之外,就是一座广大的庄院,几乎与中霸天和上霸天的宅院同样大小。不过中霸天陈兖的宅子是在城市,有点"世家""巨族"的气派;上霸天的段家堡建在高坡上,很是特别;这下霸天却完全像是一位乡下的财主,房子不少,可都是灰棚草屋,墙也是用石头垒的,倒颇为坚固。

柳梦龙来到这里,已经连一个人也看不见了,两扇大门紧紧地关着,木头门上还包着铁叶子;雪地上有许多杂乱的脚印和马蹄的痕迹,显然是进了这个门。柳梦龙不由得十分生气,明知道这是一种计策,但是既已追到了这里,哪能就白白地叫他们把马给抢了去?他遂就咚咚地用脚踹门,踹了好几下,当然也踹不开,门里只有狗在乱咬,却没有人声儿。柳梦龙不禁冷笑了一声,他就纵身上了墙,站在墙头向下一看,只见院落分好几重,但最外边的院里也是一个人都没有。他就向下大喊着说:"喂!下霸天!你们快出来!把我的马还给我!"

连喊了两声,仍是没有人答应,他就跳到了院里,先抢刀将两条大狗驱开,又冷笑着说:"白眉老魔!你也不必弄这玄虚!无论你埋伏着什么,我也不怕。现在你趁早儿出来,将马还给我,还得担保我们保着的镖并没被你们所劫,那我才能够走;要不然,你们这里虽是住宅,可也是贼窝,我也用不着客气,无论你们藏在那里,我也能给搜出来!"柳梦龙说着话,就先向这外院的两间屋里去看。他把门拉开,向里一探头,见里面就是土炕破席、锄头耙子、大盆小罐,此外什么也没有;他就把门一摔,向里院走去。

第二重院落,东西两边都有房子,他也大踏步全去看了;见屋里都点着灯,生着很旺的火炉,炕上还有铺盖,并放着酒壶和些个吃剩下的酒菜,人还是不见一个。柳梦龙真不明白是怎么回事,他们为什么使这空城计。

再往里院去看,恐怕就有他们的家眷居住了,柳梦龙暗想:虽然是贼的家眷,但究竟自己是堂堂的一条好汉,岂可任意闯进人家的内宅!他踌躇着,就又向里院怒喊了两声:"下霸天,你出来!"里面仍是无人应声,他就硬走进去了。

这时由东西两边的屋中可就走出来了几个人,白眉老魔的手中仍然持着双钩,其他人全都擎着单刀、扎枪、利斧、梢子棍等等。他们此时都像是很占理似的,恐吓着说:"你这个人,为什么胆敢跳进人家的院墙,拿着刀怔进里院? 天还没亮哩,你是怀着什么心?"

柳梦龙冷笑道:"你们何必玩这一套? 这无用,快点先把我的马交出来吧!"

他的话才说到这里,白眉老魔就抢动双钩,如同雪片一般向他来取;柳梦龙疾忙以刀相迎,旁边那几个人的家伙也一齐递来。柳梦龙身躯往返腾跃,单刀翻飞,喀喀先砍伤了两个,然后就专奔白眉老魔去了,下霸天白眉老魔就赶紧以钩招架。

这院子很宽广,他的双钩颇可以展开,但柳梦龙的刀法紧急,绝对不许他缓手。白眉老魔就不住地向旁边躲,柳梦龙也紧追。旁边又有两个人双枪齐进,柳梦龙却用刀将这两个人的枪全都拨开了,并且说:"你们都不要妄自上手来找亏吃! 我今天是单要下霸天的狗命!"白眉老魔又虚晃了两钩,然后回身就跑,却奔到屋里去了。柳梦龙在后紧追,一刀砍去,喀的一声正砍在屋门上;白眉老魔却已逃进屋里,并且惊叫着,跑进了一个有红布门帘下垂的里间。

柳梦龙也追进了屋,挺刀刚要再往里间去走,就听那里间有人说:"这是怎么回事呀? 也太难啦! 就说欺负人吧,还有像这样斩尽杀绝的?"柳梦龙不由得一阵惊愕,立时止住了脚步,原来屋里说话的是个女人,并且声音听来觉得很熟。

待了一会儿,那女人才走了出来。柳梦龙一看,不由得发怔了,原来这个女人不是别人,却正是曾在泥洼镇住在同一店房里的那个陶凤儿! 穿着玫瑰紫缎子肥大棉袄的那个凤儿姑娘,此时依然是那个打扮,两只似笑的小眼睛,现在却是满含着怒气地瞪着,可惜她无论怎么瞪,也是瞪不大。

　　这外屋虽没有灯，但雪光隔窗映入，柳梦龙把陶凤儿还是看得很清楚，就一笑说："哦! 你是住在这儿呀? 原来有你给下霸天他们保镖!"

　　陶凤儿的小圆脸立时就气得发紫了，她斜着眼睛又瞪了柳梦龙一眼，说："我知道你，你会点儿武艺，自己就觉着了不得啦? 我本来不想跟你惹气，无论你是打上霸天、打中霸天、打下霸天，都不干我们的事，可是你别一清早的就打到屋里来呀? 屋里就是我妈，才睡醒，你要是把她老人家吓着，可怎么好呀?"

　　这时里间就有老太太的声音，说："叫他进来吧!"

　　柳梦龙摇着头说："我倒不进去了，如今我才知道下霸天真有点本事，他能勾出来个女将来!"说着话，他就退身出屋，又喊着说："下霸天! 你出来! 冲你这个外号，你也应当像一条汉子，为什么要托庇于妇人女子?"

　　陶凤儿也随着出来了，她斜倚着屋门，拿一对小眼睛还不住地瞪着柳梦龙，说："你保什么镖? 发什么威? 凭你那点儿本领，真给人家有本事的人提鞋，人家也不要你!"

　　这话可把柳梦龙招恼了，他就说："呸! 我不跟你一个女人计较也就是了，你还敢开口辱骂我? 你是一个什么东西，我也看得出来……"陶凤儿急着说："你可别骂人!"柳梦龙愤愤地说："我骂的就是你! 我知道你是一个江湖盗妇……"

　　陶凤儿气得用手指着柳梦龙，说："你胡说!"柳梦龙说："不然，你为什么要住在这儿? 说不定你就是下霸天的小老婆!"陶凤儿气得身子都有点发抖，说："气死我啦!"旁边的几个贼就鼓劲儿说："凤姑娘，还不杀了这小子!"陶凤儿当时就向院中一跳，看得出她的身手真是伶俐而刚劲。

　　柳梦龙把刀一抢，又骂着说："你那个绒凤凰，只能吓吓小贼，柳大爷早已把它用脚踏烂了! 一个江湖女子，娼妓之流，跟个老盗妇……"

　　陶凤儿厉声问说："什么? 好! 你连我妈都骂了?"边说边解她那件肥大的紫棉袄的纽扣，吧的一声，将棉袄甩在一边，露出来里面穿的紧身窄袖、十分利落的一身青。她一个箭步斜蹿出去，接了一把钢刀在手，然后翻臂挺身，唰的一声，刀就向柳梦龙削来。柳梦龙用刀一应，只听锵然一声，两口刀相碰在一起，却并未显出女人的腕力薄弱。柳梦龙冷笑着说了声："行啊！"便刀展身翻。

陶凤儿又以刀斜劈而来，柳梦龙却迂回闪避，以刀向上一撩。陶凤儿迅速迎住，刀背挡住了柳梦龙的刀刃，用力向下去压。她两眼瞪着柳梦龙，紧咬着下嘴唇，狠狠地用力，把刀压了下去；不待柳梦龙抽刀，她又身跃刀起，嗖嗖嗖向着柳梦龙连砍。

柳梦龙连连后退，她却步步紧追；柳梦龙这才转换刀式，反身进攻，而陶凤儿竟丝毫不让，刀法仿佛比他还要娴熟。柳梦龙就不住哼哼冷笑，心说：我可不能再让着你了！于是他舒臂跃步，刀如鹤翅，竟向凤儿横扫。

凤儿却闪避遮拦，不但着着都能应付，而且她刀光绕身，毫无破绽，小脚儿腾飞跳跃，并借着地上的冰雪向前滑行。忽然她伏身而来，那刀就向着柳梦龙的腰部横斩过来；柳梦龙闪身一跳，她却又抡刀跃起，依然紧紧抡刀。

柳梦龙铛铛迎击了两下，她大概才稍微觉出腕子有点受不了，就向旁边连跑几步。柳梦龙紧追了几步，忽然她一翻身，刀如车轮，其势极猛，柳梦龙忙向后闪避。陶凤儿又以"滚趟刀"之法，将她的娇躯在雪地上一滚，刀光和着一阵旋风，就朝着柳梦龙的两条腿斩来。柳梦龙急忙闪身，刀尖向下，将陶凤儿的刀抵住，陶凤儿就半蹲半躺的，以刀又同柳梦龙厮杀了几合，突然她又跃身高腾，钢刀直砍柳梦龙的头部。

陶凤儿这时的刀法虽不放松，颜色却仿佛和悦了一些，把她的一对小眼睛不住地向柳梦龙来溜，又好像带着点笑——也许是一种冷笑，她的心里似乎是很佩服，又像是爱慕柳梦龙的武艺高强。柳梦龙这时是神情自若，十分的从容，刀法不紧不缓，处处都无破绽，那样子简直儒雅得和书生一般；她却胸脯儿一起一伏的，有些喘息了。她掏出紫色的手帕，拭了拭鬓边的汗珠，擎刀俏立，眼皮儿一翻一翻的，瞪着柳梦龙，还想要伺机来进攻，但又无机可乘。

在陶凤儿跟柳梦龙交手之际，旁边，数丈之外，站着观看的人虽然不少，而且他们手里也都有家伙，可是没有一个人敢上前来帮助，这当然是陶凤儿不许他们来上手。别人倒没大看出来，还都以为柳梦龙那小子是绝对不行了，凤儿姑娘是何等的人物，这回还能叫他走脱？所以都一点不着急，只像是看戏似的，还希望他们多练一会儿。独有下霸天可着了急啦！他却看出来凤儿姑娘已经力疲刀缓，而且也仿佛手软了；柳梦龙却有点在耍戏她了，刀法漂亮而不费力，真是所谓"游刃有余"。

这时凤儿的妈，那位五十多岁的鬓发苍白、面带病容的老太婆，也出来了，她扶着那屋门说："别打啦！凤儿，你别跟人家打啦！我看这个人，还倒……"老太太似是有点瞧上这个小伙儿了。

下霸天更觉着不妙，就蓦然喊道："陶姑娘！要是不把这姓柳的制了，不但这条路没咱们的份儿了，我们也都在这儿住不住，你不给他个厉害的可真不行！"

老太太还在那边直摆手，陶凤儿却又将眼睛瞪起，用刀指着柳梦龙说："有什么本事你就快使出来，要不然就跪下服输！"柳梦龙说："我净等着看你的本事呢！谅你个小小的丫头，还能有什么了不得的着数？"陶凤儿一咬牙，蓦将钢刀抡起，寒光翻飞，又向柳梦龙来砍。柳梦龙当着那位老太太，倒不好意思欺负人家的女儿了，所以手下颇为留情。却不料凤儿这时越发的厉害，简直是拼起命来了，虽然她妈在那边直说："别打啦！你们听我说……凤儿！你这不听话的孩子！"

凤儿可真不听她妈的话，每一刀取的总是柳梦龙的致命之处，因此把柳梦龙的性情又招惹起来，便刀随身进，虽不想使她负伤，但也要用拳脚将她打倒。凤儿却身体伶俐，左翻右腾，使柳梦龙也有点捉摸不着。忽然间她又使了一个"滚趟刀"，待柳梦龙闪避了过去，她却不起来，反而往远处去滚。柳梦龙抡刀赶过去砍，这叫作"高祖斩蛇"，然而此时蛇似的陶凤儿忽又跃身而起；她周身散落着雪屑，突然纤手一扬，一件暗器打来，柳梦龙躲避不及，立时就咕咚一声跌倒了。

原来陶凤儿在滚的时候，就已由怀里掏出一支镖；慢说柳梦龙没有防备，就是防备着也不行，因为凤儿把镖打得极为准确，而且极快。

这一镖正打在柳梦龙右下腿上，正是要紧的地方，打的又很深，柳梦龙就斜躺在地下，真站不起来了。凤儿这时突又急躁万分，凶狠百倍，猛的又跳过来狠狠地抡刀，自顶向柳梦龙就劈。柳梦龙人虽跌倒，刀却并未撒手，他迎住陶凤儿的刀，喀喀又交战两合。

这时那位老太太奋不顾身地走了过来，怒声向凤儿说："你这丫头敢不听我的话？你要杀人，就先杀死我吧！"老太太伸着一只手把她女儿拦阻住，另一只手就扶住了柳梦龙的肩膀，喘吁吁地说："要不是他，咱们的车还陷在泥辙里，那个骡子也起不来。就凭人家昨天的那点儿好处，你也不该这样！我不准你伤人家！"

柳梦龙这才知道，昨天在风雪里自己帮忙扶起来的那辆车，车里原来就是她们母女；如今，这老太太虽然还知恩报恩，可是凤儿也太凶了，他不由得更为生气。他咬着牙，拔出来右腿上插着的镖，那血水就顺着镖直流了满腿，连地上的冰雪都染红了一大片。他将镖当啷一声掷向远处，不顾疼痛地努力往起来站，并抡刀说："老太太你不用劝！你女儿既是这样的心毒手辣，她肯饶我，我也不能饶她！"又骂着说："陶凤儿！你这娼妇，你来，你再来，我若怕你，我就不是柳梦龙！"

凤儿却也真狠，又抡刀上来要砍，却被她妈拦腰抱住，并且推着她，叫她回那屋里。这时凤儿却突然又伤了心，她将刀也撒了手，哭着说："妈，你净拦我，你不想他有多么招我生气！他……他原来也是这么一点没本事！"说着就放声啼哭起来。她不住地抽泣哽咽，身子乱颤乱抖，真仿佛伤心极了，真乃是"芳心寸碎"。

柳梦龙又很惊讶，不明白她为什么竟会这样？然而自己是绝不能服输的，便依然大骂说："你说我没本事吧？我只是没料到你这娼妇还会打飞镖、使暗器！这原是妇人女子的行为，算不得英雄好汉！"陶凤儿被她妈劝进了北屋，还不住地放声痛哭，哭得真惨。虽然是气着了她，可也不至于这么哭呀？所以柳梦龙倒疑惑起来，连腿上的伤痛也忘了。

那陶老太太在推着女儿进屋的时候，还嘱咐了下霸天两句，说："快把人家扶起来，不许伤人家一根汗毛！"

下霸天和他手下的几个贼便一点也不敢违背，可又不敢走过来，

因为柳梦龙的手里还拿着刀呢！下霸天就先将双钩放下,然后站得远
远的,向柳梦龙作揖,说:"朋友,现在你已受了伤,又有老太太出来解
围,咱们可不能再打啦。本来咱们也不过为赌一口气,并没有什么深
仇,细说起来,还都是江湖上的朋友,不打也不相识。现在你放下刀,我
们也好放心过去搀你。把你搀到屋里,热点儿酒,先给你解解疼,以后
有什么话,咱们就都好讲。反正有陶老太太的吩咐,我们绝不敢再对你
怎么样,如若有半句狂言,如若是明着这样说,暗着还想害你,那我就
是忘八蛋,我的这几个伙计也都不得好死。"

柳梦龙本想不叫他们搀扶,但自己此时实在是站不起来,遂就说:
"你既这样说,你们过来就是了。我也是条汉子,被个女子打伤了,我都
眼看着叫她甩手走了,怎能又用刀害你们? "

下霸天笑着说:"好啦,那么朋友,我过来搀你。"

当下这下霸天白眉老魔就走过来,亲手搀扶,旁边的人也赶过来
帮助。刚才陶凤儿脱掉的那件紫棉袄,已有人给送到屋里去了。柳梦龙
的大皮袄也有人为他披在身上,遂搀着他进了这院里的东房。柳梦龙
叹了口气,当啷一声,就把刀扔在地下了。

他被搀扶到一张小竹床上坐下了,此时天光已亮,屋中已用不着
点灯。下霸天就命人搬了个小桌儿,自己又搬了个凳儿,他就坐在了柳
梦龙的对面。柳梦龙这时是既烦恼、气愤又惭愧、狐疑,万种的情绪都
搅在一起,心里非常的难过,就不住地叹气。

那下霸天白眉老魔这时对他却非常的关心了, 低声说:"不要紧,
柳兄弟,我扳个大说,咱们走江湖的人哪能净占便宜,一点亏也不吃
呢? 你这个伤,暂时忍一忍,等她……"他努努嘴,又说:"等着陶姑娘她
消一消气就好了,她们可有顶好顶好的刀创药。"

柳梦龙说:"今天我是因为没有防备,受了这镖伤,总算是落在你
们的手里了,爱怎么处置就由你们处置吧! "

下霸天说:"哪儿的话? 告诉你,你放心,她们绝不能伤你的性命,
并且,咱们说自己的话,还许有你的好处呢! "

柳梦龙哼了一声,说:"谁要她们的好处? 那陶凤儿绝不是好东

西！”

下霸天摆手说：“我也不是吃着谁向着谁，她们可确实都是好人。”

柳梦龙瞪着眼说：“怎么，你下霸天还是指着那两个妇人吃饭吗？”下霸天没有言语。

柳梦龙说：“我看中霸天、上霸天和你下霸天，你们在这条路上作恶也够多了，不然你们为什么都挣了这样大的家业？其实你们可以洗手不干，而从此改一改了，何必还要架着陶凤儿这么一个江湖丫头？只为她会打飞镖吗？可是你们也太不像男子汉了！”

下霸天又默然了一会儿，就微叹着说：“这些事儿很难说，三句话两句话你也不能明白。其实不是我们找她，却是她先来找我们来的，我们这些人早叫她拿下马来了，这话说出来，似乎是给江湖人泄气，其实是真的。外面的人还全都不知道底细，以为那陶凤儿……”他说“陶凤儿”这三个字时，便把声音压得极小，并且还赶紧扭头瞧瞧，才接着说：“我们跟她不但没有半点暧昧之情，简直是连平起平坐也不敢。咱们是自己人，我才跟你说这些。还有，你别看上霸天段成恭、中霸天陈兖连我都像是发了财，成了个阔老爷似的，不错，我们在这条道儿上是瞎混了十多年，也挣下了不少，可是……别说了……”他仿佛心里有一段隐情，但又羞于或是不敢说出口似的。

柳梦龙也不向他细加究问，只是腿上的镖伤不住地疼痛，使得他心里非常的急躁。

下霸天又命人热来了酒，炒了几个鸡蛋作为酒菜，还叫人去给做热汤面。不但是他，连他手下的人，都对柳梦龙是异常的客气，而且很殷勤，柳梦龙也不好再向他们发脾气了。

喝着酒，柳梦龙就询问赛张辽保着的那镖车和女眷，以及灵柩的下落。下霸天白眉老魔说：“早就过去了！我敢担保没有闪失，因为其中有一辆车插着紫凤凰，那就是她……”

他向北屋努努嘴，又接着说：“那是她的幌子，这条路上的人都认识，不至于有人打劫。你要是不放心，我可以派人去打听打听，或是请他们也到这里来。”

柳梦龙摇头说:"那倒不用。我今天总算是栽了跟头啦,那个镖我也没脸再保了,只要他们沿路不出事,把人家的女眷平安送到家,就完了。今天在这儿,陶凤儿要是想杀我,那我也许就再跟她拼一拼,或是就由她处置,这还有什么话说。"

下霸天摆手说:"没有的话!你的性命我保着,你就放心吧!"

柳梦龙冷笑着说:"我实在也用不着你给保命!"

下霸天说:"你别外道,待一会儿我就派人到段家堡,把这里的事通知段成恭和陈兖。"

柳梦龙依然冷笑道:"上霸天、中霸天若是全来了也好,连上你跟那陶凤儿,咱们再斗他个百十合!我姓柳的虽然腿已负伤,可是还不至于怕你们。"

下霸天说:"我叫他们来,还是给你们摆酒讲和。他们也都是外场人,一来就能说得开,绝不会像娘们儿似的那样量小心狭。"他扭头又向门外看看,然后就给柳梦龙又斟上酒,说:"喝吧,日久天长,你就知道我们三霸天……"他又笑着说:"以后真得把这个外号改一改了,真的,将来你就知道,我们是不是朋友了。"

正在说着,忽见有个刚才还跟柳梦龙相打过的人笑吟吟地走进屋来了,手里拿着个小纸包儿,来到下霸天的面前说:"这是陶老太太给柳大爷的刀创药。"

下霸天说:"这个药真是好极啦!柳兄弟,你看够面子不够?换个别的人,叩头求她们,她们也不能够给。柳兄弟,你快上上这个药吧!"

柳梦龙把药包接过来,略微地看了看,遂就将这药包撕得粉碎,向地下一扔,说:"什么创药?神药我也不要!我受了镖伤会自己治,用不着打伤了我的人现在又给我治伤;我堂堂的男子汉,不能受这妇人的愚弄!"

下霸天等人全都有些惊慌失措,柳梦龙摔着酒杯,又高声地叫着说:"陶凤儿!你个江湖丫头,休在柳大爷的跟前献这个媚!你出来,让我再会会你!"

下霸天急得直跺脚,说:"这样就是你的不对了!再说那药是陶老太太派人给你送来的,无论怎样也是出于一片好心,你怎么可以还骂她的女儿?"

柳梦龙想了一想,跟一个妇人女子这样的斗气,也太不算英雄,但是右下腿实在疼得厉害,一疼,他就顾不得一切了,就越发高声地破口大骂。又骂了两声,果然把陶凤儿给骂出来了。

陶凤儿大概是因为刚才哭了一场,流了许多的眼泪,所以虽没擦胭脂,可也又淡淡地施了一些粉。衣服自然是因为刚才的"滚趟刀"滚了点泥跟雪,现在又换了一身玫瑰紫的衣裳,这可跟那件当作外氅用的肥棉袄不同,是瘦袖儿、紧身,并且还是"琵琶襟"。她看上去真漂亮、苗条,而又妩媚。她的辫梢是藏在衣裳里,头发也重梳过了,格外显得整齐。

陶凤儿没有拿着刀,也不知道拿着镖没有,急愤愤地闯进屋来,一手叉着腰,一手指着柳梦龙就嚷嚷着说:"你快说,你到底是骂谁呢?你有本事,为什么打不过我?为什么不会躲镖?你受了伤,躺下了,就得算你没本事,就得算你丢人现眼!我不杀你就算是便宜你,这也是听了我妈的嘱咐。那药,依着我,本来连一丝丝也不能给你,那也是因为她老人家可怜你。你……你竟没有良心,将人家的好意当作恶意,你还骂人,你凭着什么……"只见她娇躯乱颤,纤指乱点,她那小眼睛虽圆瞪起来,可是并不令人害怕。她喳啦喳啦地说了这一大篇,惹得柳梦龙倒大笑起来。

第四回　为医伤痕中宵怜俏影
　　　　强学镖技十里送征驹

　　柳梦龙笑过之后，就用那只受伤的脚将桌子一踢，哗啦的一声，桌子就倒了，桌上的酒盅酒壶、筷子盘子，还有刚端上来的一碗热汤面，就全都翻在地下了。下霸天吓得赶紧跑到一边，把脸一沉，说："你真不懂得交朋友吗？"

　　柳梦龙也不理他，依然对着陶凤儿暴躁如雷地说："江湖的娼妇！你还要跟我撒泼吗？我柳梦龙岂能怕你？我不能像上霸天、中霸天、下霸天他们那样，帖耳顺服在你的雌威之下。柳大爷是堂堂的男子！你有本事，可以再拿刀来拿镖来，再跟柳大爷拼，没本事你就得听我骂！等我骂够了，我才能走。三个月之后咱们再见，那时我再报今日的一镖之仇！"

　　这时陶凤儿的妈又急急忙忙地跑过来了，柳梦龙一边骂着，一边也自觉着不太对，可是冲着陶凤儿现在这个样儿，看着她那一对小眼睛，他就不能不骂；好像越骂得厉害、痛快，心里才越舒服，不然就发乱，就真许"英雄气短，儿女情长"，所以他得骂。他不讲理地指着陶凤儿的脸大骂，为的就是气陶凤儿，使她变成个夜叉婆、丑八怪，那倒好惹些；千万别像现在这样儿，尤其是这一身瘦袖紧身、琵琶襟的玫瑰紫，可比在店里初遇之时艳丽万分了，这才是毒镖，才打得柳梦龙心疼。

他又喷出唾沫来，大骂："陶凤儿！你错看了人，我柳梦龙这样的好汉，跟你这么一个江湖下流女人惹气，也实在是不值得的！哼！狗丫头！"

陶凤儿也怪，被骂得反倒不生气了，只是又汪然地滚下了两行眼泪，小孩子似的那么撒娇，抱住了她妈的肩膀，哭说："妈！你听他骂得咱们……"

陶凤儿的妈也不住地伤心落泪，说："柳大爷！你别欺负我的女儿，她……她是一个可怜的孩子……"

柳梦龙一听了这话，不由得怔住了，什么话也没法子骂出来了，心也立时就如一滩泥似的软了，并且惊疑万分。这时，下霸天等人很知道眼色，赶紧就躲避出屋去了。陶老太太抹着眼泪，凄凄惨惨地说："我们母女是好人，她……只是命苦。我们母女由南边到北边来，于今一年了，没做过一件恶事。跟下霸天他们拉拢，也是……没法子，不是我们愿意的；这提起来话长，以后咱们慢慢地说。柳大爷，我看你与他们都不一样，你一定是个热心肠的人。今天虽说凤儿得罪了你，可是我能叫她赔个不是。"

凤儿依旧用手帕擦着眼泪，听了这话，就顿脚急急地说："我不能够，给他赔不是，凭什么？他欺负我……"说着话，又不住地哽咽，弄得柳梦龙的心里真难受。

他就笑了笑，摆着手说："老太太，你不必再说了。我柳梦龙如今中了暗器，总算是武艺不高，埋怨不着别人。我跟你家姑娘动手，也是因为受了下霸天的骗，无论怎样说，也是我的不对，因为我是一个男子，应当是让着你的姑娘。可是，唉，如今我也很灰心，不愿再多说什么话，既是你们都是好人，并不想趁着我受了伤，就将我杀死在这儿，那么我就谢谢你们。我待会儿就走，以后放心，我绝不再找你们作对。"

陶凤儿听了这话，仍在掩面啜泣，倒是没有说什么。她妈却连忙拦阻说："柳大爷，你受了这样重的伤，也别当时就走呀！"

陶凤儿说："他一定是不放心他保着的那镖。"

陶老太太就说："那不要紧，我已经派人嘱咐段成恭他们去了，不许他们惊扰了人家刘大人的灵柩跟那三位刘太太和少爷、小姐。在那辆车上又有我们凤儿头上戴的花,他们哪个不要命的敢劫?柳大爷,你就放心吧,那绝没有错。"

这位陶老太太的态度是很诚恳的,凤儿这时也是温柔婉转,楚楚可怜,柳梦龙还能够跟人家说什么呢?

接着,老太太又把下霸天叫进屋来,就像是对待仆佣似的,正颜厉色地吩咐着说:"这屋里什么东西也没有,你怎么叫人家住呀?快把我那个东里间收拾干净了,把床上铺厚一点,升旺了火,搀着柳大爷上那屋里歇着去。"

下霸天垂手伺立,连声应着:"是!是!"转又去吩咐他手下的人,当时他手下的人谁都不敢怠慢,就都忙活起来。下霸天并帮助搀扶柳梦龙,笑着说:"兄弟,请你到那屋里歇着去,那屋离着老太太和姑娘住的地方近,你们也好叙叙家常。"

柳梦龙本来是咬着牙,挣扎着,想不用人搀扶,自己走到那屋,但是不行,陶凤儿的这一镖实在把他的英雄气连根儿打消了,他真觉得羞惭。陶老太太这时还在旁边直说:"慢慢搀,慢一点,腿受了伤的人哪能禁得住……"凤儿也斜着小眼睛看着。柳梦龙就实在是等于被人背着、架着,跟个死尸一样,被好几个人给送到了北房的东里间。

这房里的西里间就是凤儿和她妈住着的,实在是跟在一间屋里一样。屋内的东西很简单,只有一张木床、一张桌子,临时搬来了几个凳儿。床上铺着的被褥倒是很厚,而且整洁,枕头上还绣着花儿,真许是陶凤儿的枕头呢!屋子当中升着一个白灰做的火炉,烧的炭很旺,非常的暖和。窗外的天气还阴沉着,雪还飞着,这算是岁暮天寒,出门走路是十分的辛苦,因而能够得到这么一个温暖而舒适的地方,虽然腿上受了镖伤,可是也不能不算是侥幸啊!

此时,下霸天等人又全都回避出去了。陶老太太吩咐着女儿,说:"别再跟柳大哥涎脸了,你把咱们那药再找出点儿来,给柳大哥敷上。"

凤儿正斜着小眼睛瞪着柳梦龙,心里好像还有点儿愤恨似的,但听了她妈的吩咐,她不敢不答应一声儿,但答应得也很勉强。等她妈走出去之后,她却又向着柳梦龙一撇嘴,哼了一声。

柳梦龙也斜眼看着,陶凤儿这丫头实在是相当的标致,她那小圆脸儿,脸蛋儿上还挂着一点泪痕,泪痕连着红晕。头发梳得是那么好,虽然前边有点蓬松凌乱,可是愈显得妩媚。她的身段是那样的苗条,玫瑰紫的琵琶襟的紧身小衣,真是格外的娇娆可爱。这丫头真是个尤物,手辣而心毒,不,她的心倒未必毒,只是有一点小孩子气;气也不像是真气,娇可是真会撒娇,谁知道她的心里是在想什么?她可是斜倚着窗棂,拿脚儿咯登咯嗟地不住地摇晃着一只凳儿,她似是不想走开了;刚才还是仇人,现在竟像是伺疾一个小丫鬟了。但小丫鬟为什么要穿戴得这样花哨?她花哨得好像是个娼妓!

真的,柳梦龙自觉得这几天东跑西颠,争来斗去,剑光刀影,雪夜荒村,糊里糊涂地过了这几天的紧张生活,现在倒好像是住在妓院里了;那陶老太太像是鸨母,下霸天等人是一群"毛伙""茶壶",而凤儿这丫头就得是个多情的艳妓了!不对,不应当这样想,这可实在是有点欺负人了!人家的态度诚恳,凤儿也是可爱而又可怜,怎么能这样比方呢?太不该了。那么应当怎样比方才对呢?说那老太太是我的丈母,凤儿她是我的妻……

柳梦龙这样的胡思乱想着,因为这样一想,才可以稍微忘了点腿上的疼痛。他并且很不礼貌地从头至脚地看陶凤儿。陶凤儿先是噘着嘴儿生着气,扭着脸,转着身子,躲避着柳梦龙的目光,可是柳梦龙还不住地瞧,瞧了大半天,她就急了,一摔手绢,顿顿脚,说:"你瞧什么呀?难道你没见过吗?"

柳梦龙点头微笑着,说:"我真没见过!我活了二十六年,到如今是初次看见,像你这样武艺又高强而又长得好看的姑娘。"

凤儿扑哧一声又笑了,这句赞美的话就如熨斗一样熨平展了她的心。她妩媚地转过身来,眼波向柳梦龙撩了一下儿,说:"其实你的武艺比我好,只是你不会……"

柳梦龙所不会的,自然就是暗器了。陶凤儿承认他的武艺好,但只有这一点是个缺点,是个遗憾,但是她一说起来,眼圈儿又一阵红,遂又微微地叹了口气。

柳梦龙就说:"暗器、打镖、接镖、避镖和什么运珠弩、炼子锤这些玩意儿,我并不是没有见过,只是我向来不屑于学这些个,以为非英雄之所当为。但如今有了这一番教训,以后我真得也找个地方去学学了。"

陶凤儿似笑似急地说:"得啦得啦,你就别再说了。"她迈着细碎的步儿跑过来,指着柳梦龙的腿说:"你……真是一点也不觉着疼吗?"

柳梦龙笑着说:"这算得什么?就是你拿把刀来,向我这伤处再划上七八刀,挖下几块肉,我要是皱一下眉,便不是好汉!"说着就用拳头向腿上的伤处狠狠地擂了一下。

陶凤儿却急忙用双手揪住他的胳膊,跺着脚说:"你这是干吗呀?这不是成心叫人心里难过吗?"她翻着小眼睛望着柳梦龙,那泪珠儿又几乎夺眶而出。

柳梦龙却仍是微笑着说:"真的,这也不是逞英雄,只要是个男子汉、大丈夫,若怕了这么点儿镖伤,那还算什么人物?"

此刻忽听那边的里间,陶老太太又在叫着说:"凤儿,你倒是快给人家拿药呀!"

陶凤儿高声答应了一声,又向柳梦龙悄声说:"我妈叫我啦,你在这儿等一会儿。"说毕,她就急忙忙地跑往那屋里去了。柳梦龙这才皱眉吸气,因为腿伤实在是痛得很。

陶凤儿被她妈叫去了半天,才又来了,脸儿越发地泛着红晕,小眼睛如春水一般,传递来多少笑意。她的腰上又系了一条绸子的汗巾,是葱绿色的,愈见妩媚动人。她一手托着只小瓷碟儿,一手拿着个棉花捻儿,正在配和着那刀创药。柳梦龙本来最恨她这个刀创药,他认为这个药如果有效,那么打伤的、治好的全都是这个丫头,倒霉的只是我这条腿,这不是一种侮辱吗?所以就准备着她走近床时,再将药打翻在地上。但人心毕竟都是肉长的,看到人家陶凤儿正忙着给自己和药,他真不好意思再怎样了。

陶凤儿托着小药碟,到他床前,半跪半坐的,把他那破裤腿解开,慢慢的,十分小心谨慎的,唯恐碰着了他的伤处。他那下腿上血倒是不多了,泥垢却是不少,人家也不嫌脏,就像服侍亲人似的,拿着那小棉花捻儿,一下一下,轻轻地给他敷上了药。他真不好意思再怎样了。柳梦龙又想:谁能如此呢? 假如自己有妻子,也不过就是如此,何况素昧平生,又闯到人家这儿来拼过命,得到这样的优待,实在不可以再无礼了。

她这药真是不错,敷上了之后,微觉麻木,疼痛立止,他就索性将身子躺下。陶凤儿又立时给他的脖子底下垫上枕头,身上盖好了棉被,这样一来,柳梦龙不但心里没气了,反倒觉得有些感激,由感激而生情爱,由情爱又生烦恼。他就索性闭上了眼睛,待了一会儿,就睡着了。

虽是受了很重的镖伤,但疲倦已极,他睡得十分的安适。及至醒来,只觉得屋里温暖得很,小炉子里的火烧得很旺,上面坐着个小铁壶儿,壶中的水已被烧得滚开,由壶嘴里嘟嘟地往外冒热气。院子里有人在说话:"把肉烧烂着一点儿! 余家小店有好烧酒,叫秃头鬼赶快去给打来。"

屋子里却没有人,只是那门上又新挂了一条红缎子门帘。细听了听,也听不见陶家母女在那边屋里说话,柳梦龙的心里倒不由很惦念。他等了半天,屋里都快黑了,才见帘子掀起,他以为是期待的凤儿又来了,一看,却是那下霸天白眉老魔。

这个老魔一进屋,就先摘下皮帽子,说:"我刚从段家堡赶回来,他们,我都见着了。只是中霸天的胳膊被你伤得不轻,我段大哥上霸天,摔得更重,也许将来得成残废! 可是我把你在这儿的情形一说,他们都说算了,既成了一家人,什么话也就都不用再提啦!"

柳梦龙听了,也没有说什么。白眉老魔就自己搬桌子挪凳子,说:"我已吩咐厨房做饭了,今儿晚上,我可得大请客。"

柳梦龙问说:"都要请谁?"

白眉老魔笑着说:"没有别人! 连我家里的,虽住在后院,可也没有她们的份儿,因为她们都上不了场面。我那几个伙计,也都不配跟咱们坐在一起。待一会儿,只有……"他用手隔着门帘,指了指那西里间,说："有那二位，还有就是你跟我啦。"

柳梦龙又没有言语，心里却很赞同，并且盼着快些实现，盼着那如花的丽人陶凤儿，再坐在自己的对面，亦笑亦颦。真的，柳梦龙现在真觉出自己已经是"英雄气短，儿女情长"了，他现在对陶凤儿有一种恐惧，倒不是怕她的飞镖准确难防，而是怕她的娇容和媚态。这情丝真乃是缠绵不断，缚住了他的雄心。

盼着盼着，屋里已点上了灯，摆好了桌子，上好了菜，热好了酒，酒已斟在杯子里。千呼万唤始出来，出来的却是陶老太太，她女儿凤儿并没露面。老太太说："凤儿病了，说是头疼，不想吃东西，我叫她睡下了。那个丫头，身子骨儿本来不大好……"

白眉老魔说："陶姑娘是练功夫的人，怎么也时常病呀？我那个老婆子，笨得连地都不会扫，平日好吃懒做，可是一顿饭，她能够吃五个大馒头。"

陶老太太叹气说："那才是有福的！我们凤儿，她就是心重。好不容易这半年来，她也会说会笑的了，不想今儿又遇着了柳大爷……"

柳梦龙赶紧说："老太太不要再这样称呼我了。"

陶老太太这才又改口说："偏偏又遇见了梦龙，又偏偏把梦龙给得罪了！梦龙虽没有怎么见怪她，她那小心眼里可也是后悔得了不得。现在倒不要紧，也不过是有点头疼脑热，她睡了一阵，待会儿也就好啦。"

白眉老魔打着自己的嘴巴，说："这都怪我，我要不把梦龙激到这儿来，也没有这些事。可是话又说回来了，梦龙要是不来呢，咱们能认识他吗？得啦，刚才的那些事，现在别再说了。我倒得请教请教梦龙兄，你到底仙乡何处？嫂夫人几位？有没有小孩？"

柳梦龙笑了一笑，说："你以为我也像中霸天似的，家里有五个老婆吗？"

白眉老魔也笑着，说："至少也应当有一位。"

柳梦龙摇摇头，喝了一口酒，又夹了一箸子菜吃，便又说："我生平也没做过什么大事，家中更非世家。我是河南省卢氏县的人，父亲是个老学究，他教我念了几本四书五经。同时村子里有个会武艺的人，又教了我一些拳脚。但是,我的父亲对我的教训是不许我科考做官,我的师父临死时的遗言又是不许我取非义之财,不许我欺凌孤弱。他们都已故去了,我的母亲也早已不在人世。我既少叔伯,终鲜兄弟。十二岁时定下的亲,那个女子也得了痨病死了。如今只剩下我孤身一人,而且是一贫如洗。幸亏认识一个和尚,他给写了一封信,才荐我到金刀徐老那里去当伙计,这才保了这次镖。"

白眉老魔看了看陶老太太,只见陶老太太连连地点着头,提着神,仿佛正在想什么。白眉老魔就又给老太太和柳梦龙满满地斟酒,大箸地夹菜,说:"我想管一件闲事儿,不知道行不行?听梦龙兄弟刚才这么一说,可知他实在是个老实人、规矩人,也是一个苦人。老这么打着光棍儿,也不像回事,应当赶快给他做个媒。陶老太太带着凤姑娘呢,这我都知道,也实在没有别的亲人,正好叫我给……"说到这里,大概是陶老太太在暗中拦了他一下,他就不说了。

柳梦龙也颇觉诧异,然而白眉老魔不说出,陶老太太无此意,也未尝不好。凤儿虽说是漂亮,可是谁知道她到底是个什么人?这不过是偶尔的一段姻缘,如落花流水,一时的绮丽,转眼成空。腿好了我就走我的,胡梦什么?是英雄,岂能真的难过美人关!于是他又喝了满满的一大杯酒,并不感觉失望。

陶老太太因为有肝气病,而且心里仿佛添了事似的,略略地吃了一点儿,她就起身走了。这里白眉老魔就低声埋怨着柳梦龙,说:"老乡,你也得自己往前凑合凑合,这不是放在眼前的一只烧鸭子吗?你要是不张嘴,那可就飞啦!"

柳梦龙也不言语,闷闷地又吃了些饭菜之后,才说:"你的意思我明白,你是要做个月下老儿,你叫我也得自己向她们去巴结巴结。但是你不知道,我可不是那些江湖上无信无义的人,我若要家室,就得那女子有来历,能安分才行。"

白眉老魔下霸天就有点替他急了,说:"咳,什么叫来历呢?你也看得出来,她们难道是乱七八糟、不三不四的人吗?在外边,江湖上,像她们这样的就可以了,你难道还非得娶个千金小姐?说句笑话,就凭你这件破皮袄？再说，你可别恼，咱们又都有什么来历？说到安分，你得知道，今儿要不是我把你骗来，你要不追到屋里来，你要不先开口骂人，她绝不能跟你动手！不错，她是有一身好武艺，学得好暗器，可是有她妈管教着她，她的武艺从不轻露，镖也不是见着谁就打谁。这样的女子，娶了她之后，只要你能安分守己，她绝不能够胡作非为，一定会死心塌地地跟着你过日子，你还要怎么样呢？难道我要给你做媒还是屈尊了你，你非得端端架子不可？这话都别说，由根儿上讲，咱们都是江湖人，不然今天也不能拼够了命，又成了好朋友。凭人家，你也有眼睛，那模样儿、那性格儿，就不用再说那身武艺及镖法了，管保你从南京到北京，再也找不出第二份儿！好男子一生能遇见几个好婆娘？这么好的事儿，给你你会不要，可真是大傻瓜了！"

柳梦龙被下霸天可以说是连损带骂地数落了一大顿，然而他却并不生气，因为无法说他的这些话不对。下霸天确实是一番好心，言之颇有道理，世间上也不能再找出第二个陶凤儿了！有来历没历，更没大关系。只是陶老太太有时像是要给女儿找女婿，有时又不像，捉摸不着她的心；凤儿更是若有情若无情的，令人难测，非得等着我柳梦龙去下跪求亲？那我可绝不能干！男儿膝下有黄金，岂能为了媳妇拜丈人？不能够，绝不能够，由着她去吧，何况这一镖打得我现在还起不来。

下霸天似乎是真想跟柳梦龙交个朋友，并且十分诚意地要给这好朋友说一房好媳妇。但是，如今见柳梦龙这样的迂阔，他不由得灰了心，说："我反正是尽了心了，成不成还在你，我又不贪图什么谢大媒的厚礼。"又吃了些菜饭，他就起座说："你一个人吃吧！你白天伤的那两个人，我还得看看去，那都是跟我多年的伙计，我也不能显出待他们太薄了。"

柳梦龙说："你请吧，今天我真打搅得你不轻。好在我们由今天起已是朋友了，将来后会有期。"下霸天没再说什么，他皱着白眉，仿佛是替人家说不成媳妇，他倒很难过似的。

下霸天一出了屋，柳梦龙一个人喝酒用饭，更觉着毫无意思。他时时惦记着那边的里间，可是那边一点声息也没有。他暗叹了口气，就想:还是算了吧,还是孤身在江湖上去漂泊吧,弄上这些情丝烦索,恐怕将来倒得受罪。

少时,悄悄地走进来一个又像仆人又像小贼的人,慢条斯理地把所有的残肴剩酒全都收拾了去,又给送来了一壶酽茶,就走了。

外屋的那个门响了一声,不知是谁给关上了。合着这屋里住的是他,那屋里就是陶家母女,只隔着两层门帘。那屋中的母女若是低声儿谈话,这里竖起耳朵来也能够隐隐地听出。可是人家母女竟好像什么也没谈,更不知睡了没有。真闷人,真是天涯咫尺啊!若是忍着痛,柳梦龙大概也可以走过去看一看,可是那就不对了,那就失掉了自己的身份,叫凤儿那丫头反倒瞧不起。柳梦龙又愤愤地想:这丫头,什么东西?我还是快些离开此地吧,叫她们跟这群贼厮混一辈子吧,休想再能遇得到我这样的人!

本来他已睡了一天,可是现在还困,他把被蒙头盖上,一会儿就睡着了。又不知道睡了有多少时刻,忽然觉着那条受了伤的腿有一些痒,他惊醒了,觉得有人正在给他那伤处敷药,手用得很轻,仿佛是唯恐把他惊醒似的。柳梦龙猛地将被一掀,随即坐起,正在偷偷给他敷药的陶凤儿就吓了一跳。她瞪着眼睛说:"干吗呀?"说话的声儿很低,好像怕被她妈听见似的。

柳梦龙借着暗淡的灯光细看,见陶凤儿现在穿的还是那条紫缎的裤子,上身却换了一件粉红色的小夹袄儿,这似是睡觉时才穿的。她云鬓稀松,钗环半卸,脸上也是愁容压着泪迹,泪迹又显着病容,小眼睛的眼泡儿都哭肿了,是什么伤了她的心呢?她低着头不言语,只是专心地往柳梦龙的腿上敷药,仿佛恨不得叫这处镖伤立刻就痊愈,才能够稍慰她的心。

柳梦龙就想:既然这样,你何必要打我呢?真是可笑!然而这丫头总算是个痴情的丫头,我不应当再对她言语粗暴了,遂就也低声地说:"真多亏你了,我也不跟你客气了,就求你快些把我这块伤治愈,我好赶快离开此地。"

凤儿说:"你还不放心你们那镖车?他们一定没事儿。"

柳梦龙说:"我不是一定要去寻他们,我是觉得,住在你们这儿算是怎么回事?我也于心不安。我虽然是无家可归,可是也得另换个地方去再想主意了。"

陶凤儿笑了笑,说:"你有什么主意?打算到哪儿去?"问这话时,她抬起眼皮看着柳梦龙,正在敷药的手也停住了。她这样殷切地期待着柳梦龙的回答,柳梦龙却淡淡地笑了笑,说:"哪里不可以去?无家的人,到处为家。至于打什么主意,那也得到时候再说了。"

陶凤儿颦眉泪眼地又问说:"你不是说要去找个人学暗器,或学着打镖、避镖……"

柳梦龙笑着说:"谁跟你说我要学那些?真是小看了我柳梦龙了!我此番没有被你的镖打死,将来也说不定要丧命在别人的暗器之下,但是要叫我去学暗器,也打暗器,或是鬼鬼祟祟地躲暗器,那真是小窥了我柳某不是英雄!我无论何时也要使用真功夫、真武艺,打镖避镖那些不光明的手段,我绝不使!"

陶凤儿听了他这话,蓦然就将药碟儿一摔,气愤愤,悲戚戚,站起来就走了。

柳梦龙不禁觉得诧异,心想:"她为什么非叫我去学打镖避镖不可呢?莫非她真是有心要嫁我?她很爱我的武艺,只可惜我不会打镖,又不会避镖,因此她才鼓励着我,逼着我,去学那些本事,想使我成为一个武艺十全的人,大概这样她才觉得光荣?"

想到这里,又觉着很可笑:"不过,这也难怪她,女人都是好体面的,尤其是她,她的镖打得这样好,若嫁的那人连镖都不会躲,只会挨,当然与她配不上。俗语云:才女必须配才郎,会打镖的姑娘,当然也是非得遇着会打镖的男人才嫁了!看来我实在是应当找个地方去学学。陶凤儿不错,若能娶她为妻,一生可以无憾,而且她还很可怜,我又何必抱着拗脾气,死不学镖呢?"

他本想要立时就把陶凤儿叫回来,告诉她自己愿意去学暗器了。但是又一想,一叫她,必能被她妈听见,谁又知道她妈的心里是什么主意?她妈还许叫我得学三霸天呢?他想追到她屋里去跟她说,但是一条腿不能动,再则更深夜半的,怎可以到人家母女睡觉的屋里去? 许她可以"自荐枕席",我却不能"逾东家墙",而……

柳梦龙想起了这些古人的句子,他又想起自己永远在怀中揣着的那本书了。他那本书原来就是《唐诗三百首》,多半是在段家堡打架的时候弄丢了,然而其中的妙句他早已记得滚瓜烂熟。尤其忘不了的是李义山的那首《无题》,"身无彩凤双飞翼,心有灵犀一点通",此句正像是自己此时此景的写照。想到这里,他有些惘然了。

柳梦龙叹了口气,又默默地吟道:"春蚕到死丝方尽,蜡炬成灰泪始干。"咳! 我柳梦龙坎坷半生,如今遇着这个陶凤儿,未必是艳福,还许是一场孽缘,将来不定怎么样呢,由它去吧! 想到这里,他就又倒头睡下了。次日天明,也没再见着陶凤儿,只觉得下霸天的家里人很是忙乱。

原来,今日已是除夕了,明天就是大年初一。下霸天裁了许多条红纸,请柳梦龙给写春联。柳梦龙就笑着告诉他:"今年我万也想不到会来到这儿给你写春联! 可是,留下个纪念物儿也好,鲜红的春联就如同是我受镖伤流的鲜血。明年我盼着还能回到这儿来,再给你写,那时我也学会了打镖避镖了。"

下霸天听了这话,先是惊讶,后是欣喜,就说:"真的吗? 老柳你真是要学镖去吗? 其实,陶姑娘就是个打镖的老手,你何必要跟外人学去呢? "

柳梦龙想了一想,也是,真不知道陶凤儿一定要叫我出外去学镖,是什么意思? 遂就自己替她想了个理由,微笑着说:"我跟她学还行? 还得拜她为老师,那我可真算拜倒在石榴裙下了! 我得另找高手。终南山上有一位高人,外号叫飞镖李,我得找他去,学会了打镖,回来报了这一镖之仇,那时我再给你写明年的春联。"

下霸天笑着说:"得了吧,我看再打你两镖,你也不能认为是仇恨。你挨的这一镖,我想挨还挨不到呢! 挨了镖就坐在床上享福,有人伺候,末了还……"说到这儿,他扭头一看,见陶凤儿进屋来了。柳梦龙又补充了一句,说:"我只在此住六天,一过初五,我就上终南山去找飞镖李,跟他去学镖,学躲镖之法去。"

这真宽慰了凤儿的心,凤儿立时就抿着嘴儿笑了。她先急急忙忙地跑回去,不用说,一定是把这话告诉她妈去了,待了一会儿就又回来了。

下霸天给柳梦龙的膝前放了一张小炕桌,他就拉平了红纸,凤儿就在旁磨墨,柳梦龙觉得这时就只少个高力士给他脱靴子了!凤儿之艳丽实不亚于杨贵妃,而自己就好像是李太白!

他挥着大笔,随手写着:"春年春月春光好,人得人心人寿长";"五风十雨皆为瑞,万紫千红总是春";"及时霖雨舒龙甲,晴雪梅花起凤毛";"凤兮凤兮原一凤",他想了一想,便又写道:"卿乎卿乎唤我卿",凤儿在旁就不住地笑,原来她还认得字。

柳梦龙对凤儿确是爱慕难舍,只可惜这春联写不尽自己的情意。白眉老魔只说:"写得好!写得好!姑娘别累着,墨交给我磨吧!"

凤儿也许是心里喜欢得忘了形,就用指甲蘸了点墨,向着下霸天一弹,白眉老魔的眉毛上就沾了一块黑墨,立时成了个一边眉毛白,一边眉毛黑,一副怪样子的老魔了。他笑着说:"弄了一脸墨倒不要紧,可别弄姑娘你一身,这姑娘真淘气!"

凤儿情然地笑着,先低头细看她身上的琵琶襟玫瑰紫的小衣裳,倒幸亏没有溅上墨;又忽然间急敛笑容,偷着看了柳梦龙一眼,仿佛自觉得刚才那举动太不端庄了,怕柳梦龙不愿意。柳梦龙明白她的心,就故意做出了不介意的样子,依然拿着笔写。

凤儿就在旁边给想词儿,说些"四季平安""五福临门"的吉祥话。

白眉老魔就说:"这姑娘真是才学大,不但会打镖,还能拿笔。老柳你还差点儿,光会拿笔究竟不行,应当趁早快学镖去。"他又自言自语地说:"我是镖不会打,笔也不能拿。写的这些字都凑在一块儿,我就认识半个。我是完啦,什么下霸天?简直是下半天,没多大起色啦!"

正在说着,陶老太太也进了屋,她打扮得很是齐整,向凤儿说:"你就别管这个啦!快收拾收拾,咱们快走吧!趁着今儿还有集,咱们买点东西去。"

陶凤儿放下墨，笑着说："我还给忘啦！"

下霸天一边用袖子擦眉毛上的墨，一边说："老太太可别再买年货了，什么什么我都已给预备好了。"

陶老太太说："我们买点布去。趁着这几天有空儿，叫凤儿给她大哥做几件衣裳。"说着，就带着凤儿出屋去了。

这里下霸天眼望着柳梦龙，悄声说："这就行了，不用我给做媒啦。"柳梦龙没有言语。

待了一会儿，见陶凤儿在那屋里打扮完毕，又走过来，向着柳梦龙似乎要叫"大哥"，可又叫不出来，只问说："你想一想，你不要什么东西吗？"这话问得是亲切而多情。

柳梦龙摇头说："我什么也不要，也不用给我买布做衣服，因为我用不着。"

下霸天就说："老弟，你也不必客气了，给你做两件衣裳又算什么？你一个年轻人，也应当打扮打扮，老披着那件破皮袄，成什么样子？"

柳梦龙说："连那件皮袄还是四海通掌柜的金刀徐老借给我穿的。我平日是不修边幅，尤其是我无家无业，整年在江湖上漂流着，住小店，受风霜，有时还要跟人打架，滚在山上，揪到河里，我就是想穿好衣裳也是不行。"

下霸天笑着道："你可别这么说，以后你也应当立一份家业了。"

他说到这里，那陶老太太和凤儿，就都转身走出了屋。下霸天把话止住，待了半天，他才接着说："老柳啊，你这个人怎么一点儿世故也不懂？现在的事，你就不用言语，什么事都由她们去办。反正有的是钱，还许给你做几箱、几柜的衣裳呢！大概衣裳做好了的时候，我们也就该喝你的喜酒。你总算走运了，结果必定是人财两得。"

他咧着嘴哈哈大笑，又说："等着吧，你娶了媳妇以后，我再跟你要账！你打三霸天，不用说，顶我这下霸天对得起你。我要不把你带到这儿来，你想要挨这一镖，求着挨这一镖都办不到！咳，我也是糊里糊涂，怎么就把你带到这儿来啦？怎么倒给你找了好事儿啦？得了，快点儿给我写春联吧！"

柳梦龙此时并没有笑，他觉得下霸天说的这些话真是粗俗而无味，不过眼前这些事，他并不在乎什么衣裳和钱，只有陶凤儿，却实在有味得很。这真是一件奇遇，就像是过去看过的《聊斋志异》里，那些"某生""某甲"所遇见的鬼狐故事一样的新奇。真的，陶凤儿实在不啻是一个妖狐艳鬼！她到底是个干什么的呀？为什么会刀法，擅打镖，管辖着三霸天，还很有钱？她到底是个干什么的呀？这样的一个来历可疑的女子，我如何能贸然与她婚配？他一面提着笔一副一副地写着春联，一面在脑中不断地想。

待了一会儿，柳梦龙就将这许多张春联写完了。因为墨迹没有干，所以都平铺在地下，屋里几乎没有站脚的地方了。好在这时下霸天白眉老魔又已出去，忙着预备着过年的一些事。

柳梦龙是仍然下不了床，他倒不怎么感觉寂寞。也许是他连年的漂泊生活从没得到过一点温暖和片时的享受，如今这个地方倒成了他的安乐乡，不，是温柔乡了。虽然陶凤儿只这么一会儿没在家，没有见面，他就好像很想念很不安心似的。自己又觉得有些恐惧，这种缠绵不断的情丝，实在能够使一个顶天立地的汉子变成一个极其无用的人，西楚霸王项羽还不就是个榜样？于是他就想着：我在此时，千万要拿定了主意，不可因循自误，也不可中了这条美人计！

大概今天有集市的那地方离此不远，也可能就是柳梦龙住过店、喝过酒、跟下霸天开始斗殴的那个小镇，所以不大会儿，陶凤儿和她妈都回来了；可是没到这屋里来，也不知买来的都是些什么东西，当时就在那边忙起来了。隔着两层门帘，也没法子看见那边的动作，只是听。

柳梦龙现在倒像个瘫在床上、下不了地、可是又爱多管闲事的老太婆，他就侧耳向那屋里听着，甚至连陶凤儿的脚步声，他都能听清楚了。又过了些时，他就听见哐啷哐啷地剁肉、剁菜。他明白，陶凤儿是给他包今晚除夕吃的水饺了。

富有趣味的新年风光，柳梦龙虽没下床，也能感觉得出来。下霸天和一些家人、仆人是在院子里忙，陶凤儿是在那间屋里忙，忙得都仿佛很高兴。他就想:过年这件事,主要的就是吃食。看下霸天这里,人口像是很多,一定有厨房和厨役,但是现在陶凤儿还要自己动手,这就可见是要做点特别的吃食了。这个年看她过得还高兴,莫非是因为我在这里吗?

下半天,柳梦龙始终没再见着陶凤儿。好在床旁边就放着那药碟,里面还有不少的药,柳梦龙就不断地往伤处敷药,果然觉着轻爽了好多。

到了晚间,有人进屋点上了灯,收拾起来那些春联。下霸天又来了,悄声告诉柳梦龙说:"今天可是大年三十晚儿,诸神下界,无论什么事都得讨个吉祥,你就是还觉得我哪点不好,也等到过年再说。"

柳梦龙笑道:"我们既然相交得这么熟了,往事就都不必再提了。我只盼你过了年,少做那些绿林的勾当。"

下霸天点头说:"过了年我一定改行! 不单我自己,连上霸天、中霸天和我手下的这些伙计,我都敢担保叫他们洗手不干了。这些事,咱们走着瞧,我也不用多说,你也不必再讲。不过这里头还有事,我们以后虽说是洗手不干,可是也还得开镖店,或是养活些闲人,这没法子。你要问详细的情由,我们也不能说,实在我们也不大知道,我们都是听喝奉命;你要是想弄明白,还是问你的太太和丈母娘去。"

柳梦龙听了这些话,又笑了一笑,心里更是不禁猜疑。

下霸天却正色说:"你别笑,这是真的! 刚才陶老太太已经跟我明说了,她愿意把她的闺女许配给你……"柳梦龙听到这里,不禁神驰。下霸天接着又说:"老太太说这话的时候,是当着她的女儿。凤儿那时正拌饺子馅儿,听了她妈的话,一点儿没摇头,只低着小脸儿仿佛很害臊似的。你得知道人家是黄花女儿,今年才整整二十,又是小生日,实在说不过才十九,你得知道点温存。待一会儿,她们一定请你过去吃饺子,你可千万别再说什么鲁莽的话。还有,你得给人家一件订礼呀,我看你可没有什么东西。"

柳梦龙说:"这件事情,我还不一定答应不答应,我还得斟酌斟酌。"

下霸天着急地说:"你老哥还斟酌什么呀?论模样,难道你还非得娶嫦娥?论武艺,你非得娶穆桂英吗?得啦,算了吧,没什么可斟酌的啦,我都替你在陶老太太和凤儿跟前点了八次头,全都答应了。"

柳梦龙听了这话,本来又要发急,但是他只长叹了一声。

下霸天又问:"你拿什么当订礼呢?"

说到定亲用的礼物,柳梦龙实在一件也没有,那破毡帽、破皮袄以及那口刀,都不能作为订礼,他连马都是租来的,将来还得叫赛张辽还给人家呢!他正在作难,同时又想:正好可以借着没有订礼,把答应亲事的这件事再拖延几天,再斟酌斟酌,再把凤儿的来历细问一问。

这时陶老太太忽然进了这屋,带着笑向下霸天说:"薛三爷,你把梦龙请过去吧,怎么着还是搀一搀他吧!"

柳梦龙说:"不用,我能够自己下床。"他随就抬腿下了床,忍着痛,一半仗着下霸天搀扶着,居然就走出了这间屋。

过了外屋,而到了那屋里。立时,一片绮丽的景象,都映于柳梦龙的眼中。她们母女所住的这间屋子,跟那边柳梦龙住的那间是一样大小,可是四壁是新糊的,器具也不像别的屋子那样简单,有梳妆镜、衣柜、条案、椅子、茶几,都是一律的榆木擦漆,而且像是新置的。有一铺砖炕,炕上的单子、被褥等也完全是簇新的,以大红大紫的绸缎质料为多。另有一张红木的炕桌,桌上早就摆放好了许多吃食,什么红烧的鲜鱼、干炸的丸子、醋熘的肝尖、粉蒸的肉片等等,虽不是什么盛馔珍肴,可也是一般人家过年时应当预备的好菜。三只锡制的灯台上都高烧着红烛。靠着炕的壁间上新贴的"吉祥如意",梳妆镜的旁边还倒贴着"福"字,意思即是"福到了"。这全是柳梦龙刚才写的,新贴上的,糨糊恐怕还没有大干。那红纸衬着粉壁,显得格外的鲜艳。

陶凤儿已经穿上了一件桃红色的软缎旗袍,可是一点也不肥大了,特别的合体,这也许是为预备过年,或是为今天订婚才穿的?她高挽着两只袖子,露出灰鼠的里子来,手腕上的金镯成对,玲珑而发着光泽,钗环摇曳,满头都是翡翠珍珠。

柳梦龙只看见了她的一个背影,因为她正脸冲着里,稍稍弯着腰,双手动作很快,自己擀出皮子来,自己捏饺子,然后就放在旁边的一个盖垫上。屋子当中生着很旺的火炉,坐着一只大砂锅。水已经开了,散出来许多的蒸气,咕嘟咕嘟地直响,并顺着锅边往外溢水,热烈横溢,好像有情人的心。

陶老太太说:"锅都开了!凤儿,你快下饺子吧!梦龙,你上炕里边坐着去。"

柳梦龙本来已经被挽着上了炕,往里面又挪了挪身子,便坐在炕的当中了。就看见凤儿在那边往锅里下饺子,她那颊上的胭脂显得更红了,娇艳的打扮简直像个新娘子,柳梦龙也不好意思多看了。

下霸天在旁边一坐,指着桌上的各样儿菜说:"这都是陶姑娘做的。你看怎么样,称得起是好手艺吧?"

柳梦龙也只得笑笑,岂好意思当面夸奖呢;再说,还猜不着待会儿陶老太太要说什么,也许还会变卦呢。他心里不由得很着急,同时又斟酌着:如果是提明了,那时我是应还是不应呢?

烛光照着陶老太太的容颜,这个老婆婆长得倒实在跟她女儿一样,凤儿是她亲生的,这件事倒是不必疑惑了。老太太安详而且稳重,说话不急不慌,处处显露出她的尊贵身份,绝不是无来历,绝不是养个女儿走江湖、挣钱混事的那等人物,这也不必多疑。只是这位老太太多半是因为上集买了一趟东西,就又累着了,犯了她的肝气病了,她皱着眉,好像是难过得很。

柳梦龙就说:"老太太可不要陪着我,您要是觉着身体不舒服,您就躺着吧。我本来不该在这儿过年,这样劳动老太太……"

陶老太太摇着头说:"你不用客气!我就是这样,永远是好两天,又坏两天。不是大三十的我又说不吉利的话,你想我这样的身子骨儿,万一有个什么好歹,可叫凤儿依靠着谁?"

柳梦龙偷眼又看看陶凤儿,凤儿却仍在一会儿擀擀皮,捏捏饺子,一会儿又拿漏勺,搅一搅锅里煮着的饺子,她低着脸儿,倒是没有因她妈的这话掉泪。柳梦龙就等着陶老太太再往下说。

陶老太太却真叫人着急,又去说别的了,她说:"行了吧?捞吧,先捞一盘子给柳大哥吃，再要煮，皮儿可就破啦！"

陶凤儿给捞出来一大盘子热气腾腾的饺子，下霸天赶紧给接过来，放在柳梦龙的面前，说："吃吧，吃吧，一边吃着一边再说闲话。"

柳梦龙让老太太也吃，陶老太太却捂着胸口说："吃不下去。"接着又微微叹了口气，说："我就怕心里有事，说不出来。"

柳梦龙真想不明白，这位老太太为什么给她的女儿说婆家，她自己倒这么发怯，吞吞吐吐，没有一句爽快话，莫非是其中还有什么隐情？

这时，下霸天白眉老魔在旁也忍耐不住了，他就说："我替老太太说吧！当着姑娘，我也不怕打我的嘴巴子。老太太母女二人很觉着孤单，要找个养老女婿，瞧着老柳你不错，想要……干脆说吧！要把凤儿姑娘给你当媳妇。这可也不是求着你，央告着你的事，你愿意不愿意，你就快一些说，现在别寻思；将来万一你又不愿意了呢，可也别后悔。一句话，你就说说愿意不愿意吧？"

柳梦龙被话逼到了这种地步，原想再斟酌斟酌，再商量商量，那也不能了，而且自己若是也吞吞吐吐的，没有一句爽快话，也未免太不像一个男子汉了，遂就慨然地点头说："我愿意！这我自是求之不得！"

下霸天白眉老魔哈哈大笑，说："好了！好了！我这次的媒可算做成了。这辈子，我是头一次做了这么一件好事。老柳，你既是答应了，那么君子一言出口，驷马难追，以后姑娘就是变成一脸大麻子，也算是你家的人了。按着老规矩，现在你就得拿出订礼来！"

柳梦龙说："我现在什么东西也没有，等我的腿伤好了，我必然会买几件东西作为订礼。"

陶老太太这时又叹息着说："订礼的事，倒是不大忙，我就有一件事，简直是说不出口！"

下霸天说："我也替老太太说了吧！老柳，就是这么一回事，人说'郎才配女貌，吕布才能配得上貂蝉'。凤儿姑娘的镖法，举世无双，你却连躲镖都不会，便不能算是相配。现在凤儿姑娘虽已经订给你了，可是你还得先去学镖，回来之后，还得看看你学得到家不到家；如果是真行,才能叫凤儿姑娘跟你拜天地呢!"

柳梦龙一听,想不到果然又提出了这件事!这种要求实在太不近情理,而且简直是侮辱人。他本想不应,但是,此时却见陶凤儿已经是什么事儿也做不下去了,她背靠着梳妆镜,正在拭泪啜泣。

"未免有情,谁能遣此?"这样的楚楚可怜、千般风流、万种婀娜的佳人,只叫你去学学镖,还是只要能够会避镖就行,不必一定也会打,这么一件容易而且便宜的事,还能够算是苛刻吗?于是柳梦龙便又点了点头,说:"这件事我也一概答应。本来现在要叫我成亲,我也不愿意,因为我也得有许多准备。若论到学镖,原是一件极容易的事,只消我到一趟终南山……"说到这里,他却忘了曾跟下霸天说过的那位在终南山上的高人是姓张还是姓李了,便含混地说:"至多两三个月,我必能够学成镖技回来!"

这时候陶老太太也笑了,倒似乎是觉得很对不起他的样子,殷殷勤勤地给他斟酒、布菜、夹饺子。下霸天倒好像完成了使命,现在没他什么事了,只是自己在大喝大吃,话也仿佛没什么可说的了。

凤儿是已拭干了泪水,又对着镜台施了一点脂粉,就继续勤快地包着饺子。她妈叫她也来陪着在一块儿吃,她却摇头,话也不说,仿佛很害臊似的,在顿然间倒跟柳梦龙显着生疏了。她那圆圆的小脸儿时时低着,那双妩媚的小眼睛也不再看柳梦龙,她的心,不知是苦还是甜。她完全没有了往日的泼辣、风流,只是默默的、静静的,或许是因为她已经是名花有主,行将为人妻,自然就表现出来的一种矜持的仪态。

外面,多半是下霸天的小贼,噼里啪啦地放起鞭炮来了,令人记起,这不但是定情之夜,还是一年仅有的除夕呢!柳梦龙有些醉了,后来就又由下霸天把他搀回到那屋的床上去。

次日,即是新年元旦,见了面都得道一声"恭喜发财",柳梦龙也没到那屋里给陶老太太拜年去。下霸天笑着道:"留着你那个头,等将来谢亲的时候,一块再磕吧!"

最令人感觉惆怅的是,从定亲之后,凤儿就没再进这间屋,没再见柳梦龙的面,真是个就等着出阁的大姑娘了!柳梦龙既觉着好笑,又很思念。不过,听说凤儿在那屋里是很忙的,她正在给柳梦龙做着全份的衣服和鞋袜。

过了初六,柳梦龙腿上的镖伤已经结了疤,可以下床走动了。他曾到凤儿住的那间屋里去看了看,想要给陶老太太道声"新喜",没想到正赶上老太太不在屋里,也许是上茅房去了。只有陶凤儿一个人正对着镜子理妆,头上满戴着绒花和绢花,脸上擦的脂粉也十分娇艳,衣服又换了一件银红色的锦缎旗袍。她见柳梦龙进屋来了,就顿着脚,皱着眉低声说:"快出去!"

柳梦龙说:"我是特来告诉你,我的伤已经好了。"凤儿说:"我知道啦!得了,你快走吧!干吗呀?"她笑了笑,脸又红红的,柳梦龙只得退身出屋。这种滋味真是难受,订了婚事,陶凤儿倒跟他拘起形迹来了,倒生疏了,还不如早先打架拼命的时候了。

衣服、裤子、鞋袜,甚至于腿带儿,俱已做好,下霸天给他抱到屋里来,一大堆,叫他换上。他一看,全都是绸缎的,心说:干吗?叫我去学镖,还必得穿这些好衣裳吗?

因为他原来的衣服太破旧,而且单薄,所以,感于陶老太太的盛情、凤儿的美意,他就把浑身上下、从头到脚的衣着全都更换了,只有他的那件破皮袄,还是不肯舍弃,他就对下霸天说:"这是金刀徐老借我穿的,将来我还得还给他。再说,我不能有了新衣,便忘了旧服,我将来也永远要做这样的人,陶姑娘要想跟我享受荣华,那是做不到的。"

这几天他吃的饭菜,全是下霸天的厨房里做的,凤儿简直好像不大关心他了。他也想:快些走吧!永远在这里算是怎么一回事?慢说陶凤儿并不是即时就跟我成亲,假定她愿意,我也不能从此就在这儿做她家的养老女婿。

于是,他就表明了即日就要走。陶老太太和陶凤儿也都不大挽留他,于是就定于这天起程了。陶老太太又为他预备了丰盛的酒肴,令凤儿陪着,为他饯行。然而,虽是佳人就在眼前,却相对无语,勉勉强强地算是吃完了这顿酒饭。

下霸天已命人将他的那匹马备好了,连他的那口刀也配上了鞘,又交给他。于是，陶老太太和白眉老魔下霸天就一齐送他出庄子，只是还不见陶凤儿。柳梦龙牵马持鞭，心里就不胜烦闷。

陶老太太依然是那样，好像心里有很多的事，可是又说不出来似的。她只是对柳梦龙说："你得多保重！快点去快点回来，别再管别的闲事！"又几次拭着眼泪，说："你也放心凤儿吧！我绝不叫她出门，只等着你回来！"

白眉老魔下霸天又赶上前来，悄声说："你去练一练躲镖的法子也就行啦，那还有什么难的呢？找个地方一个人去练几天就行。陶凤儿她也不是非叫你会打不可，这就是马马虎虎、遮人耳目的一件事儿！"

柳梦龙本想要问问："为什么要这样遮人耳目呢？"明知白眉老魔也是弄不大清楚，不然他早就说出来了。如今，当着陶老太太，有许多的话也不便细问，反正，走是得走了，有什么话将来再说吧！于是他微微地笑着，连连点头说："好！好！再见吧！"又拱一拱手，他就上了马，挥鞭走去。

走出有百余步，再回首时，见陶老太太和白眉老魔全都回去了，又显着他们太冷淡了，柳梦龙心里真不大痛快，走吧！

这荒莽的原野、凄凉的古道上，虽然这几天没再落雪，地上却仍积着一堆一堆的冰雪。因为灯节还没有过，人们还都在家里过年，没什么人出来在这条道上行走。柳梦龙策马向南徐徐地走着，脑子里却在不断地回忆着，这几天所遇见的事真如一场梦境，如今是"相见时难别亦难"，真不知自己几时才能够归来，才能够重见着陶凤儿呢！

他正在马上这样呆呆地想着，忽听身后有人细声儿叫着说："忙什么呀？你等一等我！"他疾忙回首去看，见身后边是陶凤儿骑着一匹白马追着来了。她依然穿着是银红色的旗袍，因为骑着马，所以撩起了衣襟，露出葱绿色的绸里儿。满头上仍戴着钗环和大小花朵，鬓上又压着一支紫绒凤。这支绒凤却是新的，而且做得十分精致，那凤儿并且衔着一串珠穗，颤颤摇摇的。陶凤儿渐渐来近，又发着话问说："你真傻心眼儿！难道你就想不出来，我能不送你吗？"

柳梦龙拨回了马，微笑着说："我不是不知道你能送我，我是想，送我千里,终须一别;好在我只是去学镖法。"陶凤儿摆着手说:"别再提啦!"她此刻已变得泪眼愁眉的,马到了近前,就与柳梦龙所骑的马紧紧地相挨在一起,说:"我真对不起你,我恨不得就在你的眼前死了!"

柳梦龙诧异着,说:"这是什么话?"陶凤儿却泪如抛珠,娇躯抽搐,在马上也坐不住了,她就斜倚在柳梦龙的身边,哭得简直令人心痛。

陶凤儿哭得几乎要掉下马来,柳梦龙扶住了她,她才在马上又坐稳了。她掏出一块紫红色的绸手绢,刚要擦眼泪,不料手一颤,就掉在地上了,柳梦龙赶紧下了马替她拾起。

陶凤儿皱着眉,关心地问说:"你那腿伤,真的全好了吗?上马下马觉得方便吗?"

柳梦龙笑着说:"一点也不觉着怎么样了,这你倒放心吧!"

陶凤儿又指着柳梦龙的马鞍后绑着的一只包袱,说:"这里边还有刀创药,你要是觉着不好,可以自己调治。这个包儿是我给你打的。"

柳梦龙就点了点头,又上了马,说:"你也不必太挂念我了,反正我们两人必须暂时分别,将来还能够见面,你何必要这样的伤心。"

陶凤儿又一边抽泣着一边说:"因为你待我太好了,而我待你又太不好,我心里才忍不住难受!"柳梦龙微笑着说:"这也是因为你太多情,其实我对你又有过什么好处?我们两人不过是萍水相逢,偶然成为夫妇。"陶醉凤儿拭着泪,忽又一笑,说:"你看你这股子酸劲儿!得啦,你进京赶考去吧!"

柳梦龙又微笑着说:"真的!这投师去学镖,实在比进京赶考还难!这么大的天地,会使镖的能有几人?你叫我找谁去呢?"他仿佛是心灰意懒了,恨不得听到凤儿说:"那么你就不用去了,还是回来吧!"

凤儿此时却露出很诧异的样子,皱着眉说:"你不是说过终南山上的飞镖李吗?"

柳梦龙这才被她提醒了,才想起来,自己确曾说过那个人,谁知道有没有那么个人呀?是姓李,对啦,是飞镖李……当下,柳梦龙不由得脸红了红,点头说:"我虽跟飞镖李见过一面,可是并无深交呀,他能够就把镖法教给我吗?"

陶凤儿说："你说的这个飞镖李，一定就是李文彪，他早先就在终南山那一带住着。他的镖法真是第一，比我们都强得多。"

　　柳梦龙一听，倒不由得有点喜欢，原来真有这么一个会打镖的，而且是姓李。

　　此时陶凤儿忽又一阵羞涩，一阵伤心，她低着头又擦了擦眼泪，说："可是我嘱咐你一句话，你就一直去找李文彪去好了。你有这么好的武艺，他一定肯收你作他的徒弟。经他指点，你一两个月就可以把镖学成，那时一定比我打的镖还准，别人若用镖打你的时候，你也就都会躲了。学成了，你可就快点儿回来，千万可别到南方去！"

　　柳梦龙听了这话，心中不由又充满了狐疑，可是也不能向凤儿再问了，因为她已悲痛得了不得。一个人在这时要有些英雄的丈夫气，明知女子的心中有一种隐情，她既不愿意说，还是以不问最佳。她叫我怎样去做，我就怎样去做，也就是了！

　　他于是点头答道："好！我就依你的话去找李文彪。不过由此往终南山不是近路，那座山也很大，我到了那里，未必就能够找得着他，路上还许有耽搁。恐怕顶快也得三个月，那时天也暖了，花也开了，我才能够回来。"

　　陶凤儿说："迟一两个月倒不要紧，我在这儿也得给咱们预备预备。我还决定要拦住三霸天，不准他们再去胡作非为了；我自己也绝不出家门，你放心！"

　　柳梦龙说："我没有什么不放心的，好了，再见吧！"

　　他策马走去，才行了几步，陶凤儿又骑着马追上来，说："给你这个！"柳梦龙一看，却是她刚才擦泪用的那块紫绸子手绢，柳梦龙就由她那戴着几颗钻金嵌翠戒指的纤手中接了过来。

　　他的马向前走，陶凤儿的马依旧跟随着。路旁的杨柳枯枝被风吹着，都好像在摇着手。柳梦龙说："你回去吧！"

　　陶凤儿这才勒住了马，却依然依依不舍地目送着他。柳梦龙且走且回首，多时之后，陶凤儿艳丽的身影才在风沙里消失，他这才鞭马疾行。

目前柳梦龙就是想会着赛张辽,无论如何也要把刘主事的灵柩和家眷送到汝南府,完成了这件事,自己才能够往终南山去。

他原想着一定不容易追上他们了,赛张辽有那只紫凤给他保着镖,必定是一路无阻,他们还不连蹿带跑地赶着走路?这时一定已经到汝南府了。但是,事情却出乎他的意料。

他随走随向人打听,打听得还很详细,连赛张辽的模样也都详细地告诉人了,可是沿路的店房和小铺以及村庄里的人家,凡是他打听过的人,全都怔怔地回答说:"没有啊!从去年腊月初十起,就没看见过一辆镖车,更没有什么官眷和灵柩从这儿经过。"

这绝不是假话。赛张辽他们要是往汝南府去,必须由此经过,现在大家都没有看见他们,这就可疑了,他们又不会插翅飞过去的,多半是出了事了。

柳梦龙原想再折回去,往北去找他们,可是又怕再经过下霸天那个地方,被陶凤儿知道;那倒好像是我舍不得走,又回去了似的。再加上骑马走了这些路,腿上的镖伤又被磨破了,疼得真忍不住,没法子,只好找个地方先歇两天。

他住的这个地方是卫辉府西关,大道旁边的一家很大的店,字号是"福来栈"。因为除了那件破皮袄外,他全身上下,连鞋袜都是新的,而且是绸缎的,又有马,那么好的鞍子,所以店家就把他认作是一位阔大爷,把他让到最宽绰而又最讲究的屋里。

这屋里一切的家具虽不是花梨紫檀,可也都是榆木擦漆的,还有穿衣镜,壁间悬挂着画,画上是个美人。柳梦龙倒不计较店钱的多少,他已经打开陶凤儿给他捆扎的那个包裹看过了,里面不仅有预备更换的衣裤鞋袜,有刀创药,还有金有银。柳梦龙心中很觉着惭愧,暗想:不料我发了这么一笔财!又拿着那块拭过泪的手绢把玩了半天,觉出这手绢好像有一股麝香的味儿。

他惆怅、相思,精神都不大振作,愈发懒得走了,每天只是吃好的喝好的,在屋里涂涂刀创药,然后便到门口外去看看有没有镖车过来。他并且托付了柜房的店伙和管账先生,都给他留心着。因此,在此住了三天,他跟店里所有的人都熟识了。

这店里另有一个孤身的客人,也跟他谈上了闲话,就算是交上朋友了。这客人自称复姓欧阳,名叫欧阳锦,是湖北襄阳人,保过镖,还带兵当过"千总"。和柳梦龙谈起武艺来,他都在行,江湖上的门路也能说得头头是道。他并且知道三霸天,但对他们是抱着一种轻视而痛恨的态度。

这欧阳锦年有三十五六岁,长得也气宇不凡。起先,柳梦龙还以为他不过是赛张辽那等人物,渐渐地却觉出来不同。这欧阳锦自夸他生平的武艺就是剑术,他曾在屋里拿鸡毛掸子譬仿过,柳梦龙就看出来他的剑法确实高强,不是瞎吹。有一次,他又拿了个小铜钱儿,远远地打那幅美人画,说:"我给她添个酒窝儿吧!"只听吧的一声,那小铜钱真在那美人的脸蛋上打了一个小坑儿。柳梦龙到近前一看,果然是不歪不斜,真像是酒窝儿。欧阳锦哈哈一笑,说出他还有个外号,就叫作"神镖手"。柳梦龙不由得目瞪口呆,心里盘算着:我何必要往远处学镖呢?跟他学不就行了?可是见神镖手欧阳锦还十分客气,说:"见笑!见笑!我这几手儿,也不过是玩玩还可以,若讲起真功夫来,我还差得远呢!"

这个神镖手欧阳锦的举止还很阔绰,他穿的衣履比柳梦龙更为讲究,住的屋子也是头等,跟柳梦龙的房间相对。在元宵节那天的晚上,他摆了桌丰盛的酒筵,请这里的掌柜的和柳梦龙共庆元宵。他还写条子叫来了本地最有名的两个妓女,一个叫月芳,一个叫小翠宝。两人都是周身绮罗、满头珠翠,一脸的胭脂粉,婀娜风流。她们殷勤地侍酒陪筵,对欧阳锦一口一声地叫着"欧三老爷",可见欧阳锦是她们的一个熟客,还是个肯挥霍金钱的人;对这里的掌柜的也很巴结,因为这位掌柜的跟欧阳锦原有旧交。

对柳梦龙呢,她们是更加联络,因为柳梦龙现在是衣服簇新,相貌又英俊,真像是一位翩翩公子,尤其她们也看出来,这是欧阳锦很敬重的一个新交。小翠宝抢过来酒杯,说:"柳老爷,您冲我的面子,也得喝了这一杯!"

月芳也在旁拍着手,笑说:"这就瞧柳老爷给不给面子了!大节下的,别叫我们翠宝姐敬不上酒,回家里哭去!"

柳梦龙此时心中是烦恼已极,尤其是怕人纠缠着他。其实,这两个女人都长得不错,可就是不能跟陶凤儿比,他见过陶凤儿,好像简直就不能再见别的女人了。尤其是这些个虚情假意、听了要令人作呕的语言,柳梦龙真觉得心里冒火。依着他的脾气,就恨不得把酒杯摔了,把这两个妓女全都踢开。可是他又想:那我不成疯子了吗?欧阳锦请客原是好意;两个妓女这么劝酒,也不过是为了银钱。我心中的烦恼,他们哪能知道?何必拿人家撒气!这样一想,心里就平和一些了,他微笑着摇头说:"我不喝!"

小翠宝还拉住了他的胳膊,说:"柳老爷真就这么瞧不起我吗?"

她又使出来妓女会的那些手段,惹得柳梦龙真要打她啦,幸亏欧阳锦在那里直摆手,又使眼色,说:"你别再劝了!柳老爷因为身体不大舒服,所以不能够喝酒,并不是看不起你。"

这里的掌柜的也为她找台阶,说:"来!把酒拿来给我喝,再不给我喝酒,我可就要吃醋了!"

小翠宝这才把酒都倒在掌柜的杯子里,并在他那胖脖子上捶了一下,掌柜的就笑眯眯地喝干了这杯酒,解了这场僵局。

然而,不一会儿的工夫,柳梦龙又忘了形儿,他摇头长叹着,自己连斟了两杯,全都饮尽。

由此,欧阳锦对柳梦龙就有些惊疑。当晚宴毕,柳梦龙本已有些醉意了,欧阳锦却仍追过来,对他说:"柳兄!你也别这样的烦恼呀!有什么事,只要你说出来,我就能给办。虽然咱们是萍水相逢,可是江湖一家嘛。"柳梦龙对欧阳锦是绝不肯吐露出个人的心事。

不过试探着问了两次,就是想跟欧阳锦学镖,问他肯不肯指导人。欧阳锦却微笑着说:"这没有什么,像你这样武艺好的人,一经指点,两三个月就可以全都学会了。不过,我可不配当你的老师,因为现在的江湖间,若论起打镖来,我只算是第三把交椅。"

柳梦龙问道:"那么第一把和第二把交椅应当归于谁呢?"

欧阳锦又笑着说:"原来连这你都不知道?你可真是阅历太浅了。打镖的第二把交椅,如今是一个女人。"柳梦龙的脸色一变,欧阳锦说:"你一定还不知道吧?将来有工夫,我可以跟你细说说,还许叫你去见一见她呢!那真是个江湖间的尤物,她的风流事儿还不少呢!"柳梦龙听了这话,越发惊讶了。

欧阳锦又说:"至于第一把交椅,那就是襄阳府的耿二员外。不瞒你说,我现在就是给他办事,日后,若是你有工夫,我可以领着你去见见他。你若想叫他亲手教你镖法,那是很难的,可是你可以跟他谈谈,他平日最喜欢接待天下英雄,见了你,他必定高兴。如果知道你有志学镖,他只消说几句话,指点指点你,然后你再自己刻苦练习,包管第四把交椅是你的。"

柳梦龙也笑了笑,从此他就放了心了,心说:我何必要远往终南山,找那个未必能够找得着的飞镖李呢?跟着欧阳锦到趟襄阳,不是很方便地就能把镖学成了吗?因此他非常的高兴。

不过,又因为听欧阳锦说过,论打镖的第二把交椅是一个女人,那女人的风流事儿还不少……他实在心里不能释然,就屡次地旁敲侧击,想跟欧阳锦打听陶凤儿的出身和事迹。欧阳锦这人也很怪,一谈到关于女人的事儿,他就不愿意多提。然而,他可也不是什么正人君子,他几乎每晚都要叫来妓女陪他作乐。他在这儿似乎是等着办什么事情,可是他整天也不像有什么事。

这天,午后四点多钟,忽有店伙跑来告诉柳梦龙,说:"有镖车来啦!还有一口灵……"柳梦龙就赶紧跑出店门去看,见正是四海通的镖车。赛张辽比以前倒胖了,柳梦龙就赶上前去,问道:"喂!你们怎么这时候才来呀?"

赛张辽却反问着说:"你怎么到这儿了呢?"当下,车马灵枢也就卸在这福来栈里,刘太太和那小寡妇都找好了房间。

说起来真叫柳梦龙又可气,又可笑。原来,在柳梦龙被上霸天手下的群贼强邀往段家堡去比武争斗的那一天,路既难行,后来又下起大雪,赛张辽倒有主意,他叫骡车灵枢又转身向北,当日又回到泥洼镇的店里去了。

回到那店,陶凤儿母女却已走了,他们这一大帮人索性把那店里的房子全都占了。赛张辽就向刘太太把话说明:没有了柳梦龙,他更不敢保险在这条路上不出事,最好是在这儿多住些日子,过了年再走。不过车夫骡夫,连他自己,可都赔不起开销,须得请刘太太再多拿出些钱来。

刘太太自然也无可奈何,现在就处处都得听从赛张辽的主意,他要多少银子就得给他多少。于是赛张辽就得其所哉,在店里整天享福,并且跟那小寡妇也混得越来越熟了。过了新年,他跟那些赶车的赌博,又赢了不少。他的钱口袋沉沉的,脸也发胖了。直到初十他们才动身,沿路又是太阳多高才起身,下午四点就投店,才慢慢地来到这里,就遇见了柳梦龙。

他反倒把柳梦龙着实地抱怨了一顿,说:"你上哪儿去啦?我还当你回家娶媳妇去了呢?一块儿做买卖,你不知道跟着镖,只会满处儿找人打架!幸亏还有我,要光指着你老哥,柳大英雄,咱们这档子买卖更得丢人,就得赔本带泄气啦!"柳梦龙本来也自觉得惭愧,便不愿跟赛张辽分辩。

赛张辽一进了这个店,当时事儿就多了。他为了向刘太太,尤其是向那小寡妇献殷勤,把几个店伙支使得手脚不得闲。他见欧阳锦相貌不凡,又跟柳梦龙很熟,就也去套近乎,把自己吹了一大通儿。见人家不大搭理他,又背地里对柳梦龙说:"那个姓欧的不是个好东西,咱们对他得留点神,你……"他浑身上下地打量着柳梦龙,似笑似妒地说:"呵,阔起来啦!一定是在哪儿发了一笔邪财吧?穿这么阔的衣服,住这么大的房间,交那么阔的朋友?"柳梦龙也不多理他。

晚间,欧阳锦的屋里又叫来妓女作乐,赛张辽却跑到小寡妇的屋里谈天。

到了次日,柳梦龙自然也得收束行李,备上马匹,要随着镖车前往汝南府。欧阳锦却也要起身,他来向柳梦龙说:"柳兄!你们这就要走吗?我的事情现在也办完了,想要回襄阳府,不妨咱们一块儿走,我也省得路上寂寞。"

柳梦龙点头说:"很好!到了汝南我把镖交了,我还要随你往襄阳去,拜访拜访你所说的那位头把交椅呢!"

欧阳锦就笑着说:"那容易,我一定能让你见着他。"

赛张辽在旁边有点狐疑,直着眼睛问说:"怎么?老柳,你不等着回冀州分账了吗?你还要往哪儿去瞎闯?"

欧阳锦笑着说:"因为你们这位柳镖头想要学习镖法。"

赛张辽就说:"老柳!你有这身武艺,保镖吃饭也就够啦,干吗还要学打镖呢?难道你还要当猎户,拿镖打狐狸、打兔子吃饭吗?"

欧阳锦又笑着说:"不是!因为襄阳府的耿二员外,是当今天下打镖的头把交椅。"

赛张辽说:"我在江湖上闯了这些年,怎么没听说有这么一个耿二员外?"

欧阳锦说:"他本来不是江湖人。他家世代都是做官的,现在他的长兄还做着兵部侍郎。他本人也是武举出身,做过一任总兵。"

赛张辽就向柳梦龙说:"怪不得你忽然这么阔了,原来你巴结上了官儿老爷?"

欧阳锦又说:"秦镖头你不要开玩笑,这位柳兄是要叫我带他去见见耿二员外,以便讨教讨教武艺。那耿二员外的官讳是叫秉荣,四方人尊称他为镇襄阳银镖将军小吕布。"

赛张辽说:"哈!他是我的朋友!他是吕布,我是张辽,你没看过《三国演义》吗?张辽跟吕布原是一块儿的。"

欧阳锦也笑了,说:"秦兄要去,我们也可以一同去。"

赛张辽却摇头说:"我可不攀那高枝儿,我交了镖,就得赶紧回家看我老婆去。"

当下,赛张辽就催着车夫骡夫们赶紧起身,柳梦龙走不走他都不管。一霎时,都预备好了,就由这店门外起身又往汝南去,成队的骡车,前面是灵车,镖旗招展,声势赫赫。

赛张辽自认为自己是唯一的大镖头,柳梦龙倒好像是外人,欧阳锦更是个搭伴儿的。此时,柳梦龙也实在无意跟赛张辽争地位,他只盼着把镖车送到汝南,不负金刀徐老的一场托付,也就算了。

这队镖车直往南去,毫无阻碍,也许是因为那辆车上依然插着紫凤的缘故。

这支曾在陶凤儿鬓边斜插过的紫色绒凤,被那个老车夫珍重的保管着,现在仍然完好如初,只是颜色有些褪落了,不大能使人注意。可是柳梦龙对于它却牵系着一缕情思,看见了它,就以为又与陶凤儿见了面。

欧阳锦也对此很是注意,他就向那赶车的询问这支绒凤的来由,不料这个老车夫是个拧脾气,说话是又干又脆。他说:"你既然连这个都不知道,就不必瞎打听啦,你给我一百两银子,我也不能告诉你!"欧阳锦也无可奈何,不过他是很惊奇,很注意的,一路上他时时看着这支紫凤绒花,好像心中有不少疑问似的。

其实这支紫凤绒花也好像没有多大用处,在路上往来的人很多,并没再遇见强盗。赛张辽可是时时在疑鬼疑神,太阳多高,他就逼着众人找店投宿,住在店里他也是一夕数惊,其实是一点事也没有。他还很怀疑欧阳锦,觉着欧阳锦跟着他们一块儿走是没怀着好意,虽有柳梦龙给保证着,他还是不放心。

他完全把柳梦龙给抛开,认为这个镖是他独自保着,他时时额外地跟那刘太太勒索银钱。他还真有本事,那小寡妇真跟他有感情了,一些人常看见他们眉来眼去的。

这天就到了汝南府。刘主事原是城内数得着的财主,族人也很多,灵枢一来到,这里就预备着开吊、下葬,热热闹闹地办起了白事。

赛张辽算是平平安安地交了镖,算清了账,领了银子,又拜访了当地的镖行,到处吹了一大阵,事情全都已完了。他可还不准备着回去,他又揽在刘宅的丧事里边去了,帮忙,管事,趁空儿就跟那二姨太太小寡妇拉扯一阵,他简直叫柳梦龙瞧着就皱眉。

他只给了柳梦龙十两银子,说:"老伙计,你也算是在路上辛苦了一场,帮了不少的忙,你先拿着这个花着,细账等着咱们回到冀州,当着掌柜的再算。"

柳梦龙却把这十两银子依旧给了他，说："这个钱你还是带回去吧！或是你在这儿买些土产回去，就算是我给徐老掌柜的送的一点礼物。那匹马是租的，劳你驾，你也给带回。破皮袄是掌柜的借我穿的，依旧物还原主。我这次跟着镖车出来，很惭愧，路上出了点变故，使我未能把事情办得全始全终，幸而，我倒是跟着把镖送到这儿来了，还算是对得起。现在我因为要到别处去办点事，不能跟着你回冀州，请你见着徐老掌柜的，替我问他好，咱们是后会有期！"

赛张辽一听，不由得怔了一怔，接着就点头带笑说："好吧！我也知道你这次出来，是在路上遇见好事儿啦，交上阔朋友啦，这点点的银子，你也看不上眼。得啦，你奔你的前程去吧！将来咱们再见面，等你发了财，可别忘了老朋友！"

他又忙着管刘家的事情去了。并且说那二姨太太因为在路上受了风寒，现在又有点病，得拿人参汤补。城里的药铺里虽卖人参，可是唯有他才能辨别出来好坏。他忙得没有心思再跟柳梦龙多谈。

柳梦龙也就去找欧阳锦，商量同往襄阳府，去拜访那位银镖将军小吕布耿二员外。

这欧阳锦在汝南府这个地方的熟人很多，大概都是些镖行的和护院的。这些人见了他，全都十分的恭谨，并且都先要问："二员外好吗？"

欧阳锦对他们都没什么客气，仿佛是随意驱使似的。并且，这欧阳锦好像是负着一项使命，只要见了人，他就必要打听一番，他打听的这件事，可又时时避讳着柳梦龙。柳梦龙在旁，他是绝对不说的。或者他正跟人谈着话，只要柳梦龙一来，他立时就把话中止。

不过，柳梦龙却也偷听了几句，好像他所打听的那个人，是有个舅父住在信阳州，又仿佛是跟三霸天有点什么关系。总之，欧阳锦仿佛时时刻刻关心着那个人，但又不是什么善意的关怀，似是其中有一种仇恨。他们必须要得到那个人才甘心，可是一时顾忌颇多，得不到手，所以很使他们急躁。

柳梦龙看出了这种情形，他就索性装傻装聋。可是他越发跟欧阳锦表示着愿结深交,并催着快些带他到襄阳见耿二员外。

欧阳锦表面上跟他很率直,什么话都说,一点不分彼此,其实,柳梦龙看得出来,他是处处谨慎小心,而且还时时在设法追究着柳梦龙的底细。他尤其注意柳梦龙的那条紫色手绢,他屡次地笑问柳梦龙有什么相知,住在哪里? 名叫什么? 多大年岁? 模样怎样? 情意如何? 柳梦龙就告诉他说:"这手绢是我的女人给我的。她跟我成了亲还不到两个月,我就保镖出来了,把她一个人抛在冀州。好在那里还有她的娘家,可以关照。"

欧阳锦跟柳梦龙定的是后天起身,可是当天他就托了这里的一个镖行中的人,拿着他封得很严的一封信,骑快马先奔往襄阳去了。柳梦龙就装作不知道。

次日,欧阳锦就叫这里的镖行给他们预备了两匹马。晚间并在这城内最有名的一家大酒楼大摆筵席,邀请一些镖行和护院的朋友,算是他自己给他和柳梦龙饯行。

正在高谈快饮之际,忽然酒楼外响起了一阵唢呐和铙钹声,原来是刘主事家里"送库",请的是僧、道,还有尼姑,只那纸糊的金库银库、金山银山、纸马纸轿,还有玉女仙童,就占了半条街,灯笼火光排成行列,惹得酒楼上的人全都离席去看。柳梦龙也扒着楼栏杆向下看,就见这人群里就有赛张辽,他也穿着白布的孝袍子,足忙一气,他倒像是跟人家结了亲了,柳梦龙就不禁暗笑。

当晚的宴会上大家都十分尽兴,凡是欧阳锦的朋友,都没有拿柳梦龙当作外人,并且都说:像柳梦龙这样的人才,到了襄阳,一定得备受耿二员外的优待,因为俗语云:"好汉爱好汉,惺惺惜惺惺"。他们把那个耿二员外说得不啻是今世的孟尝。

当夜,柳梦龙与欧阳锦仍同住在一家店内。次日清晨,二人便起了身,离开汝南府直往南去。

欧阳锦的心里似乎很急,柳梦龙倒不愿意快走,这是因为他怕腿上的镖伤再被磨破了。他预料着到了襄阳,学镖未必学得成,可先得跟耿二员外比武,不知他的武艺究竟如何?

由汝南府往襄阳去,最近便的道路是往西南去走,可是豫西本来是山岭绵亘,尤其是伏牛山,就如一扇大屏风似的,横隔住了南北。这里的各个山峰山谷都有大帮的强人,附近的州城府县也时有强人的暗哨潜入人群里,只要有富商大贾、上任下任的官员眷属被他们注意上了,他们就撒下了网罗;无论走在哪里,也得被他们抢劫一空,碰巧还得出人命。

　　这一带的强人都是无法无天的,保镖的有时都不敢走这条路。孤身的客人,穷苦一点的倒不要紧,若像他们两人这样,浑身上下都是绸缎,骑着肥马,柳梦龙的马上还带着个很沉重的包袱,十有八九是得要被劫。柳梦龙护身的家伙还只有那把刀,欧阳锦竟连个家伙也没带着。

　　他们又只要走到一个地方,就得找那最大的店房,最讲究的房间,吃最好的菜饭。欧阳锦还有个坏毛病,到一个地方,他先得要叫来妓女陪着他喝酒取乐,仿佛非得这样,他才能够吃得饱,睡得着。因为这样,走到哪儿就总有人对他们生疑,还有的就冒冒失失地来向他们询问、盘查。欧阳锦的态度还十分傲慢,跟谁也不说实话,跟谁也不和气。柳梦龙就猜着这路上一定得出事,他倒很盼着有点事出来,好看看欧阳锦的武艺。

　　这一天他们就走进了伏牛山的山口,山路曲折迂回,而且荒凉得可怕,树木都少,处处是怪石嶙峋。因为天气仍寒,山中冰雪未消,马走着十分吃力,险些滑倒了,蹄铁敲着坚冰喀喀喀地响,借着山谷的回音,十分的清脆。

　　才转过了两个山环,忽就听见一阵哨子声,仿佛是鹞鹰在天空上叫似的。柳梦龙就振奋起来了精神,扬目去看,就见前面的山道上转过来了一帮强人,有二十多个,都手执刀枪,闪烁着寒光。

　　柳梦龙就说:"这是干什么的? 是要拦阻咱们的路吗? 咱们跟他们讲文的,还是讲武的? "

　　欧阳锦却摇头微笑说:"你不用管!"他的马在前,就往前直冲过去,柳梦龙在后面紧紧地跟着他。

　　来到了临近,那二十几个强人已经摆好了阵势。其中一个为首的手舞着大刀,喝道:"站住!站住!若是江湖的朋友,请先道出字号来!不然,咱们可就按照规矩办,马留下,银子拿出来!"

欧阳锦此刻却一句话也不说,只由怀里掏出来一支镖,向着那边打去;但他并不打人,却听铛的一声,正打中那人正在舞动的大刀之上。

当时,对面的那些强人全都惊讶变色,立时就给让开了一条路。欧阳锦一句话也不说,当时就带着柳梦龙马不停蹄地闯过了这伏牛山。

由这一次,柳梦龙觉出来会打镖实在有点用,他就一心一意地要跟着欧阳锦到襄阳去学镖。不过,又忽然想起:陶凤儿曾嘱咐过我,叫我千万不要往南方去,襄阳府可也不能不算是南方啊!又加上欧阳锦这个人,虽然武艺高,可也未必是好人,他跟我结交,带我去见那耿二员外,也未必是好意,我真得谨慎一点,别弄个镖没有学成,反又遭他们的毒手。一路上柳梦龙是时时小心谨慎,这一天便同着欧阳锦来到了襄阳府。

襄阳位于汉水之滨,与樊城隔水相望,这是古代楚国的地方,三国时诸葛孔明曾隐居于此,所以城西还有隆中山,有三顾堂,有孔明当时高卧的茅庐。

他们由樊城渡过了汉水,进到襄阳城。时已黄昏了,街上可还很热闹,到底这是一个大地方,买卖人烟,十分的繁盛。欧阳锦就向柳梦龙说:"今天恐怕你是见不着耿二员外了,我先给你找个地方歇息歇息吧?"柳梦龙说:"怎么都行。"

欧阳锦就指着街道的两旁,说:"你看,这里的店倒不少,可是咱们何必要在店里住,枉费钱呢?你既是慕名来见耿二员外,就得算是他的贵客,你住在这儿一天,吃饭和住房子就都得由他供给,是没有别的说的。因为你还没有见着他,我不能贸然地就把你让到他家里去住,可是他在这城里开着好几家大买卖,哪儿都是可以容得下一个闲人。你在他的买卖里住着,有好几种方便。第一房子干净;第二伺候得周到;第三,你要是花钱,尽可在那柜上去支;第四,他要是想见你,一找便能把你找着。"柳梦龙又微笑着说:"怎么都行!"

于是欧阳锦和他的两匹马又往前走,转过了一条街,来到一家铺子前,欧阳锦就先下了马进去了。

少时从里面出来了一个穿长衫的小伙计,柳梦龙也下了马,那欧阳锦又出来了,说:"把马交给他吧!叫他找个地方给喂去,你进来吧!"

柳梦龙便解下了马上的包袱和那口刀,随着欧阳锦进去了。一看,这个买卖四壁油饰得很新,但没有什么货物。进了柜房一看,更是干净、讲究,所有的桌椅全是红木的,桌上不过放着些笔墨纸砚,天秤戥子之类,柳梦龙才知道这是一个钱庄。掌柜的没在这儿,只有一个写账的先生和两个大伙计,都对他很是客气。

欧阳锦在这里连坐也没坐,就走了。柳梦龙无聊地在桌旁找了一本皇历,一篇一篇地翻着看,不觉着屋里就渐渐地黑了,伙计给点上了灯,另一个伙计就出去关上了门。

可是门才关上了不多时,又有人来咚咚地捶门。这里那管账的赶紧就叫着一个大伙计的名字说:"吕福元,快开门去!一定是胡二回来了。他要是喝醉了,可别惹他,顶好就叫他上后院去;你就说柜房里有客人,别叫他进来!"

大伙计吕福元答应着,赶紧就出去了。门外那人还在咚咚地用力捶门,并且大声地喊道:"开门来!"

柳梦龙很觉着诧异,心说:看这样子,这里是个规矩的买卖,怎么有这样粗暴的人?他放下了那本皇历,侧耳向外去听,就听见门开了,外面的人进来了,脚步之声很是沉重,并打着很响亮的嗝儿,大概是那吕福元没有拦住,他就踉踉跄跄地走进了这柜房。

柳梦龙一看,这个人身材短小,可是很胖,小辫子盘在头上,脸色是黑中透红,已经喝醉了,连气不断地打着嗝儿,喷出一阵一阵难闻的酒气。他就斜瞪着两只大眼睛,东瞧瞧西望望。他自然是看见柳梦龙了,可是并没有觉出眼生,这个人已经醉糊涂了。

管账的先生说:"得啦!得啦!你就回你屋里睡觉去吧!"

这人却斜怔着眼睛说:"我还没吃饭呢?"

管账的先生说:"你没吃饭?你可喝了这么些个酒?快走吧,别在这儿待着,今天这儿有客人!"

这个醉鬼简直就没把这话听明白,他也没注意柳梦龙,就咕咚一声,往椅子上一坐。只听锵的一声,原来是他腰带子上插着的一把匕首掉在地下了,他也没顾得拾起来,就将头靠在椅子背上。他醉得成了一摊泥,身子都没法动弹,舌头也早就短了,可还叽里咕噜地不断在说:"到底还是白干过瘾,我喝了足有两斤,可也不醉。鸾姑娘直灌我,鸾姑娘真跟我有交情,明儿就是她的生日么!花毛虎那小子,他巴结上了二员外,想要把我踢开,早晚我得跟他拿小刀子见面!绿眼狮子他硬说我醉了,不叫我回来,叫我在那有槐树的小屋里睡觉,好,我可没那胆子!去年,我亲眼瞧见的,小丫鬟顺梅,就为那件事,那娘儿两个逃走,是她给放了的,二员外就是一镖……"

管账的先生说:"你说这些个干吗呀?胡说八道的,你快睡觉去吧!"

这醉鬼却依然一面打着嗝儿一面说:"是我看见的,一镖就给打死在那槐树底下啦,真惨!那小丫鬟长得还真不错。尸首在那树底下放了两天,她家里的人才来,把尸首抬走了。大概二员外给了他们二十两银子,算是完事。可是那小丫鬟死得屈,那小院里常听见鬼叫,有人说是猫叫。我可,简直白天我也不敢到那院里,一看见那棵槐树,就仿佛那小丫鬟在那树底下站着似的。我胡二也闯过江湖,刀子底下也结果过人,可就是这件事我觉得惨。妈的!叫我拿镖打死那娇嫩的小丫鬟,我可下不了手!"

管账的先生还说:"你说这些话干吗?我怎么没听说有这事儿?你是喝糊涂了吧!"

这时,柳梦龙却把这醉汉的一通醉语分析得明明白白,由此可见那耿二员外为人的残忍,简直是个恶霸凶徒,凭仗他的镖打得准,凭仗他家里有钱有势,以往不定做过了多少恶事!我,单单找了他来学镖,真算是找着了,这个人我非得见见不可,学镖的事,倒不必指望了。我得替这一方除这个恶霸,倒是真的,倒算是我没有白来。因此,胸中蓬勃起来了一种难以抑制的义愤,就是要多听听这醉汉往下说几句。

这醉汉却又说:"我知道欧阳老三今天也回来了,他妈的,我想他一定白去了一趟。咱二员外单信服他那样的人,其实我敢保,他就是见着了陶凤儿他也绝不敢下手擒拿!"

柳梦龙在旁听了这句话,当时脸上就变了颜色,真想不到,果然被自己给猜中了!陶凤儿的底细果然就在这襄阳城!现在这个醉汉当然不会知道柳梦龙与陶凤儿的关系,可是他已经把事情露出来了,显明了。他又说:"他妈的!欧阳老三这一趟,不定又骗了二员外多少钱,结果他是空手回来,什么事也没办。我就知道他不行,单讲打镖,他也打不过人家呀!要是我去,我可至少也得把那娘儿们给捆回来!"

柳梦龙注意往下去听,这醉汉却已经没有力气再往下说了,他坐在椅子上,摇摇摆摆的,直打盹儿,眼看着就要睡着了。

第五回　试武庭前龙蛇争对舞
扬鞭道上恩怨感相思

　　柳梦龙本来还没吃晚饭，可是看这柜上的人大概晚饭早就都用过了，他虽然觉着饿，可也不便说什么。待了会儿，有个小伙计给沏来了一壶酽茶，每个人的面前都送来了一茶碗，柳梦龙喝下去了，精神愈发地兴奋，同时肚子里也咕噜噜地直响，饿得真有点受不住。

　　那醉鬼也喝了一碗茶，喝完那碗茶竟把他的醉意给解开了一些，他的两眼又瞪大了。看见了柳梦龙，他就惊讶地问说："喂！你是干什么的呀？谁叫你到这儿来的？"

　　那管账的先生就代柳梦龙回答，说："这位，是欧阳三爷给请来的，说是二员外的贵客，可是还没见着二员外呢，要叫在这儿暂且住着。"

　　醉鬼胡二当时就把柳梦龙从头至脚打量了一番，并且由地下拾起来那把匕首。他直瞪着两只眼，向柳梦龙问说："你跟欧阳锦早就有交情吗？你也是跳板上的朋友吗？"

　　柳梦龙却声色不动，不卑不亢地回答他，说："我跟欧阳兄也是新交，是在路上才认识。我原是冀州'四海通'镖店的镖头，因为保了一档子镖，才来到这里。现在那镖已交了，没有什么事了，因久闻这里耿二员外的大名，恰巧欧阳兄又能给我引见引见，我这才特来拜访耿二员外。也没有什么事求他，只是想跟他认识认识，领教领教他的镖法……"

醉鬼说:"你要想看他的镖法,你可先得有躲避飞镖之能,要不然你就得练就了金钟罩、铁布衫,身子不怕镖打才行。因为他的镖是专打活人,不打活人他就绝不施展。"

柳梦龙微笑道:"我想我是好意前来拜访他,他还能见了面就用镖打我吗?"

醉鬼撇着嘴说:"这可说不定!你可不知道二员外的脾气,他倒不是杀人不眨眼,可就是别提到他的镖;他只要手里一摸着了镖,当时就六亲不认。真的,连他的舅舅都吃过他一镖。他就是有这么个怪脾气,所以大家都时时刻刻地提防着他,连我都只要看见他身上一带着镖,就不敢跟他接近。他要是一摸镖,吓得旁边的人都得跑得远远的,因为说不定他要打谁。朋友,咱们是初次见面,你是远路来的,我不能不关照你一下,咱们又是在这儿说,话不能够传过去。我劝你要没有什么事情,还是少见那位瘟神爷……"

柳梦龙一听,这个醉鬼的心眼儿还不错,当下就点点头,可又微笑着,表示自己对于那个凶狠的耿二员外也并无畏惧似的。

醉鬼却说:"我告诉你的都是好话!你要是自找送命,我也拦不住你,可是我最怕看他拿镖打人,因为他能够不为什么事就随便拿镖打人,说不定几时就许用镖打我。我离开他,不但没酒喝,连饭也找不着我要在这儿,早晚得做他的镖下之鬼!他妈的,一想起这些事来我就发愁!耿二员外,平心而论,他的人倒不错,可就是别提镖,别提女色,一提起这两件事儿,他就是个瘟神、太岁,简直就不是人了!自从去年春天,他有一个最亲近的妇人拐了他的许多金银财宝跑了……"

柳梦龙一听,当时就像是头上被扎了一针似的,精神兴奋地再往下去听。

这醉鬼又接着说:"那陶凤儿跑了以后,耿二员外简直急得就算得了疯病,脾气愈发的难惹!"

柳梦龙对陶凤儿的来历本来就怀疑,自从在路上遇着了欧阳锦,他看出欧阳锦的行动与陶凤儿有关,所以才决心跟他到这里来,预备详细地探询。不料，才来到这里，还没有见着那耿二员外，就先由这醉鬼的口中听来了这些话，这不是已经把陶凤儿的来历全都说明白了？陶凤儿原是耿二员外的姬妾，拐了东西私逃了。耿二员外并没有甘心，没有罢休，还正在派欧阳锦找她。我却……我简直是个傻子，我竟跟她定了亲了，我也未免太有点冤枉。

陶凤儿虽是出身不高，身世不太清白，但她长得又太美了，对我也太多情了。我若娶她，只能够叫江湖人都笑话我；我若抛了她，可又实在难舍，这真是一件难办的事。想不到她竟是这么一个人，幸亏我没有跟她贸然就成了亲，到底她不是什么清白人家的女儿！

醉鬼胡二是无意地说着，然而柳梦龙就觉着每一句都好像故意说给他听的，都是在骂他，挖苦他，揭他的短，他的脑子几乎都要炸裂了。他实在有些坐立不安，忍耐不住了。

又喝了半碗酽茶，肚子越发饥饿，他就自言自语地说："欧阳锦怎么还不回来？"

管账的先生说："他走了很多日子了，今天才回来，他见了二员外，先得说半天话；他的家就在二员外的宅子里，他刚回来，也得歇一歇，大概今天不能再来了。柳爷，您有什么事儿，可以对我说。"

柳梦龙摇摇头说："也没有什么事，不过，我直到现在还没有吃晚饭。"

管账的先生说："这……你怎么不早言语呢？我们这儿是买卖规矩，早饭是九点吃，晚饭是四点吃，吃完了就封灶，大司务也回家去了。可是，街上的馆子还许没上门，叫伙计给您叫去吧？"

醉鬼胡二说："要叫就多叫几样儿菜，你们别看我酒喝了不少，我可还真没吃晚饭呢！"

管账的先生说："有你什么事？你喝得这么醉，还能连饭都没吃？你快些睡觉去吧！在这儿要是吐了可不行！"又问柳梦龙说："怎么样？给您叫去吧？您不要客气！"

柳梦龙摇摇头，微笑着说："何必那么麻烦！我出去一趟，自己上馆子里吃去吧！"

管账的先生说:"柳爷要用零线,柜上可有。"

柳梦龙说:"用不着,我带着的盘缠还够。"遂就由自己那包袱里摸出一块银子带在身边,将那个包袱交给管账的先生收存。

这时醉鬼胡二直瞪着两只眼看那包袱。管账先生也没打开包袱看里面的东西,只给放在了一个空小柜里,将柜门严严地锁上,而将钥匙当时就交了柳梦龙。

柳梦龙遂就叫那大伙计吕福元给他开了门,他就走出了这钱庄。只见天已黑了,天空上银星万点,风吹来还很冷,街道凄清,铺户都已关上了门,往来的人也很少。倒是走了不远就见有一家酒楼,楼上楼下的灯光全都很亮,柳梦龙就信步走了进去。他连楼梯都懒得上,就在楼下找了个位,先叫堂倌沽来酒。他此时真是烦恼极了,恨不得立时就喝个酩酊大醉,想要"一醉解千愁"。

他心里发着恨,恨不得立时就见着那耿二员外,一刀就把他砍死,就算是酬谢了陶凤儿,然后自己就要当着面对凤儿说:"不行!咱们两人还是成不了亲。我柳梦龙年将三旬,尚未娶妻,可是不能娶这么一个给人家当过小老婆的女子,这简直是侮辱了我!"

他一边饮着酒,一边这样想着。又由这眼前的情景,想起了那夜下着雪,在那小镇上的小店里的事。总之这都是下霸天那家伙干的坏事,他不把我激了去,我也不能见着陶凤儿,以及后来中镖、养伤、说亲、订婚的种种事。陶凤儿跟她妈也都可恨,她们既是这等的出身,为什么对我不明说?还要逼着我去学镖!我学了镖怎样?给她们当臂膊吗?等将来耿二员外去捉她们的时候,叫我去替她们去拼吗?这不但是欺骗我,分明是耍弄我,把我柳梦龙也看得太老实啦!

他长叹了一口气,把锡酒壶吧地向桌上一摔,叫着说:"堂倌!给炒菜!来饭!"

那堂倌问他要吃什么菜,他却说:"什么都行。"

这酒楼里本来也快要熄灶歇息了,所有预备的菜饭都快卖完了,所以,只给柳梦龙用肉丝和鸡蛋炒了一大盘子白米饭,并给他端来了一碗调着酱油、胡椒,还放着几个干虾米的肉汤。柳梦龙倒是饥不择食,正在大口地吃着,忽听见楼梯响,由楼上下来了两个人。堂倌就赶紧迎过去,笑着说:"唐大爷,赵大爷,您二位回去吗?不多坐一会儿吗?"

这两个才下楼的人,都是身体结实、面皮发紫,穿着缎子的短棉袄和夹裤,一看就知道他们不是保镖的,就是护院的,反正都是会点武艺,学过功夫,气派也与平常人不同,带着一点骄傲。其中的一个就要掏钱会账,堂倌却说:"不用啦!我们记在二员外的账上就是了。凡是二员外的朋友到我们这里叫菜喝酒,都用不着给钱。您二位不是就住在二员外的宅里吗?那更不用麻烦了,到月底我们会上宅里要去。"

这两个人都露出点诧异的样子,便都笑着,问说:"你这酒楼可也是耿二员外开的吗?"

堂倌笑着说:"差不多就算是他老人家开的,在这城里,只要是站得住的大买卖,谁不是沾着二员外的光呢!"

两个人点了点头,一个钱也没掏,就大大方方地走了。

这里柳梦龙赶紧往嘴里填了几口饭,一边嚼着,一边说:"堂倌!你也给我记上账,我也是耿二员外请来的朋友!"他抹抹嘴也要走。

堂倌和掌柜的却都作难地说:"您,贵姓?"

柳梦龙说:"我姓柳。"

堂倌带笑说:"柳爷!您听明白了,是耿二员外的朋友,都得先有人来这儿说几句话,刚才那姓唐的跟姓赵的,都是我们认识的,知道是没误,才不用给钱,您……"

柳梦龙瞪着眼说:"我难道就是假的?借着耿家的名义骗酒饭吃?"

这掌柜的和堂倌看着柳梦龙也不像是没来历的,所以态度始终是谦恭而且客气,就又解释说,他们并不是一定得跟柳梦龙要酒饭钱,假使他现在身边没带着钱,手头不方便,也没有什么。不过最好是给留下点钱,因为向来冒充是耿二员外的好友,来这儿白吃饭,欠了账不给的人很多。其实由远方来此,真能够受到二员外的优待,就像刚才出门的那两位,并没有几个。耿二员外也不是随便什么人都可以见,都可以交的。有此种种缘故,又有耿二员外的吩咐,所以他们现在既与柳梦龙不相识,这笔账自不好记上,最好请柳梦龙留下一点钱,明天若是问明了耿二员外确实与柳梦龙有交情,这笔钱还照样给送回去,想要给他们也是绝不敢收的。

柳梦龙由此更看出来耿二员外在此地的声势实在不小,同时更想要追出去看看那才走出的姓唐的和姓赵的两人到底是什么样的人物。他遂就不愿再磨烦工夫,掏出来一锭银子,放在柜上,转身往外就走。那堂倌说:"用不了这些钱,您等一等,给您算一算。"柳梦龙却头也不回地就走了。

此时,天色愈黑,街上简直没有什么行人了。往东,只有刚才那两个从酒楼出来的人正在慢慢地走着。一个人嘴里哼哼着当地的戏曲,显出沉醉的样子,另一个人走路已有些发斜。风儿吹着,他们刚才喝的酒越发地涌上来了,所以嘴里都有一些胡说了,也顾不得回头看有没有人跟随着他们了。

柳梦龙在他们的后面有一箭之远,他也不知道这两人哪个姓唐,哪个姓赵。只听有一个人说:"耿秉荣,真他娘的会享福,他的家里有多少女人呀? 大概都是他的老婆。"

另一个说:"他的老婆武艺也都了不得,个个还都会打飞镖,你可别小觑了她们,也不要把话说错。"

那一个说:"咱们还是那个主意,不提武艺,更不提飞镖暗器。你今天没听那姓欧阳的回来说? 他又由河南给请来了一个本事大的,也不知是什么人? 现在我也看出来了,耿秉荣大概是有一个仇人,那个人还本事不小,连他都未必弄得过,所以他才要召集几个有本事的,替他办这件事,收拾那个人去。咱们两人来了,他这样的款待,也是这个意思。"

另一个说:"我早就看出来了。"

这个说:"你看出来了,你先别露呀! 刚才在咱们吃饭的时候,你就要跟我说,幸亏我向你使了个眼色。原来那酒楼就是他们开的。以后在襄阳城里真得处处小心,因为到处都是耿家的人! "

那一个说:"我这回来到这儿,什么也不想,也不想永远吃他耿家的饭,只要他肯出大价钱置我的那口宝剑,我就算心满意足了!"

柳梦龙在后边听得很清楚,由此,他更知道了那耿二员外现在正要安排着什么事情。这人所说的"有个仇人""那人的本事还不小",莫非说的就是陶凤儿吗?无怪乎凤儿嘱咐我不要到南方来,襄阳城这个地方原来就是她早先的窝、现在她所挂心挂虑的地方,她的底细一股脑儿全都在这儿了。最可恨的就是在下霸天的家里,她假充着清白女儿身,拿我当作傻子看!这样想着,气得他的头又有些发涨了,追随在这两人的身后。依着他此时的不是从一处来的怒气,真恨不得拿一口刀,先把这两个人杀了,然后再杀耿秉荣,索性大闹襄阳府。但是他的理智还不许他这样,而且知道耿二员外的势力也绝不是易惹的,这必须一步一步地做。总之,自己来到这里,既已看出了这一些事,那自然无所谓学镖了,至少先得把他耿家闹一个天翻地覆。

当下他尾随在这二人的身后,自己越发地仔细小心,又细听这二人的谈话,才知道这两人的来意,性质也不同。其中那个姓赵的,此人年事似乎略长,大概在豫南各地颇有一些小小的江湖名气。他是有一口宝剑,现在来是为做买卖,希望耿二员外买他的那口宝剑,能够给他一大笔钱。

可是那姓唐的年纪似乎比他轻点,来这儿是要打算长久做耿二员外的门客,但又担心着耿二员外的赏识力太高;尤其知道耿家的小老婆个个全都武艺高强,他自己的武艺怕见不得人,怕不能被耿二员外看得起,他最忧虑的是这些事。同时他又说:"看耿二员外今天对咱们的面子,住在这儿吃他些日子,自然不算什么了。那口宝剑他也是一看见立时就爱不释手了,可就是要叫他出大价钱,怕是办不到。"那姓赵的最怕的就是宝剑换不来大笔的钱。

这两人随走随谈,柳梦龙是一路偷听,有些话还没大听清楚。不觉着就来到了一个地方,这不用说,一定就是耿二员外的宅院了。在繁星微月之下,黑压压的一大片房屋,虽然细看不出,可是比磁州中霸天的宅子、上霸天的段家堡和下霸天住的那地方又宽广,而且显赫得多多了。大门前雄踞着两个石雕的狮子,黑沉沉的,好像是在守着大门。

其实不错，在一个石狮子的后面，正有一个守门的人，一定是这里的打更的，伴着一个灯儿，正在打盹儿。这两个人来到，说明是这里二员外的朋友，因为吃酒去了，现在要回到这里来住。打更的却说是大门已经关了，不能够再开，叫他们去走旁门。

这两个新的客人只好跟随着那打更的去走那旁门。原来旁门就在墙的东边不远，连柳梦龙也没有想到，正门是这样黑黝黝的，那小的旁门却连关也没关，一推开门，就可以看见院里是处处有着灯光。

当下姓赵的和姓唐的二人走了进去，他们当然也用不着给关上门，打更的提着小灯笼也哼哼了两句小曲儿，转身又往那石头狮子的后边避风儿处打盹儿去了。柳梦龙就随着那二人也进了那旁门。

本来这时还没到三更天，天色还早，有许多人还没有吃晚饭呢。这深且多的广大宅院里，现在正热闹着。各屋的窗上全都有明亮的灯光和乱动的人影，屋里处处是说话声、笑声，还有一句两句的唱曲之声，男人声、女人声虽然因为外面天黑且冷，人都在屋里，可是由此就看出来耿二员外的家是很杂乱的，而且没有什么规矩。

那两个客人不知走往哪个屋里去了。此时柳梦龙的精神益为奋发，他将腰间的丝带紧一紧，衣襟披好，双袖全都挽起来，他就迈着脚步儿轻轻地走。走过了好几处房屋，窗子里面都有人谈着话，他就听见这些人说的都是些轻佻且无聊的话，大概这都是些个仆人住的屋子，可是又有些女仆人，或者就是耿二员外的姬妾搀在里面，一点不成体统。这个地方真叫柳梦龙小看，而又深深地痛心：为什么自己的陶凤儿竟是这样的出身？

他走过了一重院子，为避免被人看见，就纵身上了墙头，又轻轻地走上了屋脊。这是他早先学过的功夫，多年未用，如今使用出来了，还觉得十分熟练且容易，只是那条受过镖伤的腿，虽说并不疼痛，可还是有点别扭似的，这更使他心里不痛快，无名的怒气又向心里拥聚。

过了这一道高高的屋脊，向下一看就是正院。院当中点着个亭子形状的玻璃灯，发出光辉，照见院中地面上铺的都是又平又细的四方形的大砖，极为整齐，地上还摆放着数只很大的金鱼缸。朝上就是一座影壁,壁上还有砖雕的很细致的字,是"四季平安"。东西北三面的房屋都探出来很深的廊厦,廊柱上都油漆着各色图画,如同锦绣一般。厦子前安设着小巧的栏杆,被室中的灯光映到墙上,形成淡淡的花纹,显得极为雅致幽静,令人觉出这里与那个仆人住的院子迥然不同,这里才表现出耿二员外是官宦之家,的确有一些势派。

柳梦龙蹲伏在屋瓦之上,他反倒不知道应当往哪边去走才好了,猜不出耿二员外是在哪间屋里。这院里半天也没有仆人走过,北屋的玻璃窗并且悬着很厚的窗帷,所以显着那屋里的灯也是不大亮。他正在犹豫,忽然听见就是那北屋内有人咳嗽。这咳嗽的声音似是女人,咳嗽之后,接着是两声女人的笑声,北屋的屋门就开了,走出来了一个身材很高的女人,穿的是一种浅颜色的短小的绸缎衣服,顺着廊子很快地往西边走。在那屋门一开的时候,里面的灯光就射了出来,原来那屋中的灯光也很强烈,人也不少,仿佛正在吃饭。

这女人似乎是因为点什么事,负气而走出来的。紧接着就有一个身材瘦小的女人追出来了,她叫着说:"大姐!你回屋里去,你不该……二员外今天刚高兴一点,怎么刚一提到她,你就躲出来,显见得你是……真的,快回去,再喝一点酒去!他们说他们的,即使当时就把她找着,她也未必那么容易回来;再说,就是她真回来了,又能够怎么样?她把这个宅子搅了个乱七八糟,金银财宝拿走了不计其数,在外边又姘了什么三霸天、六霸天,把二员外气得病了足有一年,回来倒还都是她的?还让她吃香?那由我就不行!大姐,你回去,听他们怎样说!别一点也忍不住气,别这么一赌气就走,这样叫二员外更觉着咱们不好了。"

此时,高身材的女子止住了脚步,一定是已经沉下脸来了,说:"本来是咱们不好嘛,咱们这十个人也比不上一个姓陶的,要不然二员外何至于叫这个人,叫那个人?又听说叫来了很多的人,千方百计地要去找那姓陶的。你别听着话说得那么狠,什么找回来就杀了剐了,其实二员外才舍不得呢!真要是把她找回来,那还不跟找回来了金子宝贝儿一样,还不赶紧就拿在手里,抱在怀里,把咱们全都踢在远远的一边?

你们都陪着去吧,我可恕不奉陪了,我不能够听那些话!"

这个女人耍起脾气来了,那年纪小的女人就拉住了她,还不断地伶牙俐齿地说着劝着,可惜有些话声音太小,而柳梦龙现在所在的地方又太高了,因此听不大清楚。

但是,紧接着那屋里又出来了几个人,都是女人,当然还都是年轻的女人,五六个,有穿深颜色的,有穿浅颜色的,但是都发着光泽,可见全是些绸缎的质料,而且样式一律是短小、紧身的,还许是琵琶襟。

柳梦龙就仿佛在哪里见过这许多女子似的,或是他曾见过的某一个女子如今忽然幻出许多的化身来了,他觉得有些眼乱,觉得特别的惊奇,从心里觉得生气,同时又好像有些灰心。

这时,那屋里出来的女人大约是七个,都围上了那身材高的女子,劝着,拉着,就又把她给拖回到北屋里去了。更神秘的是,那屋门一关,立时岑寂,窗帷厚厚的,也显不出里面有多少灯,更听不出屋里有人说话。可是,待了会儿,忽然有个男子哈哈大笑,笑得怪异而惊人。

柳梦龙猜出这发笑的男子一定就是所谓"耿二员外",别人是绝不敢如此狂笑大笑的。

这是因为他高兴了,今天欧阳锦回来告诉他,陶凤儿可以找回来了。陶凤儿不过是这些个女人的其中之一,而更为他所宠爱的,为什么事离开了他的?"混账!凭这么个女人,就敢在外面假惺惺地欺骗我柳梦龙?我何必还要跟这个耿二员外争她?我都明白一切了,我走开就是了,还回到金刀徐老那里,好好地保我的镖去,把这些,连身上穿的和那些金银,全都扔还她,或者就扔在这襄阳河里……"这样一想,气得他就在房上一坐,真不想做别的事了。

然而,夜风阵阵吹来,那北屋里忽然发散出细细的笙箫声和袅袅的歌声,他又一阵的愤恨、嫉妒。并见几个丫鬟和婆子担着食盒,正不断地给那北屋里添酒送菜,门开时,不独室内灯光更明,笙箫歌唱之声也立时就一阵清晰,还听见似乎有那欧阳锦的语声。

柳梦龙就骤然又愤恨地想道:原来这个小子也在那屋里了!旁的不说,他这次把我带到襄阳来,绝不是毫无用意,而我来到这里,他又不叫我当时就见姓耿的,他却先来到这儿商量,更不定是怀着什么歹心,我就算可以饶,也不能饶他!"

此刻那屋中的歌唱声更清楚了,仿佛有两个女人同时在唱着,越唱越高兴,索性没完了。

耿秉荣真是乐得可以呀,柳梦龙又一想:我既然来到这里,就不能不看看他,同时,也得让他看一看我才行!由此,精神又复振奋。他就细细地观察这房屋的局势,觉得若是设法进到那北屋里并不算难。向下看着,半天也没再看见那北屋的门开,院中廊下全都没有人往来。他遂就轻轻地下了房,贴着廊子,在灯光照不到的地方很快地走着,就到了北房的尽西首。

这北房一共是五大间,正中的三间屋子有人有灯光,但是尽东首和西首的两间,上下窗全都是漆黑的,一点光也没有,可见这两间屋也许是卧室,现在还没有人。柳梦龙就到了那西首,用法子将窗户启开,他就蹿进去了。屋里漆黑无人,只有一扇木门通着外屋,外间的灯光从门缝中一条一条地射进来。这原来是个所谓的"套间",只为存贮什物,不像是有人住。

柳梦龙就扒着门缝向外去看,见那外屋所有的器具陈设是十分富丽,楠木的大屏风上雕刻着精致的"百鸟朝凤",上面镶嵌着金丝和珠宝,并有檀香床,床上铺着锦绣的被褥和大幅的豹皮。

但是那屋里也没有人,红木的小桌上,银制的烛台,点着一支红烛,光线也很暗淡。前面有大幅的拖到地的幔帐,不知是什么质料做的,堆花簇锦,看上去很厚很沉。

这幔帐以外,才是那些人正在欢乐的屋子,所以有时这幔帐被人碰一下,动一动,启开了一道缝,这才可以看到幔外的强烈灯光和欢笑的人们。这屋子陈设得富丽而神秘,无疑是耿二员外的卧室了。

柳梦龙就大胆地拉开门,走出了套间,那门还轻轻地响了一声,可也为歌声所淹。他一点儿也不用鬼鬼祟祟的,他并未把耿二员外看成是什么了不得的人物,直接就走到那幔帐之前,用手轻掀了掀,外屋的一切景象就都被他看见了。

只见当中是一个大圆桌，摆着杯盘壶碗，鱼才吃了半条，一大盘子什么东西还在冒着热气，其他，总之是些山珍海味、丰美的酒肴。

欧阳锦那个小子是这里唯一的陪客，可知他真是耿二员外的心腹，但他此刻拘拘束束的样子，好像连酒都没敢多喝。四边坐的尽是那些服装怪异的女人，有的还斜挎着一个绣花的口袋，大概是镖囊；有的在系腰的罗巾上插着带有皮套儿的短刀。

这几个丫鬟不丫鬟、侍妾不侍妾、高矮不等、胖瘦不同的女人，有斜坐着的、歪立着的，有轻轻吹笙的、慢慢吹箫的，有喝酒的，还有边笑边唱的，唱的不知是什么，柳梦龙一个字也听不懂。

她们都围着一把太师椅，那太师椅上铺着虎皮，坐着一个大胖子，这个人穿的是绿色的肥大缎子衣裳，好像是一口巨猪，又像是个魔君。

柳梦龙只看了他的一个侧面，见他没有胡须，年纪也不过三十五岁。鼻子大，面白而臃肿，头发是挽成个道髻似的，插着金发簪。这自然就是所谓的"镇襄阳银镖将军赛吕布耿秉荣耿二员外"了，原来是这样一个怪样子的人。

柳梦龙此时不知从哪里又发出了一阵妒恨，立时就想把他杀死。但，柳梦龙此刻手中真是没有寸铁，而那几个女人，连吹笙的都带着刀，有的还佩着镖囊。欧阳锦也在这里了，此人的镖法和武技，柳梦龙是知道的，因此他也不敢胡来，不敢不小心仔细些。并且他看见耿二员外的手中原来正在把弄着一口宝剑，此剑很短，不足三尺，发着灿灿的青色的光芒，确实是一口古剑，是真正的宝剑。而耿二员外竟一面听着歌，一面爱不释手地把玩，用手摸着那剑身，并轻轻地摸那剑锋，也不怕伤了他的手指头。欧阳锦就面对着他，也不说什么话。

这场酒筵看不出有多大的意思来，欢笑早已过去，灯渐阑了，二员外也有些酒醉了。笙箫呜呜地吹着，没有一点儿力气，歌也唱得已没有了词儿，而且其声颇哀。那耿二员外似乎是想了好半天的心事，忽然他摆了摆手，说了声："别唱了！"

立时歌停笙止，箫也放在桌上了，这么些人都默默无言，除了那个高身材的女人还夹着鱼吃，其余的人仿佛连动都不敢动，连低声说话也不敢。

耿二员外仰着脸打了一个大呵欠，他倦了，他说话很慢，而且声音又低，仿佛是对欧阳锦说："你回去吧！明天叫姓柳的来见我，明天晚上……那卖宝剑的两个，就叫他们在这儿住着吧，品察品察他们的武艺如何！……你回去吧！有什么事明天再说……"又自言自语地说："陶凤儿！哼！陶凤儿！"接着长叹了口气。

那高身的女子立时又撇嘴冷笑，欧阳锦却趁此际赶紧起身告辞，椅子一阵响，帷幔被掠动着，柳梦龙就急忙退步藏在那屏风之后。

这屏风后面，地面也并不狭，柳梦龙一碰就碰在一张桌上了，只听呱嗒一声，也不知是什么掉在地下了，幸亏还没有叫幔帐外边的人给听见。这张桌上的零碎东西还真不少，柳梦龙用手一摸，就摸着了好几支同样的古怪东西，是冰凉的、铁的、长圆的，可又仿佛有棱有角，一端是尖的，就着自屏风之间透过来的一丝灯光，他看出来这原是镖、钢镖，与陶凤儿所使的镖一个样。这张桌上有不少的镖，这个地方真的是处处是镖。

当下柳梦龙就把两支镖藏在自己的怀中，立刻，又听到屏风外那耿二员外大声地打着呵欠，并有女人说话，原来是帷幔掀开了，两三个女人搀扶着肥胖的耿二员外离开了那太师椅，来到檀香床畔，就躺卧下了。

此时柳梦龙偷眼从那两扇屏风之间的微隙之处向外去瞧，就见三个女人一齐在服侍着那耿二员外，给他的身上蒙锦被，给他的脚下垫铜的暖水壶，给他的脖子下放枕头。这肥胖如猪的耿二员外真是舒服极了。

待了会儿，又进来了四个女人，有的挪灯，有的搬脚凳，将这屋子又收拾了一阵。

此时柳梦龙的心里是十分的紧张，想着：如果她们要收拾到这屏风后边来，那时自己是连躲也无法躲，只有两个办法，一是拿这桌上的镖打她们，可是这太没有把握，她们有的还带着镖囊呢，打不着她们倒许遭她们的毒手，这群女人恐怕个个都有陶凤儿那么厉害！所以最好是蓦然将这沉重的楠木屏风推倒，先吓她们一大跳，并可以挡镖，还许能够压躺下她们几个，那时自己就趁势出屋逃走。他准备着要这样做，大概也非得这样做不可。

可是待了半天，竟没有一个人到屏风后边来，仿佛这里只是为藏着一张放镖的桌子，轻易没有什么人来。这几个女人将耿二员外服侍得睡下了，有的拿着灯，有的还抱着暖炉，就都往那西套间去了。

此时柳梦龙又觉着自己一定要被她们发现，因为刚才自己启开那套间里的窗户进来的时候，忘记是把那窗户又关严了没有。万一没有关严，被她们察觉，必要惊慌起来，必得在各处搜查。可是，那几个女人到了套间里，竟闲谈起来了，声音很小，在这里也听不见。那帷幔以外，大概是有仆妇们收拾那桌残席，杯盘轻轻地响了一会儿，也不响了。

此时在床上躺着的耿二员外是面向着里首，要是从外面暗算他，真是十分容易。可惜柳梦龙手边虽有镖，但是不敢打，恐怕打不准，倒惊醒了他。

耿二员外这时也还没睡，床边无人，烛光很暗，但他手里还拿着那口宝剑，不住地在把玩。

柳梦龙在这屏风后，屏声静气地又站立了半天，这时套间里的那几个女人还在闲谈，有的还压着声儿笑，好像这一天中，只有这时候才是她们谈笑、玩耍最高兴的时候。床上的耿二员外却已发出了鼾声。

柳梦龙又等了一会儿，看那耿二员外大概已经睡熟了，遂轻轻地走出了屏风，一直就奔向了那耿二员外的床边。他伸手要去拿那口宝剑，并决定剑到手之后，立时即挥剑，将这一方的恶霸、世上的淫魔结果性命。

可是他的手刚一伸，却发现够不着那剑。虽然柳梦龙的臂不短，但因为二员外的身子肥大，盖着的被褥又厚，而且他的身子靠着床的里边，那口剑更是在床的最里边。

此时耿二员外也似有了点惊觉，身子一翻，柳梦龙只好向后退身，用眼盯着他。只见他因为身子太胖，没有一下就翻过来，呼噜呼噜地接着又睡了。

此时柳梦龙就想:其实以自己的浑厚的膂力、轻捷的身手、熟练的武艺,何必管耿二员外此时是睡着还是醒着,上前按住他夺过他的剑也就行了,何必还怕惊醒他!即使套间里的那几个女人都出来,自己也可以挥动宝剑跟她们斗一阵,她们有镖,我也不怕,不过……

这时耿二员外睡得真香,如一匹死牛,套间里的女人们说话的声音更真切了。就听有一个说:"鸾大姐她可真是,她今天不但跟醉鬼胡二喝了一回酒,又陪着二员外喝了几盅酒,我看她倒真像是喝了半缸醋,一听说要去找陶凤儿,你看把她给气的……"

又有一个说:"我看,二员外就是把陶凤儿找回来,也不能轻饶了!我跟你们看得不一样,二员外对陶凤儿是真气了,真恨了,找回来她,就绝不能够叫她活,你们说还能够照旧跟她好?我不信!"

另一个女人笑着说:"你不信?我信!只要把她找回来,二员外不但不打她,不骂她,还一定能够把咱们这些个人全人都踢得远远的。你要不信,咱们就打个赌吧,到时候看!我们赌什么的?……"

一听到了这话,柳梦龙就不由得又要侧着耳朵专心地去听,同时心里是又生气又羞愧,这就仿佛是说着他家里的人似的,说到他心里的短处似的。他立时就转了念头,暗想:我何必要这时就杀死这耿二员外,是为陶凤儿我才杀死他吗?是为嫉妒、吃醋才杀死他吗?那我也太不是英雄,太不是丈夫了。

如此一想,他转身就走,不料他的脚步重了些,被套间里的女人们听见了,立时就有人惊讶地问说:"是谁?谁?"同时有好几个女人急急忙忙地从那套间里出来,柳梦龙却已经大开了屋门走出,屋里的女人齐都惊慌地大声说:"有人啦!"

耿二员外也已惊醒,惊问道:"什么事?什么人?不至于是有外人进来吧?"

柳梦龙却在院中掏出来怀中的一支镖,吧地就向里北屋的门打去,这一下,屋中的人更都大惊,霎时外间的几个女人就全都手提着钢刀出来。柳梦龙却早已飞身上了房,等到下面的人用镖向房上来打,他却已从容地走去。

这耿家的宅院,深而且广,在高处看着,有的地方有灯光,有的地方黑沉沉,树木也不少,后面还有巍峨的高楼,直如波涛起伏的一片大海似的。此时下面也似海涛惊起来了,灯光增多了,而且各院里的人都急急地向那正院滚动着,集中着。

柳梦龙在匆忙之间又看了这里一眼,心里非常快意。他就由高墙上跳下,到了外面,走到那大门前,见那打更的小灯笼已不知向哪里去了,两只石雕的大狮子却还在那里静静地蹲着。

柳梦龙很快地走,走到了街上,一个人也没有遇见,他就找着路,回到了那家钱庄。此时他反倒沉下了气,敲门时一点儿也未显出慌张或急躁。

待了半天,里边还是那个叫吕福元的大伙计,隔着门问明白了,才把门开了。他走进来一看,柜房里的灯光也昏暗欲灭。吕福元关好了门,才悄悄地对他说:"您到后边歇着去吧!掌柜的回来了,柜房的人都睡了。"遂就带着他往后院走去。

后院是四合房,吕福元把他让进一间东屋,摸着了灯替他点上。柳梦龙一看,这屋里一切的木器很是齐全,也很讲究,木榻上已铺好了整洁的被褥,倒像是为招待贵客而设的。

他就先说:"我在饭馆里多喝了几盅酒,要不是堂倌把我叫醒,现在我还得在那儿睡着呢,现在天色不早了吧?"吕福元说:"倒还不晚,还没有打三更呢!"柳梦龙又说:"这里馆子的菜倒还做得不错。"吕福元没有言语。

柳梦龙又问说:"欧阳三爷没有来?"

吕福元回答说:"没来。"

柳梦龙又笑着问:"那个醉鬼呢?"

吕福元说:"您问的是胡二吗?他是天天要醉的,他在西屋里睡,别人谁也不愿跟他在一屋里睡。"

柳梦龙就问道:"他是干什么的?"

吕福元说:"他是耿二员外家里的老人儿,在这儿已十多年了,去年才派他到我们这儿。"

柳梦龙问说："他还会打算盘写账吗？"

吕福元摇头说："他不管柜上的事，就算是个看门儿的，可是他连门儿也不看。不过这个买卖虽是二员外家开的，没人敢来捣麻烦，可是去年也闹过贼，丢了很多金银；又有别处来的江湖人找来，由此才把他派来。他挣这儿的钱，可是两边儿吃饭，宅里的菜好他在宅里吃；菜不好，他就在柜上吃，可是天天得回到这儿睡觉。因为他跟宅里的人都熟，有点儿错，也没人说他。"

柳梦龙本想要再打听些事，可又觉着那未免太露形迹了，有什么事还是明天再说吧！

当下，吕福元就带上了门出去了，柳梦龙将门插好，熄了灯，摸摸怀里还有一支镖和一把钥匙。他也疲倦了，遂就熄灯上榻去睡。但是一躺下，不禁又想起刚才所看见的耿家那些情景及和陶凤儿过去的一些事，心里非常的烦恼，三更敲过又听敲四更，他才懵懵睡熟。

次日起来的时候，这钱庄已开过早饭，做起买卖来了，欧阳锦可是还没有露面。

这柜上共有七八个伙计，然而都没有什么事。掌柜的姓黄，是个老头儿，对待柳梦龙非常的客气。他自称，耿二员外的父亲老员外在的时候，他就在耿家。那位老员外做过道台，他也跟着到任上去过，欧阳锦也是他的老世侄。他询问柳梦龙的家世，柳梦龙却用别的话给支吾过去了。

胡二也是才起，穿着新衣裳，腰带子上插着一对匕首。昨晚他醉的时候，倒跟柳梦龙说了许多像是朋友的话，显着他的为人还爽直。现在他不醉了，却倒端起架子来了，高傲得很。见了柳梦龙，连一句话也不说，并斜着眼瞪着，仿佛心里很气愤似的。他蛮横而凶恶，有一个要饭的老贫婆到这门口儿来乞钱，也被他连踢带骂地给打走了。看来他还不知道昨夜耿家的事，也许是耿二把事情瞒住了。这里没有人知道昨夜那里曾经有过一番惊扰，也许是那里的事还没传到这里来。

柳梦龙很无聊地在这门前站着，看着来来往往的人跟车马，他觉得这襄阳城十分的热闹，天气也比较暖和。正在看着，蓦见由东边驰来了一骑枣红色的马,骑马的是一个披着红缎大斗篷的女人。

这个女人身材很高,脸是又白又胖,长得不但不好看,还凶恶得很,胭脂粉可搽得真多,年纪有三十二三了,骑在马上很得意。柳梦龙昨晚已经把她认识了,她就是那个爱吃醋的"鸾大姐"。

马到了钱庄的门前,她就下来了,她并不注意柳梦龙,就一直地走入。柜上的人,连掌柜的都赶紧站起来,带笑地招呼她。那胡二仿佛发了疯了,笑着追着她说:"喂!鸾姑娘!昨儿晚上咱们在一块儿喝过了,您没有再喝吗?那酒可真不算什么的,回来我一点也没觉着醉,今天晚上再喝,您敢吗?"

那鸾大姐却用手把他一推,这一推就几乎把他给推倒下。鸾大姐却一直走进了柜,叫那掌柜的跟她一同进了柜房。待了不大的工夫,就见她手托着一包约有三十两的银子走出来了。

胡二赶紧又追过来,嬉皮笑脸地说:"大姐有了银子啦!先借给我一点儿吧?"

这鸾大姐却不理他,敞开披着的棉斗篷,只见里面穿的是一身银灰色的紧身小袄儿,带着匕首,还带着镖囊。她把银子就装进镖囊里去了,沉着脸一句话也不说,仿佛是心里有事似的,当时就出门走了。

胡二还追出去,拦着人家的马跟人说话。这里柜上的好几个伙计都看不下去,有的暗笑,有的小声议论。就听一个人说:"哼!他也就是敢跟鸾姑娘这样,早先凤姑娘在这儿的时候,他可不敢。他敢这样,那就是不要命了!"

柳梦龙一听谈到了"凤姑娘",就不由得走近来细听。

这几个伙计不过是因为柜上没有事,看见了胡二跟那鸾大姐的这种丑样,而忍不住批评几句,说话还不敢声音太大了。他们由"鸾"就提到了"凤",仿佛那个凤比这个鸾好得多。

柳梦龙就走过去,笑着问道:"你们说的那凤姑娘是谁?也是耿二员外的小老婆吗?"他问出这话来,虽然故意做出是闲打听的样子,却实在觉着难为情,脸不由得一阵红。吕福元就说:"不是!"他摇着头,仿佛打不平似的说:"这鸾姑娘连给二员外当小老婆也不配!人家凤姑娘可不是,谁也不能够胡说人家。"柳梦龙赶紧就进一步问:"那么,那凤姑娘到底是耿二员外的什么人呢?"吕福元却不回答,旁的伙计也仿佛都不愿意说。

这时,那鸾大姐已经骑着马走了,胡二也回来了,掌柜的也出了柜房,几个伙计更连什么话也不敢说了。

柳梦龙的心中觉着十分气闷,而且乱得很,就想:这是怎么回事呀? 听这话,陶凤儿似乎又不是耿二员外的姬妾,又似乎是很清白的。既清白为什么原先住在耿家,还住了绝不像是一年半年? 为什么跟耿二员外好像是混得极熟? 为什么她又拐去了金银财宝逃走,惹得耿二员外想尽了方法,邀请旁人要去把她捉回来? 而且耿二员外对她不仅是恨,还像是为她害了相思病,那鸾姑娘为这直吃醋。但听这几个伙计这么一说,陶凤儿不但是出于淤泥而不染,莲花一般的纯洁清白,而且她平时的为人、过去的历史,还是很受这里的人尊敬的,唉! 真是令人不解!

柳梦龙脑里萦回不定地思索着这件事,信步又走出了这钱庄的门首,站在台阶上呆呆地发怔,眼前人来人往,车马走过,他仿佛全都看不大清,他出了神了。他现在对陶凤儿不但不恨,而且更爱了,他觉得是冤枉了她。可是,她也实在是还不能叫人放心,总是有些个不大清楚的事,好在我已经来到这里了,不打听明白这件事,反正我是绝不走!

待了一会儿,他还在发着怔,就听有人说:"在这儿干吗啦? 看热闹了? 襄阳城怎么样,地方不错吧?"

他一看,是欧阳锦来了,穿着新缎子的棉袍,戴着瓜皮小帽,态度和蔼,满面的春风,向他点手说:"进来! 进来!"

柳梦龙随着他进来,一直到了后院昨晚住的那屋里,欧阳锦就东瞧西看,点点头说:"这儿倒还不错,他们给收拾得还干净。你不用客气,这跟我的买卖一样,你要用什么,或是有什么事,自管支使那几个伙计,我已经吩咐过他们了。"

柳梦龙说:"我在这儿住着,能有什么事?"

欧阳锦忽然说:"昨天夜里你到了耿二员外的家,其实,你就是明着见他也不要紧。"柳梦龙装作发怔地说:"你这是什么话?"欧阳锦笑了笑,摆手说:"不必再说了!"

欧阳锦点破了柳梦龙昨夜的行径,就又去说别的。柳梦龙可绝不能就默认了这个,还在紧问:"刚才你说的什么?我怎么不明白?"

欧阳锦微微一笑,拍拍他的肩膀,说:"你不明白,我可是真明白!我知道昨夜是什么人混进了他们的宅里,也绝不能向他们说。"

柳梦龙就做出着急的样子,说:"你莫非是喝醉了?"

欧阳锦哈哈大笑,说:"我喝醉了?我的两只眼睛倒是还清楚,告诉你,我要是看不出你是个何等的人物,我也不能邀请你到这儿来。你跟我说你要学镖,其实你要学什么?头把交椅是耿二员外,二把交椅是那女人,第三把交椅就是你!你也不必说谎了,将来我倒许得跟你再学一学镖。"

柳梦龙一听,欧阳锦把这事可弄错了,他竟以为自己是个镖法精通的人了,这事倒可以将错就错,叫他们有一点顾忌也好。于是柳梦龙就不再辩驳。

欧阳锦说:"今天是二员外的一个爱妾的生日,晚上他要预备下丰盛的酒席,顺便宴请各位朋友,你也在内。这你可别觉着是对朋友们不恭敬,他向来是有这么个脾气。他以一个世家公子的身份,不愿意像一般土豪似的天天招朋聚友,落别人的闲话。近年来他的精神也不大好,轻易也不接见闲人,只是常常借着家里有点什么事,如爱妾的生日,小孩儿弥月,他才请客。他可也不下请柬,今天我带着你去认识认识他,就行了。"

柳梦龙微微地笑着,点头说:"好!"

这时候那吕福元忽然来请柳大爷,说是酒楼那里的人给柳大爷退回银子来了。

欧阳锦就问说:"是怎么一回事?"

柳梦龙却笑着说:"我去看看。"

当下欧阳锦也跟着他到了前面。原来是那家与耿家有关系的本地最有名的酒楼"襄水春"的掌柜来了,手里拿着一块银子,向柳梦龙说:

"柳大爷！昨儿晚间我们真对不起您，我们今儿一早晨上宅里一打听，宅里的人说实在是有一位柳大爷住在这柜上，是二员外派欧阳三爷从河南给特请来的。这块银子本来就多了，我们哪敢收呀？现在给您退回啦，您千万别怪我们昨晚上眼拙。"

柳梦龙微笑着说："你们是买卖生意，我吃完了饭应当给钱，无论是为什么，哪有我又把银子收回的道理？"

这酒楼的掌柜的拿着那块银子，还执意地要柳梦龙收回，欧阳锦却在旁说："柳大爷他何在乎这点银子？你就拿回去作为给伙计们的小费吧！"他这样一吩咐，才算给这块银子找着了去处。这掌柜的笑着弯身道谢，又说："有工夫还请柳大爷上我们那儿坐着去！"然后就走了。

这里，欧阳锦向柳梦龙笑笑说："你在襄阳城各处还都不熟，今天我也没有事，走吧，我陪着你到各处去逛逛！"

当下欧阳锦就带着柳梦龙走出了这钱庄。他安步当车地在街上大摇大摆地走着，这边有人称呼着"欧阳三爷"，向他恭恭敬敬地行着礼；那边又叫着"欧阳三哥"，跑过来招呼他，十分恭敬地跟他闲谈。这些人是三教九流，干什么的都有，欧阳锦却总是那么和蔼地笑着，可又似乎板着点儿架子，保持着他的身份。

襄阳城里的热闹街道不止一条，酒楼饭庄也真有不少家。他因为知道柳梦龙还没有吃早饭，遂就带着柳梦龙进了一家饭庄。

这饭庄比昨天柳梦龙去的那酒楼又大得多了，是平房，好像一所住宅。院落宽大，还有戏台，是为有钱的人家在此办喜庆之事，演戏娱宾之用的。房屋都是一个一个的单间，里面陈设得极为雅致。

这里原来也是耿二员外开设的，名字叫"庆荣堂"。掌柜的伙计们见了欧阳锦，就如同见了他们的东家一样，忙着欢迎接待，给他们找个宽大的房间。虽只两个人，可也给他们摆来了好几杯酒，陆续地上来了十多样的美菜丰肴。

欧阳锦就陪着柳梦龙吃着，他可是不大说话。待了一会儿，原来在别的房间里宴客的人，听说欧阳锦在这里，就都赶过来见他。这些人有的是大商人，有的是衙门的，有的是本地绅士，有的是城里镖行中有名的人，全都跟欧阳锦极力地讨好；有的还低声跟他谈着事，大概都是有求于耿二员外而请他代转的，只是当着柳梦龙的面，不能够怎样畅快地谈话。

欧阳锦也把这些人一一地向柳梦龙引见，引见的时候总是说："这位是直隶省冀州的柳大镖头，现在是被二员外请来的。"

别人对于柳梦龙这个人仿佛有点摸不透，听欧阳锦这么一说，都表现出一种惊讶嫉妒的样子。

柳梦龙对这些都不大介意，他只是看出来了欧阳锦在这里的势力。那耿二员外若是个老虎，欧阳锦就得算是老虎的爪牙；倘要是跟耿二员外拼杀起来，就先得把这小子结果了不可！他心里如此想着，就用眼看着欧阳锦，可是欧阳锦却总是跟柳梦龙那样随随便便，如自家的兄弟一般。

饭后，他又带着柳梦龙去看戏，这里也有很大的剧团，只是戏不大好。然后，欧阳锦又领着柳梦龙赴花街柳巷去冶游。这儿他更熟了，那些个莺莺燕燕没有一个不巴结着"欧阳三爷"的。如此，一直磨烦到四点多钟，这才一同去耿家，由那大门进去，一直就去见耿二员外。

柳梦龙其实早就知道耿二员外是怎样的一个人了，可是今天得光明正大地见一见他，看他是什么态度。倘若说的话不投机，那就许打起来，论武艺，自己是谁也不惧，只是那镖——这里有无数会打镖的人，未免令自己的心里有些踟蹰。

今天就是那个莺大姐的生日，原来她是耿二员外"名正言顺"的爱妾了。大客厅里早已经来满了许多的宾朋，并有叫来的"杂耍"。在客厅当中的地上铺展开一幅极大的绒毯，摆一张小桌。有滑稽的角色唱小戏。小戏终了场，又有两个穿着花衣裳的妙龄歌女，耍着根上面嵌着铜钱，一摇就哗啦哗啦响的短木棍儿，唱着婉转的小曲《打莲湘》。

客厅里陈设得富丽堂皇，天这么早，已燃起了许多只官灯、纱灯。摆着约有十张大圆桌，座位已全坐满。这些来宾，有的是今天在"庆荣堂"里见过的，起来跟柳梦龙打招呼，总之，都是些豪商大贾、绅士官宦和镖行里的大镖头。有托着水烟袋的，有拿着茶盅的，有出着神看那

《打莲湘》小戏的,柳梦龙简直认不清楚他们的面孔。这里只能说是有一个熟人,就是那醉鬼胡二,此时也穿上了肥大的缎子长袍和黑绒马褂,见了他一点头。

另一座间里,是全身绮罗、满头珠翠、有老有少的女人们,有的还带着小孩,这全是来宾的眷属。还有一些往来招待人的女子,有的是本宅的丫鬟,有的却是那些个会打镖也会吹笙箫、唱小曲的姬妾,不过她们这时的打扮与昨夜所见不同,也都穿上红红绿绿的长衣裳了。

柳梦龙随着欧阳锦进来,并没有什么人注意他。欧阳锦却跟一些人招呼着,又抱拳,又作揖,又点头,忙乱了一阵,便带着柳梦龙到了这大厅的里面。几扇屏风之后,这里悬挂着许多幅金字的喜幛,上面写着什么"福禄仙侣""仙寿永载",还摆设着香案,高烧着红烛。

另外有两个用小巧精细的"隔扇"隔出来的单间,里边有许多女人。欧阳锦先带着柳梦龙进去,给引见一个三十来岁的似乎有病的妇人,这原来就是欧阳锦的妻,还有一个二十来岁的满脸红胭脂的矮女人,是他的妾。然后他就向那鸾大姐说明柳梦龙是来给她祝寿的,柳梦龙作了一个揖。全身红衣裳,跟新娘子一样的鸾大姐也还礼,道万福,但她实在还不知道柳梦龙是什么人。

欧阳锦带着柳梦龙出了这屋,就到对面的屋里去。原来耿二员外正在这里的一张床上躺着休息,听说欧阳锦带来了柳梦龙,他当时就坐起,拱手带笑,高声说:"久仰!久仰!很难得请来了你这样的英雄!"柳梦龙几乎怔了怔,他满以为耿二员外一定是非常高傲、骄横,不懂得人理,谁想到他竟是这样的客气谦恭。

当下耿二员外赶紧叫身边的两个侍妾给他穿鞋,其中就有昨晚见过的那个身材瘦小的,她们却跟昨夜一样的打扮,带着匕首,挂着镖囊。两个人半蹲半跪地给耿二员外穿上了鞋,并搀扶着他站起。

这时,欧阳锦在旁规规矩矩地站着,就跟个仆人似的,柳梦龙却只拱了拱手,心想:我索性就端一端架子。耿二员外赶紧向他让座,他就坐下了。

耿二员外又坐在那榻上陪着他,胖脸上带着笑说:"昨天,华斋……"他指着欧阳锦说:"他回来说,在河南道上遇见了一位豪杰。他是有眼力的,他那样一说,我就晓得一定是位不等闲的英雄。昨天,因为天已晚了,我又身体不大舒适,所以没有即时请你前来,是很抱歉的;今天,说起来也太不恭敬了,因为小妾的生日,就屈劳了大驾。不过,我们可以算是从此就见面相识了,以后你还不要客气,我向来最喜欢结纳有本领的朋友,很敬佩!"

柳梦龙说:"我没有什么本领,不过是各样的武艺还略略地精通。我虽多年行走江湖,但不大爱与江湖人结交,耿兄的大名,我也没听人提过,也许是我认识的人少的缘故。自从在卫辉府见了欧阳兄,他夸赞耿兄的镖法是如何的好,我这才来拜访!"

此时耿二员外突然神色略变,柳梦龙立时提起心来,赶紧就防备着要打镖,可是这耿二员外倒不像胡二说得那样的厉害。他只征了征,把柳梦龙又打量了一番,哈哈大笑,说:"我早已猜透了,柳兄你要不是精通镖法,岂能够到这里来找我?本来我也是最喜欢同道,有同道的朋友来了,我不说是比一比,可是也要拿着镖献一献丑。但这一年来,我可不行了!因为心绪不佳,身体多病,镖,我简直连摸也不摸了!好在我也知道,柳兄你到我这里,原是为交我这个朋友,并非要同我比镖比武,那么这些事,咱们就暂且不用提。今天虽然我这里来了朋友,但是你看,我连起身都很难,所以你初到这里,也得恕我的简慢。幸喜我听说你也暂时不回冀州去了,正好,自今天起……"

说到这里,就又吩咐欧阳锦说:"柳君住在钱庄上一定不是很方便,你把他的行李都搬到这里来吧!他在这里,我跟他随时可以闲谈,至少我要留他在这里住两个月……"欧阳锦在旁就答应着。

柳梦龙心里暗想:这也好,我不必再时时防备着他的镖了,他们无论是谁,大概也都不敢用镖打我。同时我若住在这儿,更可以随时打听打听,陶凤儿早先到底是这儿的一个什么人?他真喜欢极了,想不到这样的容易。可是又听耿二员外说:"以后我真得跟柳兄请教武艺,谈论谈论镖法!"

当下柳梦龙也不愿在这里跟耿二员外多谈,耿二员外更恨不得姬妾服侍他再躺下,同时,欧阳锦是更觉着拘束,他就向柳梦龙使了使眼色。柳梦龙随就暂时辞出,而到宴宾客的席间,看了一会儿杂耍小戏,听了不少的宾客笑谈,观察了那些女人们,尤其是耿家姬妾们的动作。并由欧阳锦给他介绍了花毛虎龚芳、绿眼狮子徐鹏、小秦琼韩越、铁尾天狼袁大琦。这些人有的是本宅的护院师父,有的是城中的镖客,还有那两个,柳梦龙在昨天就已认识他们了,一个是那姓唐的,他原名叫小猕猴唐崇彪,一个是那想卖宝剑发大财的姓赵的,他叫神剑赵奉。这些人都不知柳梦龙是怎样受耿二员外的尊敬,更因为"柳梦龙"本来是在江湖没有什么名声,所以他们就似理不理,连多看一眼也不看,骄傲地对着柳梦龙。

少时酒席摆上来了,大家纷纷让座,这时却不知道欧阳锦上哪儿去了,跟柳梦龙就席的却是几个镖头和护院的。最令人难耐的是醉鬼胡二,他就坐在柳梦龙的上首,他却跟柳梦龙像是没见过面似的,扭着脖子,表现出他的骄傲。他跟那几个人划拳欢乐,大谈特谈,谈什么刀法镖术、江湖门路、好汉的行径,仿佛是专为显耀给柳梦龙听,专为吓吓柳梦龙。柳梦龙却只是持杯自饮。

此时,厅堂之内,灯光更明,丰盛的酒筵摆了十多桌。鸾大姐她今天也算是"老寿星",她一张桌一张桌的,沿着次序敬酒。敬到这桌旁,胡二早就端着空杯赶过去了,跟要饭似的,但鸾大姐却持着壶给柳梦龙斟了满满的一杯,并且斜着眼瞧着柳梦龙,做出一副娇媚的样子,笑着说:"刚才二员外跟我说了,柳兄弟你是我们这儿新来的贵客,得啦!无论如何你得给个面子,喝我给你斟的这杯酒。"斟完了,她就又往别的席上去了。柳梦龙的酒却仍在眼前搁着,众人都把眼睛来看看他,胡二越发的嫉妒,摔筷子,摔杯,自己拿着酒壶咕嘟咕嘟地直往嘴里灌,柳梦龙也不睬他。

未等到大家吃喝完毕,柳梦龙就离开了席。欧阳锦已经回来了,点手儿叫他,一同出了客厅,往里院去走,带着他到了一个院内。这里有两间小屋,请他进去,屋内的灯已点上,陈设、布置得更为清雅、整洁。他的那些东西,连他的金银包儿,已都由那钱庄搬到这儿来了。欧阳锦就说："你就在这儿住着吧！那边太乱，大概你也有点头痛了。我可还得上那边应酬应酬去，真没法子，待会儿，我就派个人来专伺候你。"说毕，欧阳锦就出了屋。

柳梦龙在屋里待了一会儿，也觉得发闷，便走出屋来，站于阶下。忽然听得风吹树枝，一阵萧萧的声音，这时他才看清，原来这院中有一棵巨大的槐树，他蓦然想起，醉鬼胡二所说的那丫鬟顺梅惨受镖伤身死的事情。

前边那院里还正在猜拳行令，畅饮高谈，那"杂耍"又演起来了，丝竹之声，都传到这里；这里却是阴阴惨惨，古槐树下，直似有个婢女的冤魂呜咽地哭泣。

柳梦龙咬牙愤愤地说："这是个什么所在！我眼前所做事情也不对，我打上霸天，伤中霸天，斗下霸天，其实那倒不过是些鸡鸣狗盗，没有什么太大的恶处，值不得一打，真正的恶霸是在这里，我却不能够手刃凶徒，剪除强霸，今天还给他的小老婆拜寿，我真是个懦夫了！"愤愤了一会儿，又回到屋里，怀里还有一支镖，然而无用，在这里正不必使这个，钥匙还在身边，金银的包儿却已取来了，只是自己原来带着的那把刀，是随着马被欧阳锦拿去了，至今也不送回，以致自己现有手中没有一口刀剑，这也许是他们放心我在这里住着的原因吧。

他正在这里想着，愤愤握着拳头，就有一个人开门进来了。柳梦龙一看，是个老仆人，腰都弯了，至少也有七十岁了，进屋来白发飘飘，带笑地说："您就是柳大爷吧？欧阳三爷叫我来这儿伺候您。"

柳梦龙倒不由得笑了，问说："怎么叫你来？你这么大年纪了，恐怕我还得伺候你吧！"

老仆人却说："我还硬朗呀！干事还行，耳朵也不聋，因为我要是不来，这宅里五六十号用人，就谁也不敢到这院里来，因为这院子里闹鬼！"

柳梦龙笑着说："哪儿的事？"

老仆人说："是啊！我也是不信。我今年六十八了，什么事都见过，可就是没见过鬼，本来，人要是死了，就气化清风肉化泥，哪儿来的鬼呀？那都是瞎说。不过这个院子去年死过一个人，可真死得冤屈……昨天夜里听说这宅里又出了事。"

柳梦龙半躺半坐在一张木床上，由此，他就向老仆人询问这院里曾冤死过什么人。老仆人很爱说话，于是他就唏嘘感慨地说出。说去年丫鬟顺梅在这院里是怎样被二员外用镖打死的，与醉鬼胡二所说的倒还大同小异。只是他说顺梅死得冤，可是那孩子也太不懂事，她本来是随身服侍二员外的人，可是她把二员外屋里的钥匙偷出来，交给了人，因此拿去了二员外的不少财宝和要紧的东西……

柳梦龙就赶紧问说："拿东西的那人是谁？是这里的什么人？为什么这样的大胆？"问了一回，这老仆人却不回答。他又问，老仆人却只是摇着头说："那些事我可不敢随便说，您要是想知道，除非你去问莺姑娘；这宅里只有她还敢提那件事，别人谁也不敢提，我更不敢了！"柳梦龙微微的冷笑说："我看这耿二员外的家，真是古怪！"

由是，柳梦龙越发知道了那莺大姐在这宅里的重要，心里就想：我倒得想法子去跟她谈一谈。"遂即起身又走出了屋，只见天空阴暗，星也没有几颗；一轮新月，也昏昏无光。

他正要往前院去，忽见由那前院跑来了好几个人。这几个人一边跑着，一边喳啦喳啦地说着话，带笑，原来就是耿二员外的那几个姬妾，由莺大姐带领着，都跑到这院里来找柳梦龙。其中，多一半是已经带有醉意，那莺大姐刚才喝的酒大概更不少，因为她们的说话和行动都疯疯癫癫的，仿佛连廉耻都不顾了。内中有几个人一齐说："我们得看看二员外由河南请来的这位英雄，听说会镖法，武艺高，还年纪又轻！"

此时柳梦龙是站在石阶上，屋门开着，屋里的灯光射出来，他把这几个女人看得清楚，看见其中只有两个带着镖囊，其余不是提着刀，就是拿着剑，只有莺大姐手里倒还没拿家伙，由她领头笑着，指着柳梦龙说："就是他！就是他！他就是欧阳三儿由河南请来的，咱们二员外说他的本领大极了，并且二员外明白他的意思，是专来找咱们比武比镖的……"

那两个带着镖的侍妾说："我们二员外现在精神不好,再说他也没那工夫,你要是看不起我们襄阳耿家,想要比镖比武,就跟我们来吧……来!"说时,一镖就打来了。柳梦龙赶紧躲闪,这支镖就从他的肩膀上飞到屋里去了。同时又来了一镖,却从他的胯间打在门槛上,第三镖被柳梦龙用手接住,拿着镖向她们冷笑了一声。她们都不由得发了怔,认为柳梦龙既能够躲镖,他本人的镖法一定更得惊人了。

柳梦龙此时是专心一意地提防着她们的镖,刀跟剑他倒是一点也没放在眼里。可是这几个女人见她们的"镖法"失了功效,就一齐抢刀舞剑,向柳梦龙扑来。柳梦龙也毫不客气,跳到院中,拳击脚起,前拦后护,一霎时就夺过来一口刀,施展起来他的刀法,当时有的被他一刀击在头上,有的被他一刀砍在背上。他所用的可都是刀背,不愿使这几个女人负伤。有的被他一脚踹得家伙也飞了,在地下直滚;有的却被他用手一推,直给推到给推到那树根下,哎哟哎哟地直叫。当时是"群莺乱飞",又像是群鸟乱叫。一个个姬妾,长得未必全好,打扮得可都鲜艳得跟花儿一般;柳梦龙就像是花丛间飞来了一只老鹰,膀子乱翻,爪子乱挠,把这些"花"击得纷落,揉得粉碎。这小院里当时就乱了一阵,古树下演了这么一场"武戏",可是也滑稽。这些个女人刚才是被莺大姐给带来的,现在全都被柳梦龙打败了,有的连腰也直不起,有的头发散乱,有的都哭了。

莺大姐这时又说:"咱们走吧!人家的本事大,咱们走吧!明天再说!"她的意思是要带着她们还回那客厅。可是有两个女人就气哼哼地说:"这个样儿,回那儿去干吗?还怕人不笑话吗?"当时就呼隆呼隆地都走出了这小院,往后院去了。临走时,这些女人都特别的气大,都跺着脚,还有嘟囔着、嘴里胡骂的。这令柳梦龙不但觉着毫无意思,心里也生了不少的气,暗想:这成了个什么地方?耿秉荣他何必要弄这么些个无耻而又泼悍的女人?

他想刚才,只是没看见那瘦小的常带着镖囊的女人,莺大姐也没有亲自跟他动手,其余别的女人,本领全都这样的稀松,镖也打得不准,比陶凤儿差得太远了!由此愈觉得陶凤儿可爱。

现在,除了他手中得到的一刀一剑之外,老树下还堆着不少家伙,他也懒得去拾,就带着一肚子气,又回到屋内。

屋里的那个老仆人刚才躲在桌底下,蹲了多半天,现在又慢慢地爬了出来。难为这个老头子,他还能够爬得出来,同时,他倒没有什么害怕的样子。柳梦龙很觉诧异,就问说:"你不害怕吗?"

老仆人却摇摇头说:"我倒不害怕,我在这儿多年啦,大员外在家时是什么事也没有,大员外在外做官,多年不回来,家就由着二员外胡闹,像刚才那事儿常有,每年总有几个是被二员外请到家里的朋友,住不了两天,就被他们给打出去。现在还算好呢!因为二员外不常往家里请人了,又因为早先在这儿的那陶姑娘,我们都叫她凤姑娘,她不在这儿了!"

柳梦龙听了这话,不由得又一阵惊异,便瞪起眼睛来问说:"那凤姑娘在这儿的时候,比这些个人还凶吗?"

老仆人说:"凶倒不是凶,可是更厉害!"

柳梦龙又低声一点问:"你跟我说实话!那个凤姑娘跟这一些人,她们到底是耿二员外的什么人?是丫鬟还是妾?"

老仆人说:"这……这我哪儿知道呢?"柳梦龙冷笑着说:"大概你就是知道,你也不敢说!"此时他恨不得用刀威吓着这老仆人,叫他实说出,但又想着:何必?而且对于一个老仆人,他也有些不忍。

这个老仆人倒实在胆大极了,他不独不怕那些女人再来抢刀打镖,也不怕什么闹鬼的传说,更是连只灯笼也不点,就慢慢地走了,说:"我给你沏一壶茶去,刚喝完酒的人,嘴一定是苦的,你又跟她们惹了半天的气。"

现在只剩下柳梦龙一个人在屋里,窗外树声萧萧,床上放着光芒的一刀一剑,门也没闭严,灯光暗暗。他独坐凝思,心里如一团乱麻,信手就又掏出那块紫手帕来反复地看。陶凤儿真是个谜,是个令人又恨又爱的谜,也是个鬼,是个小妖精。

那客厅的宾客大概还没有散,因为那唱"杂耍"的弦声歌声还隐隐约约地随着风儿一阵阵传到这里来。现在他倒是不发愁没有兵刃了,但这时只将耿二员外的性命结果了，也不能便算是好汉，今为陶凤儿来到此处，我还是先将陶凤儿来历判明，清清楚楚详详细细地弄明白了，那才是第一着。

待了会儿，老仆人给他沏来了茶，倒了一碗给送过来。他先叫老仆人去睡，自己却连门也不闭，他希望着最好是耿二员外再来找自己，较量三合。但是等待了半天，又瞎想了一阵，竟一点事儿也没有，天过了三更，他这才关上门，熄灯就寝。

次日，早晨起来，在院中的古槐下徘徊了半天，记得昨晚地下还堆着刀剑跟镖，现在都没有了，可见刚才已经有人到这里来过。许多的麻雀忽而由树上飞到地下，忽而又由地下飞上了屋顶，啾啾地叫，显得这宅院里也是很安静的，天气也好像是更暖了。

午饭时，忽然欧阳锦亲身来请，把柳梦龙请到了那客厅的院内。就见当中摆设着兵器架子，架上陈列着刀枪剑戟、斧钺钩叉、鞭铜锤抓，各项兵器，无不齐全，柳梦龙就觉得诧异。

客厅的门也全都敞开，迎着门摆了一排椅凳，与昨天的情形完全不同了。在这里的是那小猕猴唐崇彪、神剑赵奉、花毛虎龚芳、绿眼狮子徐鹏、小秦琼韩越、铁尾天狼袁大琦，还有不少的镖头和昨天曾见过面的人。更有那醉鬼胡二早就来了，今天他全身上下扎束得还格外的利落。柳梦龙一看，心里就明白了，今天一定是耿二员外要叫大家在他的眼前比一比武。

这些准备着要比武的人，各位全都精神兴奋，你打量着我，我观看着你，仿佛立时彼此之间就没有一点客气了。柳梦龙一来到，他们大家的眼光自然就都集在柳梦龙的身上，可是又都露出一种看不起的样子，这是因为：你既是被二员外让到宅里住，并且还单住一个院子，可见是特别敬重你了，可是你毕竟有什么本领？江湖上谁听说过有柳梦龙这个人？穿得又这样阔，来头一定不正，长得可是个小白脸，无怪昨晚鸾姑娘特别给你斟酒，大概你就是个凭脸子不凭本事的吧？……一些人对他心里怀着这样的妒意、轻视，倒还都没说出来。

柳梦龙也不大理他们，走进客厅，被欧阳锦引着，又进了昨天与耿二员外相见的那个单间。就见耿二员外和鸾大姐,还有那个瘦小的女人,全都在这里了。想起了昨晚的事,柳梦龙倒觉着有点不好意思似的,可是耿二员外竟一句也没有提,只是让他坐;鸾大姐也没说什么,态度是矜持的,只不住地把眼向着他来瞪。那瘦小的女人,昨天柳梦龙与那群妾交手的时候,倒没看见她,她是永远短衣利落,挂着镖囊,带着匕首,仿佛是给耿二员外随身保镖的,寸步不离,她当然也没跟柳梦龙说话。

柳梦龙倒先带笑问说:"怎么?今天来了那些个人,是有谁要跟谁比武吗?"

耿二员外笑一笑,说:"也不能说是比武,只是那些人都是前后投奔我来的。有的在我这里已来了一两年,有的才不过来了几天,都是各处的英雄豪侠,都是看得起我耿某的。一向我因为身体多病,精神不好,难免疏于接待,昨天借着小妾的生日,不成敬意,跟诸位欢聚了一场,今天我又有点高兴,想要看诸位各自施展施展武艺,柳兄的本领想必高出他们,到时还要先请教。"

柳梦龙说:"我既是来到这里,今天自然要献一献丑,至少我也得走两趟刀;可是我不愿开场就练,我得先看别人。"

耿二员外说:"好戏自然排在后头,待一会儿,我也得卖弄几手,叫你们笑话呢!"

柳梦龙一听这话,就不由得一怔,听出耿二员外的话味儿来了:待一会儿,他一定是要打镖,但不知他的镖是要向谁打?这倒得防备着一点。

又见耿二员外耿秉荣今天的精神很兴奋,手脚也利落,他那肥大的身躯不再用人搀扶,就让众人跟着他出了这个小间,向那些个人笑着说:"今天也可以说是群英大会,只不知鹿死谁手?"先请这些人落座吃茶,可是这些人现在连坐也坐不住,个个精神兴奋,恨不得当时就比武。

只有那小猕猴唐崇彪一个人坐下了,自己倒茶在喝,他懒懒的,仿佛一点也不起劲。并且他见耿二员外的态度豪爽,用话直恭维众人,并含有激励之意,他就知道,待一会儿,无论是谁,要想不练几手儿,恐怕是不行,愁得他皱起眉来了,他是实在的发怯。

最奋勇的是醉鬼胡二,今天他一点酒也没敢喝,手脚都仿佛有些发胀,不但坐不住,站着也是不安。现在他就将两掌磨一磨,说:"我先练一趟八仙拳吧!"说时,他就往阶下跳去。刚打了两下,耿二员外却在大厅门里斥他说:"不要急,回来!"他急忙止住了,翻眼瞧耿二员外跟鸾大姐,鸾大姐却瞪着眼睛说:"你忙什么?你抢什么先?难道是你的本事高吗?"醉鬼胡二只好就走回来。

耿二员外又对众人说:"我的话还没说完呢!"遂就向旁边的鸾大姐使了个眼色,说:"叫他们把那东西摆出来吧!"鸾大姐答应了一声,当时转身走了。

待了不大的工夫,她带领着四个丫鬟,在屋中摆设了一张桌子,上面还铺着红毯,毯上先放上四只大元宝,这足有二百两,银光灿烂,惹得很多人的眼睛都有点发直;然后又抱来了锦缎二匹。第三样是一口宝剑,虽不是耿二员外新得的那口宝剑,这可也是新打的,鲨鱼皮的鞘和上面嵌着的铜扣,全都很新。最末一件是银盘银壶银酒杯。一共是四样,好像是礼物似的。

耿二员外说:"今天我们要比试谁的武艺最高,身手最好。大家虽都是好朋友,今天可是应当各不客气,受伤也不要埋怨。那武艺最好的人……"他指着那桌上的东西说:"我预备下四样礼物:四只元宝、两匹锦缎、一口青锋,我全都奉送,我并与小妾每人敬他三杯酒!"

这些话一经说出,把那小猕猴唐崇彪的脸全吓白了,神剑赵奉却笑着说:"二员外,你今天是要叫我们打擂台呀?"

耿二员外没说什么,个个人的精神都更见紧张。那醉鬼胡二又跳在院中,拍着胸说:"我可也不客气啦!今天那些东西我都得要,我先叫姓柳的,来!咱们较量较量吧!"鸾大姐却不禁撇嘴,更用眼瞪他。

柳梦龙这时反倒到座位上喝茶去了,态度如常,不笑也不动声色;胡二的话,他就如同没有听见。旁边的人都用眼望着他,有的就笑他胆怯,欧阳锦却说:"叫柳兄先歇一会儿,徐鹏,你去陪着他走两趟拳。"

看欧阳锦的意思是因为绿眼狮子徐鹏在这里护院,跟胡二一样是这里雇用的人。他们俩平日又有交情,本事差不多,走两趟拳,譬仿譬仿,不用分胜负,就算了;别叫他们某一个人太显出无能,因为那于这宅里的面子太不好看,显见是这儿连个能人也没有,他并且向那两人使个眼色。不料,银子跟缎子把这两人的眼睛都弄花了,都不听他这一套,当时,徐鹏过去就跟胡二相打起来,两三合,二人就揪扯到了一块,互相谁也不让着谁,咕咚啪嚓,两人全都躺下了,躺在地下还不住地乱滚乱揪。

耿二员外见两个人这样的胡打,觉得真给他泄气,便喝一声:"回来吧!你们这也能算是比武吗?"

那两个人多半是没有听见,还在乱揪着,徐鹏把胡二的脸都打紫了,倒好像他又喝醉了酒。他可又把徐鹏的衣裳扯碎了,这家伙的本事原来真稀松,他还不及徐鹏呢,结果是被徐鹏踹得半天也没有起来,嘴里当着耿二员外的姬妾,他把什么难听的话都骂出来了。

耿二员外大怒,便令龚芳、韩越二人把他又出去!

当下胡二就被这两个人拖着扯着往外去走。他老羞成怒,也不骂徐鹏了,却大骂柳梦龙,说:"姓柳的!你这小子是什么东西?你有什么本事,来到这儿竟他妈的自觉着不错啦!别看我叫徐鹏打啦,我们都是自己人,我是故意让他,这没什么的。你小子敢跟我来吗?你别觉着昨儿鸾姑娘给你斟了杯酒,就是……就是他妈的抬举你啦,你还是不能迈得过我去……"一通胡说八道,直被那两个人叉了出去,他仿佛还在喊着骂。这虽使柳梦龙怒形于色,倒还没有说什么。耿二员外的面上却实在难堪,他就申斥着欧阳锦,说是不该叫胡二来,欧阳锦只是听着,连一句话也不敢辩白。

徐鹏这时可真得了意,站在院中,摆出了架势,威风凛凛,真像一头小狮子似的,睁大了两只发绿的眼睛,说:"哪一位还来?我再请教请教!"

耿二员外明知他的本事也不大高,不愿意叫自己的人败在别人的手里,那太难看了,遂就说声:"你回来!现在用不着你了!"

徐鹏本来还惦记着要得到那几个元宝绸缎等等，他不愿意回来，可是耿二员外把眼一瞪，他就不敢不听话，晃动着膀子，就回来了。

铁尾天狼袁大琦也要出个风头，袖子挽起，小辫向顶上一盘，耿二员外却向他摆手。耿二员外此时很费考虑，虽然这里的外人只是柳梦龙跟唐崇彪、赵奉，但这三个人的本事到底如何，他实在摸不透。向鸾大姐看看，他虽相信鸾大姐的武艺不错，可是万一要是被人打了呢？她是我的"如夫人"，于我的脸上更无光；又看看那瘦小的，这就是永远挂着镖囊带着匕首保护他的，她的名字叫"雉儿"，本是个贱人的女儿，她的父亲正了法，她被官府所卖，卖到耿家，半婢半妾，名分很低，而武艺比那"鸾儿"鸾大姐还好，不过究竟能否抵得住柳梦龙，也不敢肯定。

耿二员外心里仍在考虑着，这时他不禁又想起他身边的另一个人了，那个人此时若是在这儿，管保来了"金刚""太岁"也不足虑，可是那人已离开他了，当时他心中突起了一阵烦恼，一阵急躁，一种忧伤，呆呆地发怔了好大半天，结果还是吩咐着说："雉儿！"

柳梦龙在旁一听，就觉这名字有点特别，可又不知是哪一个"雉"字。

当时雉儿答应了一声，耿二员外指着唐崇彪说："你跟这位唐君，比一比刀法吧！"

雉儿立时就跳跃到院中，从武器架上摘了一口单刀，唰地一抡，然后用臂一抱，说声："请来吧！"小猕猴唐崇彪着急得不住地口眼乱动。

小猕猴颇有自知之明，他本来因为武艺不高，在江湖上混不住，这才投到耿家来找饭吃，想要混下去，口里尽管乱吹，可不表现武艺，也就不至于叫耿二员外看出他的底细。耿二员外也太不"马虎"了，今天就要考究"来吃他"的这几个人的武艺。

小猕猴真恨不得临阵脱逃，他连刚才那个饭桶醉鬼胡二的那种胡闹的劲儿瞧着都有点害怕，何况如今二员外派给他的对手；虽然是个娘儿们，并且也像猴子一般的瘦小，但是有镖有匕首，现在又拿上了单刀，至少也还会三样儿武器呀？三样之中碰到我的身上一样，那可当时就要了我的猴儿命！

他还在拿着茶碗，做出笑来，又装出拘谨的样子说："我哪敢呀？……我怎敢跟一位堂客，又是二员外贵府上的堂客动刀动枪的呢？这我不但是没有仁义礼智那个礼，也没有人情道理的那个理呢？您，另叫别人吧！"

不料耿二员外瞪眼说："来到我这里的朋友，都是江湖豪杰，都得爽直痛快，不要这么文绉绉的！我说怎么样，你便得怎么样，伤了我家的女人，我也绝不怪你。"

小猕猴吓得两条腿直发抖，他见耿二员外简直是跟他翻了脸，这个武，恐怕不比是不行。"真糟糕！"转又一想，"虽听说耿家的娘儿们全是好身手，可究竟是个娘儿们，比男的差得远，何况这个瘦得跟个病猫儿似的娘儿们，她，我还能够怕她？我也太懦怯了！不如趁着派了这么一个容易对付的跟我比武，我就赶快把她打败，或是打个平手儿，我就说我是让着她。反正今天想不比武也不行，除非不想在这儿吃饭了；倘若这时候不比，待会儿要换了那个柳什么龙，我可就更得抓瞎！"他的脑子这样一转，立时就勇气百倍，起座向耿二员外抱拳说："既是这样，我可就要无礼了！"

他趁着这股子勇气儿，跑到了院中就抽了一杆花枪，抖起来向着那雉儿就刺。他还有两下子，枪花儿抖得还不外行。雉儿以单刀相迎，唰唰，那刀光就如闪电似的。

柳梦龙这边看得清楚，见这个女人的刀法灵活而毒辣，身手利落且稳健，很可以比得上陶凤儿；单刀对长枪，一步逼紧一步，只见她在院中身随刀进，腾越如飞。那小猕猴前三四下还能够招架，后来索性拖枪而逃。小猕猴原来有这种本事，他跑得快；雉儿究竟是小脚，虽也追得急，可是刚到东边追上他了，忽然他一抹头又跑到西边去了，满院子乱转，追来追去，倒好像走马灯。

小猕猴虽是逃，可是架势还有，就仿佛他没败，在准备着使什么回马枪，或是用计似的；他越跑，雉儿越追不着，他就越高兴。但这时，雉儿已掏出了镖，一镖飞去，小猕猴怪叫了一声，立刻跌倒。这一镖打得十分的准确，正中小猕猴的后脑壳，一会儿，就趴在地下死了。

此时连柳梦龙全都惊骇得变了色,因为这是人命呀! 襄阳城也有府台衙门,有王法,岂能随便的杀人? 可是这时耿二员外的脸上一点表情也没有,叫丫鬟由外院叫来了几个男仆,就把小猕猴的死尸抬出去了,扫了扫院子,他又吩咐那神剑赵奉,再与那"雉儿"去"比武"。

　　赵奉这时都要哭了,说:"我来是为卖给你宝剑的,并不是为来比武。二员外你要想要那口宝剑,你就快给我钱,我就走了,我也不想让你当朋友一样的款待我,该怎样怎样;不想要宝剑,就把货给我退回。咱们无冤无仇的,你何必叫我也去送命呢? "

　　他因为太着急了,而且小猕猴是他的朋友,死得这样惨,太令他伤心,不免就把话说得急躁了一点,却因此就冲撞了耿二员外。只见耿二员外把脸一沉,手向怀里一摸,立时赵奉也咕咚一声跌倒,痛得直乱叫。

　　柳梦龙更是惊讶,因为简直就没看见耿二员外的臂动,可是他的镖就打出去了,这足见他的手快镖准。

　　但耿二员外这时仿佛还不满意,镖虽也打中,却不是致命之伤,仿佛他自愧没有他的侍妾打得那样准确,他觉着不太惬意,便又自怀中掏出了一支镖。

　　此时,柳梦龙疾忙也将自己的那支镖掏了出来,眼盯着耿二员外,耿二员外同时也盯着他。他是神态从容,好像是极有把握:"你用镖来,我也就以镖奉还。"这样一来,倒使耿二员外拿不定主意了,面带出一种顾虑的样子,而微微一笑。

　　旁边欧阳锦等人也都可恨,只是看着,不多嘴也不劝阻。那雉儿这时凶悍依然,走上阶来,怒冲冲地向柳梦龙说:"你来吧! 姓柳的,我看你到底有多大的本事? "

　　柳梦龙气急,跳了出去,蓦地一脚,便将那雉儿踢得由阶上又滚到院中,囊里的镖撒了一地,刀也扔了。但她同时翻身而起,刀也重拾在手,如一只牝狼似的向柳梦龙扑来。柳梦龙待她扑来,便巧妙地扣住了她的腕子,抢过来她的刀,又一脚把她踢倒。雉儿一滚再疾快地爬起,同时掏出她囊中的余镖向柳梦龙连打了二只,柳梦龙早有防备,就全都躲开了。

雉儿就再跑往兵器架旁抄了一支"方天画戟"，赶来向柳梦龙就刺。柳梦龙用刀相迎，刀翻身转，同时觉出雉儿这娘儿们的戟还使得不错，她一定是学过的。但究竟敌不过柳梦龙的刀法高超，所以她虽然探着她瘦小而精悍的身躯，瞪着两只圆眼，拧着戟，一步紧一步，且刺且钩，但不是被柳梦龙躲开了，就是用刀给拨开了，她更是生气，干着急。

柳梦龙与这雉儿交手才不过四五回合，他本来能够再把这个娘儿们打躺下，他却正在心里算计着，依着他的意思是："这样狠毒的女人和那杀人不眨眼的耿二员外全都是死有余辜，为了剪恶除暴，义侠本分，此番既来襄阳，就得把耿二员外置于死地，而目前就应当把这雉儿结果了才对。可又想：那样一来，可就不能在这儿住了，陶凤儿到底是耿二员外的什么人，是不是也跟这雉儿一样，平日给那耿二员外穿鞋进履，铺床叠被，而对于别个人却恣意凶杀？即使她后来改悔了，但她早先是不是也这样？这些事若不弄清楚了，自己绝不甘心。所以一面巧妙地对付着这雉儿的方天画戟，一面在心里来回不断地斟酌着，结果还是拿定了主意，暂时得留着这两个人的性命，还得忍耐着，等待着，以看最后的那个水落石出。

客厅里的耿二员外，一看他的雉儿还是不行，赶紧就叫铁尾天狼袁大琦、花毛虎龚芳、小秦琼韩越，一使刀，一抡棍，另一个是使双锏，一齐去帮助她。

但此时柳梦龙已经挥刀砍在雉儿的手上了，方天画戟扔在地下了；又一刀，全用的是刀背，正击在雉儿的脊梁上。雉儿就惨叫，弯腰，柳梦龙用脚一踢，同时又用刀背砍第三下，雉儿就趴在地下起不来了。

龚芳才一上前，就被斩断了棍，踢得趴在一边。铁尾天狼使的还是大砍刀，但只三合，就被柳梦龙短短的单刀砍倒，背上涌出了血。韩越力大，双锏齐上，柳梦龙转身闪避，舞刀反逼，韩越此时危极。耿二员外急得亲身走出了客厅，赶紧吩咐欧阳锦去帮助。

欧阳锦向来自命不凡，武艺不轻施展，耿二员外也永远留着他作为看家的宝贝，现在不用他恐怕不行了。但欧阳锦还是没有勇气立即就去厮杀，不愿脱他的长褂，先拿出镖，看准了柳梦龙，突然打去。

不料，柳梦龙这半天跟别人动着手，心里还想着事，同时也正在随时提防着这边的镖呢。他早就想到耿二员外有趁空用镖打他的可能，却不料先是欧阳锦翻了脸，忘了朋友。欧阳锦的镖法本不平常，可是这一镖飞来，立被柳梦龙躲过了。

柳梦龙这时才觉得以镖打人不易准确，但若是身手好的人，再先存下心，谨慎地提防着，要想躲镖避镖却并不难。

所以欧阳锦紧接着就打来第二镖，又被他躲开了。第三镖打到，柳梦龙是用刀一遮，镖便落地。

小秦琼趁势抢双铜自旁来击，柳梦龙的刀法又一变换，使的是"蜻蜓点水""燕子钻云"，一刀先向小秦琼的下腿削去。小秦琼疾忙闪跳，双铜还想再抢，却不料一阵刀风，蓦地脑袋顶儿觉着一阵发凉，赶紧缩脖，但耳朵又觉得一阵麻木，原来他已被柳梦龙把一个耳朵削下去了。

这时欧阳锦已脱去了长衣，舞剑而来，柳梦龙迎上去，一句话也不说，抢刀就砍。那鸾大姐舞着双刀也来了，柳梦龙不独不惧，反而高兴，心说：也许我这才算逢着对手吧？

欧阳锦使的就是桌上摆着的那口簇新的宝剑，快虽未必快，可是非常光芒，舞起来白光闪闪，逼人的眼睛，剑法又纯熟老练，真够敌的。但柳梦龙与他交手三五合之后，便看出来这个欧阳锦的武艺，原来也不过如此，往日，把他还估计得太高了。

柳梦龙原可以不太费事，就将这位"老朋友"欧阳锦打输，然而鸾大姐的双刀在旁边直胡抢乱搅。她的刀法也不错，可是比陶凤儿仍然是差得太多，就是欧阳锦也比不上那盈盈的紫衣少女，风尘一凤。柳梦龙跟这两个人真不乐意费工夫胡打，恨不得两三下就将他们全都砍伤。

他的刀法固然施展开了，可是那两人也都不肯放松，因此又交战了几合。柳梦龙是以三分的力量抵欧阳锦，二分的力量抵鸾大姐，其余的五分精神与力量，全都在防御着那边高站在石阶上的耿二员外。果未出他所料，就见耿二员外忽然又掏出镖来了，并先高喝了一声："你们都暂闪开！"

欧阳锦与鸾大姐听了此话,齐都疾忙闪在一旁。这时柳梦龙知道耿二员外的镖快要打来了,他立时不由得面目改色,依然还只有用他那老法子,把自己手中的那支镖,向着耿二员外一比,做出也要打的样子;不想把耿二员外的脸当时也吓成了苍白,赶忙往旁去躲,手里的镖倒发不出来了。

柳梦龙趁此时,便哈哈的大笑,说:"来吧！我千里迢迢到襄阳,就为的是领教耿二员外的镖法,你来吧！咱们两人的镖一齐打,倒看看谁打得准,好！打来吧！反正是一镖抵一镖！"

耿二员外此时不但把镖又收回去了,反倒勉强一笑,说:"咱们两人何必呢！我找一个不怕我的镖的人很难,我何忍将你打死？你也是,我岂看不出来？你的镖未必在我之下,你也应当留下个朋友。会镖的不可打会镖的,这就叫'鹭鸶不吃鹭鸶肉,英雄不跟好汉拼',算了！算了吧！"又向欧阳锦和他的爱妾说:"你们也回来吧！何必还再比武呢？柳梦龙的武艺也不用我夸赞,可是恐怕踏遍了江湖,再难找出第二个了！"

欧阳锦这才又向柳梦龙拱手说:"得罪得罪！我们真不该这样的胡闹！"那鸾大姐也笑着说:"我们领教这一回就行了,我们佩服了！"柳梦龙依然从从容容的,同着他们又进了客厅,手中的刀却仍不放下。

此时那些受伤的人早就叫人抬出去了,打败了的也溜走了,连那个雉儿也看不见了。只有耿二员外、欧阳锦、鸾大姐、柳梦龙四个人,其余是仆妇、丫鬟和两三个男仆。

耿二员外命人摆酒上菜,然而此时他的精神仿佛仍不开展,仍露抑郁之色。忽然,他又掏出那支镖来了,但同时就向柳梦龙摆手说:"不是我又要向你来,我知道了,咱们两人若是对起了镖,结果是两个全败、全伤、全死,那真合不着,还不如交个好朋友吧！我还有一件要紧的事要托你办呢,待会儿我再详细告诉你。现在是因为我的那支镖既已拿出,就不愿空回,这是多年来我的一个脾气。现在我要做一个玩意儿,给他们看看。"此时他的眼睛却向厅外去看。

因为现在院子里没有人打架了，客厅里的人也少了，所以那些麻雀又飞到瓦陇之间，去找食儿吃，并有那大胆的麻雀就落下了地，跳着，啾啾地叫着，两眼四下里张望，好像个小贼。耿二员外手拿着镖，悄声说："不要说话！"又摆摆手，笑着悄声说："拿镖打人容易；打鸟，尤其是打麻雀，可太难！因为这镖……"拿着给柳梦龙看了看，接着又说："这虽是我特打的，特别的尖锐，可是也很沉，打麻雀不行；即使打着，在它羽毛上一滑，它还是不能受伤，还是立刻就飞了。所以镖只能打大东西，可不能击小物。打麻雀只能用弹弓，弓弦紧，劲也足，打一下，麻雀就准死；人的手可不行，到底比不了弹弓，可是……"

说到此处，他的神态十分骄傲，又说："这就得看打镖的人腕力如何，打得准也不算能耐，真能耐真本领是应当手法巧妙，可重可轻。想打大东西，老虎豹子，一镖断命；要想打小的，哪怕是空中飞着个蜜蜂儿，也得一镖把它打下来。练成了这样的本领，才能够跟别人比镖，因为若是对头仇人，一镖就得中他的要害；若是不想结果他的命呢？或是跟个美貌的女子，你怎忍得伤了她，那么你就可以轻轻地打；也许镖飞去了，仅仅伤了她的眼毛，一点也妨碍不着她那明媚的眼珠。"

这话惹得那鸾大姐又不住撇嘴，柳梦龙也忍不住生气，但是要看一看耿二员外的镖法究竟如何。

此时，对面房上的瓦间正有一只麻雀，离得既远，而且目标太小，从这里要打，实不能令人置信。但是耿二员外连这客厅也不出，就隔着屋门将臂轻轻地一动，只见一镖飞去，立时由那瓦上掉下来了那只麻雀，死了，同时滚下来了那支镖。

欧阳锦在旁捧场说："真准！腕力运用得不轻也不重，太合适了！"

柳梦龙也点头，心中也不由得不钦佩，这实在可以说是神乎其技。照理说，自己也得把镖显一手儿，也得令耿二员外心折才行，可是，说来也惭愧，自己何尝会打镖？自己也只有这一支镖，还原本来就是他们的镖，无意之中把他给欺蒙住了。刀法拳法各般真武艺，自己是尽管施展，不会穷尽而露出了马脚！可是现在更不能服气。他便又轻蔑地一笑，仿佛认为这不过是小玩意儿，无足称道，同时他说："我可不会这个,轻的镖我不会打,重镖或可以奉陪。可是我的镖又太重了,镖一打去,总使那个人流出来脑浆!"耿二员外当时一阵骇然。柳梦龙又淡淡地说:"将来我必定献丑。"

此时,仆妇、丫鬟们在另一旁已经摆好了酒席,菜肴很多,可惜他们只是四个人入座。耿二员外令鸾大姐给柳梦龙斟酒,他自己也饮着,酒喝了两杯,他便说:"柳兄!我如今要请教你几件事,说出来,你可不要急恼!"

柳梦龙微笑说:"什么事?你自管说,我绝不急恼。"

耿二员外先慢慢地说:"柳兄自直隶过河南,可曾知道北方的江湖上,有个三霸天?"

柳梦龙说:"三霸天不是一个,上霸天是叫青毛豹段成恭,中霸天是叫镇山豹陈衮,下霸天是白眉老魔薛大朋,我全见过,怎能够不知道?"

耿二员外把眼向柳梦龙看着,又问说:"他们的武艺如何?"

柳梦龙说:"你这里的人,哪个也比不过他们。他们,其中以下霸天的双钩,欧阳兄你也不要气恼,你这样子三个,也怕不是他的对手!"

欧阳锦脸有些红,说:"可是我在卫辉府店房里已经听人说,你把他们全打了?"

柳梦龙点头,笑着说:"我自然不把他们放在眼里。"

耿二员外又问:"他们三个手下的伙计、徒弟、喽啰,约有多少?"

柳梦龙却摇头说:"说不清。"

耿二员外突又问:"听说他们家里,可不知是上霸天还是下霸天的家中有个女人,更为泼悍?"

柳梦龙只点了点头,什么话也没有说。

此时那鸾大姐突然在旁边急问说:"那个女人,是不是叫陶凤儿?她会武艺,也会镖。跟着她的还有一个老乞婆,那是她妈。陶凤儿平常有个怪脾气,最喜欢穿红紫的衣裳。她到底嫁了谁?还是三霸天她齐都嫁了?"

柳梦龙怒目说:"你不要胡说!我知道,并见过这个女子,她……她是清清白白的小姐。"

耿二员外疾忙把那鸾大姐推开,十分情急地问说:"那么她到底是嫁了谁? 她与柳兄又是怎么相识的? "

柳梦龙却饮着酒说:"萍水相逢,偶然相识,可是只见了一面,我就走了。"勉强地笑了笑,又说:"你们问我这些事,不知是什么原因? "

耿二员外怔了多半天,胖脸是一阵阵变白,两只眼睛却一阵阵变红了,好像要发疯病。末了,他指着欧阳锦说:"你问他吧! 叫他跟你说吧! 不过,我们既是这样的朋友,求你多帮忙,事如办得成,我耿秉荣终身不忘,必要重重地谢你,咳……"

他说到这"咳"字时,就一跺脚,蓦地站了起来,在这客厅里乱转,身子又要倒,丫鬟仆妇赶紧惊慌地搀住了他。这时那鸾大姐却妒愤地摔手走开了。欧阳锦倒是帮助去扶,扶着耿二员外回那小单间里去休息。

柳梦龙觉得满胸里都是疑问和愤恨,只连气地用酒去浇。

待了一会儿,欧阳锦才又回到座间。这里倒好,只剩了他们两个人了,挨近坐着,欧阳锦就悄声说:"你别怪,二员外他原是有一件伤心的事,这就是陶凤儿。我早就在卫辉店里听到人说,你仿佛是在下霸天的家里,跟她在一块儿住过似的? 这大概是那人胡说。不过,我要不是因为信了这话,也许,不能设法……"他笑了笑,又:"把您请来! "

柳梦龙点头说:"我早就明白。"

欧阳锦这时是更跟柳梦龙表示着"自己人"了,他说:"我到河南去,也就是奉二员外之命,去打听这件事。因为那个陶凤儿,原也是这里的,去年春天才逃的,二员外是一定要亲身去把她捉回来,可就是顾虑着她现在已有三霸天那些人给她保镖,再说她的刀法又高强,我是实在比不了! 二员外论起镖来自然比她高,可是武艺,因为二员外近年多病,手脚不大便利,所以也怕难以把她制伏了;思来想去,这才各处招请朋友,并于今天比试武艺。到了现在,没什么话说了,天地之间恐怕只有柳老弟你才能制得住那个女人。你虽与她相识,可是我相信你们并无深交,因为那女人自然是一个尤物,可是我见老弟你刚强、正气,眼中不大留心女色,好像是鲁男子柳下惠,哈哈!我说得不错吧!现在的事就是,二员外打算三天之内就起身,就往河南去捉陶凤儿。捉着捉不着咱们不管,咱们只管的是保护二员外,别叫陶凤儿忘恩负义,反倒伤了二员外;或是那三霸天给陶凤儿助威,使二员外吃亏。说明白了吧!就是要仰仗着你帮助,我们好能够放心去捉那陶凤儿!事情办完,你就看吧,二员外一定对得起你!"

柳梦龙听了,心里倒不禁觉着好笑,但表面上却声色不露,也不假思索就点头说:"这个忙,我一定得帮的。本来三霸天全是我手下的败将,陶凤儿我也没有把她放在眼里,可只是……"他郑重地问说:"你也得先详细说明陶凤儿的来历、她的理亏、你们的理直,我才能够管;因为我不能帮助你们去欺负一个与我无干的女子!"

欧阳锦说:"那女人极没有良心,她是耿家给养活大了的,武艺也是在这儿学的。二员外待她那样的好……"柳梦龙拦住他,说:"你就简话捷说,明明白白地说出来吧!她是这里的丫鬟呢?还是耿二员外的妾?"说到"妾"字,他咬牙忍住了气愤。意外的是,欧阳锦竟摇头说:"全都不是!"

柳梦龙不由得发急,拍着桌子说:"你们既不说明白了,糊里糊涂的一件事,我怎能帮忙?"

欧阳锦却低声说:"因为我实在也不知道,那女人虽是在这宅里生长大了的,跟着员外形影不离,可是她既不像那雄儿,是个人人都知道的'武丫鬟',又不像是鸾大姐,去年特办喜事,做了二员外的爱妾,那个凤姑娘却全都不是。只好像是这儿寄住的一家亲戚,我能够胡猜她是什么呢?"

柳梦龙听到这里,才点了点头,心里顿然觉着宽慰了一些,因为欧阳锦的话,仿佛又证明了陶凤儿的身世是相当的"清白",这就不必往下再深究了。又听欧阳锦更悄声地说:"我们只是陪着二员外去一趟就是了,其实到时一定用不着动手厮杀,因为他二人本来有情!"

柳梦龙听了这句话,却又不禁紧着眉头,愁闷了半晌。可是现在也不必再问了,反正他是说不明白,也许是故意不说。这只好跟着他们走一趟，倒要看看陶凤儿见了耿二员外是什么样子；若是太叫我不能忍耐，我就把他们全部杀死！当下他心中既决定了主意，便什么话也不问了。

少时饭毕，耿二员外和他的爱妾鸾大姐又一齐过来，亲手把那四只元宝、两匹绸缎、一口宝剑等都给了柳梦龙。柳梦龙是既不推辞，连声谢也没有道，并接受了耿二员外和鸾大姐以那银壶银杯每人敬给他的一杯酒。

他回到那小院屋内，将元宝送给那老仆人一个，其余的三个，令那老仆去找着那已死的丫鬟顺梅家里的父母，都赠给他们。绸缎是令人送给那钱庄伙计吕福元一匹、"襄水春"的堂倌一匹；宝剑扔在一旁不用。他把这些东西都分配完了，当日没有出门，到夜晚却时时怀着警戒，倒还没什么事。

次日清晨，便有两个小丫鬟给他送来了上等的细点，还有加了糖和玫瑰的莲子粥，据说都是那鸾大姐亲手熬的，请他"点心点心"。柳梦龙因为表示不能接受她这过分的优待，就都叫给照样儿端回去。他却出了耿家，自己去找饭铺，吃了一顿早饭，自己付过钱。可是在掏出钱来时，又深深的惭愧，因为这些钱都是陶凤儿给的，也许就是她由耿家偷的，我这样花着，就真算是廉洁吗？这实在是使英雄气短的一件事，但是忆起了陶凤儿，怨中带着爱，却又不禁儿女情长。

他去到了"襄水春"，那个堂倌直向他道谢，说："那匹缎子我已收到了，您这是干吗呀？我整天端菜洗家伙，还能够做一件花缎子的油裙吗？我把它卖啦，得的钱够还我这一年掏下的亏空啦！"

那掌柜的说是有河南新来的黄河鲤鱼，要给他清蒸，请他落座喝两壶"陈绍"。柳梦龙却摆着手微笑着，点了点头就走了。

他又到钱庄，吕福元也向他道谢，并请他到柜房里去坐。此时黄掌柜和胡二全都在柜房，胡二的脸青一块，紫一块，骄傲之气全无，见了柳梦龙就叫"柳大哥"，作揖打躬的，并说："你千万千万别怪我！我是不知道您有那么大的本事，以后您叫我当您的孙子都行！"

柳梦龙笑着说："这是什么话？"

胡二跟黄掌柜一齐恭谨地请他落座，柳梦龙却心中突又一动，因为听说这个黄掌柜的是耿家的"旧人"，陶凤儿的身世和来历及与耿家的关系，他当然得尽都知道，所以就想向他问一问。于是，他就故意在这里闲坐着不走，跟黄掌柜的谈起了闲话。

这个老头子不愧在耿宅里多年，他自称：在耿秉荣之父耿老员外在做着道台的时候，他是一位"师爷"，惯弄刀笔，及至耿老员外退职在家里养老，他又算是一位"清客"，琴棋书画，他都懂得不少。耿老员外临终的时候，派他来这儿，管理这个钱庄，也是为叫他"以终天年"的意思；省得在宅里，既不能把他当作主人，也不能叫他当仆人，实在不好安置。他自从当了这钱庄的掌柜，耿大员外在家里的时候，对他都很尊敬、客气。可是后来耿大员外到京里去做官，二员外就在家里胡闹，什么鸾大姐、胡二等等的人，常常在这柜上捣麻烦，对他一点也不尊重。可是他并不生气，也不灰心，胡子都白了，还喜欢跟年轻的人开开玩笑。

他对于柳梦龙现在耿家所受的待遇和耿家对他有所"借重"之处好像全都知道，所以他也就特别的向柳梦龙表示着客气、恭维，但柳梦龙问到他什么话，他是半句话也不说，不是装耳聋，就是随便打个哈哈岔过去了。

柳梦龙用尽了心机，旁敲侧击的，为陶凤儿的事向他探询了多半天，这老头子只无意之中吐露出来一句话，就是他说："那陶凤儿的事么，咳！那是件小事，不足一提。那本来是因为耿老员外在世的时候，一点……一点善心所致，就落得如今……好在她们除去拿了点钱，也没有什么事。"柳梦龙就坐了半天，坐得不耐烦，只好走了。

现在，柳梦龙也不想再打听陶凤儿的详细身世了，反正，她在耿家不会怎样的清白，在襄阳城里也始终没有人敢说。好在，眼看着就要走了，同着耿二员外去看她，到见了面的时候，还能够弄不明白他们到底是怎么回事吗？此时打听也无用，因为人言未必为凭。

三天以内就起身，柳梦龙原想绝做不到，凭耿二员外那样子，走一步都得叫两个侍妾搀着，他还能够上河南去？那恐怕至少也得带几十名侍妾,连厨子老妈子,带他那檀香床、虎皮褥子,全都得带着了。可是,也没看见他们怎样的预备行装,到了第三日的清晨,是一个阴霾欲雨的天气,欧阳锦就真来催着柳梦龙,说是:"马已经都备好了,二员外也来了,就等着你啦!"

柳梦龙倒觉着出乎意料,好在他的行李简单,稍微一收束就好了。他到前院,只见耿二员外已行色匆匆。

耿二员外今天的精神特别畅旺,身体虽是肥胖,可不再像往日那样笨重迟缓了。他的身体扎得十分的便利,佩戴着宝剑,还挂着镖囊,外面却披着一件黑缎面狐皮里子的大斗篷,头上又戴着一顶黑缎的风帽,看来真像是戏台上的《捉放曹》那个曹操。鸾大姐也披着大斗篷,像是要唱《昭君出塞》。雉儿自前几天被柳梦龙打了,也许是因为气愤,现在显得更瘦了,可是更为强悍、精神,她也有一件斗篷,但没有鸾大姐穿得那么漂亮,她依然是个随身丫鬟样子;欧阳锦也只像是个"大管家"。此外还有醉鬼胡二和一个姓陆行七的年轻人,听说这人早先是受过二员外的好处,现在枣阳县自己开着镖店,当着大镖头。这是耿二员外特把他叫来的,昨天他才赶到。

这个人一见着柳梦龙,当时就称兄唤弟,说:"柳老弟,咱们这回跟着二员外出外,可得彼此帮忙呀!二员外已跟我说了,他用咱们,就为的叫咱们挡那三霸天,别的事都用不着咱们。"

柳梦龙对他理也不理。

此时倒没有什么人来给他们送行,因为耿二员外等此次出外,并没叫外人知道。当下,只在客厅里,大家匆匆忙忙用了点早饭,就出门去了。

大门的两只石头狮子,倒好像是给他们助着威,瞪眼张牙的,也像是要跟着他们到河南去捉人,捉那么一个柔弱的女子。

现在预备的统共是六匹马,耿二员外骑的是枣色的大马,鸾大姐跟那雉儿骑的是黑马,欧阳锦和柳梦龙都各自另换了一匹,不是由河南来的时候那两匹马了,胡二也弄了一匹黄马。独有陆七骑的是一头黑驴,欧阳锦叫他换马骑,因为宅里并不缺少马。陆七却笑着摇头说:"我这个驴比马还快,一天能走五百里路,我骑它比骑马还舒服。"

鸾大姐在那边皱着眉说:"你快换了吧! 全都骑着马,独你一个人骑驴,有多么不好看?"

陆七却依然笑着,摇头说:"我真舍不得换,因为我骑惯了这驴啦,换匹马骑,我倒觉着别扭得慌!"

因为耿二员外对他这个驴并没有说什么, 所以别人的话就都不算,他照旧还把一头驴,夹在这群马的里头。

柳梦龙也明白,耿二员外叫这个人来,就是为对付自己的,叫自己跟着出力气,可还不能不听话,自己若是不听话,或到时出了别种情形,有耿二员外的剑和镖,有鸾、雉两个武艺精通的姬妾,有欧阳锦,还有这刁钻狡猾的陆七,就够对付我柳梦龙的了。至于醉鬼胡二,这一回倒是个配搭,是个苦力,因为耿二员外这次出外,所带的大包裹就有七八只,都在胡二的马上放着,他是个背包袱的。

因为耿二员外这次外出,不愿叫很多人知道,所以不但他家里的人全没送出门口,而且他吩咐走小胡同,迤逦地走着,到了东门,也没遇见什么熟人。出了城,到了河岸,这儿倒有他们的不少船。用最新最大的船,不载别的客,少时间就平平稳稳地把他们连人带马全都渡过去了;本来是应当穿过樊城,可是他们也绕城而过,就踏上了康庄大道。

六匹马,以雉儿的马在最前,陆七的小黑驴在最后。耿二员外心里倒还像并不太急,一路上观看着大地上的阳春烟景,跟他的爱妾鸾大姐并着马也并着肩,且谈且走。依着鸾大姐是先要上信阳州,说是:"说不定她跟她妈都在她的舅舅家里了, 她的那个舅舅本来就是来路不明,不定是她妈的什么人啦,前年不是到咱们襄阳来过一趟吗? 看那样子简直是个小偷。他要是不来,不跟她们娘儿俩偷偷地捏合好了,去年她们还许不敢就偷了东西跑。我看她那个舅舅就是坏蛋,说不定她就许在她那舅舅家里了。"

耿二员外却说:"连柳梦龙都说在下霸天的家里见过她,咱们还是去找三霸天,找她那个舅舅干吗? 那只是个开石头铺子的石匠。"

欧阳锦催马赶过来说:"其实, 咱们也可以由信阳州经过, 不算远。”

耿二员外却摇头说：“去找那么个人干吗？岂不丢失了咱们的身份？”

鸾大姐却说：“不是去找他，找的是陶凤儿，说不定她就在她舅舅那儿啦，您现在不是恨不得当时就要见着她的面吗？”这时的鸾大姐，仿佛一离开襄阳，就敢跟她的“二员外”使脾气了，瞪着两只眼睛，“醋劲”实在不小。

胡二也骑着马过来，说：“我也愿意先到信阳州，要是在那儿能够遇见凤姑娘……”鸾大姐听他现在对陶凤儿还是这样的称呼，就更生气了，恶狠狠地瞪着他，恨不得要抢鞭子抽他。胡二却一点也不觉着，还说：“我就愿意快点把那位凤姑娘找着，我也好回去，好轻快点。我倒不怕走路，是我这马上带着的东西太多啦！简直够我受的了！”鸾大姐当时就要拿鞭子打他，斥道：“到那边儿去！你快滚回去吧！现在有你说话的份儿吗？”醉鬼胡二吓得直缩头，幸亏欧阳锦把鸾大姐拦住，把他拉开了。

耿二员外却渐渐怒色浮在面上，陆七也过来劝，笑着说：“走吧！走吧！刚出了门，别就捣麻烦呀？”于是又往前走，决定是路过信阳州了。

柳梦龙也听说过，陶凤儿在那里有一个舅父，他也是盼望着，早一些见着他，好早一些把事情弄清楚，不过他知道陶凤儿绝不会离开下霸天的家的，她一定是在那儿，朝朝暮暮地盼着我把镖技学成，回去了，就跟她成亲。她的出身虽不好，自从见过我之后的一片痴情，却是真的。因为这才使我更作了难，而更觉痛苦。

他在路上不大说话，可是那鸾大姐却时常想跟他闲谈。一路上要没有鸾大姐，也可以说就没有什么，这真是一个讨厌的女人，吃醋，撒娇，发凶，样样儿俱全，一天至少要搬演上七八回；干脆说，她是把那陶凤儿恨极了。虽然耿二员外说是见着陶凤儿，就挥剑斩下她的头来，鸾大姐可是一点也不相信，所以她非得跟着看个究竟。她还——走吧，歇着吧，都得由着她。她因为跟柳梦龙说话，柳梦龙向来是不理她，她就推说是头疼，才下午三点多钟，就找店住下了。

醉鬼胡二也是愿意多歇着而少走路,并且当着耿二员外,他也敢跟鸾大姐开玩笑,其实他并没有醉。鸾大姐就用马鞭子抽他,抽得真狠,一点也不留情,把他的脸抽得青一道紫一道的,耳朵都要抽下来了;他可还用手摸着,嘻嘻的,流着涎水,像傻子似的笑着。

柳梦龙觉着太不成事体了,尤其不成事体的是,这一晚,柳梦龙因为跟欧阳锦和陆七同在一间屋内睡觉,他觉着非常的闷,就出屋来,看看天星。不料鸾大姐正在院中,一把就将他揪住,悄悄地对他说:"梦龙! 你有那么好的武艺,会那么好的镖法,你的心眼儿可是一点也不聪明,跟着他们去,能有什么好处? 你替人家去捉小老婆,真合不着,绝没你的便宜。因为耿秉荣、欧阳锦他们并没把你当作真朋友,还时时地想要暗算你呢! 我也是真伤了心,他把凤儿那狐狸精找回去,一定得把我打入冷宫,还许拿镖要我的命,所以我想,我跟着你走……"柳梦龙却一手就将她推开,冷冷地一笑,什么话也没说,就回屋里去了。

这种种的情形,连醉鬼胡二都有点看出来了,眼睛都红了;若不是知道柳梦龙的本领特别的大,他非拼命不可。柳梦龙对这些事是处之泰然,他不急也不恼,只是凛凛然的,威严可畏,仿佛什么事他都不管,可是也休想触犯着他一点。

耿二员外虽屡次邀他在一间屋内去饮酒吃饭,对他竭力地笼络,他却是没有一点感谢的意思。他同时观察着耿二员外,觉着耿二员外有几点特别的地方令人可疑:一是他对鸾大姐什么的并不关心,在店房里吃完了饭,就叫给他铺好了带来的锦缎被褥,把玩一会儿他的那口宝剑,就睡了;二是此人好像并不太恶,而且还有点感伤的性情,虽是别人提到了陶凤儿,他胖脸上立时就浮现出一阵忧愁而唏嘘感叹不已;三是他自从出了门,就永远佩带着镖囊,虽睡眠时也不解下,这自然是防备着别人暗算他。他因为有这种种的特别之处,所以柳梦龙的心里更狐疑了,更弄不清他跟陶凤儿是怎么回事了,更得看到底了;说不定这个胖员外见了陶凤儿,还许要抱头痛哭呢!

柳梦龙心中时时忍耐着这种妒愤,而却声色不动地跟着他们去走。走了五天,才来到信阳州。进了城就要去找陶凤儿的舅舅。胡二知道得最为详细，因为前年，她那舅舅到襄阳去的时候，曾住了两个多月，几乎天天跟胡二在一块儿喝酒，因为那个人也是很好喝的。但是现在，胡二只指出了那地点和姓名，说："他告诉过我，他是住在城里什么耳朵街，他的家就是石匠铺子，他名字叫什么张大糖？"叫他带着去，他可是摇头，他连带着去也不敢。陆七向他追问："是为什么？"他却又不住地摇头，吐吐舌头，悄声地说："我才不那么傻呢！现在我去跟陶凤儿的舅舅打架倒不要紧，万一将来她又跟二员外好了呢？张石匠还照旧是张舅爷，跟我记上了仇儿，我可吃不消！"

耿二员外是有身份的，他不能亲自去找那"张舅爷"，所以他就找了店房，先歇下，只叫欧阳锦、陆七二人去打听，柳梦龙却自愿跟着去。原来倒很容易打听的，这城里的石匠铺子只有两家，"张大糖"，原来名字叫"张达堂"，这人是很有名的，据说这几年很发财，他的石匠铺原来是在二道街，这里并没有什么"耳朵街"。

柳梦龙跟着欧阳锦找到那里，只见这石匠铺子很不小，院中堆积着许多或长或方的大石头，有的已经做成了石碑、石臼、石锁、磨盘等等石器。三四个石匠还正在做工，一问到张达堂，就说那是他们的掌柜的，于是有个石匠就高声地叫道："掌柜的！来了生意啦！"

两三间门户很整齐的小瓦房，由那边就走出了一个年有六十多岁的老头儿，须发斑白，身体还很瘦弱，不像是石匠出身。柳梦龙还以为这是另一个人呢，不料他就是陶凤儿的舅父。他认识欧阳锦，立时就现出一种惊慌恐惧的样子，说："哦！欧阳……三爷！您是从哪儿来？请屋里去坐吧！"

欧阳锦扳着严肃的面孔，摇摇头说："我们不进去了，我就跟你在院里说几句话吧！"他往前走了几步，那张达堂却向后退了几步，欧阳锦说："我们是从襄阳来的，你大概也知道是怎么回事，你的外甥女，一定是在你这儿了。"

张达堂虽然发慌，可是立即向天起誓，说："当着老天爷，我不说瞎话，她们实在没有来，我倒还很不放心她们呢！"欧阳锦又问："那么她们现在哪儿住？你快实说！"张达堂说："她们……我真不知道……"

此时那陆七忽然一个箭步蹿过去，就一手扭住了他的脖领，说："你不肯实说！大概你是觉着我们太好说话儿了？好吧，你的外甥女拐了我们二员外家那些个金银财宝，多半是都在你这儿窝着啦，今天你不把人交出，也得把东西交出来，绝不能够就便宜了你！"说时，抢掌向他脸上就打。但是，手掌还没触到人家的脸上，就被柳梦龙推开了，用的力还很大，几乎把陆七推了个屁股蹲儿。旁边的欧阳锦赶紧向陆七使眼色，陆七虽然脸都已气白了，可是经这么一个眼色，他也不知是怎么回事，不禁吓得毛发悚然，连一句话也不敢说了。

此时柳梦龙和婉地把张连堂劝进了屋，随后就回身向欧阳锦说："他既是不知道他的外甥女现在哪儿，想必是实情，何必打他？打他也是无用，徒然显着咱们欺负他。"欧阳锦点头说："也有道理。"当下三个人就出了石匠铺，回到了耿二员外住的那店房。欧阳锦还跟陆七嘀咕嘀咕的，也不知是在谈论些什么，柳梦龙也不理他们，然而暗中却时时对他们注意。

待了一会儿，忽见那鸾大姐自个儿急匆匆地出去了，不大的工夫却又急匆匆地回来，很生气地来找欧阳锦，说："刚才你们是把事情怎么办的？既是见着了陶凤儿的舅舅，为什么还不把他抓住揪来？我刚才也去了，听他的伙计说，他也不知从哪儿借了一匹马，早就走啦，早就跑出城去，都走出了三四十里地了！他家里除了老就是小，真正是连一句话也问不明白，咱们也不能把他们怎么样！你们三个人怎么办的？真全都是饭桶！"

柳梦龙这时就忿然站起，好像是要打她，她却又声音缓和了一些，笑着说："至少你们三人里有两个是废物！"拍拍她的磕膝盖，做出着急的样子，说："放走了他，他一定是给陶凤儿送信儿去了！陶凤儿得了信儿还不藏起来？咱们就去找吧，让咱们二员外去找吧，找到天边儿，也准保找不着她啦！"

这几句话，却把柳梦龙提醒了，柳梦龙现在盼的倒是叫陶凤儿跟耿二员外见面，以便看看那时的情景，而试一试陶凤儿的心。如今，她的舅舅去给她送了信，她就真有逃走藏躲的可能，那时不是连我也找不着她了吗？事情更得糊涂不清，而难办了。我是还要她呢？是舍了她呢？更不知何年何月才能把这事弄明白，所以现在才糟……

柳梦龙很着急，那鸾大姐把欧阳锦、陆七两人又着着实实地埋怨了一顿。那两人都不说话，只用眼瞧着柳梦龙，仿佛是说："这件事情，得问他！"好在鸾大姐这时嘴里虽是不住地抱怨，样子虽是十分着急，其实心里是乐意："让咱们的二员外去找她吧！找到天边儿去……"她又说了几句话，就回她的屋里去了。这里胡二可发愁了，自言自语地说："找到天边儿去？哎呀，我的妈！我可受不了！"

柳梦龙为这事，半天在寻思着，他觉着不能再跟着耿二员外这些人一同走了，必须赶忙北去，越过了那张达堂，而先去见她陶凤儿；不然陶凤儿一定得去躲避着，若是知道我跟耿二员外在一块了，她必定更得远远地走去，并且还得把我恨入骨髓，什么婚嫁的事，当然就算"吹了"。所以此时柳梦龙一刻也待不住，他就自己出去备马。备好了马，刚要出店门，不想欧阳锦就知道了，赶紧出来问他："柳兄弟上哪儿去？"

柳梦龙却等到将马牵出店门之后，这才跟他说话，抱了抱拳说："我先走了！咱们在陶凤儿那里再见吧！请你替我向耿二员外说声再会吧！"

欧阳锦着急地说："兄弟你这是干吗？为什么不一块走呢？"

柳梦龙却并不答话，就上了马。欧阳锦跑过去伸手一掀，已经揪住马上的那只包袱了，但是柳梦龙忽然把脸一变，瞪起眼来。欧阳锦赶紧就撒了手，于是柳梦龙就吧地将鞭子一抽，马就飞似的往北驰去，不多时就出了信阳州，而顺着大道，一直往北。

这时已到了吃午饭的时候了，他也无暇去打尖吃饭，就紧紧地走，原想还可以追上那张达堂，由那人的口中可以问出陶凤儿过去的种种事，可是路上的人虽也往来甚多，却是没有再看见那瘦弱、年老的石匠铺的掌柜。

天的确已晚了，路旁的柳树已发出了绿芽，远望着如同浮着一片绿烟，这景色越发惹人的相思，使他的心急。他就急急地走，至深更半夜才投店,次日清晨便又匆匆起身,连饮食都不暇选择,只是走;所怕的就是丢失了那块紫手绢,所以他常常拿出来看。他的眼前又很清楚地幻出来那渺渺的紫凤和亭亭的美人,但他心头带着苦的滋味,心想:是有缘呢? 还是无缘呢? 这就看将来她见着耿秉荣之后是怎样了。反正,我是绝不要一个不清白女子,更不许她跟耿秉荣旧情不断,可是我又舍不得她……

第六回　洞房沉沉鸳衾乖好梦
中庭扰扰虎爪碎娇花

　　马走得很快,漫长的路都被他的马蹄掠过。他这马在路上换了好几次蹄铁,都磨尽了,要是再这样赶路,马就要累坏了。可是这天便走到了,已远远地望见了下霸天的庄院。

　　时已将近黄昏,夕阳下坠,满天都铺着发暗的紫色云霞。四顾无人,春风吹着柔柳,暮鸦飞过,发出了哀鸣,叫得柳梦龙心中也不禁有些难过。他来到了下霸天的门外,反倒有些趑趄不前。第一,陶凤儿母女也许走了,我来到这儿,就许扑个空;其次,假定她们没离开这儿吧,可是见了面又说什么? 镖根本没学,南方倒偏去了。不错,我已大概知道她的出身了,可是忍得不说别的,就先问她吗? 因此心中徘徊不决。

　　下霸天的这两扇铁叶子大门依然紧闭着,与那天风雪岁暮的情景没什么两样,难道他们忘记了现在已是春天了? 柳梦龙下了马,敲了半天门,里边不但没有人给开,寂静得连一点声音也没有。他不禁起了疑心,暗想:莫非是这里出了什么变故吗? 他越发地心急,就又用力紧敲了几下,拿拳头捶了半天,可是里面依然没有人答应。

　　他就只好还跟上次来的时候一样,飞身上了墙头。向下面一看,各院里仍然是没有人,连狗也没有了。他就想:难道是又都藏起来了? 这一定得有点缘故。

　　他跳到院里,开了门将马放进来,随后又把大门关上。他什么也不顾得,只由马身上取下了包袱,夹在胳膊下,往里院就走。不防才进到里院,就看见了下霸天,穿着短小的裤褂,手里提着一把铁做的大开水壶,好像是茶房似的。

他见了柳梦龙,不由得就一怔,问说:"怎么着? 柳兄弟! 这么快你就回来啦?"

柳梦龙说:"怎么我叫了半天门,都没有人去开?"

下霸天说:"谁开去呀?除非是我开去,可是我在里院又听不见。你大概不知道,自你走后,陶姑娘就劝我以后得学好,她先把我手底下那跟着我多年的大伙计们全都给打发走啦,还给了他们银子,叫他们以后安分守己,各谋生路,别再干那些绿林江湖的买卖了! 现在我家里只留下一个厨子、两个老妈儿。"

柳梦龙问说:"她们! 老太太跟姑娘,现在哪儿啦?"

下霸天向窗户努努嘴,说:"都在屋里了,你自己进去吧! 我还得提着开水回我那院里去,因为你的嫂子要洗脚。"

柳梦龙自己便拉开了门,一看,原来陶凤儿已经由那里间走出来了,正要往外来,可是还矜持着,仿佛有点害羞。现在又看见了这系在心头、脑而而常常飘在梦里的美人。她! 陶凤儿现在穿的不是紫衣裳,也不是红的,只是一件半长不短可是很可身的青缎的短袖夹袄,胳膊上也没戴镯子,只是手指上还戴有镶嵌的戒指,倒好像"蓬门不识绮罗香"的小家碧玉。说实话,她连胭脂也没怎么涂,不过一见了柳梦龙,不由得脸就红了。

她看见了她的未婚夫柳梦龙,先就递过来惊讶欣喜的眼波;她有万种柔情、热情,但仿佛都被拘束着,什么也不能够表示。她笑一笑,这笑里含蓄着她心里无限的话,赶快就先由柳梦龙的手中接过那只包袱,低声地问说:"你还进里屋来吗? 妈可是睡啦,她老人家这几天的身体又不好!"

柳梦龙摇摇头,不笑,全没有一点热情,说:"我还到那里间去吧!"陶凤儿当时就提着包袱,先去打那屋的帘子。

这时,柳梦龙清楚地看见了凤儿的背影,她不梳辫子了,改的是一个现在大城市里官宦之家的年轻女眷才梳的很时兴的头髻,这就表明她是已经有了"妇人"的身份,她正在待嫁、适人。

进了屋,这就是柳梦龙养镖伤住过的那个里间,可是已经修饰得簌新了,四白落地,裱糊的都是那最考究的,上面印有"富贵吉祥"字样的银花纸,木器也都是新的,甚至连梳头匣上的粉缸儿、油罐儿,也全都是没用过的。床也崭新,发光的铜床钩撩起来红绸的帐幔。床上铺的更漂亮,两床大红被褥,大概是刚缝好,高高地叠着,还没有展开;枕头更不用说了,绣的是"龙凤吉祥"。此外,床上还放着两只包袱,里面都是做成的和尚未做成的新衣,剪子、针线筐笸还在乱放着。床前一个小凳上有个小烛台,那蜡烛烧得只剩了寸许,蜡泪堆积着,可见昨儿凤儿必是睡得很晚;她这些日没有干别的,大概只是日夜地赶做着这些婚嫁的衣物。

她把包袱放在床上,就拉住了柳梦龙的手,轻声地说:"你歇一歇吧! 你今天一定走了不少的路。你先躺着歇歇,等一会儿,我再给你拿洗脸水来。"又关切地问说:"你那……腿上的伤,这些日子没有疼吗?是全都好了吗?"问这话时,她仍然带着一种自怨自艾的样子。

柳梦龙却说:"那伤,我早就忘了,可是我这次出去,只瞎游了几个地方。把我保的那镖算是送到了,我却没上终南山,也没有学会打镖,压根儿我就没去学。"

陶凤儿点点头说:"好! 不用学了,你走后我就很后悔,我觉着我不该任着性儿,还是早先我那坏性情。我也不知道为什么,就逼着你去学镖。你走后我一细想,我真不对!"

柳梦龙说:"我也还是那个脾气,我认为镖那种东西,值不得叫我去学。"

陶凤儿连连地摆手说:"得啦! 你千万别再说了,再要说,我可就要哭了……"说这话的时候,她当时就在眼泡里涌出了点泪水,但接着就扑哧一笑,说:"我逼着你走了一趟也倒好,现在你回来了,叫你看看,什么什么的东西,我都给咱们预备好了!"

她笑着,欣喜地等待着柳梦龙高兴,至少也应当表示点满意,可是柳梦龙却依然是那么呆板板地坐着,眼睛只不住地看着她。看得她脸更红了,更温柔地笑了。她又说:"自从你走后,我心里真不知是什么味儿,向来我也没有这样过!你也觉得吗?"

柳梦龙摇摇头,没答话。站起身来走了几步,忽问道:"没人来吗?这两天没有人来?"问得凤儿倒十分的惊异,摇头说:"没有人来呀!你走后,我就叫薛大朋把这儿的好些人全都打发走了,我还叫他们去告诉中霸天、上霸天,也叫他们打发了那些不做好事的闲人,并劝他们以后都要改过自新……"

柳梦龙笑一笑,说:"你这么办,可是万一有冤家来了,可叫谁去抵挡?"

陶凤儿听了这话,当时她的小脸儿上就变了颜色,但她以为柳梦龙是无意中说出来的,不是有什么所指。因此她又微微一笑,摇头说:"我们可没有冤家,为人没有亏心事,半夜里不怕鬼叫门。真的,我跟我妈,我们谁也没得罪过,除非只得罪过一个人……"

柳梦龙赶紧问说:"是哪一个?"

凤儿用纤纤的手指指着他,赧然地笑着,说:"就得罪过你一个,可是我们立时就给你赔不是了!"

柳梦龙不由得也笑了笑,心里却说:哼!好狡猾的女人,你到现在还想瞒我吗?便又说:"这一次我到了外面,可真遇见了不少的人,听来不少的事;有些事叫我想也想不到,叫我发恨,又叫我痛心!"

陶凤儿说:"本来,外边净是不平的事,难怪你看不上眼,就要生闷气;可是咱们管吧,也管不来,不如索性不闻不问。我妈的意思是等你回来,咱们俩就……拜天地,以后,我妈原想是叫咱们上信阳州,因为我有个亲娘舅在那儿开石头铺。"

柳梦龙说:"你不用去找,他也快来了。"

凤儿点头说:"是,本来我们就时常不断地有音信,他也是老说要来看我们,可是他年纪太老了,怕是来不了。"

柳梦龙摇头说:"不见得!"

凤儿却执意地说:"是真的!你没见过你哪儿知道?因此我们这才

想还回北京。那儿虽没什么亲戚,可是住家儿真舒服,那儿买卖旺盛,镖店也多极了……"

柳梦龙却问说:"南方好不好?像湖北,像……"他本打算说出了襄阳,一句话就把事情完全点破,但又觉着那太令她伤心了,显得自己太无情而且残忍;并且事情一经说穿,她还不是矢口否认,落一个彼此没趣,心里反生了隔阂。就是她承认了,那时我可怎么办?除非打她一顿,骂她几句,愤愤地一走,永不见面。可是,那有什么用呢?那——舍得吗?应当吗?他因为心里着急、犹疑,想不出来准办法,就不禁唉的一声长叹。

陶凤儿这时也有点犯了脾气,把小眼睛一瞪,问说:"你是怎么啦?回来就是这样子!本来,这不过是说说闲话儿,其实咱们就是在这儿住一辈子,下霸天他也不能撵咱们,因为……我告诉你吧,这所庄院是我们拿钱买过来修盖的,近处还有二十亩地,也是我们的,这个家干脆就是咱们的家。不过是因为你的前程,才想着还是换一个大地方去住好些;可是南方我们绝不去,因为什么,你就别细打听啦。现在你既回来了,就先歇着,待会儿过那屋去见见妈,她老人家还跟你有话要说呢。以后的事儿,现在还都用不着提。"说到这儿,她又倩然一笑,说:"其实,以后也真没什么事儿,不该人家又不欠人家的,可有什么事呀?"

柳梦龙倒连一句话也不能说了,恐怕说出来,凤儿要恼的。但是凤儿她为什么对那耿家毫不惧怕,一点也不心虚?这可又奇怪了!

当下,陶凤儿就出去叫人来沏茶,她殷勤,而且十分的高兴,好像是柳梦龙如今一回来,她就什么心事也没有了,就等着办她的喜事了。柳梦龙看着她,自己倒替她提着心,觉着耿二员外那些个人若是来了,可怎么办呀?话还是不能告诉她,由我的嘴里,我实在不忍得告诉她。好在这事倒别忙,她的舅舅大概快来了;只要那位石匠铺的掌柜的一来到,就把事情都弄明白了了,我也不能不承认我是跟耿二员外在过一起。

柳梦龙倒有点神不守舍。陶凤儿出屋去了好大半天,待了些时,才又进屋,原来她是梳洗打扮去了,现在又搽上了胭脂,换上了紫色的新衣,钗环首饰也全都戴上了。下霸天家里的一个仆妇提着开水壶进来,把茶沏上,陶凤儿就叫她出去了,然后向柳梦龙又倩然一笑,说:"刚才妈可是有点醒,我就说你回来了,她老人家似乎是听明白了,可又像是没听明白。用不用你跟我过去,先见一见她老人家?"

柳梦龙却摇头说:"不用,等她醒了再说吧!"

陶凤儿听了这话,倒是没有怪他的态度冷淡,依然是高高兴兴,倒了一杯热茶,给柳梦龙送过来。二人默默地相对着。此时屋子里已经渐渐黑了,凤儿可也不张罗着点灯,也不问他是否吃过了饭,就含情脉脉地对着柳梦龙,倍觉依恋。这真使得柳梦龙的心里更乱,更觉着凤儿的美,实在是什么鸾大姐等等一万个一千个女人也比不了的。可因为她这样的美丽,就更觉痛心。过去,难道就是那胖子的爱妾或侍女?妒意焚烧在脑中,可惜就是不能够向她直接去问,又没法子把那些忘去。他觉着真是苦恼,倒愿意凤儿问一问:"你这些日到底是上哪儿去啦?净跟什么人在一块儿了?"那么也可以借这话头,把那些事说一说,可是,谁想到细心而聪明的陶凤儿对这些话就不问不闻。她也许是太痴情了,也太天真了,听说柳梦龙是把镖送到了,就以为他只办了这一件事就回来了,并未疑及其他。再说,她这时就已经像是个新娘,心里的热情多于口头温语,眼波的传送比话语多得多,她简直是不说什么了。

柳梦龙也没法子办,待了半天才说:"你把灯点上吧!"陶凤儿笑了笑,身子这才移动,她却好像连这么片刻也不舍得跟柳梦龙离开似的。

待了一会儿,她由那个里间托着一盏灯过来,说:"妈醒来了,叫你过去见一见呢!"

柳梦龙只好下床来了,心里又想着见了陶老太太要说什么话,难道就无条件的承认她是我的丈母娘?

当下他随着凤儿到了那边的里间,就见这屋中的一切情景还跟昔时是一样,还升着火炉,可是药味扑鼻。陶老太太盖着棉被躺在炕上,病得大概很厉害,见了柳梦龙,就亲切地叫着:"姑爷!"

柳梦龙对于陶老太太原也怀着一腔愤恨,当她在订婚之前,为什么也不说实话?但是现在见陶老太太病中这种痛苦的样子,又不禁心软了。陶老太太问他说："姑爷，没在路上累着吗？"柳梦龙摇头说："没有！"陶老太太又问："学好了吧？"柳梦龙对这强他学镖的事，更觉着是一种侮辱，然而现在跟这个病老太太还争辩什么？他遂就也漫然地点头答应。

陶老太太听了就似乎是很喜欢，连忙叫人快去找下霸天。这屋里也没个仆妇，只有陶凤儿，她又向柳梦龙看了一眼，就自己出屋去找去了。

这里，陶老太太点手叫柳梦龙到她的炕前，就说："我这病儿不要紧！还是我那肝气痛的老病儿，犯上几天，也就能够好。你走之后，我天天心神不安，我那女儿是个苦命的孩子，好容易遇见了你，订下了亲事，万一你要是在外边有个好好歹歹，我那孩子可怎么办？现在你回来了，我的这心才算是一块石头落到地下，好了！等着老薛来，咱们再商量吧！"

柳梦龙倒很疑惑，不知道有什么事情要跟他商量。等了一会儿、凤儿就把她妈所说的那个"老薛"——下霸天白眉老魔薛大朋给叫来了。陶老太太就说："我得跟你商量啦，因为你是媒人呀！"

白眉老魔点着头，说："好！我是媒人，有什么话只要您说出来，我就办得到。"

陶老太太指了指柳梦龙，说："梦龙现在也回来啦！他把镖也学好啦！现在就是，他们已经定了亲，可还没有拜天地，在一个屋里住着也不大合适。我本来想着等我的病好了，能够起来的时候，也得请一请亲友，才能叫他俩成亲。现在我看是不能等了，小两口儿，索性叫他们在一块儿去吧。"

白眉老魔回头向柳梦龙笑笑，又向陶凤儿笑笑，此时凤儿已经羞得低下了脸去。白眉老魔就说："他们成亲还费事吗？床帐被褥，屋子顶棚，全都预备好啦，干脆今儿晚上，就叫他们成亲吧！"

陶醉老太太说："咳！也别这么急呀！也得挑个好日子呀！"

白眉老魔说："真的，我还忘了这件事，这倒是要紧的！别像我，当初没挑个好日子就成家，落得一辈子别扭。好啦，等一等，我这就拿黄历去。"他向柳梦龙两人笑笑,就走了。

这里陶醉凤儿忽然掠起眼波向柳梦龙看看,脸儿红红的,又偷偷地笑笑。柳梦龙自然也不禁有一些销魂,可是心里又有老大的不痛快。

少时,白眉老魔拿着一本皇历就又来了,就着灯,翻了半天,才算找着今天的日子,他说:"哎呀!今天可不行,今天是诸事不宜!"又说:"明天怎样?嘿!明天这下边的字可有两大行,梦龙你来看看,我的眼睛马虎。"

柳梦龙却没有走过去,倒是陶醉凤儿走过去细细地看了看,她说:"明天也没有,后天倒是有'宜嫁娶'。"

白眉老魔说:"哎呀!还得一天半?我可都觉着着急,干脆马马虎虎的,就是今儿晚上得啦!"

陶老太太躺在那里摇头说:"不行!这事情可马虎不得的,那么现在就定了吧,就是后天吧!梦龙刚回来,也得叫他歇歇,你可赶快点给他们预备着!"

白眉老魔说:"还有什么可预备的呀,我的老太太!"

陶老太太却说:"你还得给我打扫出一间房子来。这房子是一明两暗,其实跟一间屋一样,别看梦龙在这儿养伤的时候,可以这么混着住着;他们俩要是拜了天地,这三间房子就都得让给他们。我当娘的,可不能够跟他们住一间屋。"

白魔老眉说:"老太太真有点瞎讲究!好啦,现在我的人也都打发走啦,明天我自己动手,把西屋给您打扫出来。"

陶老太太却摇头说:"这个院的西屋我也不乐意住,因为在一个院子里,离着太近了,难道把轿子就由那个屋门口,抬到这个屋门口?"

白眉老魔一听,原来陶老太太还得叫她的女儿坐轿子,这么一来可真不能够"马虎"了,遂说:"要离这屋子远一点也行,您就住在里院,在那儿仆妇们伺候您也方便;可就是我的家里,她整天头不梳,脸不洗,嘴里老是吃,您看见了可别生气。还有,是预备一顶轿子,一份儿吹鼓手,神主、香烛、供天地桌和子孙饽饽长寿面……别的……"

陶老太太说:"那倒都免了吧!越省事越好,也没有什么人来,给谁看呀？这不是我养女一场……"说到这里，老太太的声音悲泣。

白眉老魔连点头，说："好啦！好啦！这都交给我办，到时如缺少了一样，您就朝着我说。"转头向柳梦龙努努嘴，说："老柳！你先回那屋里歇着去吧！"

柳梦龙回到屋里，心里不能说没有一点欣喜，可也实在的抑郁，总是想，没把陶凤儿的来历弄明白，难道就娶她？自己很盼着明天那耿二员外等人就来闹一场，结果是证明了陶凤儿清清白白的，与耿二员外毫无暧昧，并将那耿二员外一镖打走——也不必打死，然后自己必能高高兴兴地跟陶凤儿成亲。

当晚，陶凤儿在那屋里服侍她母亲的病，也许因为婚期已近，女孩儿们总是有些腼腆，所以再不来见柳梦龙。这屋子的新床新被，处处生辉，刺激得柳梦龙倒觉着心神不安，他真恨不得捶床长叹。

一夜过去了，次日，柳梦龙在屋中待着实在闷，并且时时心惊肉跳，觉得不是耿二员外那些人来了，就仿佛是张辽堂来了，这事情反正在三五天内就得闹穿的。他出了大门向远处去望，望了几次，望了半天，也没见一匹马。他又回到院里，看见了陶凤儿，但陶凤儿就像个怕被人扑着的蝴蝶似的，一溜就进屋去了。他深深地觉着陶凤儿可怜，自己应当把一切的事预先告诉她们，可是不能断定她们听了之后做什么表示。也许悍然不顾，也许恼羞成怒，更许翻脸成仇。只好到时再说吧！反正，我宁可叫耿二员外用镖将我打死，也不能任他伤她分毫，并不得向她侮辱。我一定要保护她的，可是得叫我把事情弄明白了，我就——虽死无憾。

又过了一天，这天的早晨，柳梦龙更没看见陶凤儿，因为她跟她妈都搬到里院去了。这屋里贴上了鲜红的双喜字，连窗帘都换成红的了。白眉老魔催促着柳梦龙换了新夹袍、新马褂，一切都是新的，因为今天他要做新郎了。柳梦龙对这些事并不拒绝，可也不怎么表露喜欢。

过了晌午，喜轿就抬进来了，这就是由那大镇上雇来的，虽是下霸天这儿有人办喜事，不敢拿出太破烂的东西，但是这顶轿子可也不大新，几个吹鼓手也都跟要饭花子似的。锣鼓和笙，一霎时就呜啦呜啦地吹奏起来,柳梦龙是更觉着麻烦。

这时下霸天白眉老魔就走进屋来,他也穿上了新袍和新马褂,作揖道喜,然后说道:"段成恭跟陈衮他们,原也应当来给你道喜,可是你回来得太快了,这喜事也办得太急促了,我也赶不及去通知他们。好在以后你成了姑爷,咱们更是一家人了,更不在乎这些虚礼了。"

柳梦龙突就正色问说:"现在你应当告诉我了,到底你跟陶家母女是怎么认识的?她们母女是从哪儿来的呢?"

白眉老魔发着怔说:"怎么,你还不知道?"又笑拍着柳梦龙的肩膀,说:"得啦!你就别跟我装傻啦!她还不早就都告诉你啦?"

柳梦龙说:"她实在没有告诉过我,我也真……真不忍得向她问。"

白眉老魔又笑说:"好吗,你不问她却问我,我虽是个媒人,可是媒人的舌头总得成全人,你就马马虎虎点吧,别细听了,反正不能叫你吃亏。要不,今儿晚上你就跟你的老婆细问去。我不但是不能说,还……实实在在,我一点也不知道,说假话是忘八,你爱信不信!"柳梦龙紧皱着眉头不住地发怔。

这时,白眉老魔却也正色地对他说:"老柳!你遇着这么喜欢的事儿,怎么仿佛倒不高兴起来?"

柳梦龙说:"我这个人向来就是这样子,从来没有高兴过,也不知道什么叫不高兴。"

白眉老魔摇头说:"不对!不对碴儿!你前天回来,我看你的脸色跟神情就不是那么回事儿,我想你一定是自愧没有学成镖法。其实那算什么?你娶了这么阔的一个老婆,将来还用得着去打镖吃饭吗?再说她们母女俩早先倒实在把那当作一件大事,现在你回来了,他们索性不提啦!本来那就是蒙着眼睛唱梆子腔,瞎咧咧!"

柳梦龙忽然带愤怒地问说:"我不明白,她们母女的那钱到底是从哪儿来的?"

白眉老魔说:"你何必细问呢?她们的也就是你的,你就拿着花就完了,反正你放心她们的钱,绝不是黑道儿上来的。因为我走了半辈子黑道,若不是去年遇见她们,她们盖的这房子,买的这地,我简直连吃饭都没着落。走黑想儿想赚钱，那是比登天还难，不然世上的人全不干别的啦，全都走黑道儿去了。——就我知道的，告诉你吧！陶姑娘的爸爸，你的老泰山，早先做过一品大官，金银财宝都是他留下的。"

柳梦龙却摇着头，心里是绝不信，因为陶凤儿若是小姐出身，她绝不至于在耿家去为妾婢。而且，为什么又学了武艺和打镖？金银财宝全是由耿家拐出来的，还说什么？

此时，白眉老魔看着他的神色越来越不大对了，遂就说："老柳！我可不知道你心里想着什么以后的事，可是今天，你看花轿已然抬进门来了，你听，鼓手吹得多么热闹？无论怎么着，你得冲着我的面子，把这出唱完了，行不行？"柳梦龙点头说："行！"又冷笑了笑，说："本来我也没什么不高兴的事！"白眉老魔说了声："奇怪！"望了柳梦龙一眼，他就出屋去了。

这时柳梦龙反倒把心往宽里一想，觉得已经如此了，有什么话只好等到那耿二员外来了再谈吧！

于是柳梦龙也比刚才高兴点儿了，吹鼓手们的笙虽然吹得很热闹，可是连个贺喜的客人也没有，总有点凄凄凉凉的。白眉老魔算是大媒，又算是礼宾，带柳梦龙给陶老太太叩三个头。

陶老太太倒是因为今天一喜欢，病又好了，能够下炕了。她吩咐着女儿跟柳梦龙拜天地，陶凤儿此时蒙着盖头，穿着大红的袄儿、大红缎的裙子，连绣鞋也是红的，虽然她的衣饰在平日也是非红即紫，这天却更觉着娇艳万分。

一切的俗礼，麻烦的仪式，柳梦龙全都乖乖地履行过了，然后就叫柳梦龙先回他那屋里去。这儿叫陶凤儿上了轿，放下了轿帘；倒也不必用轿竿，只由四个轿夫连托带抬，把轿子就运到了前边院里，送到那屋门口，由屋里的柳梦龙亲自把凤儿搀下轿去。鼓手在屋外又吹了大半天，然后戛然而止，这就算完事大吉了。

磨烦了这么大半天，原来时候已不早了，屋内已渐渐昏黑。柳梦龙将陶凤儿的盖头掀了去，凤儿却仍在默默地低着头。柳梦龙头这时跟她反倒觉着生疏，同时想起了襄阳城内耿家姬妾的那些污秽的情景及那耿二员外的可呕的痴态。现在娶来的这新娘竟是早先他们那群里的人，这真叫人扫兴之至。所以他又不由得心里一阵烦恼，就抛开了陶凤儿，独自走进里间去了。

户外是一点声息也没有了，待了半天，听见外屋有那裙子的窸窣之声和轻微的脚步声，大概是陶凤儿自己站起来，走动了。柳梦龙就暗暗地叹气，心说：她进屋来，我索性把事情跟她说明白了，问明白了吧！反正日内就有人来了，事情想瞒也瞒不住！于是他就等着凤儿进这里间，可是等了半天，也不见凤儿进来。他倒有些疑惑了，赶紧掀开了屋门帘往外一看，见对面那个里间的门帘里倒有艳艳的灯光，可不知凤儿在那里干什么了。他就心说：莫非她已经知道了，愧得她不敢过来了？或是她故作扭捏，非得我去央求她，请她不可？猜疑了半天，依然不知陶凤儿在那边做些什么，他索性把门帘一摔，回到那新床上去坐着。

又待了一会儿，忽见有灯光从门帘缝渐渐射到这屋里，渐渐的移动，并且轻微的脚步声也越来越近了。门帘慢慢地掀起，灯光慢慢到这屋里，陶凤儿手执着灯台，原来这半天她是在那里间卸妆更衣。现在她已换了红的长裤和红的琵琶襟的短袄——现在柳梦龙实在恨这种打扮，因为耿家的那些姬妾全都是这种打扮。

凤儿的眼角此时还挂着残泪呢，这一定是因为她虽然没有嫁出去，可是也总算离了她的娘，所以她在轿子里的时候流的泪，到现在还没有干。绝不是觉出柳梦龙对待她冷淡，她才哭的，因为她一进屋来就笑，指着桌上的一个灯台，说："怎么？你连这个灯也不点？就这么摸着黑儿，你可也真受得了！"

柳梦龙只看看她，心里又在乱七八糟地想，所以还是没有言语。新娘子陶凤儿面带羞容，扭扭捏捏地走过来，先把手里那灯台搁在桌上，随后把这桌上原有的灯燃着，并指着说："这是长命灯，不应当不点，今儿得点一夜！"

说着，她渐渐往床这边走近，带着点笑说："今儿，你别看没怎么办事，可是事情也很多的，你不觉头疼吗？"

柳梦龙微微冷笑说："我走江湖，闯南闯北，打三霸天，都没觉头疼过，今天连门都没出，何至于就头疼？"

凤儿却轻轻地跺脚，说："今儿你怎么还说这些话？我真不喜欢听！"

凤儿的这种娇憨的样子，使得柳梦龙不禁笑了，说："你虽是不喜欢听，我可不能不这么想，我半生历遍了江湖……"

凤儿笑着说："哟！你才有多么大？就说是半生，好像是胡子都快白了似的，真气人！"

柳梦龙说："就说这十年吧！我可是也经历了不少的事，我想你所遇见过的事，恐怕比我还多。"

凤儿的神色虽仿佛稍稍的一变，紧接着又摇头说："我没遇见过什么事，除非遇见了你。真的，我一个女子，永远跟着妈，能够遇得见什么事？"

柳梦龙在心里冷笑着，暗想道："好！你还狡辩，还不实招？"他本想三句两句话就把她的隐私完全揭露，看她还说什么？还拿自己当傻子？不过，却真的不忍。陶凤儿小鸟依人的，手里绞着个新的紫绢子的手帕。

这时忽然外面有人叫门，凤儿就推了柳梦龙一下，说："你出去看看是谁，今儿我可不能出屋。"

柳梦龙只好到外屋，一问，原是下霸天那院里的仆妇，现在是老太太派她给新郎新娘送菜饭来了。柳梦龙开了屋门，仆妇就提着食盒进来，外面还有个厨子，也拿着食盒在那儿等着。仆妇是先后提进来两只食盒，每只盒子上面都放着红纸剪成的双喜字。打开盒盖，里面有热气腾腾的菜饭，还都特意取着吉利，什么"四喜丸子""长寿面""富贵鲤鱼""一品汤""子孙饼""福禄糕"等等，摆满了一桌子。

这仆妇请"姑爷"和"姑奶奶"都落了座，她就先道喜，又给斟"对儿杯"的酒，说了连串的吉祥话。

柳梦龙把镜奁上放的那预备好了的装着钱的红纸封儿给了她两个，她道了谢，就暂时走出去了。

这半天，陶凤儿又是那么端端重重的，好像"一品夫人"似的。但等到仆妇出去以后,她却又瞪了柳梦龙一眼,悄声嘱咐着说:"我可不让你喝酒,今儿晌午你一定就喝多了,要不然为什么说的话那么颠三倒四的?"

柳梦龙又笑了笑,并且微微地叹息,说:"我说的话一点也没有颠三倒四,我的心里这几天有些乱七八糟。"

陶凤儿哼了一声,说:"你还作对联呢。"

柳梦龙说:"我倒不是作对联,我是恐怕对头真要来了!"他把话差不多就算说明白了。

可是不想凤儿仍是没有听懂,她只是说:"对头!对头!我看咱们两人大概就是对头!人家说:不是冤家不聚头,我真觉着说得对。咳!没听说过,早先倒还好,这次你交了镖回来,也不知怎么?看样子,老是像在发着愁,说话总是别别扭扭,难道是觉着我们预备得太草率?可是你也得看看这儿还有谁帮忙?我一个人可也够忙的啦!你要说我这两天对着你冷淡,可是能够怎么样?我当了新娘子,无论如何也得做出点样子来,不然叫底下人都得背地里笑话,并且我的心里也真慌里慌张的,跟平常不一样,你没当过,你不知道出嫁时的滋味儿……"说着说着,她的小眼圈儿就不由得红了,用手里的手帕擦着,说:"你何必逼着我,叫我在咱们的好日子,这么哭啼抹泪的!"

柳梦龙的心就好像被一个又柔又弱又快利的小剪子一下一下地给剪断了似的,真难受,可又觉着销魂。他对于凤儿实在不恨了,而且爱她,就是还有那些疑团、烦绪,可是索性不去管它吧!这样千娇百媚的年轻的妻,过去就算有点什么,可是也原谅得过,只发愁的是张达堂和耿二员外那些人,明天或后天就要来,纸里究竟包不住火!

这话哽在他的喉间,用筷子也掏不出来,以酒也压不下去。本来,这个"洞房花烛夜"兴味就够黯然的了,要是再说出明天那些人骑着马就许来到,由那又勾引起凤儿早先的隐秘的事,那——今晚就不必睡觉了,所以只好还忍抑着不说,并且笑道:"我真没有逼你呢,你千万可别难过!我不是故意的。"

这么两三句话,当时把陶凤儿就安慰得又扑哧一声,还掉着眼泪儿，拿手帕擦着，却妩媚地笑了。

柳梦龙又说："我也是因为今天晌午多喝了两杯酒。"

凤儿立刻就赶过来抢他的酒杯，说："现在我可不能让你再喝了！"

灯光艳艳，人影成双，闺房中的情趣，柳梦龙现在才算领略到了。他什么也不说了，就与凤儿一同吃过了这晚餐。少时那仆妇又进来，把杯盘撤去，柳梦龙跟着她又去紧闭了屋门。

此时外面的天色已黑，但是淡淡的有点月光。这个庄院，四面不靠邻舍，房子多人却少，未免教人有些不放心。尤其，柳梦龙深恐耿二员外那些人今晚上就能赶来，耿二员外那肥笨的身子自然不会飞檐走壁，胡二跟那鸾大姐更不算什么，可提防的是欧阳锦。尤其是那陆七和雉儿，简直是男女两个飞贼。此时，洞房之中，我既没有刀，凤儿恐怕连镖也没带在身旁。

当下柳梦龙就不由得发了征。正在寻思着，手探到怀里，却觉出在耿家拿的那支镖，还在里衣的口袋里装着呢。有这一支镖，要交给凤儿，她一定就能够应付一阵。不过耿家的镖都是特打的，样子和外边的不同，凤儿她一定能认识，她倘若问我这支镖是怎么得来的，我还能不对她说实话吗？

这时，凤儿将那屋门帘掀起，站在屋里向外看着，着急地悄声问说："黑乎乎的，你在外屋干什么啦？快进来吧！"柳梦龙说："我看看门关好了没有。"凤儿说："得啦！关好了就算了，难道还能够有贼来？那么今晚一夜，你就站在这儿看屋门吧，可别进屋！"她似是有点生气了，柳梦龙只好就进屋来。凤儿迎着灯光望着他，又嫣然的一笑。

柳梦龙觉着她倒是真喜欢，一点也不知道发愁，心想：可是恐怕你的愁事就快来了啊！明天或后天，来的那事就不小，虽然此时我不忍对她说，但是一个男子汉大丈夫，在这时候应当把主意拿定，我对凤儿自然是不能够舍了，可是万一那耿二员外一来到，像鸾大姐所猜测的那样，同时那个胖子又那样的多情，真许拉住了凤儿就央求。凤儿也许就软了心，那时，将置我于何地？我还能够看着，就忍受吗？所以，我虽已把她娶过来，但悬崖勒马，犹未为晚；若是把今天真当成了"洞房花烛夜",与陶凤儿实际成为夫妇,那可真是笑话了,我柳梦龙一生也不做这种轻佻的事。她可以负我,骗得白做了一回新郎,我却不能够负她,将来令不明白我的人,批评我对她是"始乱之,终弃之"。总之,非得耿二员外来过之后,看完了他们的情形,问清楚她的底细,那时我才能够与她做真的夫妻。

这样的一想,柳梦龙又不禁呆呆地发了半天的怔。陶凤儿真似有点发愁了,皱着眉,关心地悄声问他说:"你是怎么啦?"并摇撼着他的胳膊,倚着他的身子,又问说:"你是怎么啦?是不高兴吗?"

柳梦龙却摇头决然地说:"我也不是不高兴,晌午我喝的酒实在太多了,这时候我觉着头疼,我可要睡了!"他把凤儿轻轻地向旁边一推,却不用眼看她,就往床上一倒,仿佛是就睡了。就觉得凤儿坐在灯旁发了半天的呆,可是不知道她哭了没有,柳梦龙却在心里说:今天我对不起你,过几天,假定咱们俩还有夫妻的缘分,以后,或者一辈子,我再跟你好吧!再弥补吧!当下他就什么都不管了,不知不觉沉沉睡去。

次日一清早,因为有红窗帘,长命灯也没有灭,显得外面还很昏黑,其实鸡都叫得累了。凤儿也早已起来,正在对镜梳妆,她见柳梦龙一翻身,就赶紧过来,斜坐在床边,手还握着头发,脸红着笑问说:"你的酒还没有醒吗?"

柳梦龙见她一点也没生气,没伤心,反倒更觉着喜悦似的,温柔妩媚,心里就不禁觉着她可怜,遂也笑一笑说:"我的头现在才不痛了。辜负了一刻千金的春宵。"凤儿笑着说:"得啦,你别再酸啦!"柳梦龙发誓似的说:"以后我再也不喝酒!"

凤儿在梳头,柳梦龙开了门出屋。白眉老魔正在扫院子,见了他,就笑着说:"姑老爷,您干吗起来得这么早呀?"

柳梦龙反倒自觉有些惭愧,笑了笑,也没有说什么,他就往外院去察看。这里,各屋多半全都空着,院子倒更显宽敞,耿二员外那些人来了,打架、拼斗,倒不发愁没有地方。可是这里,究竟人太少了,耿二员外那些人,武艺都并不弱,要是打起来,取胜也并不容易,动起镖还许要吃亏。当日,柳梦龙愈觉着心神不安。

午饭的时候,依旧是由里院的厨子做好了,仆妇给送到新房里,一样儿一样儿的在桌上摆好了。陶凤儿要把她妈也请到这儿来,一同用饭,她遂就出屋往里院去了。待了一会儿可就回来了,原来陶老太太的肝气病才觉略见好一点,还是不大爱吃东西,所以不能够来跟女儿、女婿一起用饭。凤儿的脸上本就挂上了一层愁容,她才回到他们的新房里,忽见柳梦龙坐在那儿正在自斟自饮,她就赶紧过去夺那酒杯。柳梦龙一面微笑着,一面用力握住了那杯,死也不放,说:"我只喝这一杯,绝不多喝。"陶凤儿却跺着脚说:"那也不行! 连半杯、一口今儿我也不准你喝! 你忘了,昨儿晌午也不知喝了多少酒,晚上就醉成那个样子了,还不觉着羞? 还要喝? 给我,快把酒杯给我! "

他们两人为抢一只酒杯几乎打成了一团,到底陶凤儿不像别的新媳妇,她胳膊灵活,手也快,像打拳似的,时时能够捉住柳梦龙的腕子而不放松,结果还是叫她把一只酒杯抢过去了。她笑着跳着,娇憨地说:"我就是偏不准你喝! "

柳梦龙也不住地笑,心里如同浸着很多的蜜似的,闺房的乐趣,假定要是没有别的波折,这么享受着,玩味着,真是神仙一样的呀!

此时,陶凤儿把酒杯酒壶全都拿着,要往外屋去藏,但这时忽听有人在窗外高声地叫着说:"陶姑娘! 外边有人来找你们了! "

这是下霸天白眉老魔的语声,柳梦龙听了先吃了一惊。陶凤儿却还在外屋藏那酒杯酒壶,并且向里屋笑着急地说:"你可不准出来瞧我……"

白眉老魔这时已经把屋门拉开,说:"陶姑娘! 是你出去看看,还是让梦龙出去? 外边现在来了个上年纪的人,牵着马,一身的土,神色有些不对。他说他是由信阳州来的,是……老太太的什么兄弟? "

陶凤儿听了,不禁一怔,说:"是我舅舅来啦? 真怪! 他为什么偏这时候来呀? 对啦,我想起来了,上个月不是还托了镇上的一个做买卖的给捎去了一封信吗? "她又说:"去年,我们在磁州中霸天那儿住着的时候,就派人送去过两封信;要不是因为这儿的这些事,我们娘儿俩也早就上信阳州去啦! 你快给请进来吧! 先请到里院……那是我的舅舅,不是外人。"

白眉老魔说:"幸亏我没给得罪了!既是舅老爷驾到,我就赶紧去请。"他转身又跑出去了。

凤儿却笑颠颠地跑回里间,说:"我舅舅来啦!我想他一定是听说了咱们的事儿,赶来给咱们道喜,看你来了!你可……"她又悄声地嘱咐着说:"他要是问到你的来历,你可别又说什么父亲是个老学究,什么一贫如洗,幸亏认识一个和尚,写了一封信,什么荐在金刀徐老那儿当伙计……你也不妨吹着一点,就说……你中过武举……"

柳梦龙不由得心里哼了一声,但如今那耿二员外等人虽未来到,可是张达堂,她的舅舅已经来了;事情眼看就要揭露,她还这样的喜欢,虽看她长得聪明,嘴儿伶俐,人儿能干,原来是个小傻子。你还劝我把过去的来历吹一吹呢?只怕待一会儿,你自己就没法子吹了。

当下柳梦龙只是点点头,什么话也没有说,凤儿却也跑出屋迎接她的舅父去了。柳梦龙倒为她捏着一把汗,心里也忐忑不安。

凤儿跑到外院时,那白眉老魔已把张达堂请进了大门,凤儿迎上去就亲亲热热地叫着:"舅舅!"白眉老魔去给卸马上的鞍辔,凤儿拉着她的舅舅往里院来走。

此时,柳梦龙就掀起了一角红窗帘,隔着玻璃往外去瞧,瞧见凤儿真是喜欢、活泼,一面走一面还说:"舅舅你来得真巧!这儿我的妈才病好,我也有一件事……"脸儿又红了,说:"你也许知道了,可是我想你绝没有这么快的耳风……"她嘻嘻地笑着,又说:"反正待一会儿你老人家就全都知道了!"

那张达堂却满面的风尘,神情十分的呆板,面带着着急的样了。其实,凤儿现在完全是新娘子的打扮,他可一点也没觉出奇怪来,他的外甥女这一片小鸟儿鸣声似的动听的话一点也宽解不了他满面的惶恐忧急之状,他急匆匆地跟着凤儿直进了那里院,见陶老太太去了。

这里,柳梦龙放下了窗帘,一回身,就不禁叹了口气。张达堂这次赶来就为的是报告耿二员外那些人将要前来找寻,他见了陶老太太绝不能隐藏不说,我就且等着,看陶凤儿说什么吧?她如都对我说了实话，我也可以趁着那些人还没来，替她想点主意。

当下，柳梦龙坐在凳儿上，对着满桌的做得很好的菜饭，就一个人吃着，然而也吃不下，心里仿佛有事似的。待了许多的时间，也不见陶凤儿进屋，他更不放心了，真恨不得自己也进里院去看看。又待了会儿，听见脚步声，进屋来的原是白眉老魔。

白眉老魔笑嘻嘻地指着他说："刚娶了媳妇，有了丈母娘，现在又来了个舅丈人，说不定再过两天，什么七姨八姑、二大爷三叔就全都来了，那可真热闹了！"

柳梦龙忽然面现怒色，以为白眉老魔莫不是得到了什么"耳风"，故意以这话来挖苦我？可是细细地一观察，白眉老魔说的这话原来是无意，他捏点这个菜，又捏点那个菜，手总是不闲着。他又找酒壶倒酒，可也不知凤儿给藏到哪儿了。他絮絮烦烦地又说什么：他要开一个大镖店，请柳梦龙当大掌柜的，陶凤儿当大内掌柜的，他自己当二掌柜的，上霸天当三掌柜的，中霸天当四掌柜的，今儿来的这位舅爷当写账先生……

柳梦龙觉着他这些话说得真是无味，尤其因为自己心里有事，听来更觉着不耐烦，恨不得把他推出去。可是，白眉老魔忽然迎到外屋，笑着说："陶姑娘，柳大嫂子，您回来了？舅老爷远路来的，不知吃了饭了没来，您吩咐什么，我帮着厨子这就给做去吧？"

陶凤儿已经进到屋里来了，她摆了摆手儿，说："不用！他跟我妈还在那儿说话儿啦。跑了好几天的路，叫他吃什么，他当时也吃不下去，待会儿再说吧！"

白眉老魔点点头，刚要向屋外走去，凤儿却说："你先别走！我还有话。"她似是要低声向白眉老魔吩咐什么事，但是因那柳梦龙也走到外屋来了，陶凤儿索性做出从容的样子，高声地吩咐说："你快去一趟，叫镇店上去个人！或是你自己去吧，叫上霸天、中霸天他们三天之内就赶快到这儿来！"

白眉老魔听了这话，不由得吓了一大跳，神色都变了，可也不敢多问，只是连声地答应。陶凤儿沉着脸，两只小眼睛射出严厉的光芒，狠狠地盯着白眉老魔,这意思就仿佛是表示着一种切切的吩咐,是一种急不可待的命令。白眉老魔就明白了,赶紧答应着说:"好!好!我这就急忙去急忙回来!"当下他忙忙地出屋去了,并回手带上了屋门。

这里的陶凤儿却转过身来,向着柳梦龙又一笑,笑得还是那么妖媚、从容,就好像心里一点事儿没有似的。她拉着柳梦龙又进到里间,说:"不能不叫他赶快去找上霸天跟中霸天,那两个都受过我们很多的好处。这一次咱们的事,他们也没来给贺贺喜儿,难道他们还会在那边胡作非为,躲着我?我得把他们都叫来,教训教训他们!"说着就跟柳梦龙对面坐着,照旧地吃菜吃饭,并且笑语相谈。

柳梦龙觉着陶凤儿可真是够厉害的,一方面调兵遣将,把下霸天打发走了,去找那两个"霸天",一方面还跟没事人儿似的,这样的女子可也真难斗!

当下两人对面用着菜饭,默默不语了良久,柳梦龙就问说:"那位舅父是干什么来的?"

陶凤儿摇头说:"没有什么事,他只是来看看咱们,顺便接咱们到他那儿住着。"

柳梦龙又故意问:"他住哪儿?信阳州?"

陶凤儿说:"原来是住在信阳州,现在可在北京又开了个买卖,打算接咱们到他那儿住些时去。我妈打算明天就走,我也想:在这儿住着干吗呀?怪闷得慌的,不如咱们跟着他去玩玩?"

柳梦龙的心里明白,凤儿是要逃跑,这倒使人为了难,若说依着她——可恨的是她直到现在还不说实话,还在骗我,还以为我是个傻子;若是不依她,非得叫她在这儿等着耿二员外,把一切的丑事全都揭露,而令她无地容身,那又显得太残忍,太无情了!于是,柳梦龙就沉默着,犹豫不决。

陶凤儿皱着眉,急不可待地说:"你倒是快点说话呀!依着我妈可是今天就要走,她老人家走了,在路上咱们能够放心吗?再说咱们在这儿也是干闲着,没有一点儿事,为什么不跟着去玩玩呢?我还想,你现在这么无精打采的,整天坐在凳儿上发呆,除了喝闷酒,不干一点事,大概你一出去就有了精神啦！"

柳梦龙却微微笑着说："我倒是出去了那么些日子，南方也去过了，可还是这个样儿！"

凤儿忽然神色一变，把筷子一摔，说："其实你是爱去不去！不过我不能够放心我妈跟我舅舅，去走这么远的路，先论怎么着我可得跟着去！"

柳梦龙点头说："好！你走吧！你们今天就走吧！我一个人情愿留在这儿！"

忽然，陶凤儿的眼泪簌簌地落下来，她这次的哭不像是往常的哭，显出她实在是伤心得厉害，她一面抽噎着一面说："我真想不到，咱们才在一块儿，你就跟我离着心！这几天，无论商量什么，一点小事，你也总是跟我别别扭扭的。"

柳梦龙心中实在难受，却慷慨地说："并不是我别扭，是你！你想你刚叫下霸天去找那两个霸天，不等着他们，你忽又立时就走，你想一想，是你别扭呢？还是我别扭？"

陶凤儿依然痛哭着说："也不是我愿意立时就走，是我妈，是她老人家别扭；她想起要走，就谁也拦不住！"

柳梦龙说："这本来不必拦，你就同着老太太走就得啦！我在这里专等着上霸天跟中霸天。"

凤儿擦着眼泪说："其实我找他们来，也并没有什么事。"

柳梦龙冷笑着说："有事情也不要紧呀！我倒盼着有事。你就放心走吧！慢说上霸天、中霸天，就是再有别的人敢前来，我也跟他们较量较量！"

陶凤儿忽然吃惊，泪眼惊望着柳梦龙。柳梦经却依然冷笑，不说一句话，放下了筷子就走出了屋。

原来这时候下霸天白眉老魔已经走了，家里只有那厨子还是个男的，那位舅老爷张达堂便叫他赶忙到镇上去雇车，并跟着他出去关大门，一边走一边嘱咐着说："你可找那靠得住的赶车的！车得结实，骡子还得好；先到磁州，也许往北去，钱多钱少倒都不用争……"

柳梦龙也走出了屋,那张达堂一看,他当时就发了怔。那天在信阳州,若不是柳梦龙从中劝说,这个瘦老头——石匠铺子的掌柜,早就叫那陆七给打了,所以他认识柳梦龙。当天就打听出来了,欧阳锦跟这个柳梦龙——他那时还不知道柳梦龙的名姓,还有胡二和那鸾大姐等等,并听说有个胖子,阔而且会享福,一举一动都有挂着个镖囊的女人伺候着,他就断定了必是耿二员外,绝没有错。

他在信阳州居住多年,并且还认识镖行的朋友,所以他借了一匹马,赶紧前来。他虽年老,骑马的本领又不大娴熟,以至于在信阳州比柳梦龙先动的身,而结果反后到了这里,可是他也不敢延迟,尤其是陶老太太,惊慌得立刻就要带着女儿女婿一同远避,所以他才叫厨子赶快去雇车。不料,这时候就看见了柳梦龙,不由得惊讶得发怔,同时他的外甥女凤儿也从屋里出来了,说:"见一见吧!这是咱们的舅舅,这就是……"

张达堂更是诧异了,两只眼都直了,心说:怎么着?他就是我的外甥女新嫁的那位姑爷?他,难道是我眼花了?他不是眼欧阳锦、耿二员外他们一伙儿的吗?

柳梦龙微笑着说:"这位舅舅,前几天我们在信阳州已见过了!"他把话现已说明了,不独张达堂的这种惊惶的样子十分的可笑,凤儿这时也是诧异万分;她的脸上泪迹还未干,却盯着两只小眼睛,怔得简直不能够转动了。

柳梦龙倒觉着她很可怜,便想:让你们舅舅与外甥女细谈吧,我何必直说呢?那叫凤儿太难为情了。于是他又转身回到屋里去。

待了半天,陶凤儿独自进到屋里,柳梦龙就观察她的神色,见她小圆脸儿上张着两只小眼睛藏蓄着忧急和愤怒,却仍然做出没事人儿似的样子,坐下拿起筷子来还要吃饭。柳梦龙只觉着她可耻的底细已经被人揭穿,而仍不知羞愧,是真令人生气,尤其令人生疑。如此,相对着默然了半天,柳梦龙忍不住就问:"怎么样?到底是走不走呀?"

陶凤儿坚决地昂然回答说:"只叫我妈走,我是绝不走啦!"

柳梦龙不禁骇异着,又问说:"你为什么又不走了?你不是本来想走的吗？叫老太太一个人上路,如何能够放心呀？"

陶凤儿却一句话也不回答,她只是拼命地吃菜,其实她大概也吃饱了,可是她还要吃,仿佛是拿着吃菜出气。

柳梦龙也不禁拿起筷子来,随手挟了一点也不知道是什么,就往嘴里放。他专心注目地看着陶凤儿,微微地笑着,又说:"你放心吧!"陶凤儿却仍是一句话也不说,但是她的那两个可爱的眼泡里面渐渐充满了泪水,简直就要溢出来,忽然她低下头去。

柳梦龙说:"你也不要难过呀!什么事情都有我啦,只是……"

忽然陶凤儿站起了身,用手帕擦着眼睛,又向外屋走去。柳梦龙还想再说,凤儿却把他用力一推,就出来了。柳梦龙追到了外屋,急急地说:"无论什么事情都好办,只是你得把话说明!"陶凤儿哪儿理他呀,摔了门就往院里去了。

柳梦龙就不再追出去了,只在屋中嘿嘿地冷笑,说:"这就叫恼羞成怒呀!"

陶凤儿由这院中又走往后院去了,待了半天,那个厨子把骡车雇来了,再待会儿,陶凤儿就搀着她妈由里院出来。

这时,柳梦龙隔窗看见了,本想不出屋,心里却又觉着不对。陶老太太虽然跟她一同骗自己,不说真实的来历,但那也未必便是一种恶意,无论怎么样说,她已经是我的岳母了。所以,他就赶紧到院里。

陶老太太本来已经愁眉不展,病仿佛又要犯,一见了女婿,就不禁直掉眼泪,说:"柳梦龙!你在这儿可好好的待我的女儿!咱们过几天再见面吧!"仿佛有许多的话,还是说不出来。张达堂也在旁边了,他把柳梦龙往旁边一拉,这时凤儿已经搀着她妈往前院去了。

这里,张达堂就向柳梦龙说:"咱们是在信阳州见过的,你一定是由那儿赶来的。我还不知道你是姑爷,咱们是这样的至亲,也不必跟您说什么了!不过我跟她们娘儿两个的主张不一样,她们当妈妈的只是想躲事,做女儿的却是气傲,仿佛非得拼拼才行,我对这两样都不放心,净躲不是个办法,躲到哪儿耿二员也能够追到哪儿。拼吧!耿二员外的镖可打得真毒。咳!我劝你的新夫人——我虽是她的舅舅,可也拦她不住,我想你既然跟耿家那些都有交情……"

柳梦龙摇着头说:"我跟他们并无一点交情!"

张达堂着急地说:"反正你们彼此认识,你应当赶紧迎上去劝他们,别叫那些人来。耿二员外若是要早先的那些钱跟东西,咳,那也不用管它到底是谁家的了。我决定叫我的姐姐和外甥女设法给他们,就请他们千万别来闹,因为颜面太不好看!"

柳梦龙一听,这话里又有些可疑之点,怎么她们母女的这些财物,又不完全是那耿家的?并且还谈到颜面?陶凤儿若跟耿秉荣没有暧昧之情,哪能谈到这个呢?趁着有个知道以往详情的舅舅在这儿,我真不能不向他问问了,遂就将张达堂一拉,说:"咱们到西屋去细谈谈好不好?"

张达堂着急地说:"我还得走呢!"

柳梦龙说:"不用忙!只要有我在这儿,你们就都不必怕耿秉荣。"

张达堂说:"你们一定要跟他拼,我也没法子拦,可是这与陶家两代的脸面有关!"

柳梦龙一听,就更是诧异了,说:"陶家与耿家到底是怎么回事?"

张达堂也惊讶着,问说:"难道你还不知道吗?"又说:"你叫我怎么能把那些事告诉你呢?我说不出口来呀!"柳梦龙听出话中的隐情,就不由得呆然一怔。

忽然,陶凤儿由前面急急地回来,不住地催着张达堂,跺脚说:"舅舅您还不赶紧走?我妈都上了车啦!您还在这儿嘀咕什么啦?"并且瞪了柳梦龙一眼。

张达堂连连地说:"走走,好!这就走!姑爷!再见!再见!"

柳梦龙真不明白凤儿现在是做什么打算,他不由得更是发怔。凤儿跟张达堂都往门外去了,他本想也应当送一送,但又想:我送什么呀?这场亲戚,将来还不定弄成什么乱七八糟的啦!他烦恼地又回到了屋里。

待了好大半天,凤儿方才回到屋里,态度、神情依然是那个样子。柳梦龙说:"你也应当走!你在这儿干吗?"凤儿却什么话也不说,只是微微地冷笑。

他们这个洞房，不像是温暖和乐的洞房了，已充满了愁闷、猜疑的空气。燕尔新婚，也毫无乐趣可言了，二人的中间仿佛阻碍着一个什么东西。彼此话也都不说，笑也只是冷笑。并且陶凤儿换上了青色的紧身衣裤，带上了镖囊，拿手绢直擦她那口刀。

柳梦龙看了她半天，就忍不住微笑着说："这没有用，一点也没有用。"

陶凤儿急得跺脚，说："你要逼死我吗？"她的眼泪又簌簌地落下。

柳梦龙说："我不是逼你，是我主张你也应当走，何必在这儿？"

凤儿说："这是我的家，凭什么不叫我在这儿？"

柳梦龙叹了口气，说："你要是走了，到时候能够免去许多的麻烦，也省得把事情弄得谁都知道了！"

凤儿说："我就是为叫人都知道，尤其为叫你知道，我才决意不走；索性叫你明白明白，我跟姓耿的到底有没有亏心的事！"

她哭得跟泪人儿一样，柳梦龙真心痛，就也不禁发急了，说："你何必如此呢？把事情详细地跟我一说，我也就明白啦！"

凤儿咬着牙说："偏不跟你详细说，非得到时候叫你看！"

柳梦龙说："你若跟我一说，我明白了，我心里也就开展了。"

凤儿说："你爱开展不开展！"

柳梦龙又说："你若能使我明白了一切，我立刻就有办法！"

凤儿却跳起来说："我用得着你给想办法？嘻嘻，要不认识你柳梦龙，我们就没有一点办法了吗？哼！你太小瞧了人！"

柳梦龙又微笑着说："我哪敢小瞧你？我早就知道你的武艺高，耿家的什么鸾儿、雉儿全都比不了你；我还知道你的镖法妙，被欧阳锦推为打镖的第二把交椅；我更知道你的计算绝伦，小丫鬟顺梅帮你把耿家的……"

凤儿赶紧摆手说："得啦！得啦！你既都知道，何必还逼着我说，何必还尽自这么说，人也不可以没有一点情呀？"她伏在椅子上不住呜呜地痛哭。

柳梦龙叹息道："不是我无情，也不是我忍心逼你，是……凤儿，你告诉我几句实话吧！使我的心里舒展一些。"

凤儿抬起脸来，泪珠纷落，紧紧抽泣着说："我告诉你，我们不该耿家的，不欠耿家的，他们至今反倒欠着我们的，欠下我们海一般的仇！恨！"

柳梦龙说："我明白了！你们从耿家拿出来的钱全是你们自己的钱，但是你们母女当初为什么要住在他的家里呀？"

凤儿摇头说："这可不能告诉你，我死也不能告诉你，顶好你还是别打听！"

柳梦龙又叹了口气，说："我也不打听了！可是这些年来，你跟那耿……不是，他耿秉荣到底待你怎样？"

凤儿哭着说："到时他来了，叫你看就完了，我说你也不能信。"

柳梦龙点头说："我信！于今我相信你真是一个清清白白的好女儿！"

凤儿摇头说"不！我非得等着他来不可，叫你看明白了！"

柳梦龙说："我也不必看了！我想，我既是先回来了，他如若没有武艺高强的人帮助他，他未必敢当时就来找你。"

凤儿说："你可以去帮助他！"

柳梦龙说："我预备到时杀了他！"又说："只是，他的镖却实在厉害，我们不可不早防备着点。"

凤儿说："那也没有什么！早先我怕他的镖，多少年来我都怕他的镖，现在我也不怕了，我只要到时候叫你看着！"

柳梦龙急得直搓手，忽然又一跺脚，说："也好！咱们就等他来吧！到时我要为你追回来那海一般的仇恨，因为你和我，我们已经成了夫妻。"

陶凤儿听了这话，更是眼泪如雨，哽咽不胜，样子真是十分楚楚可怜。柳梦龙心里十分忏悔，觉着自己有百般的不对，于是就向她安慰，可是她此时简直如同一只受了伤的小鸟，全身连一点力气也没有了，虽然不哭了，可还不住地拿着一块绸手帕擦眼泪。

到了晚间，她把眼泡儿全都揉肿了，更显着眼睛跟一条缝儿似的了，点上了灯，她的眼睛简直不敢对灯光。

柳梦龙万分悔恨，但是事已至此，无可挽回，不但不能劝凤儿离开此地，自己也实在愿意在这儿等着耿二员外他们。凤儿说过"海一样的仇恨"，这早晚是解不开，索性在几天之内见一个分晓，这是命! 这是我跟陶凤儿前一辈子就定下的命!

这所庄院本来离着那小镇很远，孤零零的，四面也没个邻舍。有白眉老魔那些伙计的时候，已显着房多而人少，现在更得啦，连白眉老魔也走了。这儿，除了里院的那厨子之外，只有柳梦龙一个是男人，这里真好像一座荒山，只有几只小兽;陶凤儿倒可称是一只雌狮子，然而她又太心重，此刻，已仿佛是病体恹恹了。

柳梦龙自觉着也是一只猛虎，无奈又孤掌难鸣。眼看着，说不定就许是今夜，那些个凶暴的猎人——耿二员外等等，就许要来到。因此，柳梦龙坐立不安的，他将身上的衣服也扎束得紧衬、利落，找了一把刀，也擦得雪亮;怀里的一支镖，真像是他的护身符。他也顾不得向凤儿多安慰了，他简直连鞋都不敢脱，一夜之间，他在这前院后院、里院外院巡逻了不知有多少次;他又暗笑自己，这样疑鬼疑神的样子，简直有点像赛张辽了。

他深深地叹气，在庭前仰望着淡淡的明月，已向西坠去了，风吹来冷飕飕的，鸡在后院呜呜地叫;回首，见那遮着红窗帘的窗里，灯光也发暗了。走进屋去，见绣帐半垂，锦衾叠掩，陶凤儿连镖囊也没有解，就斜卧在床边;柳梦龙只好就坐在椅子上眯一眯眼吧，如此就又辜负了这一夜的良辰。

又次日，天色傍午时，外面有许多人都来了，先把柳梦龙吓了一跳，但是凤儿倒还镇定，她说:"一定是下霸天回来了!"

她赶紧出了屋子，就见来的果然是白眉老魔下霸天，他给请来了中霸天镇山豹陈衮，并跟来了五六个伙计。陶凤儿先叫他们到西屋里去，她就去跟他们说，也不知是说什么了。

柳梦龙此时还在北屋，心里想:我也别永远闷在这屋里，不出去见人呀？虽说中霸天陈衮早先是我的对头冤家，我也曾伤过他的左臂，再见面总有点不好意思；可是现在不同往日了，已成了一家人，我如不出去见他，未免显得我的气量太小！

所以，柳梦龙就想也去跟他们商量商量如何对付耿二员外的法子。但他才一出这北屋，那中霸天、下霸天等人都由西屋里呼隆呼隆地全都走出来了，脚步声音杂乱，个个手中都拿着刀和宝剑，无不精神兴奋。

白眉老魔跳起来笑着说："陶姑娘派我们现在就去，迎头去杀那镇襄阳银镖将军小吕布，老柳你就在这儿听着好消息吧！"

最奇怪的是那巨大的身材、黄脸浓眉、露着一颗大牙的中霸天陈衮，早先他是多么骄傲、凶横，现在他就被陶凤儿指使着，命令着，唯恭唯谨的，一点也不敢怠慢。他先赶紧过来，向柳梦龙抱拳贺喜，并说他前几天是没有得着信，现在又没有工夫，所以未来送礼道贺，他表示着很是抱歉；又说上霸天段成恭是因为那次摔伤，直到现在行走还不便，所以也没有来，他也很抱歉的，只好等这些事情办完了，我们再一齐给柳兄庆贺吧！柳梦龙也连连抱拳，心里非常难为情。

此时陶凤儿也由西屋出来了，瞪着两只小眼睛，厉声说："你们快走吧！别磨烦啦！记住了我的话，迎头去杀耿秉荣，不必要活的，顶好割下他的脑袋来见我！"

中霸天、下霸天及五六个强悍的小伙子，都一齐答应着："是！是！我们都听见啦！请陶姑娘不必吩咐啦！"都向外匆匆地走去。陶凤儿也跟着他们往外去走，待了些时，就听见大门以外马蹄乱响了一阵，但越响声音越远，一会儿便又归于寂然。

柳梦龙在院里站着发呆，回忆着陶凤儿指挥众人时那种凶样子，真有点可怕。她的权威，仿佛比耿二员外的在襄阳城还厉害还大，真不知道她用了什么方法，竟使中霸天那些人对她是这样的拜服听从，她可真有点了不起！不过，中霸天、下霸天等人的武艺虽也可以比得过欧阳、陆七，但他们没有飞镖，去了恐怕要白吃亏的……

正在想着，凤儿就由前院回来了，走路还是慢慢的，并向着他一笑,说:"打发他们去了!咱们还在这多安静两天,他们就许把耿秉荣的脑袋割来。"

柳梦龙却摇头说:"我看不能那么容易,顶好我也同他们去。"说着就往外去走。陶凤儿却双手把他的胳膊拉住,说:"你干吗去呀?你要是走了,把我一个人搁在这儿,我可真害怕!"

当下她推着、拉着,又叫柳梦龙同着她进了屋。她还是笑着,温柔地说着话,妩媚地笑,可有时又紧锁双眉,有时也面露惊色;柳梦龙的心里更是不安得很。

两人在屋里没什么事可做,想说闲话,更没什么可说的了,不觉着天又黄昏。才点上了灯,凤儿还有点生气似的说:"里院的厨子跟婆子也是!怎么还不把菜饭送来?难道因为有这么点儿事,就连饭都不吃啦?"

现在柳梦龙倒是只要遇着一点事,都要自告奋勇,就说:"我催催去!"

凤儿却又把他拦住,说:"得了吧!您就别出马啦!你要上里院,遇见白眉老魔的媳妇,那才麻烦啦。她整天头不梳脸也不洗,可专爱上厨房,有了什么吃的,她都得先得先尝一点;她的疑心还最大,你去了,她能够说你是野小子想调戏她。其实她的头发比白眉老魔的眉毛还白!"凤儿说完这话,就不禁地笑。

柳梦龙更觉着有些神驰,暗想:像凤儿这样的女子,还能上哪儿找去?我要娶个像白眉老魔家里的那样老婆该怎么样?现在无论如何,也不能叫她落在那耿二员外的手里。

他发呆地瞧着凤儿,凤儿也瞧着他笑,待了一会儿,凤儿就说:"还是我去催催吧!也不能够就不吃饭呀?"

她刚一走出了这个里间,忽就惊讶地止住了脚步,点手叫着柳梦龙,说:"你快来!听听!"

户外余霞四放,明月已出,淡淡地照着庭院,隐隐闻得马声、人声已来到大门之外。柳梦龙赶紧去抄刀,陶凤儿却又摆手,说:"大概是中霸天他们回来了。"柳梦龙心说:哪能够这么快就割来耿二员外的人头？但是，外面的举动却很厮熟，并不乱捶门；仿佛也是有人先跳墙进来，开了大门，才让那些人马全都进来。

少时，乱嘈嘈地就来到了这里院，只见有人叫着："陶姑娘！快把刀创药找出来！"凤儿虽然惊讶，但还不显慌张，赶紧就去拿刀创药。

柳梦龙便急忙就走出屋，在月光下，见那些人都回来了，两个人搀着白眉老魔下霸天，他受的伤已经很重，说："我没带双钩去么……要不然能怕他？"

中霸天却慌张地向柳梦龙说："我们走到杨桥店，正遇着那些人！他们的人多极了，有四五十个，他们自己称道字号，说都是汝南府那一带的著名镖头。"

柳梦龙听到这里，自己就明白了，这一定是在信阳州，自己走后，那耿二员外非常的惊慌，所以必定是欧阳锦出的恶计，他必定是把他认识的那些镖行里的人，全都勾来了，如今是要以人多势众来欺负陶凤儿！

这时，旁边的人都乱嘈嘈地谈着，那耿二员外的一些人是如何的厉害。现在白眉老魔一共身受三镖，别人因为当时没敢怎么动手，所以才能侥幸逃脱，不然恐怕也都回不来。当下就把白眉老魔一直抬进里院，陶凤儿拿着一大包的刀创药也急急地去了。柳梦龙想着白眉老魔的老婆一定撒泼打滚地大哭一场，因此他不愿看那惨景，便徘徊在院中，心里却十分焦急。

月光冷冷清清的，里院渐渐人声寂静，但待了不多时，就很清楚地听有妇人的痛哭之声，说："我的夫呀！你怎么抛了我呀！谁叫你去胡干呀？到底死了啊……"

柳梦龙心里一惊，又觉着十分的难过，暗想：下霸天白眉老魔现在死了，他是为陶凤儿死了，他撮合成了我跟陶凤儿的婚姻，他可死了，他算是对得起陶凤儿，但我却将怎么样呢？

里院的白眉老魔的老婆仍在数数叨叨地哭着，陶凤儿却同着中霸天又走到这个院子。就在月光下，柳梦龙见陶凤儿不住地拭泪，并听中霸天急急地说："再待会儿他们一定来！耿二员外的镖太厉害，他们人又多，咱们绝抵不了，我还得赶快地躲。薛大朋死了，尸首只好暂放在这里，他家里人咱们也顾不了啦！陶姑娘得赶快走，柳兄你也得走，段家堡倒是离着这儿近，可是那个地方也四边不靠，太落荒，耿家那些人一定还能追了去！不如你们索性往磁州，到我家里去，跟老太太和张舅爷也能够会在一起。我那地方离着城近，我那里的人也多，他们就是追了去，也未必就敢怎么样。现在的事情急不可缓，也不用商量了，柳兄跟着陶姑娘，咱们大家就快点一块儿走吧！"

柳梦龙问陶凤儿说："怎么样？你快些跟着他们一起走吧？"

凤儿却哼哼地冷笑，说："你们都走，我也不能够走呀！我为的就是在这儿等着耿二员外耿秉荣，我得叫别人看看，瞧瞧，瞧我跟他到底是怎么回事！"

她说这话，虽是依然那么意态激昂，语声儿却带着点颤，身躯也仿佛是有点抖。柳梦龙却着急地说："你们全都快些走！因为留在这里无用，这里只有我一个人就行！"

凤儿流着泪，却又冷笑着说："喝！你看你把你自己看得可有多大呀？嘿！只有你不怕姓耿的，我们就都怕他吗？告诉你，要叫我走，除非先叫我死！为你，我才在这儿等着耿秉荣，就为的是叫你一个人看！"

柳梦龙愤愤地摇头说："我不看了！"

陶凤儿拭着泪，又冷笑说："现在你不想看还不行了呢，非得叫你到时候看看不可！我得叫你看我……到底清白不清白！"她抽搐着痛哭，然而意态坚决，愤愤地又走回屋里去了。

这里柳梦龙的心就像被刀割着似的，他长叹一声，向中霸天说："你们都快些走吧！我们是不能走了，但你们何苦跟着我们受累呢？"

中霸天说："柳兄的话说错了！"

中霸天为白眉老魔受伤惨死的事情，自不免兔死狐悲，所以他那张黄脸上到现在还挂着大颗的眼泪。但是他听了柳梦龙叫他们走的话，他却不住地摇头，说："陶姑娘不走，我们就是死在这儿，也不能够走。这也不是怕她，不敢走，是因为她对我们有过厚恩。她们母女是天底下心肠最好最顾恤别人的两个好人。我们知道耿二员外不是东西，害得她们如此，还逼着她们，要斩尽杀绝，仿佛还得把凤姑娘抢回去，他才能够甘心。这不行！江湖人都得讲义气，叫我也跟白眉老魔一样，死了都行，我们可不能眼看着凤姑娘受欺负！"

柳梦龙点头说："好！既然是这样，我们就都在这儿待着，等耿家那些人来了再说。不过陶姑娘既然是这么好的人，我们总得想法救她，万一到时她打不过那些人，我们必须强着把她救走。"

中霸天说："到时叫我帮助打，我许不行，因为这是你知道的，我的武艺不高，左膀子的伤至今还没有好。可是到时候你放心，我们一定把马都预备好了，只要看着事不行，陶姑娘也愿意走的时候，那时咱们就都上马，能够冲得出重围，咱们就一块儿逃；不能，一块儿死了也算义气！"

柳梦龙这时的心里更觉得难过，他又急忙跑到屋里，却见凤儿正在灯旁，对着镜奁梳头发，身上还挂着镖囊，刀就在桌上放着。柳梦龙先说："他们的人来得多，咱们倒不怕，只是那耿秉荣的镖，你究竟能不能够抵挡得住，倒得先思索思索，我就怕你到时受了什么闪失！"说毕，他就借着灯光，观察着镜里凤儿的表情；只见凤儿的表情还是那样的坚决而惨淡，一句话也不回答，柳梦龙便长叹了一声。

凤儿却忽又一笑，说："难道你就先愁死吗？"

柳梦龙说："我并不发愁，也并不怕，不过得想想这事情值得不值得？"

凤儿又一笑，说："你应当早就想好了！这些日子，你到了南方，结交了不少的人，打听出来很多的事；回来，直到咱们拜完天地，你却连一句也不肯吐露，可见你是很有心眼！值得不值得，你还不早就全都想好了吗？"

柳梦龙不由得面红过耳，一句话也回答不出。陶凤儿却又点头微笑着，说："我看我倒很值得的！反正早晚也得把这件事弄明白了。早点儿叫你明白了倒好，也能显出我是清清白白的，到那时我死了，也省得你老有一块心病。"柳梦龙的心中不由一阵悲痛，凤儿却依旧那么惨淡地笑着。

现在的陶凤儿,如同是一朵带雨的玫瑰,因为有一种凄惨愁暗之中,所以愈显得娇美非凡。同时,她的命运是正在风袭雨打之中,很可能一会儿便要纷纷谢落。

柳梦龙的心就像被火烧着,被油煎着,越想陶凤儿的幽怨的讽刺言语,他越心疼;越看凤儿的可爱可怜的模样,他越感觉着痛惜。他提着刀,又出了屋,就见月色苍白,春寒刺肤,里院那白眉老魔下霸天的妻子还在痛哭。中霸天等人都忙忙乱乱地把马饱足了,备好了,准备到必要的时候,骑上马就逃;他们索性把大门开敞着,在门外时时张望着。

柳梦龙回首一看,他的那间新房,窗户里挂着红色的窗帘,映着灯光,色调儿是那么柔美;陶凤儿的苗条影子又闪动着,真吸引人。但是这美丽的小巢,恐怕不久就要为那耿二员外等一群暴客拆碎。柳梦龙急急地又进到屋里,只听凤儿带着恼意问他说:"你这么忙忙慌慌,出来进去的,是干吗? 你看我都不怕!"

柳梦龙见她的头发上紧紧地罩了一块紫绸子的大手绢,是更显着别致风流了,而她此时也是十分的镇定,真像是一点也不怕什么耿二员外,确实心里没有一点愧。柳梦龙就着急地,但是故意做出跟她商量的样子。又说:"咱们说真的,我想还是不如趁着这时就走,到了磁州,中霸天在那里的人到底是多一点。即使他们再找了去,咱们也可以从容应付——其实咱们也并不是怕姓耿的!"

凤儿却又惨淡的一笑,摇了摇头,说:"到了这时候,我是绝不走了! 你想,人家白眉老魔刚为咱们死了,连棺材还没预备呢,咱们就都跑了,那对得起谁?"

柳梦龙说:"因为在这里也无用,听说耿秉荣现在勾来的人太多,咱们寡不敌众!"

凤儿又冷笑,说:"谁管他有多少人呢? 等着我的只是耿秉荣。你要是不知道有他这人,我倒可以躲躲;你既是知道了,你的心里又胡猜乱想的……"

柳梦龙摇头说:"我没有……当初是我弄错了! 现在我都已明白

了,咱们就快走吧……"

陶凤儿的容颜忽又变为更惨暗,泪下纷纷,抽搐着说:"这可是你说的要走,并不是我不敢见耿秉荣?"

柳梦龙连连点头说:"是是是!现在什么也都不用说了,我们应当先躲一下!"

陶凤儿就说:"那么就先上段家堡去,那儿离着还近!"当下急匆匆的,柳梦龙就帮助凤儿收拾包袱。

但在这时,就听得前院大喊起来:"来啦!来啦!"

凤儿就把柳梦龙一推,说:"这时候咱们还走什么?不如咱们出去迎他们吧!你看我到底怎么样对付耿秉荣!"

陶凤儿已经如飞似的奔出了屋,柳梦龙也提着刀赶紧向外跑去。

就见中霸天的两个伙计跑进来,指手画脚地乱嚷着说:"都来啦!一大群马,都来啦!陶姑娘快点走吧!"

柳梦龙说:"都上门外迎着去!挡住他们,不能叫他们进院来!"

当下一同跑出了大门,就见中霸天的另一个伙计骑着马又飞驰来到,气喘吁吁地说:"眼看就来了,人真不少!"柳梦龙向陶凤儿说:"其实现在就走也还来得及!"中霸天也说:"陶姑娘!现在咱们的人可少,他们人多,咱们寡不敌众,我想还是走吧!"陶凤儿却瞪着眼厉声说:"谁再叫我走,我就跟谁拼!"中霸天吓得不敢言语了。

柳梦龙此时也极力地保持镇定,提起来了勇气,瞪着眼向远处望去。只见西南方向那股大道上,月光照着稀稀的杨柳,待了不大的工夫,只听得潮水一般的马蹄声渐渐涌来,烟尘滚滚,有如一条巨大的乌龙,就向这边爬来。但似乎那些人初来此地,不能立时就找着这座庄院,所以马就渐渐行得缓了,然而更显着多,有四五十匹马、四五十个人。

陶凤儿此时却拉过来一匹马,骑上去就要迎那些人,中霸天赶紧把她拦住说:"不用!他们也许找不着。"然而才说到这里,不想他没有猜对,人家那边大概早就有人给领着路,刚才虽然是行得慢,可是现在竟蜂拥似的直奔向这边来了。

陶凤儿勇敢得就如一员女将，她催马往那边去迎。柳梦龙、中霸天等人也都骑马紧跟着她。走了不多的路，那边的马就都停住了，只见马头乱动，马身乱转，有个人催马过来问说："你们是干什么的？"柳梦龙借月光一看，马上的人正是那"雉儿"。他还没答话，凤儿却先迎上前去了，两匹马几乎顶着了头，凤儿就说："你还问什么呀？是我，你们不是特为找我才来的吗？现在有什么话快点说！"

此时，月光正照在凤儿的脸上，那雉儿把她看得很清楚，雉儿就仿佛很惊奇似的。同时，因为两个人过去曾在一起多年，好像还没有什么恶感，所以，这平常极为凶狠、刁恶的雉儿竟也不好意思怎么样了。她见凤儿称呼着凤姑娘，说："现在二员外可是来了，顶好你把话跟他说明白了，他大概也不能够跟你怎么样。"

凤儿摇着头，愤愤地说："我不怕他！我要是怕他，为什么我不跑？"说到这儿，她的语气虽壮，可是情态显出有点发怯，雉儿却摆手说："你别跟我说，你快跟二员外说去吧！"

这时候，柳梦龙就觉着有点不好，因为看出来，陶凤儿还没跟他拼命，还没有"割下耿二员外的头来"，她已经先有点怯懦了。

那边也是，群马之中，唯有陆七骑的一头小黑驴，但唯有陆七最可恶，他嚷着说："往前来吧！管他们是谁呢？过去把他们都捉住，或是全都杀死，也就完啦。"

那边的一些人也都抡刀舞剑，往前来进，但是听得耿二员外猛喊了一声："谁敢往前多走一步，我就拿镖先把他打死！"当时，他说的这话，就如同号令似的，一些人全都不敢再往前来了。

这里的雉儿却嚷嚷着说："她在这儿啦！是凤姑娘，找着她啦！二员外快来看看吧！"就仿佛是如获至宝似的，赶紧报告她的二员外。那边有两匹马，当时就相伴着，缓缓地走过来。

柳梦龙看得很清楚：一个是"鸾大姐"，她的脸儿沉着，真不知道她的心里是多么恨多么妒了；一个就是耿二员外，此时居然精神百倍，声音也很洪亮，叫着："凤妹妹！是凤妹妹吗？你千万不要发镖！我是来看看你，并无什么恶意，你千万可别发镖！你相信，我也绝不能够暗算你……"

这时陶凤儿在马上却呆呆地不动,真的,镖也没发,刀也没举。

柳梦龙实在忍耐不住了,急忙催马向前,抢刀说:"喂!耿秉荣,你先不用跟她说话,你来看看,你认得我吗?"

鸾大姐先发言了,说:"他凭什么不认得你呀?我也更认识你啦!你有本事,你是凤儿派去的,卧了我们那么些日子的底,什么事什么事,你都知道了,你还骗了我!我倒不怕,因为我的脸厚,今儿咱们的账,一笔一笔地也都得算清!"

"别忙。"耿二员外又摆手把她挡住。这耿二员外,此时的本事好像极大,并不像在襄阳他家里时那样的好欺蒙了,他居然态度十分的从容镇定,看见柳梦龙跟凤儿在一块儿了,他并不感觉诧异,反倒先点明白了,说:"柳兄!我都已知道了,因为你走之后,我们就到了汝南府,拜会了还留在那里没有走的赛张辽。"

柳梦龙一听,心说:怎么赛张辽在汝南府直到现在还没走?他在那刘家办的是什么事?"

此时耿二员外又往下接着说:"赛张辽已经把你的来历尽皆告诉了我,我并找着了两个是才从下霸天这里走的,他们把你跟陶凤儿的种种事情更尽情地告诉了我,所以我今晚来,也是预先给你贺喜。"

柳梦龙就冷笑说:"不用你贺,我跟陶凤儿前天拜了天地,入了洞房,现在我们已是夫妇了!"

耿二员外这才大吃一惊,说:"啊呀,好快!"

柳梦龙冷笑说:"难道还要等你来吗?"

才说到里,忽见耿二员外一镖发来,他躲闪不及,正中前胸,把他吓了一大跳,可是镖仅仅碰到他的衣服上,当时就掉在鞍前。

原来耿二员外发镖的时候,腕力就用得很巧妙,不重也不轻,仅仅给柳梦龙一个警告,倒没有打算当时就要他的命。然而柳梦虽然身上打了个寒噤,却反要抢刀来砍。耿二员外摆着手说:"不必!我的手里还有镖呢!以前我还疑惑我也许有个对手,自前两天听说了,你曾被凤儿用镖打过,我才知道你不行,你原来一点也不会。凤儿叫你学,找什么金镖李,你也没去。镖,还得让我为尊,许我随时能够制他人于死命,你可千万别逼着我再打你了!"

柳梦龙听了这话,虽然胆寒,却气仍壮,还要拼命,耿二员外却又摆手,说:"你们既已成了夫妻,我就算是白来了!我更不能伤你了,因为你已是我的妹夫了。"

鸾大姐在旁边嫉妒地拍着手说:"哎哟!妹夫,叫得倒真亲热呀?比我的脸还厚,羞!羞!羞!"拿她的手指不住地向脸上划。忽见她又哎哟的一声惨叫,高举着手臂,仰身摔下马来,她还穿着斗篷,连斗篷就在地下不住的乱滚。雉儿、陆七,连欧阳锦都一齐跳下了坐骑来搀扶她,结果她被雉儿抱了起来,她前胸的镖伤不住地流血,仰着脸不住呻吟。

耿二员外还恨恨地说:"你已经羞辱了我一路,这时还敢当着凤儿的面羞辱我,以为我不忍得用镖打你吗?"他说着,那鸾大姐呻吟着,但越呻吟气力越微,结果断了气了。她的尸身平平,被放在地下,月光照着,情况十分的凄惨。

雉儿不由得哭了。耿二员外也一阵黯然,但又看了看柳梦龙和陶凤儿,尤其,当他看到明洁的月光下陶凤儿那当过新娘后的娇艳的容貌、别致的打扮,他就又长叹一声。可是他并不颓丧,反更恶狠了,挺着他那肥胖的身躯,真像是个"魔怪"。他说:"我得到你们新房去看看,咱们谈谈,我得把我的话全都说出来……"

陶凤儿瞪着眼说:"你说吧!在这儿就说吧!"

耿二员外摇头说:"不!在这儿不能说,咱们的事,不能叫他们都听见!"

柳梦龙决然地说:"那么就走,今天是得弄个水落石出!因为这件事情,已经死了下霸天和这女人!"

凤儿也说:"好!回去咱们细算算账!倒看是谁该谁的?谁欠谁的?"

当下,柳梦龙陶凤儿先拨马向回去走,中霸天等人保护着他们;耿二员外就跟随着前去,雉儿、陆七、欧阳锦等一些人,都保护着耿二员外。那鸾大姐的尸身,却只交给醉鬼胡二独自看守了。

当下蹄声乱杂,顷刻之间,便已都来到了下霸天的庄院门前。那陆七先吩咐他们约来的那些汝南府一带的镖头,把庄院整个围住。中霸天镇山豹陈衮倒冷笑着说:"围吧!他妈的你们还不知道,这全是空房子!"

大门本来就开着,柳梦龙、陶凤儿、耿二员外等人一齐走入,柳梦龙还想同他们到别的屋里去说话,可是耿二员外一定要看看他们的新房。凤儿发出尖锐森厉的声音,说:"看吧!叫他们看吧!这还怕他吗?他不看看还不行呢!我嫁了柳梦龙并不犯法,我又没有亏心的事,我也不是不清不白!"此时,柳梦龙见凤儿完全不畏耿二员外。

耿二员外虽仍在发痴,发疯,发凶,可是他真没有什么话,仿佛真没有一点理,只是无赖,只有胡搅,证明了以前种种猜测,都是没影儿的事,是真委屈了清白的陶凤儿。

柳梦龙现在完全明白了,就对这耿秉荣益发的愤恨,但是,见陶凤儿先开了那屋门,让耿二员外和雉儿、欧阳锦全都进去了。

新房里的灯此时还在燃着,耿二员外把那些新床新帐新被甚至于新窗帘都细看了一番,他就连连点头说:"不错!不错!凤妹妹在这住也很好!"忽然他又瞪起两眼,特别的发凶,凶得和狮子一般的,向柳梦龙说:"你可知道,她陶凤儿原是我的妻子?"

柳梦龙一听这话,突然抢刀就向他来砍,但耿二员外的手中原也预备着那口短短的宝剑,当时一迎,就听呛啷一声,柳梦龙的刀立被削为两截;半截落地,半截还被柳梦龙抢着,他跳起来要杀耿二员外,却被欧阳锦急忙将他挡住。

耿二员外转又向陶凤儿,怒问道:"五年前,你妈就答应把你许配给我,你知道不知道?"

陶凤儿的脸都紫了,摇头说:"那不算!"

耿二员外又嚷起来,说:"当年,你的爸爸在外做官,他因为贪脏枉法,并且私通海盗,犯了灭门之祸,多亏我的爸爸跟他是同年,是好友,把你们一家三口都隐匿在我家。我的爸爸救了你们的性命,这些旧恩,难道就全都忘了?"

凤儿这时候不说话了。柳梦龙一听，他们当初原来是这么回事。此刻，耿二员外就好像有了理了，指着陶凤儿却向他说："柳梦龙，你是久走江湖的，大概也得明白点道义，无论什么人，都应当有点良心！他们住在我家，我爸爸真为她们担着杀身灭族的大祸，并且，朝廷虽然不知道他们藏在哪儿啦，可是她的爸爸早先结义的几个海盗，却把他的下落找到了。原来她的爸爸为人尖刻、贪妄，竟还欠了海盗一笔债。有一天，四五个强悍的海盗拿着刀，深夜到我的家里，找她的爸爸索债，并要把她抢走。那时候她才八岁，我可就已经二十二了，那时我也不像现在这样胖，我已跟随我家里请的护院人，也就是我的师父，他叫双手镖侠鲁玉臣，学会了我这身武艺和镖法。当时我们师徒二人将那几个海盗全都打走，又救了她全家的性命！"

　　陶凤儿咬着嘴唇儿忍着气，听到这里，她又哼哼地冷笑，说："你觉着这是你们对我们的大恩呀？可是我还一点也不感谢，我更恨呢！"

　　耿二员外又对柳梦龙说："她的爸爸因为那次的惊吓忧愁，不久就死了。又是我的先严将他埋葬，并因为她们寡母孤女，无处投奔，所以仍旧住在我家里，我的爸爸对他的老友真可以说是仁至义尽了。"

　　陶凤儿抢起刀来，踩着脚说："你别说啦，提起来我更恨！假使你的爸爸，那个老头子要在这儿，我非得拿刀砍他不可……"此时雉儿擎着刀，为耿二员外防御着凤儿。

　　耿二员外却又感慨愤愤地说："这些事，在我家里的那些老人全都知道，我的先严真是一位仁人义士，他对待凤儿的母亲，如他自己的弟妇……"这时陶凤儿忽然又抽搭着哭泣起来了。

　　耿二员外又接着往下说："叫我把她当作亲妹妹。我也是真爱她，我教给她武艺、镖法，我师父鲁玉臣也传授给她武艺、镖法，所以我们两个人又算是师兄妹。还有刚才被我打死的鸾儿跟这雉儿，跟我们家里的鹂儿、雁儿、莺儿那些，她们都算是我爸爸的干闺女。可是，我爸爸后来去世了，我把鸾儿当作我的妻，雉儿、鹂儿、雁儿等等当我的妾，也当我的丫鬟，当我的奴才，但我对于陶凤儿却是始终的尊敬。她的脾气又比那些人都坏，她的本事也比那些人都高，她的模样——我凭良心说，她一年一年的长大，一年比一年出落得好看，我实在是被她迷住了，但她与那些人究竟不同，她永远也不跟我亲近……"

这时陶凤儿瞪着泪眼向柳梦龙看着。柳梦龙这时候对陶凤儿的身世，可以说完全明白了。

忽然又见陶凤儿对他正颜厉色，并流着泪的说："你听见了没有？这是由他嘴里说的，不能是假的了吧？我还告诉你，他们家里只有那双手镖侠鲁玉臣是个好人；若不是他保护我，我还不定受他们的什么欺负？因为这事，他们对待人家鲁玉臣非常不好，人家病了，他们反倒不给人家饭吃；人家死了，他们连棺材也不买就给埋了。我们本来有很多的钱和金银财宝，但都在他们的手里，一个钱也不许我们用；跟他们要，他们是不认账，还拿他的镖吓唬我，逼着我妈答应把我给他，逼着我多少次，多少次……我们没有法子，才幸亏有他家的一个小丫鬟顺梅帮助，我把我们自己的钱跟东西拿回来，我才跟着我的妈离开他家……梦龙，你想想我对他是应当感恩？还是应当报仇？我不过是自己知道打不过他，才忍到今日，遇见了你，才嫁了你……"

这时耿二员外忽又更发起了凶狠，拿他的镖，本来要去打柳梦龙，但被陶凤儿看出，先挥刀去剁他的手，可是刀未剁着，被那雉儿以刀架住了。欧阳锦也挥剑帮助雉儿，柳梦龙却又要夺耿二员外手中的那口宝剑，当时，话也都不再往下说了。这新房的地方太窄，本来打不开，凳子也翻了，桌子也倒了，镜奁掉在地下都摔碎了，一阵大乱。

雉儿和欧阳锦先把耿二员外保护着出了屋，但柳梦龙同时追出，耿二员外的那口斩铜断铁的双锋竟被他夺去了；他挥动起来，一剑先劈倒了欧阳锦，雉儿跟陆七却又一齐来和他厮杀。

此时凤儿也出屋来了，可是才一出屋门，便忽被耿二员外的一镖打中，她的娇躯立时倒卧在地。柳梦龙大惊，顾不得一切了，赶紧回身去救凤儿。不料此时耿二员外又连发二镖，一镖又打中了凤儿，一镖却中在柳梦龙的右肩。同时，那乱哄哄的一大群人——耿二员外请来的那些汝南府一带的镖头们也全都拥进院里来了。

柳梦龙左臂抱起来陶凤儿，右臂忍痛挥动着宝剑与这些人乱杀、乱砍,同时就向外走去,趁空就飞身上了房。耿二员外在下面又发来了一镖,又打中在他的左胯,他一疼,就连凤儿全都跌倒在屋瓦之上了。下面的陆七也飞身追上了房,凶狠的抢着刀,向着他跟凤儿就蓦地砍来。

此刻,危急万分,柳梦龙与陶凤儿全都身受不只一处很重的镖伤,两人身子相挨着,陆七这一刀实能够同时要了他两个人的性命,幸是柳梦龙急忙忍着伤痛,就坐在瓦上与他刀剑相斗。同时陶凤儿也勉强的挣命打去了一镖,当时就听哎哟一声,陆七中了镖,摔下房去了。陶凤儿就趴在屋瓦上,由镖囊中掏镖,连续地向房下打去,一连打伤了好几个人;她也不知打的全是谁,只听那耿二员外在下面暴躁地喊骂着:"跟我学会了的镖,竟敢打我的人?好丫头,我非得要你的命不可!我可不念旧情了!"说着他又发镖往房上来打,但柳梦龙赶紧拉着陶凤儿就爬到了后房檐。

耿二员外可是不会上房,会上房的陆七已死,而欧阳锦是身负重伤,雉儿还得保护着耿二员外,她也不敢追上房来。这才使得柳梦龙能够拉着抱着凤儿,由后房檐爬到了墙上,然后抱着她一跃而下,这才算到了庄院之外。柳梦龙只觉两臂双手全都沾着发黏的血,凤儿就像一只死了的鸟似的,伏在他受伤的肩上;他的伤处虽疼,但还不如心疼的厉害。他走路一瘸一点的。而月色茫茫,旷野辽远,他不知应当抱着凤儿往何处去。

第七回　月下扬鞭冤仇全消尽
　　　人间补恨紫凤尚翩然

　　这时,幸亏中霸天手下的两上伙计牵着马来了,原来刚才他们在大门外,也跟那些个镖头乱杀了一阵,中霸天镇山豹就在那时候死了,只剩下他们两个牵着马藏在后墙那边,幸亏那些镖头们都进院里帮助打架去了,没有搜着他们。他们不急急逃走的原因,就是想等着乱过之后,他们好去找中霸天的尸身,还有他们的几个伙伴,也不知道是死了还是跑了,他们更不知道"陶姑娘"怎么样了。现在才知道,连柳梦龙带陶姑娘敢则都受了伤。

　　当下,柳梦龙就向他们要了一匹马,说:"现在咱们一起走吧! 快些离开这儿,别的事,日后再想办法! 快先找个地方叫陶姑娘歇歇,因为她受的镖伤很重,我倒是不要紧。"

　　于是,他抱着陶凤儿骑上了一匹马,中霸天这两个伙计一个骑马,一个就跑着在后跟随,他们一直向西跑去;再回头去看,恍惚见那庄里已出来了十多个人,向西下寻找追赶,但是柳梦龙等人已经愈跑愈远,就算是已经脱出了危难。

　　现在的月色更为苍茫惨黯,旷野吹来阵阵寒风,柳梦龙一手揪住马缰,一手抱住宛转呻吟的陶凤儿——这是一只受了伤的凤,时时在滴着血。柳梦龙不敢再快走了,因为从耿二员外手中夺来的那口宝剑,此时还在他的腰带上倒插着,要是一不小心,也能够将凤儿碰伤,那时可真不得了。他却也腾不出手来，更缓不过来酸痛的胳膊，同时他的肩头、胯间，镖伤也不算轻，一阵阵痛得也几乎发晕。然而这还没有他此时的心痛，他痛惜的是凤儿原来是这么一个清清白白的人，真如出淤泥而不染的莲花，我却多疑心，太浑蛋，我害了这多情侠烈、聪明薄命的美人！

停了停马，就问说："咱们那刀创药呢，现在身边还有吗？"连问了两声，凤儿才一面呻吟着，一面断断续续地作答。她说："都叫我妈拿走啦，给了薛大朋一些，不是在你那包袱里，还有一包吗？"

柳梦龙皱皱眉说："那只包袱我也没拿出来，现在自然也不能够立刻就回去取。可是，你的伤觉着怎么样呢？要紧不要紧？"

陶凤儿又不住地呻吟着，她说的声音是益为微弱，说："不大要紧……"

柳梦龙的心中，就像是被剑刺着，被刀割着一般的疼，知道凤儿是故意说这话，免得令他着急。但是她伤势之重，由她说话和呻吟的微细、凄惨也可以听得出来。柳梦龙就不住长长的叹气。

这时，中霸天的两个伙计全都赶上来了，说："快找个地方，叫陶姑娘歇一歇吧？"

柳梦龙问说："你们说上哪里去才好？"

两个伙计都说："只好上段家堡去吧！我们都是从那儿来的，那儿离着还近些！"

柳梦龙点了点头，于是，就叫这骑马的伙计在前面领着路，他在后面慢慢地跟着走；他一点也不敢快走，因为快走，马必颠动，伤势沉重的陶凤儿必定受不了。现在觉着她的血，还不住地涔涔地直往自己的臂上淌，她千万可不要就这样的死了，她是不应当死的，"咳！……"当下柳梦龙就不禁仰望着苍天冷月，行一会儿，驻一会儿，他的泪也流个不休。

好不容易才走到了段家堡，这时月向西堕，天色已将发晓。段家堡那个土岗，在浓雾笼罩之中像是一座古代的陵墓，四下里一个人也没有。来到那狭陡的"台阶"前，这可就麻烦了。先下了马，请那两个伙计帮助,连柳梦龙一共是三个人,将陶凤儿抬着、抱着,柳梦龙并时时嘱附着:"轻一点,千万可轻一点!"这样费了半天的时间,才把陶凤儿给抬了上去。

这里树木萧萧,门垣寂静,已无复柳梦龙第一次来这里搏斗之时那样雄伟森严的气象了。幸亏这里还留着个听门的人,把那铁栅栏开了,让他们进去。他们又抬着陶凤儿,进大门,进二门,进三门,倒都没有一个人挡阻。昔日那些如虎似狼的人,大概也都是因为遵了陶凤儿的命,给打发散了,所以落得这般凄清。陶凤儿勇于改过,办事情有决断,使一般多年为盗的悍恶的人,对她莫不听从而且敬服,实在更是难得的!

现在凤儿被人抬到了此地,可是她还有余威,这里还留着四五个人,本来都已经睡着了,被人叫起,立时就赶忙前来照拂他们的"陶姑娘"——就仿佛对待他们的恩人似的,赶紧请陶凤儿到一间大屋子里,这里有舒适的床褥。他们忙着去生火,——因为怕陶姑娘嫌屋里冷,有的去叫他们的"老爷"上霸天给找药。

此时屋中已点上了两支蜡烛和一盏油灯,柳梦龙一瘸一点的,手托着油灯,到床边先细看凤儿的伤势,只见凤儿的模样儿还是那样的美丽,可是手帕已经丢失了,头发有些凌乱。她的小眼睛紧紧地闭着,睫毛上挂着莹莹的泪珠,好像是已经昏晕过去了。胸前偏着左边和右边的肩膀上,却各有一处镖伤。血已在衣服上凝结,成了一块一块的,她至今尚挂着的镖囊上也都沾着鲜血。

柳梦龙就轻轻地摸了摸她的手,觉着倒还温暖,这才算是稍微放了一点心,同时也觉出自己的伤来了,是右肩一处,左胯一处,疼自然是很疼了,可是他咬着牙,还能够忍。旁边的伙计说:"柳大爷你也躺一躺吧!"他却摇头,表示自己的伤并不算回事,他只是望着陶凤儿,不住地皱眉和叹气,恨不得把她身上两处镖伤也都挪到自己的身上来,因为那也能受;最难受的是眼望着这绝世的风尘美人,自己才娶的娇妻,就已奄奄的垂死!

待了一会儿,上霸天青毛豹段成恭拄着一根拐杖,拿着一包药就来了。他们原是仇人,上霸天几乎摔成了残废,是因为柳梦龙所致。现在柳梦龙觉着很不好意思,恨不得先向他道一个歉,但上霸天对过去的事倒都没有提,他只是说:"这刀创药,本来是她们的,因为我摔伤才跟她们讨了一包,幸亏我没用完,你快给她上上吧!"

柳梦龙赶紧就将这药用水调和了一茶碗,但是他想:哪儿能够找得一块柔软的绒布呢?在这仓促之间,他知道是无法找着的,就摸了摸身边,倒还带着那块紫绸子的手绢,于是,他就用这个蘸着药,给凤儿的伤处去敷。因为也得解开她一点衣裳,所以上霸天跟他的伙计们就都回避着走出屋去了。

凤儿此时又微微地睁开了眼睛,看着柳梦龙,凄惨地,嫣然地微微一笑,细声说:"你可别着急啊!"

柳梦龙簌簌落下眼泪,她却又闭上了双眼,任凭柳梦龙在她那血色染遍的肩头及胸部敷那个药。她忍着疼,故意不呻吟,只惺忪着眼睛,带笑说:"我不能够死!"这个"死"字,如一把利刃,突然扎住柳梦龙的心。

凤儿又摇头说:"我知道我不能够死,这点伤我也应当,受点痛苦好赎赎我早先的骄傲、糊涂,也替我的爸爸妈妈赎赎罪,谁叫我们当初认识耿家呢?"她微微地叹息了一声,缓缓气,又说:"这药也是当初我爸爸从海贼的手里得来的,得了好几大包,可见他虽然是个大官,可是跟海贼有往来,也有仇恨。耿家——他们那个老员外,我叫他伯父,也做过道台,他那个人也不好,他跟我的爸爸是彼此恨彼此怕的一种交情,我的母亲更是柔弱,咳!我不能说了!总之,我的父母全都有罪过。我从小就是那么可怜地长大的,幸亏我妈后来改好了,我自己也还有主意……如今我就是被姓耿的打死,可是总没在他的家里失去了我的清白。"又说:"你也都明白啦!我就盼着我千万别死。我才二十二岁,你应当把我当个小孩子、小妹妹,别太跟我较真儿……"

柳梦龙说:"是!是!你快些好!我,我知道这些都是我的错!"

凤儿又凄凄惨惨地说:"本来我可也招人疑惑,过去的那些事我又真不好意思对人说。我由小儿就仿佛在十八层地狱里长大了的,旁边的人都是些恶鬼;遇见了你,你才是一个好人!"

柳梦龙说:"我也不好!"

凤儿却宛转地说:"你以后自然对我好了!我们都做个规规矩矩的人,跟人家平常的年轻夫妻一个样,将来我们也有好看的小孩儿……"

柳梦龙说:"是!以后我们一定有很多快乐,你安心的,暂时养一养伤,不说了!"

凤儿又微微地笑,可是她的眼睛又闭上了。

柳梦龙把药在她的伤处敷了很多,并用被给她轻轻地盖上,慢慢地才离了床边,自己给自己的伤处也上了点药。

这时候,上霸天才又进屋里,只见他也满面是泪,原来他已听说了下霸天和中霸天的死耗。

柳梦龙反倒安慰他说:"为我们的事,想不到使你们兄弟竟落得这样的惨!"

上霸天叹了口气,说:"这能够埋怨谁呢?走江湖的大概都得落这么个结果!"他又说:"柳兄弟你也都知道,我青毛豹,跟镇山豹、白眉老魔,我们这三霸天本来都是无恶不作的人,要死早就应当死了。可是我们因为都年纪大些了,世故经得多些,渐渐知道各人自己的不对,愿意洗手。只是,一来因为空走了几年江湖,手头实在没剩下钱,花费又大,不干歹事,就没饭吃;二来,跟着我们吃饭的伙计也不少,我们想不干,他们也不答应,倘若翻了脸,还许跟我们为仇,所以就弄得骑虎难下。这么混了几年,在前年才遇见陶姑娘。那时陶老太太还在耿家住着,没有出来,陶姑娘一人私自北上,为的是给她母女先铺下一条平安的道路。那时,我们也不知道她是个什么样子的人,你就想吧,路上忽然来了一个骑着马的,穿着一身紫的,头上还带着绒凤花,年纪轻,长得又标致,我们看见了还能够放她走吗?所以——说这话应当叫你给我一刀,——除了白眉老魔,我们那个老兄弟,他是好财不好色,我跟中霸天镇山豹真都没怀着好心,为这事,我们两人差点没伤了交情。可是这时候还没跟陶姑娘动手呢,及至一动手,大概你也知道,我就不必多说了,我们真像是一群小妖儿遇见了天神女,野鬼遇见了个女钟馗,蛤蟆精遇见了个女张天师。她的刀好像斩妖剑,她的镖就如降魔杵,我们三个霸天跟那些个伙计们简直都一点办法没有。她那时候要是狠点心,早就把我们全都杀光了。可是她对待我们很慈善,竟像是个观音老母,教我们知道了些人情天理,还帮助我们解去了许多难处,这才使得我们服了她。她由此又回往襄阳,直到去年春天,她才又由襄阳出来,就带出来她的老太太,还带出价值万千的金银财宝。她分了我们一些,叫我们各置田产,别再干坏事,所以我们三个人早就都洗了手了;要不是那刘主事乃是我们的大仇,谁能去劫他?"

柳梦龙点头说:"差不多我已全知道了。"

可是上霸天还要跟他絮絮烦烦地说:"你也在床边躺一躺吧!我看你受的镖伤也不轻。我们早就都知道那耿二员外厉害,连陶姑娘都怕他,都跟怕老虎一样,不然何至于跟我们这些人交结?她交我们,全为的是我们人多势众地方熟,到耿二员外来找她的时候,我们可以帮助她抵挡。我们手下那些伙计,她不许去干坏事,可也不让走,她供给饭吃,就供了这么一年多。最近要不是你来了,你又走了去学镖,她把什么什么就都托靠你了,她不怕了,她这才叫我们把那些个不老实的伙计都打发走,可还留下这几个,说是将来在磁州开镖店,旗子上绣紫凤凰,算是紫凤镖,做规矩买卖。"

柳梦龙一听,觉着陶凤儿倒真是颇有打算的,而所打算的事又都极为可爱,就看了床上的凤儿一眼,心里像念佛一般祈祷着,她的伤千万要快一些好。

此时上霸天又说:"这些话现在我提着也没心肠了,因为我们老二、老三都经叫姓耿的打死了!耿二员外,他妈的!我知道他名叫什么银镖小吕布,可是我还没见过他,他难道是三头六臂?他比太上老君、元始天尊还有本事?他的镖难道就是广成子的翻天印?"

柳梦龙一听,这上霸天把《封神榜》闲书上的那些荒唐人物倒都记得很熟,他的样子倒是很滑稽,可是这时真没法子笑出来了。心里结着个痛苦的大疙瘩,连这些话听着全不耐烦,可是又不能不让上霸天往下去说。

上霸天又说:"陶姑娘,其实她的本事也未见得比那耿二员外低多少,可是她已被吓怕了,一提起耿二员外,她就仿佛耗子见了狸猫,本事先减去了很多。其实要是真跟他拼起来,也未必就斗不过他!"

柳梦龙却叹息着说:"这就是因为那暗器,耿秉荣的镖打得实在准,若凭真正的武艺他也不行!"

上霸天又说:"现在可还得提防着!由磁州到河南这条路上,一年来,没人不知这紫凤女陶凤儿的,也没人不知道我们三霸住在哪儿;他们既能找到下霸天那里,也自然能找到我这里。"

听了上霸天的这话,柳梦龙就不禁愁烦了半天。本来昨夜的一场争战,耿二员外算是占了上风,他没受一点伤,虽说那悍勇的陆七和他的臂膀欧阳锦大概都已经没了命,可是他还有个雏儿,还有那不少的汝南一带的镖头,全听他的支使。假使陶凤儿要在这些地方不出名,现在隐在个僻乡小户人家去养息,三个月、五个月也许不至于被他们找到;现在却不行,陶凤儿从前年出来的时候,打服了三霸天,同时也弄得这条路上,甚至于车夫、店家,都知道紫凤女,她藏在什么地方也是不行了,何况在这儿? 说不定霎时之间,那耿秉荣又能够持着飞镖找来。凤儿现今是已经半死了,我又已受了两处的镖伤,上霸天和他手下的几个伙计更没有什么用,难道等他来,我们就眼睁睁地吃亏? 或是真要死在他的飞镖之下?

这样一想,他不由得更着急起来。上霸天也慌张地叫他伙计去关大门关二门,并紧闭三门,然后都拿着刀防备着。

此时,陶凤儿又呻吟着叫着说:"来! 你上我这儿来!"

柳梦龙赶紧一瘸一点地走到她的床边,轻声地问说:"你有什么事?"

陶凤儿却拉着他的手,殷勤地问说:"你受的伤重吗?"说着话,睁开了眼睛瞧着他。

柳梦龙却摇头说:"不重! 我并不觉着怎么样,实在说,比你上一回打我的那一镖差得太多了,耿秉荣的镖法并不怎么样。"

凤儿微微叹息地说:"别再提他啦! 我如今受了镖伤,也算是报应,因为我一个女人家,当初何必要学它? 何不安安分分地跟别的女人一样?"

柳梦龙说:"这也不怪你,这总是你的遭遇太不幸了!"

凤儿微微地摇头说:"也不是! 我也有许多的不好。当初我学会了镖,也非常之骄傲,前年,我往北方来,因为想着闯名声,叫三霸天他们全怕我,全都得听我的指使,我就不免也狠一些,我用镖打死打伤过他们二三十个人。现在我也受伤快死了,我想这也不屈!"

柳梦龙说:"咳! 你不要再想这些个了! 你就安心地将这伤养好,以后就按你所说的,我们都做规规矩矩的人。"

凤儿默然了一会儿,忽又问说:"你能够现在骑马赶到磁州,把我妈或是我舅父请来吗?"

柳梦龙一阵愕然,问说:"为什么事呢? 不会等你的伤略略好一些时,咱们就一同到那里去吗?"

陶凤儿声音微微地说:"不是! 我是要叫他们来,有几句要紧的话想告诉他们。"

听了凤儿的话,柳梦龙的心就仿佛被刀深深剜着一个样,因为凤儿要把她妈找来,就像是要说遗言似的,就像是已经觉着自己不久于人世了,这叫人有多么痛心呀!

当下,柳梦龙眼泪又不住地汪汪地往外来滚。凤儿微睁开了眼睛看看他,似笑地说:"你可难过什么呀?"

柳梦龙跺脚说:"我为什么难过? 都是我自己把事情弄错了! 当初我就应当叫你跟着老太太和舅舅一块儿走!"

凤儿呻吟着说:"这倒也用不着后悔啦,因为我早已知道走是白费事,反正也走不开。你没看见耿秉荣的势派有多么大吗? 他的镖打得有多么准吗? 他反正是没别的事,安下了心想找我;我走到哪儿,他也能追到哪儿。"

柳梦龙说:"就是! 咱们在这儿,也不算就躲开了他,说不定我才一走,他就许又来了。所以不如索性你安心调养两天,伤好点,咱们上磁州去。"

凤儿反问说："那么，要是没等到我的伤好一点，他就又来了呢？"

柳梦龙说："有我在这儿，究竟好一点。"

凤儿却叹息着说："咳！好什么？"她实在没有气力往下再说了，就闭上了眼睛休息了一会儿，然后，又声微力弱地说："我猜得到，耿秉荣只要是知道我没有死，他一定还得来；他不把我逼死，他是不甘心的。"

柳梦龙愤愤地说："为什么就容许他逼？他就是不来，我也还要找他去！他与你们的恩仇是非且不论，我是早晚得跟他拼一个生死！"凤儿闭着眼睛没再言语。

上霸天在旁边连连向柳梦龙摆手，但柳梦龙怒犹不止，又说："我也知道你的心，你是想把我支开……"凤儿忽又睁开了眼，急问说："我支开你干吗？"

柳梦龙说："你也是一种好意，你怕我再遭耿秉荣的暗算，所以你料定一半天内他仍能够找来，所以你先叫我走，你却一人在这儿，等着他将你气死或害死！"

凤儿又凄惨地笑了，说："这是哪儿的事？我可真没有这样想。我告诉你，到了现在，我才真不怕他啦！别看我伤得这样子，他要是真来了，我还真能够挣扎着，拿镖去打他！"

柳梦龙说："既然这样，咱们不必再说别的话了，且在这儿安心地调养。耿秉荣来了，咱们就跟他拼个生死；他若不来，咱们再一同往磁州，去看老太太。"

凤儿阖上了眼睛，不再言语了。

柳梦龙却暗暗对上霸天说："你派一两个人去打听打听耿二员外的动静。"上霸天悄悄地回答说："已经派人去了。"于是柳梦龙就在这里调护着凤儿，并也调护着他自己。上霸天在这里也有家眷，男女仆全有，他派了两个女仆来这屋里帮着服侍。

镖伤虽重，究竟还与刀砍剑戳的那种重伤不同，这个伤的伤口都不太深，而且所打的并非致命之处。只是柳梦龙与陶凤儿燕尔新婚，竟然突遭此难，虽说是误会全消、感情益笃，但二人的心却都已受了残酷的摧毁，没有一点快乐了。

耿秉荣还就离着这儿不远,随时都有来到的可能。此时,最着急的就是上霸天,他不但命人严守住了三道大门,并派人时时去往那边探听,得了耿秉荣在那边的举止情形,立刻就飞马前来报告。

那边本来有个小镇,镇上都是他们的熟人,而下霸天白眉老魔的庄院——即出事的那地方,距离那镇本来甚近,很容易打听的。所以当日晚间,就有人回来报告说:"耿二员外那些个人连马匹,昨夜就全都宿在那庄里,他们把白眉老魔的家当作了他们的家,耿秉荣多半还是就在那新房里睡的觉。镇上的棺材现在都被他们买去了,把他的那妾——就是被他亲手打死的那弯大姐,和姓陆的、姓欧阳的等人,都入了殓,连白眉老魔,他们也发给了一口棺材;中霸天的尸身,是被那镇上开店的人给领了去,现在也装在棺材里了。"又说:"县衙门的人,今天也去了,可是那耿秉荣说这是私仇,又说那庄院是他的钱盖的。衙门的人也弄不清楚这件事情,更因为耿秉荣的势派很大,说他有个胞兄,在京里做官,跟着他的那些人也是各处的镖头,因此县衙门的人就也没把他们带走。现在他们还都在那儿了,可不知将要做什么打算……"

上霸天听了这些话,才算略略地放下心。柳梦龙也愿意他们暂时就在那里,别管做什么,而自己与陶凤儿就在这里调养。他又给陶凤儿的伤处敷了些药,看着还不致有什么性命之虞,他心中也稍为安慰,只默祷着能够在此安居几日。这刀创药是有效验的,凤儿的伤如能够再好一点,那时再离开这里。至于耿秉荣,此番以后,双方冤怨是能由此解开,或是结得更深了,现在全都不能够预想。

他眼望着陶凤儿,紧皱着眉,暗自叹息。就见陶凤儿闭着两只小眼睛,微微喘着气,神情是十分的恬静。灯又点上了,窗外仍然有月光,鸦雀无声,四周寂然。但是待了不大的时候,忽又有人来报告信息,这时前面的人又慌乱起来了;人虽不多,可都紧急地呼喊,说:"快来了!赶紧预备着吧!你去看大门,我去看着三门……"

上霸天拄着拐杖,跟跟跄跄地又进了屋,他急得了不得,说:"真的来了!耿秉荣现已带着他那些人往这儿来了,说话就要来到!柳兄弟,你想想到底怎么办呀?我这儿虽说还有几个人,可是他们的本事都不行,咱们的身上又都有伤啊!"

柳梦龙听了不由得又十分的兴奋,怒火燃烧着全身,冷笑着说:"不要紧!他来了正好,若不拼出个死活,永远是没有完!"说着,就又把那口宝剑拿在手里,又向上霸天说:"你不用怕。"

上霸天却长叹着,说:"怕倒是不怕!柳兄弟,不是我抱怨你,要不是那次你跟我交手,把我摔成了这个样子,我现在的腰腿要能跟早先是一样,嘿!我真——不但不怕,还愿意他耿秉荣前来,叫他认识认识!现在可不行,我真跟个残废差不多了。"又说:"我也不是抱怨陶姑娘,陶姑娘要不叫我们把手下的人打发走了,现在还势大得多,怕他们干什么?"

这时,忽然陶凤儿瞪起了两眼,怒声说:"你抱怨什么?现在你们这些人可以全走开!谁也不要来管,把大门、二门、三门全敞开,叫那姓耿的来吧!"

柳梦龙摆手说:"你刚好一些,不要再生气,也用不着就着急,这事也没有什么了不得的。"

陶凤儿说:"你说得对,若不拼出个死活来,永远是没有完。待会儿他要来了,还是让我去见他!"

柳梦龙故作镇定地说:"不要紧,你尽可照旧地安心养着伤,我既没有躺下,手又有宝剑,一个耿秉荣难道我还抵不过?那些镖头我看也是跟着他瞎凑热闹,既没有什么本领特殊的人,也不是愿意帮他拼命……"说着,又向上霸天说:"到时你也不要上手,你只叫你手下的几个人都沉住点气,千万不要惊慌。"这时,上霸天是一声儿也不敢言语了。

柳梦龙提剑走出了屋,又见月色淡淡,跟在下霸天庄院里的时候景况无异,只是现在没有心里的那些疑闷了,可是事情也愈危急。因为耿秉荣的镖真令人难防,凤儿如若再受他一镖,那可一定完了,所以今天,无论怎样也不能叫凤儿再跟他见面,我得先去迎上他!

当时,柳梦龙就令上霸天手下的两个人在这院里防守,他提着宝剑向外走去。出了三门、二门,直到大门,只见门虽都能够紧紧地关闭,可是看门的人太少了,这里的势太孤了,也难怪上霸天抱怨。可是又想：陶凤儿不顾利害，将那些贼伙计全都打发走了，原是表示她将要跟我结婚，从此安分守己，才那样做的，是很可钦敬的，为此而被祸，真更令人痛惜，她真是一个可爱的女子！今天这最后的一关，我如将耿秉荣挡走，或打死便罢；倘若不然，我也决定以死报答于她。他这样想着，心里不由得更是十分难过。

站在大门外，向下去看，只见那条狭陡的石阶被树影遮着，由树枝上漏下来的月光铺在地面，纵错斑驳，时时地摇动。石阶之下，却是一片月色苍茫的旷野，什么东西也没有，就像一片大海似的。

柳梦龙站立了一会儿，觉得胯骨疼痛，但心里却十分的急躁，就想：我要是等着耿秉荣他们再来，那岂不太傻了？昨天还不就是因为那样，才吃了亏？现在我应当赶紧迎上他们去，至不济，也得跟耿秉荣同对死亡，绝不能叫他又到这儿来！于是柳梦龙就将心一横，精神陡然振起百倍，回首向大门里喊道："来！把我的马牵出来！"

里面守大门的只有三个人，柳梦龙出来之后，他们早就把大门闭得严严紧紧，听外面这一说话，他们还惊慌着直问："是谁？是谁？"柳梦龙又大声地重新说了一遍，叫他们快给备马，里面才答应着，并叫他等一等。

这里面现有的马恐怕比人还多，所以待了不大的工夫，门就开了一扇，放出来了一匹鞍鞘全备好的白马，并隔着门，将一只皮鞭子递给了柳梦龙，大门随着又紧紧地闭上了。

柳梦龙见门里的人这样的谨慎，这倒还略略地叫人放心，于是他就将这匹马揪住，忍着胯骨的疼痛骑了上去。马不敢向下走，还用力地扭脖颈，要往那大门上去撞；柳梦龙却狠狠地勒过来马头，吧吧地抽了几鞭子，这匹马就三蹿两跳地跑下了这高坡，如同疯了似的嘚嘚往东一阵飞跑，踏得尘土飞扬。柳梦龙的胯骨疼得已经失去了知觉，用尽全力勒住了马，马还在乱跳。

他的这匹马全身是纯白色的，在月光下，除了地面上乱转的这个影子，要想从对面看得清楚，简直不大容易。这匹马的性情又真顽劣，柳梦龙的手稍微一缓，缰一松，它当时就向东飞驰。

走出有三里多地，就看见眼前有一条乌龙似的东西，蜿蜒地蠢蠢地来了。这就是一大队马，柳梦龙看见了，立刻便故意放马过去，霎时之间，只听得呼啦一声，他几乎跟对面来的这些匹马撞在一起，幸亏对面已有了准备，向四下里一散开，就让他这匹马冲过去了。

但是这里的耿二员外已经掏出镖来，扬手打去，立时，那性子劣的一匹马便中镖而跌倒，整个把柳梦龙翻下。柳梦龙趁势一跳，就跳到了道旁，腿一软，身子刚要倒，又咬住了牙，努力地站住，横剑怒喊道："耿秉荣！你不要往那边去，我正是要迎你来，拼一个生死！"

这些人又齐都亮出了闪闪逼人的刀剑，高举着，刃向前进，马也一齐来逼。那耿二员外却又连声大喊着："不可！不可！这是柳梦龙，他是条好汉子，这样叫他死了，显着咱们做事不光明，反正我叫他死，他立时就得死。"

柳梦龙却冷笑着说："若怕死还不能迎你来，我死也非得叫你陪上。来！无论是刀是剑，或是你的镖，尽管向着我柳某来吧！"他反舞起宝剑，喀喀喀，将三四个人手中的钢刀全都削折斩断。

耿二员外仍然叫他手下的人都住手，这时群马才都闪开，嘚嘚嘚，蹄荡土扬，摆了一个长圈子，好像是阵势，就将柳梦龙困在当中。

柳梦龙却毫无畏惧，仰起脸来借月光细看，就见十步之远就是那耿二员外，持着镖坐在马上，旁边有那雉儿，也骑马保护着他。

耿二员外的样子并不太生气，只说："柳梦龙！你这是闹什么？在襄阳的时候咱们原是好朋友！"

柳梦龙怒斥说："胡说！谁跟你是朋友？慢说你对我的妻子那样的欺辱，就是没有那些事，为你过去的种种凶横行为，我也得杀了你！"

耿二员外说："我也不怕死，只是我还得见凤儿一面。"

柳梦龙举剑跳起说："不行！你快用镖来找我吧！但你要知道，你再发，也绝不能将我打死，我却还能够负着伤，要你的命！"

耿二员外把马向后退了几步，雉儿却手持钢刀，连人带马挡在他的前面护住他，瞪眼看着柳梦龙，却不发一语。

耿二员外说："我们真不必如此，有话尽可好说。欧阳锦跟随我多年,陆七是给找来的,他们也都跟你没有什么仇恨,但可怜他们都惨死了。为什么呢? 就为的是我跟陶凤儿,连你都是无辜……"柳梦龙忿然说:"你不要说这些话!"耿二员外却说:"这是真的! 你跟她虽是夫妻,可是你们相识了才有几天,我却是跟她在一块儿长大了的,亲近有如兄妹。"说到这话,他竟哭了,肥胖的身体几乎由马上堕下。

他拿身上的斗篷不住地擦着眼泪,悲切切地说:"我知道昨天我因一时性急,将她用镖打伤了,可是我想她一定还没有死,所以我还得去看看她。我只向她再说两话,然后我就走,永远也不扰你们,或是任凭你将我杀死,我也绝不还手。你若是不相信,你看……"说着话,他将手里的镖扔在地下,并将身上带的镖囊也解下,扔在地下了,拍拍手说:"我身边寸铁皆无,他们这些人,一个也不叫跟着我去,只咱们两人走;走出三步以外,你柳梦龙若想抢剑杀我,那也随你的便!"

柳梦龙这倒真觉着作难了,因为想不到耿秉荣现在竟是这样的态度慷慨,自己若是依然执拗着不许他去见陶凤儿,那倒显出自己太量小心狭,不是好汉。再说,现在他们的人多,真若是一齐来上手,自己实在是要吃亏的。若不就叫他去? 反正他现在仍然迷着心窍了,还抱着片面的痴心妄想,索性叫他再去看看。他见陶凤儿跟我真心挚意,他也许就明白了,也就打断了他的迷梦——这是说叫他活的话;他如若仍是像昨晚那般的凶横,我也就不必管他身边还藏着镖没有,就跟他肉搏,那时再拼个生死。于是就冷笑着说:"其实叫你去看看也可以,不过我什么时候叫你走开,你就得立时离开那里才行!"

耿二员外点头说:"那是自然! 因为那上霸天住的段家堡,就是你们的家,我去了不过是个客。陶凤儿是你的女人,我去了,也不过是因为旧日的一点恩同兄妹之情!"

柳梦龙就说:"少说废话! 走!"

于是,耿秉荣命那些镖头们让了一匹马给柳梦龙骑着——这是因为柳梦龙刚才骑来的那匹白马受了镖伤,卧在地下大概是起不来了。耿秉荣再向那些镖头嘱咐着说:"我要同着这位柳兄去走一趟,你们众位可以在此稍候,若是月亮走到当中——向西偏下一些的时候,我若还没有回来,你们就不必在这里等着了,可以仍然回到白眉老魔之处,将欧阳锦等人的棺材运回,我家里的人对你们自有一番谢意!"

这些镖头里就有人愤愤地说:"耿二员外!你可不要上了他的当,你空手跟着他,走不到那儿你就得吃亏,还是我们跟着你去吧!"

耿二员外却发怒说:"谁要是跟着我去,我可就跟谁翻脸!我叫你们来,原是先讲好了价钱的,你们做的是买卖,是我雇的,就得都听我的话!"

雉儿拨马上前来,说:"我跟着去吧?"耿二员外却劈头就是一皮鞭,将雉儿的头发立时打散了,他怒斥说:"退后!你要敢跟随一步,那鸳儿怎么死的,我也立时叫你怎么死!"雉儿却一声也不敢言语,披散着头发,急忙将马向后去退。

柳梦龙都觉着有些看不下去,因为这瘦小而悍勇的雉儿对他太是忠心,他却一点情理也不讲;这家伙实在凶恶,别看他现在态度慷慨,他不定怀揣着什么恶意。

此时,耿二员外就毫无顾虑地说道:"走吧!"于是他的马在前,柳梦龙的马在后,踏着月色,又一直向西。

柳梦龙回首看着,那些人马倒是没有跟着前来,他很有心在这时候就赶上前去,一剑就将耿二员外戮死。他自己已经打算着这样做了,当时就挺剑追上前去,耿二员外却疾忙回首,看见他手持着宝剑,就叹了口气,说:"我本来得了这口宝剑,很是喜欢,那时你又到襄阳去了,我更为高兴。我蛮想凭着这口宝剑,持在我手,再有你这样武艺高强的人帮助我,必能够把三霸天全都打败,得回来陶凤儿——你可不要又生气——我原来真是这样想的。凤儿若跟我回去,我下点耐心,一定能使她跟我成为夫妇。以后我有娇妻、宝剑,又有好友,我一生已足,再给我什么我也不要了,想不到啊……"

他又长长地叹气说:"三霸天倒是从徒有其名,一点也护庇不了陶凤儿,可是你这个朋友原来是假的,你才是护庇着凤儿的人;并且跟她还结成了夫妻,把宝剑也夺了过去。我还有什么办法,只好都听凭于你吧!"

柳梦龙此时倒有些不忍得将他戮死了，就说："你既是明白了，我也不为己甚，你现在就可以走吧；回去你应当改悔前非，你是一个世家子弟，应当好好致力于你的前程。"

耿二员外惨笑着说："我连命都不要了，还要什么前程？"

柳梦龙说："这口宝剑你也可以拿走，只是你那镖，嗣后不可再胡乱伤人。"

耿二员外又摇头，说："宝剑我也不要，连我家里的家私，全都送给你跟陶凤儿也行！我还要什么？没有了陶凤儿，我什么都没有了；这两年还有个鸾儿，解去我一些愁烦，可是也被我用镖打死了……"说到这里，他更不住汪然流涕，大哭着说："不用劝我，我一辈子也不再打镖了！我现在只去看看，我用镖把凤儿伤得重不重；她嫁了你不要紧，她别永远恨我，早先总有过一个时候确实是恩同兄妹……"

柳梦龙真觉着发愁了，耿二员外怎么竟会是这样的一个人呀，可真叫人难办！

耿二员外一边哭着，一边向前去走，走了一会儿，他就直问说："在哪儿？在哪儿？可别走错了路！"

所以，柳梦龙就催马越过了他，在前领着路。又走了些时，就到了段家堡的山坡之下了。

这里，寂静凄凉得真像是一座古坟，尤其月光照着耿二员外那一张惨白的臃肿的死人一般的脸跟他那些鼻涕眼泪，真难看。

柳梦龙也实在疲倦极了，这条胯骨受了伤的腿，简直跟没长在自己的身上一样，这时候要叫他跟耿二员外拼杀一阵，他也实在没那力气了，所以，他也很是心灰意懒，将马系在一棵树上。耿二员外仰面向这座高岗看了看，问说："就在这上面吗？"

柳梦龙点点头，并说："马要是往上去牵，那太费事了，不如你自己将马系在哪棵树上吧？"

耿二员外却摇了摇头，他既不言语，也不去系马，下了马把缰绳松了手，就什么也不管了，仿佛他的马是否能够跑远而致找不着，他是一点也不顾虑。只是精神颓丧，连步都懒得迈。

柳梦龙指着向前去的道路，就催促着说："往上去走吧！你在前面走！"

耿二员外又叹了口气，遂就一级一级地慢慢地迈步向上去走。本来这山坡既高，路面又窄，他的衣裳长，身体又肥，向上走真难，吁吁喘气，又唉唉地叹气，走一会儿，就要站住歇半天。

柳梦龙也是一条腿跛着，往上走，非常觉着痛苦。同时他又觉耿二员外也甚可怜，以他在家里时的那样养尊处优，走三步全都得有侍妾搀扶，如今竟落到这步田地，也够凄凉的了。所以，柳梦龙有时竟想搀他一把，更有时想把他推得滚下去摔死，心里就这样矛盾地想着，终于是虽然不屑于去搀着他，可也不愿用恶劣的手段去摔死他。

好不容易才走到了岗上，耿二员外借月光一看，就不禁惊讶，说："啊呀！在这山上竟还有这样大的一片房屋？"

柳梦龙也不理他，就先上前叫门。里面的人向外问明白了，才把门开了，开的这道门缝太窄，耿二员外侧着身子才算挤进去。柳梦龙随着进来，遂又令人将大门关严，并且锁上，嘱咐着说："无论外面有谁来叫门，或是里面有人向外走，全都不许给开！"三个看守大门的人一齐答应，并且全惊讶着望着耿二员外。

进二道门，进三道门，也都是如此，耿二员外实在已成了瓮口之鳖，但他也不慌，只问说："凤儿呢？你的夫人呢？她现在哪里了？"

柳梦龙忿然说："你不能就随便进屋，就站在这儿等着吧！"他命站在院中的那两个伙计持刀看着耿二员外，说是："只要他敢动一动，你们就自管下手杀他！"两个伙计全都高声答应着。

耿二员外却也嚷着说："柳兄！你可千万快一些出来招呼我！因为我在这里两腿站不住，心也忍耐不住。反正，我已经来到这里了，我不必跟陶凤儿说话，要我死在这里也行，反正她能够看得见我的尸首了。凤儿！凤儿！无论咱们有多么大的冤仇，当年可也是恩同兄妹，我从来没跟你瞪过一次眼。今天我来是叫我看看，并不是只有柳梦龙能够轻身去往襄阳，在我家中充几天好汉！你看我，我赤手空拳，也敢来这里，我的胆子并不比他小。凤儿，你再许我见你一面就行……"

他这样的大声嚷，那两个上霸天手下的伙计齐将刀高高地举起，就等着柳梦龙说一句话，他们的刀就要落下来了。柳梦龙心里虽很是生气，可是仍然犹豫，仍是没有干脆就将耿二员外结果了的决心。

但就在这时，突听前面看守大门的人齐声喊嚷，仿佛是说："来了！来了！"把话传到二门，看二门的两个人也向里喊："来了不少匹的马！"接着三门上的人跑过来，就紧紧地说："怎么样？柳大爷！现在外面可来了不知有多少的人马，把咱们这段家堡给围住啦！待一会儿就都能够撞进来了！"柳梦龙当下就用剑指着说："好！这算是你定下的毒计！"耿二员外却摇头说："不是我叫他们来的！他们那些人是不听我的话。"

此时，在耿二员外身旁举着刀的两人也都着慌了，问说："柳大爷你快定主意，到底是杀不杀他？不如杀了他咱们跑吧？"

柳梦龙却急急地摆手，心里十分的焦急。而这时突然对面的墙上出现了一条瘦小的黑影，向着这里说："二员外！给你！"说着嗖嗖地扔来两支镖，全都被耿二员外稳稳地接住。

那边的墙头上正是雏儿，柳梦龙更是惊讶了，那两个拿着刀的伙计，也吓得向旁边跑去了。柳梦龙就嘿嘿地冷笑着说："好个耿秉荣啊，真算是有点本事！不但你骗到这儿来了，你还又得到了你的兵器，真光明！真磊落！真会装出那种可怜的样子！不怪你是世家公子出身，哼！"

耿二员外说："这两支镖吗？你别害怕！我也不用它。实在跟你说，我的袖子里和身边，立时掏出二十支三十支镖，我也有；我若真是赤手空拳，还能跟你们到这里来吗？"

柳梦龙说："赤手空拳这句话，原是刚才你自己吹的，如今你忽又招供出来了实情。你真不是个好汉！不像是个男子！随你吧，你要拼就拼，这屋里却不许你进来！"说着，他就疾快地进到屋里。

此时屋里的灯，早就不知被谁给吹灭了，十分的昏黑。虽然窗上有几点斑驳的月色，可是那绝透不到屋里，看不清屋里全有什么东西，更看不见有人。他心里就想着：说不定我走了这一趟，跟耿秉荣捣了那半天的麻烦，凤儿在这里，早已经因伤而死了……我真糊涂，我真傻，虽然他们一定要寻到这儿来，我却何必自寻着上这个当？

他又不敢叫，恐怕窗外的人知道凤儿躺卧的地方，他就慢慢地蹭着脚向前去走，伸着一只手向前去摸，打算摸着凤儿躺着的那张床；不料就蓦被人揪住了他的胳臂。他立时大吃一惊，觉出来揪他的正是陶凤儿那纤纤的手，他就悄声问说："你怎么竟……竟能够站起来了？"

凤儿是站在隔扇的旁边，悄声说："我早就起来啦！随身的东西跟药，我也都带好了，咱们现在就想法子快一些走吧！"

柳梦龙却皱着眉，悄声说："怎么能够走？这屋子又没有后窗，上霸天的一家人全都在这儿；咱们若走了，他的一家子也都不能够活命！"

陶凤儿说："咳！咱们到现在还能能够顾得了谁？你这个人的心可太好了，居然你还能够上他们的大当……"

柳梦龙说："这我倒不后悔，反正挡不住他们来。现在我想跟他们拼，你趁机会走！"

凤儿说："我走你也得走才行！其实我的伤真是挣扎不住，可是无论如何，我也得把你救出这虎口。我，万一能走出，万一能够活，那不是更好吗？"

这时那耿二员外在院中又大声地说："柳梦龙！你快些出来吧！陶凤儿在那屋里，她若能够行走，你就也叫她出来，这没有什么；只要叫我跟她说几句话就行，我又不拦挡你们做夫妻，你们可怕的什么？我赤手空拳都敢来到这里，怎么你们反倒害怕起来了？"他到现在仍然说他是赤手空拳，可见他简直是疯癫了，而居心颇恶。

陶凤儿此时站了一会儿真站不住了，就又依偎着柳梦龙，悄声说："现在也不能管别人了，我只是不知道你的伤怎样？你能够抱着我或背着我，咱们一同逃开这儿吗？"柳梦龙更是着急，说："三道大门我已都叫人关严了，外面那许多人自然不容易闯进来，可是我们要往外走，也一定来不及，因为他的手里有镖，不用咱们把门开开，他就必定用镖来打。我想，或是我带着你蹿上房去，大概还行……走了不要紧，我死就叫耿秉荣也得死，可绝不能够叫你死。"陶凤儿用手把他一推，说："你说的这是什么话呀？"她似乎有点生气了。

这时，耿二员外又在外面大喊："陶凤儿！柳梦龙！你们出来吧！不用怕我。"又说:"你们要是不出来,我可就要进屋去了!"越说话,他的声音离着窗越近,仿佛是往近走来。

陶凤儿急忙叫柳梦龙扶着她,忍着伤,蹭着脚步,到屋门的旁边。柳梦龙一只手搀扶她,一只手就狠狠地握着宝剑,剑锋直向着门外,只要是耿二员外拉开门一走进来,不容他进来,就准备着刺他一剑,然而凤儿却向他的耳边低声说:"不要紧!"

陶凤儿把精神振奋了一些,她早已挂好了镖囊了,此时就突然掏出来一支镖,拿在手中,紧张地叫柳梦龙把屋门慢慢地开。

这时耿二员外已登上了石阶,发急了,说:"怎么?还不出来?陶凤儿就是死了,也得叫我看看她的尸首……"

这时,柳梦龙就以剑锋支住了门,慢慢地开了,呀的一声,这扇门开了一道缝,就见门外月光之下,耿二员外那胖身子正要硬进屋来,离着门不过四五尺远。就在这一眨眼的时间内,陶凤儿手中的镖突然打出,正从门缝穿出,而打中了耿二员外的咽喉,耿二员外连喊也没喊出来,就咕咚一声仰倒了,真像是倒了半堵墙似的。

那雉儿大惊,赶紧跑过来,柳梦龙突然出屋,举着剑说:"你还在这儿要找死吗?"雉儿凶狠地抡刀向她就剁,柳梦龙以剑相迎,只一两合,雉儿的刀就被宝剑斩断了;她又飞来了一镖,也被柳梦龙闪开。

此时凤儿扶着门走出,厉声说:"你还要干吗?雉儿!你还要干吗?"瘦小而强悍的雉儿看见了凤儿,当时就哭了,说:"凤姐姐你可真狠心!无论怎么样,你也不应当将二员外打死呀?"凤儿看见了仰卧在月光下,如一口死猪似的耿二员外的尸身,也不由得内心发出了一阵难过。她咬着嘴唇,瞪着眼睛,呆立了半响,又扶住了柳梦龙,却向雉儿说:"他也应当死了,你算一算,他生前曾用镖打死过多少人?现在叫他吃这一镖,也不为之过!"又问说:"怎么样?现在你是想为他报仇呢?还是想走?"

雉儿一边抹着眼泪,一边说:"二员外是被你打死的,又是用镖打的,我还给他报什么仇?他也是活该,因为你的镖多一半都是他教的,早先他待你又比待我们都好!"

凤儿说:"你只知道他对我那些假好处,却不知道我们两家的仇恨!"

雉儿说:"那我都管不着,因为他待我有恩,我才跟着他出来。现在他已死了,还有什么说的? 我只求你叫我把他的尸首抬走。"

凤儿点点头,向柳梦龙说:"叫她抬走吧!"

这时,上霸天青毛豹等人知道耿二员外已经死了,就全都不怕了,各个都威风百倍。外面那些被二员外雇来的镖头们,虽将这座庄院都已围住,并且砸了半天的门,可也没将大门砸开。此时,上霸天的伙计把耿二员外已经死了的事隔着门传到了外边,并向他们说:"你们还捶什么门? 你们惹得起陶凤儿吗? 趁早儿回去吧!"当时外面的那些镖头们就不再砸门了。

陶凤儿由柳梦龙搀扶着,又回到屋内的床上躺下,灯已点起来,只见她的面色如同白纸,精神十分的疲惫。柳梦龙真不知道应当用什么话安慰她才好,待了会儿,她就将眼睛闭上了。

这时,那上霸天与雉儿共同商量了些话,然后由雉儿出去向那些镖头解说,说是耿二员外已死,现在什么话也不必说了,就把他的尸身抬出去就得了。那些镖头们都默默的,无话可说,进来了几个人,抬着耿二员外的尸身;雉儿哭泣着跟着,就走了。

又待了些时,上霸天进屋来说:"他们连人连马全都走了,就盼着陶姑娘伤快些好就是了!"柳梦龙连连地点头,其实他自己身上的伤这时也痛得十分的难受。

上霸天又出屋去,嘱咐他手下的人说:"虽说事情都完了,大门、二门、三门,可还得好生地看着!"他自己一只手架拐,一只手提着刀,还在院中来回地走,这时的月亮已向西去了。

屋里,柳梦龙歇息了一会儿,就赶紧又给陶凤儿的伤处敷药,陶凤儿却紧握着他的手,不住地悲泣,并且说:"你可别误会了,我是为别的事哭。我用镖打死了耿秉荣并不后悔,就是我想到以往事情,都使我难过,谁跟谁的情也不是真的;谁跟谁的心,也不能够彼此明了!"柳梦龙就劝她说:"你不要再想那以往的事了,我们只想将来吧! 只盼着你的伤能够快一些好吧。"

给凤儿上了药,柳梦龙往他自己的伤处也上了一些。待了一会儿,凤儿睡了,他也就躺在床边,不觉沉沉地睡去。这惊险的一夜,竟然度过。到了次日,到院中去查看,地下还有那耿二员外的斑斑血迹。

上霸天又派人到那小镇去打听,天约中午,派去的人就回来了,说道:"耿二员外的尸身,在那镇上已经装好了棺材,连什么姓陆的、姓欧阳的,和被耿二员外亲手用镖打死的那个小老婆的棺材,都雇了车拉着,由那些个镖头们保着,由那小寡妇雉儿跟随着,刚才就一同起身往南去了。"

上霸天说:"咱们也赶紧去把咱那两口棺材都拉来吧!"

柳梦龙听见这个嘴里也说着棺材,那个嘴里也说着棺材,仿佛是很多的棺材,他蓦然想起:这番自己保着镖出来,保的就是一口棺材。因为保护棺材,才惹起了三霸天,才招出来陶凤儿,才勾起来耿二员外等等的人,总之,当初应的那号买卖,就是不吉之兆。

江湖处处皆凶险,人间事事多苦痛,柳梦龙现在仿佛灰心极了,他真不由得起了找老朋友悦禅出家为僧的念头。然而,再看看陶凤儿的伤,不但没有因为昨夜累着而转沉重,反倒真就比昨天见好得多,实在是那刀创药的灵验,也是她的心事没有了。柳梦龙身上的镖伤,也觉着不太疼痛了。

此时,上霸天已命人将白眉老魔和中霸天镇山豹的棺材全都抬到这段家堡,把白眉老魔的老婆也接来了,把早先柳梦龙跟陶凤儿那新房里稍微值钱的东西也全都抬到这里来。那边的一所庄院真成了空旷无人的庄院了,尤其那里因为死过人,已成了一所凶宅,所以想派个人去看房,也没有人敢去。

上霸天倒很对得起他的亡友,虽然没有怎样大办丧事,可也请来了僧人、道士,诵经念咒的,超度了一番中霸天和下霸天的亡魂,然后将下霸天白眉老魔在山后掩埋,堆起了坟头,还种了两棵树;派人把中霸天镇山豹陈衮的棺材给送往磁州。

到磁州去的人过了半月方才回来,说是中霸天的灵柩运回家的时候,真还有不少的人去致祭,现在也已经安了葬,他遗下的几个老婆正在争家产。同时带来了一个凶信,就是陶老太太在那儿病重得很。舅老爷张达堂有亲笔的书信叫人捎来,催促着姑爷和姑娘,赶快去见一面。

信到了柳梦龙的手里,这不能不给陶凤儿看,凤儿一看见信,就痛哭了多时。她身上所受的镖伤虽说是日渐痊愈,可是除非有人搀扶,她还是不能够下床行走,但是她立刻就要往磁州去。这也没有法子,柳梦龙只好叫人给找来了两辆车,因为他自己胯骨上的伤也还没有好,所以也得坐车,并带了两个人在路上伺候着,他就同着凤儿离开了段家堡。

这时春风渐暖,沿路的树木全都披满了茂盛的叶子,大道上十分的平静,过泥洼镇,过断命桥,穿过黄土沟,全都一点事儿也没有。想起去岁年末,那黄土沟里一场恶斗,那风雪载途的情形,那在店里与凤儿初次相遇的种种,真不堪回忆了。

现在还万幸,凤儿只如同是个病人,而且这伤也不是没希望好的;只是她永远没个欢乐,话也不多说,仿佛心里永是愁闷、悲戚。

这一天走到了磁州,到了中霸天的家,见了她的舅舅,可是没见到她的母亲。原来陶老太太那次仓促地来到这里,旧病又复发,而且忧虑着姑爷和女儿,恐惧着耿二员外,她就一病不起;在张达堂托人带去信的时候,不到两天,她就断了气。所以今天陶凤儿来到,没看见她妈,只看见了一口棺材。她一痛几乎昏厥,她本来就是个受了重伤、羽毛零落的鸟儿,如今她的心又碎了。

在她悲哀哭泣之中,柳梦龙拭泪叹息之下,买了一块地,将陶老太太建坟安葬,并树了一块石碑。但这碑上的题字就难写了,柳梦龙与陶凤儿斟酌了半天,因为陶凤儿又触起她过去生活上的那些阴影,伤心叹泣,结果是只镌上了"陶母某老夫人之墓",就把这一位确实是做过官儿的夫人,但是也备尝人世的艰险、死于风尘、死于折磨、死于仇家的胁迫的老妇人一生结束了。

凤儿也不愿在中霸天的家里久住,所以给了她舅父一些银子,请他仍然回信阳州去经营石匠铺子,她与柳梦龙一同北上,也不往冀州去,却到了天津府,在一个幽僻的乡间置了几间房子,雇了两个仆人,他们就住下了。

自受镖伤直至现在,已经半年的时光了,他们俩才算痊愈。柳梦龙并没成什么残废,休养得更健康了;凤儿也还好,还那样年轻,不过就是身体转弱,跟她妈妈一样,过几天就要在床上病些日子。她的脾气改得完全的温柔,温柔得简直成了懦弱了,屋里要没有别人,她一个人就不敢待着。她本来是像鹦鹉一般的好说话,又好笑,跟小孩子一样的好玩,好生气,现在却全都不了。旧日活泼的精神和心灵,已都变成了枯木和死水,她的心受了永不能平复的创伤;仿佛也不是因为怀念她去世的母亲,更不是因为用镖打死了耿二员外,至今还后悔,她是不能与柳梦龙还似早先那样的痴心相爱了。仿佛,当初柳梦龙独往襄阳,看了耿家的种种情形,对她发生了猜疑,回来后却一句实话也不肯吐,非得等到耿二员外找去大闹,以事实证明,才免了柳梦龙心中的猜疑。因此,她妈死了,她受了伤,这仿佛是柳梦龙对她不谅所致。所以无论怎样,她总觉着人与人之间是有一层隔膜,但等着把这层隔膜打破,必须经过很多的艰难;侥幸把艰难再度过,可是人也不能像早先那样的天真了,寻不回来过去那种健全那种活泼了。但这也并非他们夫妻之间,就全无爱情,她跟柳梦龙依然是很好的。

炎夏已过,秋风送爽,夜来明月高悬,他们或在篱旁栽菊种豆,或在小窗对饮,以谋薄醉,跟新婚的夫妇一样,只是凤儿没有以前那么娇憨了。

在天津府的乡间居住了两年,连一个小孩子也没生,凤儿就因病而死。柳梦龙仿佛把一生全都完了。

然而他才不过三十岁,他的身体还健,武艺还没有放下。可是凤儿的钱,本就花得快光了,他不能闲着,于是重入镖行,到冀州去找着金刀徐老。

这时金刀徐老的五个女儿全都出嫁了,他倒是老当益壮,自己带着族侄小长虫徐顺照旧开着四海通镖店,见柳梦龙来到,他是特别的欢迎。

赛张辽原来是因为那一回勾引人家刘主事家的小寡妇，倒是被他勾引得差不多了，可是招起了刘家族人的公愤，一顿老拳，打得不轻。他是被人给抬回家里来的，那趟镖所挣的银子，也完全做了路费，结果还亏本，弄了一身的伤，被打得时常吐血，因此也就死了。他的妻子至今还全仗着四海通镖店给点钱养活着。

柳梦龙重新帮助徐老做买卖，他就首先换了镖旗，旗子都用素缎做成，上面绣着紫凤。这是因为凤儿生前原本有过这么个意思，她说过："将来在磁州开镖店，旗子上绣紫凤凰，算是紫凤镖，做规矩买卖……"现在柳梦龙就是想完成她的遗志。

紫凤镖行走在北方各处，缎旗招展，到处无阻，因为有陶凤儿的余威，有柳梦龙的威名，所以无论是多少辆，无论装着多少货物，或乘着官眷，绝保万无一失；即便没有柳梦龙跟着，半夜黑天在野地上走，也从来没出过一点舛错。

此时，三霸天之中仅存着的那个上霸天青毛豹倒是用段家堡和下霸天的那些产业养了老，不再在江湖上行走。雉儿听说是还在襄阳，她成了耿二员外的遗妾，倒也很安分的。

柳梦龙终身不再娶，他所得的钱完全随手施舍于别人。他尤其怜悯一些孤女，如遇大户人家有受虐待的丫鬟，或青楼中的雏妓，以及一切年龄幼稚、遭遇不幸的女子，他必定设法援救，为此也跟人结仇、厮杀，就是遇着了惯用暗器之人，他也非得找了去厮杀不可。

金刀徐老死后，四海通镖店归了徐顺，柳梦龙却仍然是大镖头，也是远近驰名的一位好心田而又有点怪脾气的侠客。

过了二十多年，这时柳梦龙便往嵩山去找他的老朋友悦禅和尚，以后，他大概也就在那里出家，永远断绝了红尘，江湖之间也从此消失了紫凤。

为《王度庐武侠言情小说集》而作

张赣生

我第一次读度庐先生的作品，是四十多年前刚上中学的时候，做梦也想不到今天为《王度庐武侠言情小说集》写序。

度庐先生是民国通俗小说史上的大作家，他的小说创作以武侠为主，兼及社会、言情，一生著作等身。最为人乐道的，自然首推以《鹤惊昆仑》《宝剑金钗》《剑气珠光》《卧虎藏龙》《铁骑银瓶》构成的系列言情武侠巨著，但他的一些篇幅较小的武侠小说，如《绣带银镖》《洛阳豪客》《紫电青霜》等，也各具诱人的艺术魅力，较之"鹤-铁五部"并不逊色。

度庐先生以描写武侠的爱情悲剧见长。在他之前，武侠小说中涉及婚姻恋爱问题的并不少见，但或作为局部的点缀，或思想陈腐、格调低下，或武侠与爱情两相游离缺少内在联系，均未能做到侠与情浑然一体的境地。度庐先生的贡献正在于他创造了侠情小说的完善形态，他写的武侠不是对武术与侠义的表面描绘，而是使武侠精神化为人物的血液和灵魂；他写的爱情悲剧也不是一般的两情相悦、恶人作梗的俗套，而是从人物的性格中挖掘出深刻的根源，往往是由于长期受武德与侠道熏陶的结果。这种在复杂的背景下，由性格导致的自我毁灭式的武侠爱情悲剧，十分感人。其中包含着作者饱经忧患、洞达世情的深刻人生体验，若真若梦的刀光剑影、爱恨缠绵中，自有天道、人道在,常使人掩卷深思,品味不尽。

度庐先生是一位极富正义感的作家,这在他的社会言情小说中表现得格外鲜明。《风尘四杰》《香山侠女》中天桥艺人的血泪生活,《落絮飘香》《灵魂之锁》中纯真少女的落入陷阱,都是对黑暗社会的控诉,很能引起读者的共鸣。度庐先生自幼生活在北京,熟知当地风土民情,常常在小说中对古都风光作动情的描写,使他的作品更别具一种情趣。

度庐先生是经受过“五四”新文化运动洗礼的人,他内心深处所尊崇的实际上是新文艺小说,因而他本人或许更重视较贴近新文艺风格的言情小说和社会小说创作。但从中国文学史的全局来看,他的武侠言情小说大大超越了前人所达到的水平,而且对后起的港台武侠小说有极深远影响的,是他创造了武侠言情小说的完善形态,在这方面,他是开山立派的一代宗师。几十年来出版的中国现代文学史,无例外地排斥通俗小说,这种偏见不应再继续下去,现在是改写中国现代文学史的时候了。

已知王度庐小说目录

1926—1937

作品名称	始载时间	连载报刊/署名/备注
半瓶香水	1926.9之前	小小日报/王霄羽
黄色粉笔	1926.9之前	同上
红绫枕	1926.9	小小日报/王霄羽/同年报社出版单行本
残阳碎梦	1926.12	小小日报/王霄羽
侠义夫妻	1927.1	同上
琪花恨	1927.3	同上
孀母孤儿	1927.4	同上
飘泊花	1927.5	同上
红手腕	1927.8	同上
护花铃	1927.8	小小日报/霄羽
青衫剑客	1927.10	小小日报/王霄羽
蝶魂花骨	1928.3	同上
疑真疑假	1928.4	小小日报/葆祥
双凤随鸦录	1928.7	小小日报/王霄羽
战地情仇	1929.6	同上
自鸣钟	1930.4	同上
惊人秘柬	1930.4	同上
神獒捉鬼	1930.6	同上
空房怪事	1930.7	同上
绣帘垂	未详	同上
玉藕愁丝	1930.7	小小日报/香波馆主
烟霭纷纷	1930.7	同上
鳌汉海盗	1930.8	小小日报/霄羽
缠命丝	1931.8	小小日报/王霄羽
触目惊心	1931.8	同上
燕燕莺莺	1931.8	小小日报/香波馆主
黄河游侠传	1936.10	平报/霄羽
燕赵悲歌传	1937.4	同上
八侠夺珠记	1937.7	同上

作品名称	起止时间	连载报刊 署名	出版时间、出版社/署名
河岳游侠传	1938.6-1938.11	青岛新民报 王度庐	
宝剑金钗记	1938.11-1939.7	青岛新民报 王度庐	1939年青岛新民报社，1948年 上海励力出版社（改题《宝剑 金钗》）/王度庐
落絮飘香	1939.4-1940.2	青岛新民报 霄羽	1948年上海励力出版社，分为 四册：《落絮飘香》《琼楼春 情》《朝露相思》《翠陌归 人》/王度庐
剑气珠光录	1939.7-1940.4	青岛新民报 王度庐	1941年青岛新民报社，1947年 上海励力出版社（改题《剑气 珠光》）/王度庐
古城新月	1940.2-1941.4	青岛新民报 霄羽	1949-1950年上海励力出版 社，分为四册：《朱门绮梦》 《小巷娇梅》《碧海狂涛》 《古城新月》/王度庐
舞鹤鸣鸾记	1940.4-1941.3	青岛新民报 王度庐	1941年（？）青岛新民报， 1948年（？）上海励力出版社 （改题《鹤惊昆仑》）/王度庐
风雨双龙剑	1940.8-1941.5	京报（南京） 王度庐	1941年南京京报社/王度庐， 1948年上海育才书局/王度庐
卧虎藏龙传	1941.3-1942.3	青岛新民报 王度庐	1948年上海励力出版社（改题 《卧虎藏龙》）/王度庐
海上虹霞	1941.4-1941.8	青岛新民报 霄羽	1949年上海励力出版社，分为 二册：《海上虹霞》《灵魂之 锁》/王度庐
彩凤银蛇传	1941.5-1942.3	京报（南京） 王度庐	
虞美人	1941.8-1943.10	青岛新民报 霄羽	1949年上海励力出版社，分为 数册：《琴岛佳人》《少女飘 零》《歌舞芳邻》等/王度庐
纤纤剑	1942.3-1942.10	京报（南京） 王度庐	
铁骑银瓶传	1942.3-1944.?	青岛新民报 王度庐	1948年上海励力出版社，改题 《铁骑银瓶》/王度庐
舞剑飞花录	1943.1-1944.1	京报（南京） 王度庐	1949年上海励力出版社，改题 《洛阳豪客》/王度庐
大漠双鸳谱	1944.1-1944.7	京报（南京） 王度庐	

（接上表）

寒梅曲	1943.10–？	青岛新民报 霄羽	1948年（？）上海励力出版社，分为数册：《暴雨惊鸳》等/王度庐
紫电青霜录	1944–1945	青岛新民报 王度庐	1948年上海励力出版社，改题《紫电青霜》/王度庐
春明小侠	1944.7–1945.4	京报（南京） 王度庐	
琼楼双剑记	1945.4–1945（？）	京报（南京） 王度庐	
锦绣豪雄传	1945.5–？	民民民 王度庐	
紫凤镖	1946.12–1947.7	青岛时报 鲁云	1949年重庆千秋书局/王度庐
太平天国情侠传	1947.5–？	民治报 鲁云	
清末侠客传	1947.4–1948.？	大中报 鲁云	1948年上海励力出版社，分为二册：《绣带银镖》《冷剑凄芳》/王度庐
晚香玉	1947.6–1948.1	青岛时报 绿芜	1948年上海励力出版社，分为二册：《绮市芳葩》《寒波玉蕊》/王度庐
雍正与年羹尧	1947.7–1948.4	青岛时报 鲁云	1948年上海励力出版社，改题《新血滴子》/王度庐
粉墨婵娟	1948.2–1948.7	青岛时报 绿芜	1948年元昌印书馆，分为二册：《粉墨婵娟》《霞梦离魂》/王度庐
风尘四杰	1948.2–？	岛声旬刊 佩侠	1949年上海励力出版社/王度庐
宝刀飞	1948.4–1948.9	青岛时报 鲁云	1948年上海励力出版社/王度庐
燕市侠伶	1948.7–1948.10	青岛时报 绿芜	1948年上海励力出版社/王度庐
金刚玉宝剑	1948.9–1949.2 1949.2–？	青岛公报 联青晚报 王度庐	1949年上海励力出版社/王度庐
香山侠女			1949年上海励力出版社/王度庐
春秋戟			1949年上海励力出版社/王度庐
龙虎铁连环	1948.9–1948.10	军民晚报 王度庐	1949年上海励力出版社/王度庐
玉佩金刀记	1949.1–1949.？	民治报 王度庐	

附录三

王度庐年表

徐斯年 顾迎新

说明:

1.本表曾在《西南大学学报》刊出,此为补订本,包括增补史料及其说明、考证,并订正了个别疏误。

2.本表包含许多新发现的资料,特别是在辽宁省实验中学档案室发现的王度庐档案,从而补正了徐斯年《王度庐评传》的一些误判和部分欠缺。

3."度庐"实为1938年启用的笔名,为了统一,本表用为表主正名。

4.由于史料不全,历年行状、著述依然详略不一,有待继续挖掘、补充史料。

5.表中所记日期,阳历用阿拉伯数字,清、民国年份及旧历日期用汉字。

6.表中所系年龄均为虚岁。

7.由于旧报缺失严重,所以连载作品肯定不全。表中所录者,始载时间和结束时间多难确认,一般仅记月份,有线索可资考证者在按语中加以说明。

1909年(清宣统元年,己酉) 1岁

正月,清帝爱新觉罗·溥仪改元"宣统"。清廷决定消除"旗""民"界限,旗人不再享受"俸禄"。是年七月廿九日(9月13日),王度庐生于北京

"后门里"司礼监胡同四号一户下层旗人家庭，原名葆祥（后曾改为葆翔），字霄羽。父亲"在清宫管理车马的机构里当小职员"。家庭成员除父母外还有一位姐姐、一位未嫁的姑母和一位叔祖父。一家六口，全靠父亲薪金维持生计。

按：后门即地安门，后门里位于地安门内，属镶黄旗驻地。司礼监胡同，得名于明代位于该地之司礼太监署；后改称"吉安所左巷"，则得名于清代宫中嫔妃、宫女卒后停尸之"吉祥所"（后改"吉安所"）。毛泽东青年时代曾租寓于本胡同8号。

关于父亲职务的记述引自王度庐手写简历，其父任职机构当系内务府下属之"上驷院"。内务府为管理皇家事务的机构，成员均为满洲上三旗（镶黄、正黄、正白）"从龙包衣"。"包衣"，满语，意为"自家人"，一定语境下也指"奴仆""世仆"。据此，王氏当属编入满洲镶黄旗的"汉姓人"（不同于"汉人""汉军"），这一族群不仅属于"旗族"，而且也被承认为满族。

1912年（民国元年，壬子） 4岁

1月1日孙中山宣誓就任中华民国总统。2月2日，清宣统帝宣告退位。根据清室优待条件，宫内各执事人员照常留用，王度庐父亲依然可以领受部分薪金，家庭生计勉得维持。

1916年（民国五年，丙辰） 8岁

1月，王度庐父亲病故。2月，遗腹弟出生，名葆瑞，字探骊。家境日蹙，主要靠母亲为人缝补浆洗维持生计。

是年2月2日，王度庐夫人李丹荃生于陕西周至。

按：葆瑞出生时间据人民日报社1991年1月3日印发之《谭立同志生平》。葆瑞（即谭立）为遗腹子，由此可知其父当卒于1月份。周至，离西安甚近。

1918年（民国七年，戊午） 10岁

是年王度庐始入私塾读书。曾与姐、弟同染重症，母亲变卖家当为之治

疗,终得转危为安,而家庭经济更加贫困。

1919年（民国八年,己未）　11岁

五四运动爆发。王度庐仍在私塾就读,至1920年。

1921年（民国十年,辛酉）　13岁

是年王度庐入景山高等小学就读,至1924年。

1925年（民国十四年,乙丑）　17岁

是年1月,宋心灯在北京创办《小小》日报(后改《小小日报》),自任社长、主笔。王度庐从景山高等小学毕业,先在精精眼镜店当学徒,后在《平报》和电报局任见习生,可能已经开始向《小小》日报投稿。

按:宋心灯(?—1949),字信生,原籍河北大兴(析津)。新闻专科学校毕业,也是北京早期足球运动和羽毛球运动的发起者之一。《小小》日报即注重刊载体坛信息,后来发展为综合性小报。

又按:辽宁实验中学所存退休人员档案中的王度庐登记表,"文化程度"一栏填为"九年",当系虚数。

1926年（民国十五年,丙寅）　18岁

是年《小小日报》先后刊载王度庐所撰侦探小说《半瓶香水》《黄色粉笔》和"实事小说"《红绫枕》,均署"王霄羽"。《小小日报》馆印行《红绫枕》单行本,标类改为"惨情小说"。12月,《小小日报》连载社会小说《残阳碎梦》,亦署"王霄羽"。12月24日,《小小日报》刊出宋信生所撰《本报改版宣言》,"将旧有之八小易为四大版"。

按:由于存报缺失严重,《半瓶香水》《黄色粉笔》未见,不知确切发表时间。因《红绫枕》内文提及它们,故知连载于《红绫枕》之前。由此亦不排除其一已于上年开始见报的可能。又据李丹荃女士回忆,早期作品还有《绣帘垂》《浮白快》两种,均未见。《残阳碎梦》,现存第十次载于是年12月20日,由此推知当始载于12月1日;现存第三十三次载于次年1月21日,末注"(未完)"。

1927年（民国十六年，丁卯）　19岁

是年王度庐始在宽街夜授计民小学任职，先当会计，后任教员，直至1929年。同时继续卖稿和自学，包括到北京大学旁听，往三座门北京图书馆、鼓楼民众图书阅览室阅读。

1月，《小小日报》连载武侠小说《侠义夫妻》，署"王霄羽"。3月，《小小日报》始载社会小说《琪花恨》，署"王霄羽"。4月，《小小日报》连载社会小说《孀母孤儿》，署"王霄羽"。5月，《小小日报》连载社会小说《飘泊花》，署"王霄羽"。6月，《小小日报》连载侦探小说《红手腕》，署"王霄羽"。8月，《小小日报》连载侠情小说《护花铃》，署"霄羽"。10月，《小小日报》连载武侠小说《青衫剑客》，署"王霄羽"。

按：《侠义夫妻》，现存第八次载于1月31日，当始载于《残阳碎梦》结束后；连载结束时间当在《琪花恨》始载之前。《孀母孤儿》仅存5月2日第十一次，由此推知始载时间在4月（《琪花梦》结束之后）。《飘泊花》，现存第六次载于5月30日。《红手腕》，现存第十一次载于7月9日，可知始载于6月末。《护花铃》仅存十四、十七次，载于9月2日、5日，是知始载于8月，标类"侠情小说"，写当时题材。《青衫剑客》，第四次载于10月9日，至11月9日犹未结束。

1928年（民国十七年，戊辰）　20岁

是年北京改称"北平"。3月，《小小日报》连载侦探小说《疑真疑假》，署"葆祥"。3月，《小小日报》连载社会小说《蝶魂花骨》，署"王霄羽"。5月，《小小日报》连载社会小说《揉碎桃花记》，署"王霄羽"。7月，《小小日报》连载"讽世小说"《双凤随鸦录》，署"王霄羽"。

按：《疑真疑假》，第四次载于3月12日，当始载于8日。《蝶魂花骨》，第三十四次载于4月11日，当始载于3月9日，与《疑真疑假》同时，故用两个笔名。《双凤随鸦录》，第四十二次载于8月21日。

本年存报缺失严重，当有不少连载作品至今未知。以下类似情况不再逐一说明。

1929年（民国十八年，己巳）　21岁

6月，《小小日报》连载社会小说《战地情仇》，署"王霄羽"。

按：《战地情仇》，仅存7月4日一次（序号未详）。本年几无存报。

1930年（民国十九年，庚午）　22岁

是年王度庐离开宽街夜授计民小学，改任家庭教师，不久认识李丹荃。

按：李丹荃在所遗手稿《王度庐小传》中说："我在北京读中学时，在一个同学家里认识了王度庐。那时，他正给我的同学的弟弟补习功课。记得他曾送过我两本书，一本是纳兰容若的《饮水词》，另一本是《浮生六记》。我不喜欢《浮生六记》，却很喜欢那本词，有些句子至今仍能记得，如'摇落尽，有发未全僧，风雨消磨生死别，似曾相识只孤灯；情在不能醒……''瘦狂那似肥痴好，任他肥痴好，笑他多病与长贫，不及衰衰诸公向风尘……'"（按文中所记纳兰词句与原作略有出入。）

3月，《小小日报》连载侦探小说《自鸣钟》，署"王霄羽"。

按：《自鸣钟》残存连载文本至三十一次告"全卷终"，次日接载《惊人秘束》第一次。故暂系于3月。

是年，王度庐始用笔名"柳今"在《小小日报》开辟个人专栏"谈天"，每日发表短文一篇，纵论国事、民生、世态、人情、风习、学术、艺文等。"柳今"在这些短文里经常述及"自己"的"经历"，多属杜撰；但是，这位论说者的心态、性格、气质又与当时的王度庐十分相符。

按：因存报缺失，"谈天"开栏、终结时间未详。所载杂文均署"柳今"，以下不作逐篇标注。

4月1日，《小小日报》"谈天"栏刊出杂文《世态》。4月4日，《小小日报》"谈天"栏刊出杂文《荒芜的青年》。

按：4月2日、3日报纸缺失，或漏杂文两篇。以下类似情况不再加注按语。

4月5日，《小小日报》"谈天"栏刊出杂文《中等人》。4月6日，《小小日报》"谈天"栏刊出杂文《架子》。4月7日，《小小日报》"谈天"栏刊出杂文《性的广告》。4月8日，《小小日报》"谈天"栏刊出杂文《笑》。4月9日、10日，《小小日

报》"谈天"栏连续刊出杂文《永垂不朽》(一)(二)。4月11日,《小小日报》"谈天"栏刊出杂文《女性的教育与生育》。4月12日,《小小日报》"谈天"栏刊出杂文《一位平民文学家》,赞赏满族鼓词作者韩小窗。文中说:"世界本来是平民的世界,尤其是文学家,更要有一种平民化的精神,他才能够用文学的力量,来转移风化,陶冶民情;否则琢句雕章,自以为是,至多不过只能得到少数的文蠹的几遍诵读罢了。"韩小窗"这人确实是位有天才、有词藻、有思想的文学家。他能把他这种才学,不去作八股,不去批试帖,而能用来编大鼓,他的平民思想可见了,他的环境可见了,而他的清高也可见了。"

按:韩小窗(约1828—1890),辽宁开原人,满族,子弟书(即鼓词)作家。其代表作有《露泪缘》《宁武关》《长坂坡》《刺虎》《黛玉悲秋》《红梅阁》及影卷《谤可笑》《金石语》等。

4月13日,《小小日报》"谈天"栏刊出杂文《绝顶聪明》。4月14、15日,《小小日报》"谈天"栏连续刊出杂文《道德》(一)(二)。

4月17至23日,《小小日报》"谈天"栏连载杂文《伦理与中国》。全文分为五节:一、伦理的产生;二、伦理的优点;三、伦理被利用以后;四、伦理存亡与中国之存亡;五、伦理的蠹贼。

4月25日,《小小日报》"谈天"栏刊出杂文《小难》。4月26日,《小小日报》"谈天"栏刊出杂文《女招待》。4月27日,《小小日报》"谈天"栏刊出杂文《落子馆》。4月29日,《小小日报》"谈天"栏刊出杂文《麻醉剂》。4月30日,《小小日报》"谈天"栏刊出杂文《万寿寺》。

4月,《小小日报》连载侦探小说《惊人秘柬》,署"王霄羽"。

按:《自鸣钟》残存连载文本至三十一次告"全卷终",次日接载《惊人秘柬》第一次,具体日期均难考定。

5月1日,《小小日报》"谈天"栏刊出杂文《赘泽品》。5月2日,《小小日报》"谈天"栏刊出杂文《童子军》。5月3日,《小小日报》"谈天"栏刊出杂文《女腿》。5月4日,《小小日报》"谈天"栏刊出杂文《颠倒雌雄》。5月5日,《小小日报》"谈天"栏刊出杂文《歌舞剧》。5月6日,《小小日报》"谈天"栏刊出杂文《招与待》。5月7日,《小小日报》"谈天"栏刊出杂文《恢复北京》。5月8日,《小小日报》"谈天"栏刊出杂文《野鸡》。5月9日,《小小日报》"谈天"栏

刊出杂文《女招打》。5月13日,《小小日报》"谈天"栏刊出杂文《署名》。5月
14日,《小小日报》"谈天"栏刊出杂文《迷》。5月15日,《小小日报》"谈天"
栏刊出杂文《恶五月》。5月16日,《小小日报》"谈天"栏刊出杂文《送春》。
5月17日,《小小日报》"谈天"栏刊出杂文《哭》。5月18日,《小小日报》"谈
天"栏刊出杂文《雨天》。5月19日,《小小日报》"谈天"栏刊出杂文《名士
派》。5月20日,《小小日报》"谈天"栏刊出杂文《小算盘》。5月21日,《小小
日报》"谈天"栏刊出杂文《自行车》。5月22日,《小小日报》"谈天"栏刊出杂
文《穷北京?》。5月23日,《小小日报》"谈天"栏刊出杂文《服从》。5月24日,
《小小日报》"谈天"栏刊出杂文《奴隶性》。5月28日,《小小日报》"谈天"栏
刊出杂文《澡堂里》。5月29日,《小小日报》"谈天"栏刊出杂文《安慰》。5月
30日,《小小日报》"谈天"栏刊出杂文《中国剧》。5月31日,《小小日报》"谈
天"栏刊出杂文《游民》。5月,《小小日报》连载侦探小说《触目惊心》,署
"王霄羽"。

按:《触目惊心》未见,据《空房怪事》前言列入,连载时间在《神麂
捉鬼》之前,故系入5月。

6月1日,《小小日报》"谈天"栏刊出杂文《端午节》。3日,《小小日报》"谈
天"栏刊出杂文《打麻雀》。4日,《小小日报》"谈天"栏刊出杂文《谋事》。5
日,《小小日报》"谈天"栏刊出杂文《无聊的北平》。6日,《小小日报》"谈天"
栏刊出杂文《病》。同日开始连载侦探小说《神麂捉鬼》,署"王霄羽"。

按:《神麂捉鬼》共连载二十五次,当结束于6月30日(7月1日始载《空
房怪事》,参见《空房怪事》引言)。

7日,《小小日报》"谈天"栏刊出杂文《造化儿子》。8日,《小小日报》
"谈天"栏刊出杂文《疯人》。9日,《小小日报》"谈天"栏刊出杂文《阔事》。
10日,《小小日报》"谈天"栏刊出杂文《骗术》。11日,《小小日报》"谈天"
栏刊出杂文《财神　阎王》。12日,《小小日报》"谈天"栏刊出杂文《画中
人》。13日,《小小日报》"谈天"栏刊出杂文《醉酒》。14日,《小小日报》
"谈天"栏刊出杂文《夫妻间》。15日,《小小日报》"谈天"栏刊出杂文《不开
壳》。16日,《小小日报》"谈天"栏刊出杂文《憔悴》。17日,《小小日报》"谈
天"栏刊出杂文《伤心人》。18日,《小小日报》"谈天"栏刊出杂文《情书》。

19日,《小小日报》"谈天"栏刊出杂文《琴声里》。20日,《小小日报》"谈天"栏刊出杂文《☯》。21日,《小小日报》"谈天"栏刊出杂文《什刹海》。22日,《小小日报》"谈天"栏刊出杂文《凶杀案》。23日,《小小日报》"谈天"栏刊出杂文《关于裤子》。24日,《小小日报》"谈天"栏刊出杂文《三件痛快事》。25日,《小小日报》"谈天"栏刊出杂文《诗人》。26日、27日,《小小日报》"谈天"栏连续刊出杂文《贵族学校》(一)(二)。28日,《小小日报》"谈天"栏刊出杂文《穷　住》。29日,《小小日报》"谈天"栏刊出杂文《妙影》。30日,《小小日报》"谈天"栏刊出杂文《罪恶场中之未来者》。6月,《小小日报》连载社会小说《烟霭纷纷》,署"香波馆主"。

按:现存《烟霭纷纷》第三十六次连载文本复印件上有副刊"编余"一则,云"今天这版算作'七夕特刊'"。查1930年七夕为阳历8月30日,由此推知《烟霭纷纷》当始载于6月27日。

7月1日,《小小日报》"谈天"栏刊出杂文《吃饭问题》。5日,《小小日报》"谈天"栏刊出杂文《平民化》。6日,《小小日报》"谈天"栏刊出杂文《面子》。7日,《小小日报》"谈天"栏刊出杂文《醋　忌讳》。8日,《小小日报》"谈天"栏刊出杂文《文士与蚊士》。9日,《小小日报》"谈天"栏刊出杂文《人品与装饰》。12日,《小小日报》"谈天"栏刊出杂文《消夏》。13日,《小小日报》"谈天"栏刊出杂文《财神爷》。同日,《小小日报》始载惨情小说《玉藕愁丝》,署"香波馆主"。

按:《玉藕愁丝》始载日期据预告图片背面报头推知。

14日,《小小日报》"谈天"栏刊出杂文《妓女问题》。15日,《小小日报》"谈天"栏刊出杂文《杨耐梅　朱素云》。

按:杨耐梅,生于1904年,中国早期影星,曾出演《玉梨魂》《奇女子》《上海三女子》《空谷兰》等无声片。当时北平讹传她已"香消玉殒",作者故撰此文悼念。实则杨在1960年卒于台湾。朱素云,京剧小生演员朱沄之艺名,生于1872年,卒于1930年。

16日,《小小日报》"谈天"栏刊出杂文《难民返国》。17日,《小小日报》"谈天"栏刊出杂文《灯下人》。18日,《小小日报》"谈天"栏刊出杂文《捧》。19日,《小小日报》"谈天"栏刊出杂文《快乐人多?》。20日,《小小日报》"谈天"栏刊出杂文《西游记》。21日,《小小日报》"谈天"栏刊出杂文《火警》。22日,《小小日报》"谈天"栏刊出杂文《人体美》。23日,《小小日报》"谈天"栏刊出杂文《穷　光　蛋》。24日,《小小日报》"谈天"栏刊出杂文《抵抗力》。25日,《小小日报》"谈天"栏刊出杂文《香艳文章》。26日,《小小日报》"谈天"栏刊出杂文《雨夜桥声》。27日,《小小日报》"谈天"栏刊出杂文《爱河》。28日,《小小日报》"谈天"栏刊出杂文《调戏》。29日,《小小日报》"谈天"栏刊出杂文《"嫁"的问题》。30日,《小小日报》"谈天"栏刊出杂文《阎罗王》。31日,《小小日报》"谈天"栏刊出杂文《知音》。7月,《小小日报》连载侦探小说《空房怪事》,署"王霄羽"。

按:《空房怪事》共连载二十九次,残存文本图片均无报头,难以确认具体时间。(第一次疑载于7月3日,见图片背面;结束于第二十九次,当为8月1日。)

8月2日,《小小日报》"谈天"栏刊出杂文《战》。

3日,《小小日报》"谈天"栏刊出杂文《时髦》。4日,《小小日报》"谈天"栏刊出杂文《人遛人》。5日,《小小日报》"谈天"栏刊出杂文《跳舞场里》。6日,《小小日报》"谈天"栏刊出杂文《奸杀案》。7日,《小小日报》"谈天"栏刊出杂文《阴阳电》。8日,《小小日报》"谈天"栏刊出杂文《办白事》。9日,《小小日报》"谈天"栏刊出杂文《眼光》。10日,《小小日报》"谈天"栏刊出杂文《无与偶　莫能容》。11日,《小小日报》"谈天"栏刊出杂文《喜新厌旧》。12日,《小小日报》"谈天"栏刊出杂文《洋化的话》。13日,《小小日报》"谈天"栏刊出杂文《发财学》。14日,《小小日报》"谈天"栏刊出杂文《儿童　成人》。15日。《小小日报》"谈天"栏刊出杂文《英雄难过美人关》。16日,《小小日报》"谈天"栏刊出杂文《交际》。17日,《小小日报》"谈天"栏刊出杂文《呻吟》。18日,《小小日报》"谈天"栏刊出杂文《枇杷巷里》。19日,《小小日报》"谈天"栏刊出杂文《捕蝇》。20日,《小小日报》"谈天"栏刊出杂文《殉情》。21日,《小小日报》"谈天"栏刊出杂文《人死不值钱》。22日,《小小日报》"谈天"栏刊出杂文《癞蛤蟆　天鹅肉》。23日,《小小日报》"谈天"栏刊出杂文《作时评》。25日,《小小日报》"谈天"栏刊出杂文《马路》。26日,《小小日报》"谈天"栏刊出杂文《女朋友》。27日,《小小日报》"谈天"栏刊出杂文《跳楼者》。28日，《小小日报》"谈天"栏刊出杂文《蟋蟀》。29日，《小小日报》"谈天"栏刊出杂文《古城返照》。30日，《小小日报》"谈天"栏刊出杂文《惹气》。31日，《小小日报》"谈天"栏刊出杂文《活得弗耐烦》。8月，《小小日报》始载武侠小说《鳌汉海盗》，署"霄羽"。

按：《鳌汉海盗》连载文本基本完整，但原件图片无报头，难以确认日期。共连载四十二次，当结束于9月间，时《烟霭纷纷》仍在连载。

9月1日，《小小日报》"谈天"栏刊出杂文《由线订书说起》。2日、3日，《小小日报》"谈天"栏连续刊出杂文《"娶"的问题》（一）（二）。4日，《小小日报》"谈天"栏刊出杂文《罂粟味》。5日，《小小日报》"谈天"栏刊出杂文《忏悔》。6日，《小小日报》"谈天"栏刊出杂文《想当然耳》。7日，《小小日报》"谈天"栏刊出杂文《标奇与仿效》。8日，《小小日报》"谈天"栏刊出杂文《复古》。9日，《小小日报》"谈天"栏刊出杂文《野草闲花》。同日同报又载影评《看了〈故都春梦〉》，署"柳今投"。10日，《小小日报》"谈天"栏刊出杂文《倡门》。12日，《小小日报》"谈天"栏刊出杂文《乞丐》。13日，《小小日报》"谈天"栏刊出杂文《心》。9月15日，《小小日报》"谈天"栏刊出杂文《短　小　经济》。9月16日，《小小日报》"谈天"栏刊出杂文《性的文章》。9月17日，《小小日报》"谈天"栏刊出杂文《逢场作戏》。9月18日，《小小日报》"谈天"栏刊出杂文《浮云变幻》。9月19日，《小小日报》"谈天"栏刊出杂文《敲钗小语》。20日，《小小日报》"谈天"栏刊出杂文《俗礼》。21日，《小小日报》"谈天"栏刊出杂文《何不当初》。22日，《小小日报》"谈天"栏刊出杂文《醋的考证》。23日，《小小日报》"谈天"栏刊出杂文《劲秋》。28日，《小小日报》"谈天"栏刊出杂文《柴　米　油　盐　酱　醋　茶》。30日，《小小日报》"谈天"栏刊出杂文《烛边思绪》，叙述阅读《朝鲜义士安重根传》的感受，抒发爱国情怀及对国内现实的愤懑。

10月1日，《小小日报》"谈天"栏刊出杂文《吵嘴》。29日，《小小日报》"哈哈镜"栏刊出杂文《团圞月照破碎国家》，署"柳今"。

1931年（民国二十年，辛未）　23岁

是年，王度庐应聘担任《小小日报》编辑员。5月，《小小日报》连载哀情

小说《缠命丝》，署"王霄羽"。同时连载社会小说《燕燕莺莺》，署"香波馆主"。9月18日，沈阳发生"九一八"事变，日本加紧侵华。

按：《缠命丝》仅存第九〇次，内文曰"全卷终"，图片有"31，8，1"标注，据此倒推，当始载于5月；《燕燕莺莺》仅存第六二次，未完，图片注"31，8"。

又按：耿小的在《我与〈小小日报〉》中说，自己进入《小小日报》任编辑是在"1933年后"，"之前似乎赵苍海编过很短时期"，却未提及王霄羽。若其记忆无误，则王之去职，当在赵前。

1934年（民国二十三年，甲戌）　26岁

是年，李丹荃随父亲离北平去西安。不久王度庐亦往西安，任陕西省教育厅编审室办事员，《民意报》编辑员。

3月10日，陕西省教育厅在西安民众教育馆举办西安中小学讲演竞赛会；28日、29日，又在西安民乐园举办西安中小学第二届唱歌比赛，均派王霄羽任记录。

3月20日，西安《民意报》"戏剧与电影周刊"第一期刊载《中国戏剧生命之革新》第一节"九一八后的中国戏剧界"，署"柳今"。文中慨叹中国剧坛进步缓慢，以至"今日远东国际纠纷之病菌集于中国，而我国之戏剧仍然如沉睡，如枯死，反使他人——俄国——高呼曰：'怒吼吧中国！'"27日，"戏剧与电影周刊"第二期续载《中国戏剧生命之革新》第一节"九一八后的中国戏剧界"，署"柳今"。文中续论中国戏剧的觉醒与"推翻""旧剧势力"之关系。同期又载《电影是应合大众所需要　真不容易利用它》，署"潇雨"。文中说："艺术只要不是'自我'的而是'大众'的，那就当然要被利用成为一种工具。电影尤其要首先被人利用的，不过常常又见人们弄巧成拙，利用影片作某种宣传，结果倒被观众利用，"从而形成与国外影片亦步亦趋的种种题材热，当前已由伦理片、武侠侦探片演进为民生片。当局于"九一八"后号召影界多制作"关于唤起民族精神的片子"固然不错，但是"现在的民众，只是恐慌他们的经济穷困，生活惨淡，实在没有充分的力量去供给到民族上。或者，现在的电影也只走到了替穷人呼吁，次一步，才是民族精神"。

4月3日，西安《民意报》"戏剧与电影周刊"第三期未见，当续载《中国戏剧生命之革新》第二节"新旧戏剧之检讨"。10日，"戏剧与电影周刊"第四期续载《中国戏剧生命之革新》第二节"新旧戏剧之检讨"，署"柳今"。文中认为，"中国旧剧虽然不能追随时代，但确能利用科学，亦缘近代科学文明多供给于资产阶级之享乐，旧剧靡靡之音当愈适合于人之享乐。新剧□□□□，自难免在比较之下落后也"。（原件有四字无法辨认。）同期并载《伦敦公演〈彩楼配〉的问题》，署"潇雨"。文中认为，在伦敦由中国人与外国人用英语同演旧剧《彩楼配》，只能像《蝴蝶夫人》那样，迎合一部分外国人的扭曲了的东方观，"但是歪曲的东西在现代剧坛上实在没有它的地位，何况这《彩楼配》国际性质的公演"。

按：（1）王度庐档案中的履历表填："1934—1935年 西安民意报 编辑员"，"1935-1936年 陕西省教育厅 办事员"。而从文章刊出情况判断，任《民意报》编辑员应该在后（报馆编辑不可能受厅长派遣去任竞赛记录），或者同时兼任二职。

（2）西安《民意报》"戏剧与电影周刊"仅存一、二、四期，日期据打印稿说明（周刊第四期为4月10日）向前推算而得。4月3日报缺失，内容可据前后两期推知（不排除3日还有其他文章刊出）。4月10日以后报纸缺失，当有其他未知史料。

5月，《陕西教育月刊》第五期发表《陕西省教育厅举办西安中小学讲演竞赛会经过》和《陕西省教育厅举办西安中小学第二届唱歌比赛会经过》记录，均署"王霄羽"。

10月，《陕西教育旬刊》第二卷第廿九、卅、卅一期合刊"论著"栏刊出《民间歌谣之研究》，署"王霄羽"。全文五章：第一章"歌谣之史的发展"；第二章"歌谣的分类法"；第三章"歌谣价值的面面观"；第四章"歌谣技巧的研究"；第五章"结论"。文中有这样的论述："贵族化的文学在'五四'时就已被人打倒，现在一般人都提倡大众文学。真正的'大众文学'在哪里？我们离开了歌谣，恐怕再没有地方寻找了罢？"

1935年（民国二十四年，乙亥） 27岁

是年，王度庐与李丹荃在西安结婚。婚后李父卒于三原，王度庐前往料理丧事，曾遭歹徒劫持。

按：王度庐后来在《〈宝剑金钗〉序》中写及"频年饥驱远游，秦楚燕赵之间，跋涉殆遍"当有所夸张，实则未离陕西。

1936年（民国二十五年，丙子）　28岁

是年王度庐夫妇返回北平。10月13日，《平报》刊载《献于〈平报〉——十五周年》，署"王霄羽"。同日，《平报》开始连载武侠小说《黄河游侠传》，署"霄羽"。12月12日，发生"西安事变"。

按：李丹荃在遗稿中回忆返京前后的生活说："我有晕眩症，那时常犯，昏迷中常听到王叨念：'谢家有女偏怜小，自嫁黔娄万事乖……'后来我知道了这是元稹的悼亡诗。我就说：'你老叨念什么，我又没有死呀！'现在回想当时情景，如在目前。"

1937年（民国二十六年，丁丑）　29岁

是年春，王度庐夫妇应李丹荃二伯父伊筱农召，同赴青岛。4月17日，《平报》连载《黄河游侠传》结束。18日，《平报》开始连载武侠小说《燕赵悲歌传》，署"霄羽"。4月末，王度庐回北平料理"文债"，于端午节后返青岛。不久，弟探骊与北平进步青年同来青岛，王度庐夫妇送他们取道上海奔赴陕北参加革命。

按：李丹荃在所遗手稿中说："弟弟到了青岛，我们大家分析了当时的形势，都赞成他去内地找出路。他们兄弟一向感情很好，分手时不无留恋。最后王度庐慨然说：'你就放心走吧，我们以后会团聚的，母亲的生活，家里的一切，有我呢。'他把自己的怀表给了弟弟。"

7月7日，卢沟桥事变爆发。9日，《平报》连载《燕赵悲歌传》结束。10日，《平报》开始连载武侠小说《八侠夺珠记》，署"霄羽"。30日，北平、天津失守。

12月底，青岛守军撤离。

按：伊筱农（1870—1946？），广东法政及警察速成学校毕业。1912年

来青岛，创办《青岛白话报》（后改名《中国青岛报》），在当地颇有影响。"伊"为满族所冠汉姓，可知李丹荃家族亦有满族血统。

《八侠夺珠记》殆未载完。

1938年（民国二十七年，戊寅） 30岁

1月10日，日寇全面占领青岛。伊筱农博平路宅第被日军作为"敌产"没收，王度庐夫妇与伯父同往宁波路4号租屋居住。生计陷入极度困难之时，王度庐偶遇在《青岛新民报》任副刊编辑的北平熟人关松海，应约向该报投稿。

5月30日、31日，《青岛新民报》发布《本报增刊武侠小说预告》，称"已征得名小说家王度庐先生之精心杰作长篇武侠小说《河岳游侠传》"，即将刊出。是为"度庐"笔名首次见报。

按：《青岛新民报》和后来的《青岛大新民报》在刊出王度庐作品之前都先发布预告，下不一一列载。

6月1日，《青岛新民报》开始连载武侠小说《河岳游侠传》，署"王度庐"。2日，《青岛新民报》刊载散文《海滨忆写》，署"度庐"。

11月15日，《河岳游侠传》连载结束。共20回，未见单行本。16日，《青岛新民报》开始连载武侠悲情小说《宝剑金钗记》，署"王度庐"。配图：刘镜海。

按：刘镜海，时在海泊路23号开设"镜海美术社"，除为王氏作品配插图外，在生活上与王度庐夫妇也经常互相照顾。

1939年（民国二十八年，己卯） 31岁

是年春，王度庐长子生于青岛。4月24日，《青岛新民报》开始连载社会言情小说《落絮飘香》，署"霄羽"。配图：许清（刘镜海笔名）。7月29日，《宝剑金钗记》在《青岛新民报》载毕。30日，《青岛新民报》开始连载武侠悲情小说《剑气珠光录》。

是年，青岛新民报社印行《宝剑金钗记》单行本，前有王度庐自序，谓

"频年饥驱远游，秦楚燕赵之间跋涉殆遍，屡经坎坷，备尝世味，益感人间侠士之不可。兼以情场爱迹，所见亦多，大都财色相欺，优柔自误。因是，又拟以任侠与爱情相并言之，庶使英雄肝胆亦有旖旎之思，儿女痴情不尽娇柔之态。此《宝剑金钗》之所由作也"。

按：《宝剑金钗记》自序仅见于青岛新民报版单行本，也是至今所见王度庐为自己著作所写申述创作意图的唯一自序（其他著作连载时虽或亦加引言，均系说明性文字，出版单行本时皆被删除）。

1940年（民国二十九年，庚辰） 32岁

2月2日，《落絮飘香》在《青岛新民报》载毕。3日，《青岛新民报》开始连载社会言情小说《古城新月》，署"霄羽"，配图：许清。22日，《青岛新民报》刊载《〈落絮飘香〉读后》，作者傅琍琳系关松海之夫人。文中介绍霄羽"曩在北京主编《小小日报》时，以著侦探小说知名"，并且透露"霄羽""度庐"实为一人。

4月5日，《剑气珠光录》载毕，随后亦由报社印行单行本。7日，《青岛新民报》开始连载《舞鹤鸣鸾记》，署"王度庐"，配图：刘镜海。此日所载为该书"序言"，出单行本时被删却，全文如下："内家武当派之开山祖张三丰，本宋时武当山道士，曾以单身杀敌百余，因之威名大振。武当派讲的是强筋骨、运气功、静以制动、犯则立仆，比少林的打法为毒狠，所以有人说'学得内家一二，即足以胜少林。'此派自张三丰累传至王咸来，咸来弟子黄百家，又将秘传歌诀，加以注解，所以内家拳便渐渐学术化了。可是后因日久年深，歌诀虽在，真功夫反不得传。自清初至近代，武当派中的侠士实寥寥无几，有的，只是甘凤池、鹰爪王、江南鹤等。甘凤池系以剑术称，鹰爪王专长于点穴，惟有江南鹤，其拳剑及点穴不但高出于甘、王二人之上，且晚年行踪极为诡异，简直有如剑仙，在《宝剑金钗记》与《剑气珠光录》二书中，这位老侠只是个飘渺的人物，如神龙一般。而本书却是要以此人为主，详述他一生的事迹。又本书除江南鹤之外，尚有李慕白之父李凤杰，及其师纪广杰。所以若论起时代，则本书所述之事，当在李慕白出世之前数十年了。"

8月16日，南京《京报》开始连载《风雨双龙剑》，署"王度庐"。配图：

刘镜海。

按：南京《京报》为汪伪时期出版的四开小报，原系三日刊，1940年8月16日改为日报，终刊于1945年8月16日。该报约得王度庐文稿，当亦出诸关松海之介绍。

介绍王度庐去市立女中代课的是潘思祖，字颖舒，河北邢台人，1930年毕业于河北大学国文系，时在青岛市立女中任教。李丹荃在回忆手稿中说："潘先生常来我家，一坐就是半天。他善谈吐，知道的事情多，打开话匣子什么都说。""潘先生是王度庐那时唯一可以谈得来的人，只有和潘先生在一起，王度庐才肯毫无顾忌地说话。在有些言情小说里，故事情节也是取自潘先生的谈话资料。"王子久则在《王度庐和他的小说》（载于1988年1月9日《青岛日报》）中说，"下课后学生常常把他包围起来"，要求他别把《落絮飘香》《古城新月》里女主人公的下场写得太惨。

1941年（民国三十年，辛巳） 33岁

是年王度庐任青岛圣功女中教员。3月15日，《舞鹤鸣鸾记》在《青岛新民报》载毕，随后亦由报社印行单行本。16日，《青岛新民报》开始连载《卧虎藏龙传》，配图：刘镜海。4月10日，《古城新月》在《青岛新民报》载毕。11日，《青岛新民报》开始连载《海上虹霞》，署"霄羽"。配图：许清。5月9日，《风雨双龙剑》在南京《京报》载毕，共17回。随后即由报社印行单行本。10日，南京《京报》开始连载《彩凤银蛇传》，署"度庐"。配图：刘镜海。8月27日，《海上虹霞》在《青岛新民报》载毕。28日，《青岛新民报》开始连载社会小说《虞美人》，署"霄羽"。配图：许清。

按：《风雨双龙剑》连载本与后来的上海育才书局重印本相比，在回目、内文上都略有差别，后者当经作者修订。

1942年（民国三十一年，壬午） 34岁

是年王度庐曾任青岛市立女中代课教员一个多月。

按：青岛王铎先生之母当年为市立女中教员，他听母亲说，王度庐担任的是培训社会人员的课程，上课地点在市立女中附小（即位于朝城路5

号的今朝城路小学）。

3月1日,《彩凤银蛇传》在南京《京报》载毕, 共13回。2日, 南京《京报》开始连载《纤纤剑》, 署"王度庐"。配图: 刘镜海。3日, 南京《京报》刊载读者傅佑民来信《关于〈彩凤银蛇传〉鲁彩娥之死》, 对《彩凤银蛇传》女主人公因伤重死于中途而未见到自幼失散之生母的结局提出异议。该报副刊编辑在《编者谨按》中说:"王先生写鲁彩娥之死, 才正是脱去中国武侠小说的旧套……给读者一种'此恨绵绵无绝期'的尾巴……这才是全书的力量。""读者越是这样着急, 气愤, 越是著者的成功, 越见王先生文笔感人之深。6日,《卧虎藏龙传》在《青岛新民报》载毕。同日, 南京《京报》又载读者陈中来信, 再次对《彩凤银蛇传》写鲁海娥之死提出商榷, 以为固然"不必'大团圆'或带'回令'", 而"'见娘'似为必要"。信中还提及"某日路过平江府街, 闻一擦皮鞋者与一少年, 亦在津津然预测鲁海娥之未来", 可见读者关心之一斑。7日,《青岛新民报》开始连载《铁骑银瓶传》, 署"王度庐"。配图: 刘镜海。17日, 南京《京报》再载读者王德孚来信, 认为虽然鲁海娥之死写得好, 但是还应加上一些交代后事、劝导爱人走正路的临终遗言。24日, 南京《京报》刊出王度庐《关于鲁海娥之死》一文, 回答读者批评, 说明"在写该书的第一回之前, 我就预备着末了是一幕悲剧。""向来'大团圆'的玩意儿总没有'缺陷美'令人留恋, 而且人生本来是一杯苦酒, 哪里来的那么些'完美'的事情?'福慧双修'的女子本来就很少, 尤其是历史或小说里的'美人'。古人云:'自古美人如名将, 不许人间见白头。'西施为千古美人, 原因是她后来没有下落; 林黛玉是读过了《红楼梦》的人一定惋惜的, 原因也是她早死。近代的赛金花就不够'绝代佳人'的条件, 她是不该后来又以老旦的扮相儿再登台。'好花不常开, 好景不常在', 美与缺陷原是一个东西。本此种种理由, 于是我更得叫我们的'粉鳞小蛟龙'死了。""因为这样的女人决不可叫她去与人'花好月圆', 度那庸俗的日子; 尤其不能叫她跟十三妹一样去二妻一夫的给男子开心。"

10月31日,《纤纤剑》在南京《京报》载毕, 共10回。

是年,《青岛新民报》与《大青岛报》合并, 更名《青岛大新民报》。

1943年（民国三十二年，癸未）　35岁

　　是年王度庐曾任《治平月刊》编辑员一个多月。1月23日，南京《京报》开始连载《舞剑飞花录》，署"王度庐"。配图：刘镜海。

　　10月5日，《青岛大新民报》刊出《寒梅曲》广告，其中说："名小说家王霄羽先生自为本报撰《落絮飘香》《古城新月》《海上虹霞》《虞美人》等数篇之后，篇篇脍炙人口，远近交誉，百万读者每日争先竞读，投来赞誉之函件无数。盖王君文学湛深，复精研心理学，对于社会人情，观察最深；国内足迹又广，生活经验极为丰富；并以其妙笔，参合新旧写法，清俊流畅，细腻转宛；描写之人物，皆跃跃如生，令人留下深深印象。其所选之故事，又皆可悲可喜，新颖而近情合理，章法结构，亦极严谨，无懈可击。即以现刊之《虞美人》言，连刊二年余，若换他人之著作，恐早已令人生倦，然王君之文，日日有新的描写，故事有新的发展变幻，令人如食橄榄，越嚼其味越长；如观大海，久望而其波澜无尽。是以每日每人争相阅读，并常有向本社函电相询者。此均系事实，凡读者皆能信而不疑者也。故虽饱学之士，极富人生阅历之人，对王君之著作亦莫不称誉，谓之为当代第一流之小说家。今《虞美人》即将终篇，新作已由王君开始动笔，名曰《寒梅曲》。系由民国初年北京极繁华之时写起，先述女伶之生活，但与一般的俗流写法迥异；次叙一好学上进的女子，于艰苦环境之中不泯其志气，不失其天真。渐展为一段恋爱，男主角为一音乐家，于是《寒梅曲》遂写入本题矣。其后则此女主角遭境改变，如寒梅之遇风雪，花片纷落，然不失其皓洁。中间穿插许多新奇而合理之故事，出现许多面貌不同、心情各异之人物，但人物虽多而不杂乱，每个人又都是在前几篇中未见过的，可也就许是读者眼前常见的。写至中段，则情节极为紧张，能不下泪、不感动者恐少；斯时又写一洁身自爱、有为之少年人，排万难立其身，颇富伦理知识，且有教育意味。至篇末结束之时，写得尤为高超，读者到时自然赞佩。并且此书与前几篇不同，王君之作风稍加改变，简洁流丽，不作繁冗之藻饰，不用生涩的字句，更以悲哀与滑稽相衬而写，非但令人回肠荡气，有时亦令人喷饭。总之，王君之作品早已成熟，已至炉火纯青之候，已有挥洒自如之才力，此《寒梅曲》尤最，不待多加介绍也。"6日，《虞美人》在《青岛大新民报》载毕。7日，《青

岛大新民报》开始连载《寒梅曲》，署"霄羽"。配图：许清。

按：因存报缺失，《寒梅曲》连载结束时间未详。

1944年（民国三十三年，甲申）　36岁

是年《铁骑银瓶传》在《青岛大新民报》载毕（具体月、日未详）。1月18日，《舞剑飞花录》在南京《京报》载毕，共19章。19日，南京《京报》开始连载《大漠双鸳谱》，标"侠情小说"，署"王度庐"。配图：镜海。7月3日《大漠双鸳谱》载毕，共6章。4日，南京《京报》开始连载《春明小侠》，标"侠情小说"，署"王度庐"。

按：《舞剑飞花录》后由上海励力出版社印行单行本，改题《洛阳豪客》，被压缩为16章。连载本之章题与单行本完全不同，文字出入也较大。

又，本年上海《戏世界》报曾刊出武侠小说《铁剑红绡记》，署"王度庐"，现仅存4030、4031、4032、4033、4034、4035、4036、4038、4039、4040十期（即十段连载文本，分别属于第一、二章，时间为3月20日至30日）。待辨真伪。

1945年（民国三十四年，乙酉）　37岁

2月18日，王度庐之女生于青岛。25日，《春明小侠》载至第20章。5月1日，南京《京报》连载《琼楼双剑记》第二章，署"王度庐"。同日，青岛《民民民》月刊连载《锦绣豪雄传》，署"王度庐"。是年夏秋之际，《青岛大新民报》停刊。8月15日，日本正式宣布投降。10月25日，青岛举行日军受降典礼。《青岛时报》等老报复刊，《民治报》《民众日报》等新报创刊。

按：《春明小侠》于本年2月25日载至第二十章，改标"武侠小说"，以下报纸缺失，连载结束时间当在4月末。《琼楼双剑记》亦因报纸缺失而不知始载时间；至5月27日，所载内容仍为第二章，以后殆未续载。《锦绣豪雄传》亦未载完。

1946年（民国三十五年，丙戌）　38岁

是年王度庐为维持生计，曾任赛马场办事员，于周日售马票。12月2日，

《青岛时报》开始连载王度庐所著武侠小说《紫凤镖》，署名"鲁云"。

1947年（民国三十六年，丁亥）　39岁

　　5月1日，青岛《民治报》开始连载王度庐所撰武侠小说《太平天国情侠传》，署"鲁云"。19日，青岛《大中报》开始连载王度庐所撰武侠小说《清末侠客传》，署"鲁云"。6月11日，《青岛时报》开始连载王度庐所撰社会言情小说《晚香玉》，署"绿芜"。7月18日，《紫凤镖》在《青岛时报》载毕。19日，《青岛时报》开始连载王度庐所撰武侠小说《雍正与年羹尧》，署"鲁云"。是年王度庐收到弟弟来信，得知中共即将获得全面胜利。

　　按：《太平天国情侠传》仅见一节，未知是否载毕。《雍正与年羹尧》《清末侠客传》当于次年载毕。

　　李丹荃在回忆文中说："1947年，我们忽然收到分离多年的弟弟的信，那信是经过几个人辗转捎来的。信中大意是：我在外买卖很好，我们不久即可团聚，望你们放心。信虽很短，但却是莫大喜讯。信中真实的含义，我们是明白的，知道多年的战争是将结束了。只是这时他们在北平的母亲已故去，没有来得及知道，是终身遗憾。"

1948年（民国三十七年，戊子）　40岁

　　是年王度庐曾任青岛摊商工会文牍。1月31日，《晚香玉》在《青岛时报》载毕。2月1日，《青岛时报》开始连载《粉墨婵娟》，署"绿芜"。4月29日，《青岛时报》开始连载武侠小说《宝刀飞》，署"鲁云"。6月，上海育才书局出版增订本《风雨双龙剑》。7月10日，《粉墨婵娟》在《青岛时报》载毕。15日，《青岛时报》开始连载侠情小说《燕市侠伶》，署"绿芜"。9月17日，《宝刀飞》在《青岛时报》载毕。9月20日，《青岛公报》开始连载武侠小说《金刚玉宝剑》，署"王度庐"。

　　按：《金刚玉宝剑》之"玉"字当系"王"字之误，参见丁福保主编之《佛学大辞典》：【金刚王宝剑】（譬喻）临济四喝之一，谓临济有时一喝，为切断一切情解葛藤之利剑也。《临济录》曰："师问僧：有时一喝如金刚王宝剑，有时一喝如踞地金毛狮子，有时一喝如探竿影草，有时一喝不

作一喝用,汝作么生会?僧拟议,师便喝。"《人天眼目》曰:"金刚王宝剑者,一刀挥断一切情解。"又:【金刚】(术语)梵语曰缚罗。……译言金刚,金中之精者,世所言之金刚石是也。…… 又(天名)持金刚杵之力士,谓之金刚。……【金刚王】(杂语)金刚中之最胜者,犹言牛中之最胜者为牛王也。……

9月24日,青岛《军民晚报》开始连载武侠小说《龙虎铁连环》,署"王度庐"。10月,上海励力出版社将《清末侠客传》分为两册印行,分别改题《绣带银镖》《冷剑凄芳》。11月,上海励力出版社出版《宝刀飞》。同年,上海励力出版社还出版或再版了王度庐的以下作品:《鹤惊昆仑》(即《舞鹤鸣鸾记》),《宝剑金钗》(即《宝剑金钗记》),《剑气珠光》(即《剑气珠光录》),《卧虎藏龙》(即《卧虎藏龙传》),《铁骑银瓶》(即《铁骑银瓶传》),《紫电青霜》,《新血滴子》(即《雍正与年羹尧》),《燕市侠伶》,《落絮飘香》《琼楼春情》《朝露相思》《翠陌归人》(此为《落絮飘香》连载本的四个分册),《暴雨惊鸳》(此为《寒梅曲》连载本的第一分册,以下分册未见),《绮市芳葩》《寒波玉蕊》(此为《晚香玉》连载本的两个分册),《粉墨婵娟》《霞梦离魂》(此为《粉墨婵娟》连载本的两个分册)。

按:《燕市侠伶》之后集为《梅花香手帕》。后集未见连载,励力版《燕市侠伶》亦未见,该版当不包括后集。

1949年(己丑)　41岁

是年,王度庐之弟谭立(即王探骊)出任中共大连市委副书记。1月1日,青岛《民治报》开始连载《玉佩金刀记》,署"王度庐"。未完。2月,《金刚玉宝剑》改由《联青晚报》连载。4月,上海励力出版社出版《金刚玉宝剑》,共三册。6月29日,王度庐幼子生于青岛。

是年秋,王度庐夫妇携长子、女儿同由青岛迁往大连(幼子暂留青岛)。王度庐任旅大行政公署教育厅编审委员。李丹荃先在市教育局初教科任科员,后任教于英华坊小学和大同坊小学。

本年,重庆千秋书局出版《紫凤镖》。上海励力出版社还出版了王度庐的下列作品:《朱门绮梦》《小巷娇梅》《碧海狂涛》《古城新月》(此为《古城新月》连载本的三个分册），《海上虹霞》《灵魂之锁》（此为《海上虹霞》连载本的两个分册），《琴岛佳人》《少女飘零》《歌舞芳邻》（此为《虞美人》连载本的前四个分册，以下分册未见），《洛阳豪客》（即《舞剑飞花录》），《风尘四杰》，《香山侠女》，《春秋戟》，《龙虎铁连环》等。

1950年（庚寅） 42岁

王度庐在旅大行政公署教育厅任编审委员。

1951年（辛卯） 43岁

王度庐调入旅大师范专科学校任教员。

1953年（癸巳） 45岁

是年夏，王度庐调入沈阳东北实验学校（现辽宁省实验中学）任语文教员，李丹荃任该校舍务处职员。

1955年（乙未） 47岁

5月，《人民日报》公布《关于胡风反革命集团的材料》。在清查"胡风分子"时，王度庐曾经受到无端怀疑。

1956年（丙申） 48岁

1月13日，文化部发出《关于续发处理反动、淫秽、荒诞图书参考目录的通知（56）（文陈出密字第9号）》，其第二条称："有一些人专门编写反动、淫秽、荒诞的图书，如徐訏、无名氏、仇章专门编写政治上反动的、描写特务间谍的小说，张竞生、王小逸（捉刀人）、蓝白黑、笑生、待燕楼主、冷如雁、田舍郎、桑旦华专门编写含有反动政治内容或淫秽、色情成分的'言情小说'，朱贞木、郑证因、李寿民（还珠楼主）、王度庐、宫白羽、徐春羽专门编写含有反动政治内容或淫秽、色情成分的神怪、荒诞的'武侠小说'。为了肃清反动、淫秽、荒诞的图书，请各省市文化局在审读图书时，对于徐訏……徐春羽等二十一人编写的图书特别加以注意。但决定是否处理和如何处理, 仍应按书籍内容而定。"（见中国出版科学研究所、中央档案馆编：《中华人民共和国出版史料》第8辑, 中国书籍出版社, 2002。）

同年, 王度庐加入中国民主促进会, 并任该会沈阳市第五届市委委员; 又曾被选为皇姑区政协委员和沈阳市第六届人民代表大会代表。

按：以上政治身份据辽宁省实验中学所存退休人员登记表及李丹荃回忆文。加入民进当在本年, 其他事项或在其后, 因无法查实年份, 姑均暂系于本年。

1957年（丁酉）　49岁

实验中学也掀起"反右"运动, 王度庐没有受到大冲击。

1966年（丙午）　58岁

"文化大革命"爆发。王度庐受到冲击, 被贬入"有问题的人学习班", 接受"清队"审查。

1968年（戊申）　60岁

王度庐仍处于"逍遥"状态。

1969年（己酉）　61岁

王度庐当在是年被结束"审查", 获得"解放", 即被宣布没有查出问题, 恢复原来的政治身份。

按：依照"文革"程序, "有问题的人"被"解放"之前, 仍需召开一次表示"结案"的批判会。李丹荃在回忆文中写道："……开了一个小型批判会。也不知从什么地方找来一本《小巷娇梅》, 批判者念一段, 批判一番……当批判者念到生动有趣处, 听者笑了, 王度庐也忍不住笑了, 当然要招来申斥：'你还笑？你要端正态度！'批判者们又从我们家拿走了我们的一本相册, 里面有两张全家照片。一张中有我抱着1949年初生的幼子; 另一张是我穿着在旅大行政公署发的女干部服装, 王度庐穿着他兄弟给他的呢子干部服装。批判者举着照片说：'你们穿得这么好，可见你们过去生活多么优越！你爱人还穿着裙子！'……对他的批判只是一种虚张声势的形式。那些老师并未认真对待。".

1970年（庚戌）　62岁

是年春，王度庐以退休人员身份，随李丹荃下放到辽宁省昌图县泉头公社大苇子大队，不久转到泉头大队。

按：王度庐幼子在一封信里这样回忆父母被"下放"的情景："……我在农村'接受再教育'，得知后立即赶回家。前往农村时，年迈的父母坐在卡车顶上，一路颠簸。爸爸当时身体就很不好，加上这一折腾，半路解手时，站了半天也解不出来。妈妈晕车，走一路吐一路。那情景我现在回忆起来都止不住要流泪。"

其女则曾在一封信里回忆到昌图看望父母的情景："听说他们下乡了，我很急，不久就请假找去了。他们一辈子住在城里，父亲更是年老体弱，手无缚鸡之力，忽然到了农村，借住在人家的半间小屋里，怎么生活？""我还没走到家，就远远地看见父亲坐在一棵繁茂的大树下（很像一幅中国山水画），我的心顿时平静下来了。他永远是那么心平气和，不知是怎么修炼的。""我女儿小时候跟我父母在农村住过。有一次闹觉（困了，不睡，哭闹），我很烦，可我父亲说：'世界多美好啊，她是舍不得去睡觉啊。'""有时，父亲用手比成一个取景框，东照一下，西照一下，对我的小孩说：'快来看，这边是一个景，那边也是一个景。'（父亲原本喜欢摄影，在小说《海上虹霞》中曾写到购买'莱卡'照相机，就颇内行。）他还常让母亲下地干活回来时带些野花野草。那时父亲走路已不太方便了。"

1972年（壬子）　64岁

王度庐在昌图。其幼子考入迁至铁岭的沈阳农学院农学系。

1974年（甲寅）　66岁

1月14日，长子突然亡故，王度庐夫妇不胜哀痛。

同年,幼子毕业于迁至铁岭的沈阳农学院农学系,留校任教。李丹荃于下放人员"落实政策"时也被安排退休。

1975年(乙卯) 67岁

王度庐夫妇迁往铁岭与幼子同住。

1977年(丁巳) 69岁

2月12日,王度庐因病卒于铁岭。

按:李丹荃在回忆手稿中这样记述丈夫逝世的情景:"儿子工作的学校已放了寒假,这天正是旧历年末。晚上儿子去办公室值夜,女儿远在几千里外工作。我们住在一间很小的宿舍里,暖气不热,电灯不亮,风吹得屋外树枝簌簌地响,偶然能听得到远处一声声犬吠。他病已重危,该说的话早已说完,他静静地合上双眼去了。我不愿惊动他,也不想叫别人,坐在床前陪伴着他,送他安静地走完了人生最后的旅程,时年六十八(周)岁……我遵从他的遗嘱,没有通知很多人,没有举行一切世俗的仪式,没有哀乐,没有纸花,悄然地由他的儿子和几位热情的青年同事用担架(把他)抬到离我家很近的火葬场。"

(承张元卿博士协助查阅南京《京报》并发现、提供有关陕西教育月刊、旬刊资料,特此致谢!)

2016年1月修订

《王度庐作品大系》书目一览表

武侠卷第一辑（2015年7月已出版）
1.鹤惊昆仑（上、下）2.宝剑金钗（上、下）3.剑气珠光（上、下）4.卧虎藏龙（上、下）5.铁骑银瓶（上、中、下）

武侠卷第二辑（待出版）
1.风雨双龙剑 2.彩凤银蛇传 3.纤纤剑 4.洛阳豪客 5.大漠双鸳谱 6.紫电青霜 7.紫凤镖 8.绣带银镖 9.雍正与年羹尧 10.宝刀飞 11.金刚玉宝剑

社会言情卷（待出版）
1.落絮飘香 2.古城新月 3.海上虹霞 4.虞美人 5.晚香玉 6.粉墨婵娟 7.风尘四杰 8.香山侠女

早期小说与杂文卷（待出版）
1.杂文 2.早期小说：红绫枕 鳌汉海盗 黄河游侠传 3.散佚作品精选集：燕市侠伶 虞美人 春明小侠 春秋戟 寒梅曲